Melinda Metz

# Eine Samtpfote stiehlt Herzen

### Ein Katzenroman

Aus dem amerikanischen Englisch
von Sigrun Zühlke

Die amerikanische Originalausgabe erschien 2019 unter dem Titel
»The Secret Life of Mac« bei Kensington Publishing Corp., New York.

Besuchen Sie uns im Internet:
www.knaur.de

Aus Verantwortung für die Umwelt hat sich die Verlagsgruppe
Droemer Knaur zu einer nachhaltigen Buchproduktion verpflichtet.
Der bewusste Umgang mit unseren Ressourcen, der Schutz unseres Klimas
und der Natur gehören zu unseren obersten Unternehmenszielen.
Gemeinsam mit unseren Partnern und Lieferanten setzen wir uns
für eine klimaneutrale Buchproduktion ein, die den Erwerb von
Klimazertifikaten zur Kompensation des $CO_2$-Ausstoßes einschließt.
Weitere Informationen finden Sie unter: www.klimaneutralerverlag.de

Deutsche Erstausgabe April 2020
Knaur Taschenbuch
© 2019 Melinda Metz
Published by Arrangement with KENSINGTON PUBLISHING CORP.,
119 West 40th Street, NEW YORK, NY 10018 USA
© 2020 der deutschsprachigen Ausgabe Knaur Verlag
Ein Imprint der Verlagsgruppe Droemer Knaur GmbH & Co. KG, München
Alle Rechte vorbehalten. Das Werk darf – auch teilweise –
nur mit Genehmigung des Verlags wiedergegeben werden.
Redaktion: Friederike Arnold
Covergestaltung: ZERO Werbeagentur, München
Coverabbildung: Dora Zett / shutterstock.com
Illustration im Innenteil: onot / Shutterstock.com
Satz: Sandra Hacke
Druck und Bindung: CPI books GmbH, Leck
ISBN 978-3-426-52322-3

2 4 5 3 1

*Für Robin Rue – so klug, so nett und so lustig –,
ich danke dir vielmals,*

*und in Erinnerung an meinen Vater,
den großartigen Limerick-Erfinder.*

# Kapitel 1

MacGyver nahm die silberne Lasche zwischen die Zähne und zog den Reißverschluss auf. Mit einer Kombination aus Pfotenschlagen und -schnippen klappte er den Koffer auf und streckte sich auf dem Stapel zusammengelegter Kleidung aus. Schöner Platz für ein Nickerchen. Könnte aber noch besser sein. Er konnte einfach nicht verstehen, warum Menschen immer alles glatt haben wollten. Mit einem verärgerten Schnaufen stand Mac auf, wühlte ein wenig in den Kleidern herum und legte sich wieder hin. Dann streckte er die Krallen aus und versenkte sie in einen weichen Seidenpullover. Süße Sardinchen, fühlte sich das gut an!

»Mac! NEIN!«, schrie Jamie, sein Mensch. Sie fegte ihn von dem perfekten Schlafplatz, den er sich gerade geschaffen hatte, und brachte ihn mit einem *Klapp* und einem *Ssst* zum Verschwinden. Als könnte er den Koffer nicht genauso leicht wieder aufmachen. »Ich gehe auf meine Hochzeitsreise. Hochzeits-reise! Und da möchte ich romantisch aussehen und nicht voller Haare wie eine verrückte Katzen-Lady herumlaufen!«

Er ignorierte ihr Blabla. Er verstand, dass Menschen es zum Kommunizieren benutzten, aber das lag nur daran, dass ihre Nasen im Grunde völlig nutzlos waren. Seine Nase dagegen erzählte ihm mehr als tausend Blablas, und in diesem Moment informierte sie ihn darüber, dass Jamie glücklicher war als je zuvor. Und wem hatte sie das zu verdanken? Ihm. MacGyver. Sie brauchte einen Gefährten – er hasste es, das sagen zu müssen, aber darin war sie wie ein Hund –, und er hatte einen für sie gefunden.

Er fing an, vor Stolz zu schnurren. »Es ist dir ganz egal, was ich sage, oder?« Sie wandte sich zur Tür, und Mac sah David hereinkommen, den Gefährten, den er für sie gefunden hatte. »Mac hat eine Stilberatung in meinem Koffer durchgeführt. Alles, was ich eingepackt habe, ist jetzt mit schönem braun getigertem Fell verziert«, sagte Jamie zu ihm.

»Deshalb hat mein Koffer ein Schloss«, antwortete David. Mac spürte, wie Jamies Körper bebte, als sie anfing zu lachen. »Was ist denn so ...«, fing David an. Dann griff er nach unten und ließ seine Finger über eine der drei Krawatten gleiten, mit denen Mac gespielt hatte, bevor er bereit für sein Nickerchen gewesen war.

David sah sich den Koffer genauer an. »Immer noch abgeschlossen. Dein Kater hat den Reißverschluss weit genug aufbekommen, um die Krawattenenden herauszuziehen.«

»Nicht mein Kater. Wir sind jetzt verheiratet. Was meins ist, ist deins. Und das schließt Mac ein«, sagte Jamie.

»Ich habe unserem Kater gerade diese Okto-Maus mit acht raschelnden Beinen gekauft, die stundenlange Katzenunterhaltung garantiert.« David sah Mac böse an. »Acht Raschelbeine, und du konntest trotzdem die Pfoten nicht von meinem Koffer lassen.« Kopfschüttelnd versuchte er, mit dem Finger eine Krallenspur in einer Krawatte glatt zu streichen.

Mac ignorierte Davids Blabla und seinen bösen Blick genauso. Er hatte David gerochen, bevor er beschlossen hatte, die Sache in die eigenen Pfoten zu nehmen, und David hatte genauso schlecht gerochen wie Jamie, manchmal sogar noch schlimmer. Er hatte verzweifelt eine Gefährtin gesucht, ob er es nun wusste oder nicht, und Mac hatte eine für ihn gefunden. Jetzt war er so glücklich, als hätte er sich in Katzenminze gewälzt.

»Mac findet sein Geschenk toll. Er möchte nur gern ab und

zu auch kreativ sein«, sagte Jamie, während David mit seinem nutzlosen Zahlenschloss hantierte.

Die Türklingel schellte, und Diogee fing sofort an zu bellen. Der Schwachkopf hatte nie verstanden, dass Schlauheit der Schlüssel für einen erfolgreichen Angriff war. So, wie er es anfing, wusste doch derjenige da draußen vor der Tür sofort, dass der Hund da war. Mac sprang von Jamies Arm. Diogee gehörte jetzt zu seinem Rudel, ein Opfer, das für Jamies Glück hatte gebracht werden müssen. Deshalb musste Mac alles in seiner Macht Stehende tun, um den Hund vor seiner eigenen Dummheit zu schützen.

An der Tür angekommen, gab Mac Diogees Schwanz einen kleinen Hieb, teils um ihn aus dem Weg zu schubsen, und teils, weil es einfach Spaß machte. Er öffnete das Maul weit und benutzte seine Zunge, um Luft einzuziehen. Das verschaffte ihm Zusatzinformationen. Vor der Tür stand eine Frau. Und sie war unglücklich. Sehr unglücklich.

Jamie öffnete die Tür einen Spalt weit. »Briony, hallo. Ich muss die Katze hochnehmen. MacGyver ist ein richtiger Ausbruchsspezialist, der gerne den Rauchfang hochklettert. Wir mussten den Kamin zumauern. Außerdem springt dich Diogee garantiert gleich an. Ich weiß, ich sollte ihm das verbieten. Und das kann ich auch, es hat nur überhaupt keine Wirkung. Aber er ist lieb. Okay, mach dich einfach bereit.« Sie klemmte sich Mac unter den Arm, machte die Tür auf und trat zurück.

Sobald die Frau hereingekommen war, hatte der Schwachkopf auch schon beide Pfoten auf ihre Schultern gestemmt. Aber bevor er ihr mit seiner Riesenzunge das Gesicht waschen konnte, griff David ihn am Halsband und zog ihn weg. Er schleifte Diogee nach oben, und ein paar Sekunden später war das Haus von leidendem Heulen erfüllt. Sogar mit den elementarsten Fähigkeiten ließ sich die Schlafzimmertür leicht öffnen. Aber Diogee verfügte eben nicht einmal über diese.

Mac atmete noch einmal tief ein. Ja, diese Frau war schrecklich traurig. Sie brauchte seine Hilfe. Er hatte eigentlich zu tun, musste Ausbrüche planen, Nickerchen halten und so etwas, aber hier lag ein Notfall vor. Die Frau musste eigentlich klüger sein als Diogee, aber offenbar war sie nicht so klug, dass sie eine Lösung fand, was auch immer das Problem war. Dazu brauchte es einen Meister.

Zu ihrem Glück hatte sie an MacGyvers Tür geklopft.

Fünf Minuten nachdem sie an der Tür ihrer Cousine Jamie geklingelt hatte, fand sich Briony Kleeman am Küchentisch wieder. Jamie füllte den Teekessel, während ihr Kater MacGyver auf der Anrichte saß und Briony aus seinen goldenen Augen anstarrte.

Briony war sich nicht ganz sicher, wie sie hiergekommen war. Sie wusste auch nicht ganz genau, wie sie überhaupt nach Los Angeles gekommen war. Vor weniger als vierundzwanzig Stunden war sie in der kleinen lutherischen Kirche Prince of Peace in Wisconsin auf dem Weg zum Altar gewesen. Ihre Hand hatte auf dem Arm ihres Vaters gelegen. Ihre Füße waren über Rosenblätter geschritten, die ihre dreijährige Cousine gestreut hatte. Ihre Schleppe, verziert mit Spitzen vom Hochzeitskleid ihrer Großmutter, war von Calebs Nichte getragen worden. Alles war genau so gewesen, wie sie es geplant hatte.

Sie hatte Caleb angesehen. Er hatte gelächelt, als er sie auf sich zukommen sah. Und dann war alles ins Wanken geraten. Der Boden. Der Arm ihres Vaters. Die Gesichter der Gäste. Caleb. Eine Mischung aus Schwindel und Übelkeit, und alles war erst dämmrig und dann dunkel geworden.

»Briony«, sagte Jamie, und ihre Stimme riss sie aus der Erinnerung an diesen schrecklichen Morgen. »Welchen Tee möchtest du? Ich habe Orange Spice, Zitronengras, schwarzen Chai, Earl Grey, Pfefferminz und noch ein paar andere. In letzter Zeit bin ich zur Teetrinkerin geworden. Nicht dass ich den Kaffee ganz aufgegeben hätte. Du kannst auch Kaffee haben, wenn dir das lieber ist. Außerdem habe ich Saft. Cranberry und Orange. Und Mineralwasser. Und stilles Wasser. Also, was möchtest du?«

Zu viel Auswahl. Briony konnte sich nicht einmal an die Hälfte erinnern, wahrscheinlich weil ein Teil von ihr sich immer noch fühlte, als wäre er in der Kirche und als würde ihr gerade die Welt unter den Füßen weggezogen. »Such du aus.«

»Bist du sicher? Manche Teesorten sind nicht, du weißt schon, jedermanns Geschmack«, antwortete Jamie, ihre blauen Augen voller Besorgnis.

»Ich meine nur ... Irgendwie ...« Briony schüttelte hilflos den Kopf. »Ich kann keine Entscheidung treffen. Nicht einmal darüber, was ich trinken soll. Ich weiß, das ist dumm.«

»Das ist nicht dumm. Du musst todmüde sein«, sagte Jamie.

»Ja, ich dachte, ich würde während des Flugs schlafen, aber ich konnte nicht«, gab Briony zu. Anstelle eines Kinofilms hatte sie wieder und wieder diesen Gang zum Altar durchlebt, den sie nicht aus ihrem Hirn verbannen konnte.

»Keine Sorge. Ich suche was für dich aus.« Jamie stand auf, öffnete den Schrank über der Kaffeemaschine und sah die Schachteln mit Teesorten durch.

Briony stieß einen kleinen Seufzer der Erleichterung aus. Jamie machte da weiter, wo ihre Eltern aufgehört hatten. Seit dem Vorfall in der Kirche, wie Briony das Ereignis inzwischen insgeheim nannte, waren alle Entscheidungen für sie getroffen worden. Sie war im Handumdrehen zum Flughafen gebracht worden, und ihre Eltern hatten versprochen, sich um alles zu kümmern. Dann saß sie im Flugzeug. Dann gab sie einem Taxifahrer einen Zettel mit Jamies Adresse. Und jetzt war sie hier, und Jamie tat so, als wäre es völlig normal, dass sie sich um Briony kümmerte, obwohl sie sich seit einem Familientreffen, das wahrscheinlich so um die elf Jahre zurücklag, nicht mehr gesehen hatten.

Jamie stellte einen Becher Tee vor sie ihn. »Das ist Entspannungstee. Ich weiß nicht, warum, aber es kommt mir vor, als könntest du den gebrauchen. Mein Bauchgefühl ist unschlagbar«, witzelte sie.

Der Becher zitterte in Brionys Hand, als sie ihn an die Lippen hob. Sie stellte ihn ab, ohne einen Schluck getrunken zu haben. »Du hast recht. Ich bin immer noch … ein bisschen aufgewühlt.« Die Untertreibung des Jahrhunderts. Sie fühlte sich wie ein Turnschuh im Schleudergang einer alten, verbeulten Waschmaschine. »Dank dir ganz herzlich, dass du mich hier wohnen lässt. Ich …«

»Halt. Halt, halt, halt. Nach meiner Zählung hast du dich schon einhundertdrei Mal bedankt.« Jamie legte ihre Hand auf Brionys. »Du bist hier ganz herzlich willkommen. Manchmal muss man einfach woandershin. Und Storybook Court ist ein guter Ort dafür. Vertrau mir. Außerdem hätten wir die Fellnasen sonst in Pension geben müssen, und so können sie hierbleiben.«

Briony stiegen Tränen in die Augen. Jamie war so nett zu ihr, als wüsste sie nicht, was für ein schrecklicher Mensch Briony war.

»Willst du darüber sprechen?«, fragte Jamie. »Ich weiß, wir kennen uns nicht so gut. Ihr seid nach Wisconsin gezogen, als du … zehn warst? Aber erinnerst du dich doch noch daran, als ich auf dich aufgepasst habe, als ich sechzehn war und ich dich mit zu meinem total schrecklichen Freund mitgenommen habe, weil ich wusste, dass er und seine Familie nicht da waren, und …«

»Wir sind eingebrochen! Du hast mich Salz auf seine Zahnbürste streuen lassen. Und Klebestreifen auf das Klopapier in seinem Badezimmer. Das war einer der besten Abende meines Lebens! An dem Abend habe ich mich gefühlt, als wäre ich richtig krass cool. Eine krass coole Neunjährige!«, rief Briony, und die Erinnerung lenkte sie einen Moment lang ab. Sie musste lächeln. »Was hatten wir für einen Spaß!«

»Aber deine Eltern waren so sauer auf mich!«, rief Jamie. »Und sie wussten nicht einmal, was wir getan hatten. Sie wussten nur, dass ich dich mitgenommen hatte. Ich hatte deiner Mutter erzählt, wir wären zum Dairy-Queen-Laden gelaufen. Was auch stimmte. Hinterher. Und allein deswegen ist sie schon ausgeflippt!«

»Ja, sie waren ein bisschen überängstlich«, antwortete Briony.

»Ein bisschen? Ich wette, du durftest nicht mal allein über die Straße gehen, bis du aufs College kamst.« Jamie nahm einen Schluck von ihrem Tee. »Also, möchtest du darüber sprechen?«

Die Rosenblätter. Ihr Vater. Caleb lächelnd. Einen Moment lang kam es Briony vor, als hätte sie vergessen, wie man atmet. »Nein«, presste sie hervor. »Wenn das in Ordnung ist«, fügte sie schnell hinzu.

»Natürlich ist das in Ordnung«, antwortete Jamie.

»Also, die Tiere«, sagte Briony. Sie wollte ein nettes, sicheres Thema. »Was fressen die? Wo schlafen sie? Was muss ich machen? Ich hatte noch nie ein Haustier.«

»Tatsächlich? Ich dachte, du hättest einen Hamster gehabt.«

Briony schüttelte den Kopf.

»Da hast du aber was verpasst«, sagte Jamie zu ihr.

»Du erinnerst dich sicher nicht mehr an mein Zimmer. Ich hatte jedes Spielzeug, das jemals erfunden wurde. Zumindest die pädagogisch wertvollen, ohne scharfe Kanten oder Teile, die man verschlucken könnte, oder sonst etwas Gefährliches«, sagte Briony.

»Wie ich schon sagte, reichlich was verpasst.« Jamie stand auf und ging zum Kühlschrank. Sie nahm einen Zettel unter einem Magneten heraus, auf dem stand »Give Peas a Chance«, und gab ihn Briony. »Das ist eigentlich alles, was du wissen musst, gib dem Frieden eine Chance. Ich muss dich warnen, Mac will sein Frühstück immer um halb acht, und er lässt sich das auch nicht ausreden. Es ist in Ordnung, wenn du versuchst weiterzuschlafen, aber dabei wird es bleiben, bei dem Versuch. Er frisst abends auch um halb acht, aber da kannst du ihn früher füttern, wenn du wegwillst. Früher zu füttern ist nie ein Problem. Und Diogee kaut nicht richtig. Er saugt sein Fressen eher auf. Was bedeutet, dass er manchmal kotzt. Nicht häufig. Aber ich will nicht, dass du dir Sorgen machst, wenn es passiert. Und Mac ist übrigens ein hinterlistiges kleines Aas.«

Mac gab etwas von sich, was teils wie ein Miauen und teils wie ein Knurren klang. »Ja, von dir rede ich«, sagte Jamie zu ihm. Sie lehnte sich zurück und kraulte ihn unter dem Kinn. »Es ist wahrscheinlich am sichersten, wenn du ihn in ein Zimmer sperrst, bevor du rausgehst. Nicht dass man ihn wirklich einsperren könnte, aber das verschafft dir einen Vorsprung. Oh, und Diogee macht etwas, das David den Schulterauskugler nennt. Wenn du ihn an der Leine hast und er ein Eichhörnchen oder so was sieht …«

»Du machst ihr noch Angst«, sagte ein dunkelhaariger Mann, der in der Tür stand. Er sah ein bisschen aus wie Ben Affleck, nur jünger. »Denk einfach immer daran, du bist Alpha. Du hast die Macht«, sagte er zu Briony. Jamie prustete. Er ignorierte sie. »Du gibst das Futter. Das bedeutet, du hast das Sagen«, fügte er hinzu, dann grinste er und streckte die Hand aus. »Ich bin David, Jamies Mann.«

»Das hört sich noch so komisch an«, sagte Jamie. »So komisch und erstaunlich und wundervoll und zum Anbeißen.« Sie ging zu David und legte den Arm um seine Taille. Ihr Gesicht leuchtete, wenn sie ihn ansah, genauso wie seines, wenn er sie anblickte.

Briony musste den Blick senken. Sie freute sich für ihre Cousine. Aber es schmerzte, ein Paar zu sehen, das so verliebt war. Sie hatte gedacht, sie wäre in Caleb verliebt. War es nicht auch so gewesen? Aber man lässt jemanden, den man sehr liebt, nicht am Altar stehen. Man hat keine Panikattacke, wenn man ihm im Kirchenschiff entgegengeht.

»Ich gehe das Auto holen«, sagte David. »Tut mir leid, dass wir wegmüssen, wo du gerade erst angekommen bist. Wenn wir zurückkommen, gehen wir zusammen essen«, sagte er zu Briony, bevor er hinausging.

»Du hättest hier nicht mit mir sitzen und Tee trinken müssen«, sagte Briony mit einem Anflug von Schuldgefühlen. Ihre Cousine wollte auf Hochzeitsreise gehen. »Ich möchte nicht schuld sein, wenn ihr euren Flug verpasst.«

»Das werden wir nicht. Mach dir keine Sorgen. Also, du hast die Anleitung für die Tiere. Das Gästezimmer ist oben links. David hat dir außerdem eine Liste mit den besten Restaurants und anderen interessanten Sachen in der Gegend zusammengestellt. Obwohl ich glaube, dass du L.A. mindestens genauso gut kennst wie er. Ich habe die Gegend gründlich erkundet, als ich hergezogen bin.«

»Ich weiß«, rief Briony aus. »Ich habe dein Buch!« Jamie hatte ein Buch mit Fotos von Leuten aus ganz L.A. und Geschichten über ihre Jobs veröffentlicht.

»Das hast du? Oh, das ist aber süß«, sagte Jamie. »Hier sind die Schlüssel. Okay, was noch? Wir lassen dir auch eine Liste von Nachbarn da, die dir Fragen beantworten können. Ich bin mir sicher, dass Ruby anruft und fragt, ob du etwas brauchst. Wenn Diogee zu viel für dich ist, wenn du ihn ausführst, dann macht das Zachary von gegenüber. Du kannst ihn auch einfach in den Garten lassen. Früher hatte er eine Hundetür. Aber Mac und eine Hundetür – nein. Die ist jetzt permanent zu.« Sie nahm einen tiefen Atemzug und fuhr eilig fort: »Du hast Davids und meine Handynummer, richtig? Was noch? Was noch?« Jamie starrte umher.

»Okay, Jamie, du betrittst die Zone des Wahnsinns«, sagte David, als er zurück in die Küche kam. »Du hättest sie in den letzten Wochen vor der Hochzeit sehen sollen! Wo sie ging und stand, hat sie überall Listen hinterlassen und war ständig – und gleichzeitig – am Telefon und am Computer und hat dabei noch Selbstgespräche geführt«, erzählte er. Briony war es nicht so gegangen. Caleb hatte die beste Hochzeitsplanerin im ganzen Staat aufgetan, und die hatte das Kommando übernommen wie ein General vor der Schlacht. »Ich gehe unsere Koffer holen«, sagte David.

»Kann ich helfen?«, fragte Briony. Sie wollte, dass sie endlich losfuhren. Die beiden hatten sie wirklich nett willkommen geheißen, aber sie war nicht mehr allein gewesen, seit sie sich gestern für ihre Hochzeit angekleidet hatte – gestern! Sie trug immer noch ihre Hochzeitsfrisur und das Maxikleid, das sie auf dem Flug in die Flitterwochen hatte anziehen wollen. Sie brauchte jetzt Privatsphäre, um zu weinen, zu schreien, zusammenzubrechen oder sonst irgendetwas.

»Nein, danke, ich mach das schon.« David ging wieder.

»Mein Auto!«, rief Jamie. »Ich wusste doch, dass ich was vergessen hatte. Du kannst mein Auto nehmen, giftgrüner

Käfer. Ist in der Gower geparkt. Das ist die Straße, die am Brunnen auf dem Vorplatz vorbeiführt. Du kannst den Wagen von hier aus sehen. In der Anlage ist Parken verboten.« Jamie nahm einen Schlüsselbund aus der Schrankschublade und legte ihn auf den Tisch.

»Toll. Danke. Dank dir ganz herzlich. Es tut mir leid, dass ich gerade jetzt auftauche, wo ...«

Jamie hob die Hand. »Stopp! Ich sage dir doch, dein Timing ist perfekt.«

»Okay, wir sind fertig, Jam!«, rief David.

»Manchmal nennt er mich Jam«, sagte Jamie. »Er ist so süß.«

Sie stand auf und nahm Mac auf den Arm. »Okay, bestes Kätzchen der Welt. Sei lieb zu Briony. Ich sehe dich bald wieder und bringe dir ein Geschenk mit.« Sie vergrub ihr Gesicht einen Augenblick lang in seinem Fell und knuddelte ihn. »Ich bringe ihn nach oben und sage Diogee Auf Wiedersehen, aber du kannst dich drauf verlassen, dass Herr MacGyver in ein paar Minuten wieder hier unten sein wird«, sagte sie.

»Okay«, antwortete Briony. Sie ging mit Jamie aus der Küche und dann nach draußen, wo David neben dem Auto wartete. Er war genauso nett zu ihr gewesen wie Jamie, aber was würde er wohl von ihr halten, wenn er erfuhr, was sie Caleb angetan hatte? Sie schob den Gedanken weg. Es drehte sich nicht alles um sie. »Also ein Monat Marokko. Wow.« Ihre Mutter hatte sie über Jamies und Davids Pläne unterrichtet.

»Das habe ich einem Filmproduzenten zu verdanken, der meine Mojito-Cupcakes liebt«, erklärte David. »Als er gehört hat, dass ich heirate, hat er mir und Jamie sein Ferienhaus in Essaouira angeboten.«

»Darf ich zugeben, dass ich nicht weiß, wo das liegt?« fragte Briony.

David lachte. »Ich wusste das auch nicht. Es liegt an der Atlantikküste, ungefähr drei Autostunden von Marrakesch entfernt. Wir wollten ...«

»Marokko, wir kommen!«, rief Jamie, als sie zur Tür hinauslief. Sie hüpfte auf David und Briony zu. »Ich hoffe, du findest Storybook Court genauso wunderbar wie ich. Dass ich hierhergezogen bin, hat mein Leben verändert.« Jamie hob den Kopf und lächelte David an.

Fahrt, dachte Briony, fahrt doch bitte einfach los. So viel Glück tat körperlich weh. Sie sollte jetzt selbst auf dem Weg in die Flitterwochen sein. Mit dem perfekten Mann. Was stimmte bloß nicht mit ihr?

Endlich saß das glückliche – das ach so glückliche – Paar im Auto. Der Wagen fuhr los. Briony sah ihm nach, bis er hinter der sanften Kurve am Ende der Straße verschwand.

Dann ging sie hinein.

Machte die Tür hinter sich zu.

Schloss sie ab.

Zog die runden Holzfensterläden zu, die zu dieser niedlichen Hobbithöhle von einem Haus passten und die helle südkalifornische Sonne ausschlossen.

Dann legte sie sich aufs Sofa.

Sie wollte nur vergessen. Doch ihr Kopf hörte einfach nicht auf, sich im Kreis zu drehen und ihr Bilder entgegenzuwerfen – Caleb, wie er ihr von seinem Platz neben dem Altar aus zulächelte, wie sich der Mund ihrer Urgroßtante MeMe öffnete, als Briony hinfiel, wie ihre Eltern so taten, als wären sie nicht fürchterlich enttäuscht von ihr, als sie sie zum Flughafen brachten.

Etwas plumpste auf ihren Bauch und riss sie aus ihrem mentalen Horrorfilm. Briony öffnete die Augen einen Spalt weit. Der Kater – MacGyver – starrte zurück und fing dann an zu schnurren. Es war ... schön. Die Wärme des Katers breitete sich in ihr aus, und die Vibrationen des Schnurrens entspannten ihre Muskulatur.

Ein paar Minuten später kam der Hund – Diogee – herbeigeschlendert und schaffte es, seinen Riesenkörper ans Fußende des Sofas zu quetschen. Sofort bildete sich oberhalb ihres Knies ein warmer Speichelfleck. Das hätte eigentlich nicht tröstlich sein sollen. War es aber – eklig und tröstlich zugleich. Und das Geräusch seines Schnarchens, als er einschlief, schien den Schlaf auch zu ihr einzuladen. Sie schloss die Augen wieder, sie war den beiden Tieren dankbar, obwohl sie nicht einmal ihre kleinen Tröstungen verdiente. Nicht nach dem, was sie getan hatte.

# Kapitel 2

Der Atem der Frau ging langsam und regelmäßig. Der Schwachkopf gab diese keuchenden Faucher von sich, die bedeuteten, dass er ebenfalls schlief. Aber Mac war voller Energie. Es war Zeit für Abenteuer.

Er sprang auf den Boden und gab dem Köter mit eingezogenen Krallen einen Pfotenschlag aufs Hinterteil. Mit einem Schnaufen schreckte Diogee aus dem Schlaf hoch, zwei lange Sabberfäden hingen von seinem Maul. Der Schwachkopf war ekelhaft, konnte aber nützlich sein. Mac trabte in die Küche, sprang auf die Anrichte und löste geschickt die Lasche von Diogees Glas mit Leckerchen. Mit einer Pfote fischte er einen Keks heraus. Diogee stand unter ihm und winselte bereits. Keine Katze würde jemals winseln. Oder etwas fressen, das nach Staub roch.

Mac sah zu dem runden Fenster hinüber, das für ihn zu hoch war – dachten jedenfalls seine Menschen. Er zielte und schnippte den Keks von der Anrichte auf den Boden genau unterhalb des Fensters – *wupps,* abgeschossen. Diogee rannte hin, um das zu fressen, was für ihn ein Leckerbissen war. Perfekt. Mac sprang ihm auf den Kopf. Diogee riss überrascht den Kopf hoch. Und *allez-hopp* saß Mac auf dem Fensterbrett. Er stieß das Fenster mit dem Kopf auf und entkam in die Nacht.

Auf dem Rasen hielt er einen Augenblick inne und genoss jeden Duft. Mac liebte die vertrauten heimatlichen Gerüche, aber er war bereit für Spannung und Abenteuer, und die würde er in seinem eigenen Hinterhof nicht finden. Nicht heute Nacht. Er lief durch Storybook Court, an all den Häusern vorbei, die er inzwischen so gut kannte. Die meisten Menschen rochen zufrieden. Sein Verdienst. Er hatte geholfen, wo er konnte. Das war die Pflicht eines jeden höher entwickelten Wesens.

Mac blieb abrupt stehen, seine Nasenflügel zuckten. Sardinchen. Sardinchen in der Nähe. Er fing an zu rennen, flitzte auf den köstlichen Geruch zu. Er ließ die Anlage hinter sich und betrat neues Terrain. Ungewohnte Gerüche, die alle untersucht werden wollten. Dazu würde er schon noch kommen. Später.

In diesem Moment war seine gesamte Aufmerksamkeit auf den Geruch der Sardinen gerichtet. Er nahm die Spur auf und blieb erst stehen, als ihm ein Bungalow den Weg zu seinen heiß geliebten Sardinen versperrte. Aber nicht lange. Die erstbeste Einbruchsgelegenheit, die Mac wahrnahm, war der Schornstein. Es gab vermutlich einen leichteren Weg, aber Mac hatte keine Zeit zu verlieren. Er kletterte auf eine Palme an der Seite des Hauses, die ihm Zugang auf das Dach verschaffte. Dann ging es den Schornstein hinunter, jeweils mit einer Vorder- und Hinterpfote auf der Seite des Schachtes abgestützt. Dann, eins, zwei, drei, vier, und er war drin.

Die Sardinen waren nah, so nah. Aber nah war auch ein Mensch. Ein Mann saß mit dem Rücken zu ihm da und schaute Fernsehen. Auf dem Tisch neben dem Sessel stand eine offene Dose mit den Leckerchen. Mac duckte sich, bis sein Bauch den Teppich berührte. Der Schwachkopf wäre herangaloppiert und hätte zu jaulen angefangen, um einen Krümel abzubekommen. Mac bettelte nicht. Mac nahm sich, was er wollte. Er kroch auf den Mann zu, stellte sich auf die Hinterbeine und wollte die Dose vom Tisch zu sich ziehen.

»Hey! Was hast du denn vor?«, schrie der Mann, schnappte die Lieblinge und brachte sie außer Reichweite. Mac fühlte sich mit einem Mal erniedrigt. Den Schwanz zwischen den Beinen, schlich er zurück zum Kamin. Wie ein geprügelter Hund. Er wollte keinen Moment länger am Ort seines monumentalen Versagens bleiben.

Der Mann stieß einen Seufzer aus. »Was soll's, wenigstens einer könnte ja einen schönen Abend haben.« Der Geruch nach Sardine wurde ein wenig stärker. Mac sah sich um. Zwei glänzende kleine Schönheiten lagen auf der ausgestreckten Hand des Mannes.

Er drehte sich um und stellte den Schwanz auf Halbmast. Er legte die Ohren an und schätzte die Lage ab. Die kleinen Augen der Sardinen schienen ihn förmlich anzuflehen. Der Mann rührte sich nicht. Es könnte eine Falle sein. Aber Mac hatte keine Angst vor Fallen. Es war noch keine erfunden worden, der er nicht entkommen konnte.

Ein paar Sekunden später rutschte der erste kleine, ölige Fisch Macs Kehle hinunter. Er konnte fast spüren, wie der kleine Fischschwanz sich bewegte. Perfekt.

»Das magst du, hm?«, blah-blahte der Mann. »Ich mag sie auch. Besonders wenn ich sie in guter Gesellschaft essen darf. Anders als im Speisesaal.« Er aß eine Sardine, während Mac die kleinen Gräten seines zweiten Fischchens zerbiss.

Mac war ganz und gar mit Sardinenessensfreude erfüllt, die sich noch steigerte, als der Mann ihm eine dritte gab. Aber sobald er sie hinuntergeschluckt hatte, fiel ihm auf, dass der Mann nicht dieselbe Wonne verspürte. Selbst wenn er tausend Leben hätte, glaubte Mac nicht, dass er die Menschen jemals völlig verstehen könnte. Er nahm einen tiefen Atemzug und strengte sich an, den Sardinenduft nicht zu beachten. Dann stieß er ein leichtes Schnauben aus. Er hatte schon einen unglücklichen Menschen zu Hause, um den er sich kümmern musste. Aber als der Mann ihm noch eine Sardine überreichte, wusste Mac, dass er einen Weg finden musste, um auch diesem Menschen zu helfen. Er hatte es verdient.

Nate Acosta ging in den Speisesaal. Er wurde von den dezenten Düften von Zitrone und Bergamotte empfangen, ätherischen Ölen, die im Lüftungssystem verdampften. Sein Großvater hatte solche Systeme in Casinos in Vegas kennengelernt und eines installiert. Er wollte, dass der Speisesaal und der Rest des Gemeinschaftszentrums wie ein elegantes Luxushotel wirkten. Für ihn war Wohlgeruch genauso wichtig wie Dekoration.

Der Saal sah gut aus. Die Kellner waren aufmerksam. Die Senioren und ihre Gäste erfreuten sich an den Feta-Truthahn-Burgern und dem Pfirsichmus. Er durfte nicht vergessen, in der Küche vorbeizugehen und LeeAnne, die Chefköchin, zu beglückwünschen. Es war ein gelungener Coup gewesen, sie vom Suncafé abzuwerben.

Sein Blick blieb an der Geigenfeige in der Ecke hängen. Sie wurde buschig. Er musste sie irgendwann stutzen, vielleicht zurückschneiden. Juli war eine gute Jahreszeit dafür. Die Pflanze hatte ein paar gute Kraftreserven aufgebaut. Er blinzelte und stellte sich die Schirmform vor, die er anstrebte, während er gleichzeitig versuchte zu entscheiden, wohin sie austreiben sollte.

Lautes Gelächter lenkte seine Aufmerksamkeit auf einen Tisch am Fenster. Der neue Mieter, Archie Pendergast, schien sich einzugewöhnen. Er aß mit Peggy Suarez, Regina Towner und Janet Bowman zu Abend, drei der beliebtesten Damen in The Gardens. Rich Jacobs, der ansässige Limerickschreiber – so stand es auf seinen Visitenkarten – saß mit am Tisch und schrieb in ein Notizbuch, während er in der anderen Hand einen Burger hielt, von dem er immer wieder abbiss.

»Wollen Sie meinen neusten hören?«, rief Rich ihm zu, als Nate auf die Gruppe zuging.

»Immer«, antwortete Nate. Er setzte sich auf den leeren Stuhl, wo gewöhnlich Gib Gibson saß. Gib war schon seit drei Tagen nicht zum Essen in den Speisesaal gekommen. Nate hatte den Verdacht, dass es Gib den Magen umdrehte zu sehen, wie Peggy mit Archie flirtete. Für Nate war nicht zu übersehen, dass Gib eine Schwäche für Peggy hatte, aber sie bemerkte es anscheinend nicht.

Rick hielt das Notizbuch hoch, räusperte sich und fing an zu lesen: »Es war einmal Herr Pendergast / der saß auf einem dünnen Ast. / Er machte alle Damen schwach / sie seufzten lange weh und ach / doch keine hat ihn je gefasst.«

Archie strich sich mit der Hand über das sich lichtende weiße Haar. »Da höre ich mich ja an wie ein Stenz, Rich.«

»Ein was?«, fragte Peggy und beugte sich mit einem Lächeln, wobei ihre Grübchen zum Vorschein kamen, dicht zu ihm. Ja, das war genau das, was Gib nicht mochte.

»Sie wissen schon, ein Schürzenjäger«, antwortete Archie. »Ich war fünfzig Jahre lang mit derselben Frau verheiratet. Sie war mein Ein und Alles.«

Peggy, Regina und Janet seufzten unisono. Sie waren ihm vollkommen verfallen. Es war nicht zu übersehen, dass sie sich alle besondere Mühe mit ihrem Aussehen gegeben hatten. Peggy trug einen Tellerrock, von dem Nate sich ziemlich sicher war, dass er neu war, gesäumt mit einem breiten Blumenmuster. Reginas blonde Kurzhaarfrisur sah aus, als hätte sie neue, wenn auch dezente Strähnchen, und Janet hatte ihre Haarfarbe komplett verändert, von einem unaufdringlichen Burgunderrot zu einem eher aufdringlichen, leuchtenden Kirschrot mit dazu passendem Lippenstift.

Archies Zuneigung für seine verstorbene Frau machte ihn

für die Damen ganz eindeutig noch attraktiver. Dass er für jemanden Ende siebzig noch recht fit war und auf seine äußere Erscheinung achtete, schadete auch nicht. Bisher war er jeden Abend im Anzug zum Essen erschienen, mit gebügeltem weißem Hemd und Fliege. Nicht wie zum Beispiel Rich, der wild gemusterte Jogginganzüge mit Turnschuhen in ebenso wilden Farben bevorzugte.

»Mein herzliches Beileid.« Regina streckte die Hand über den Tisch und legte sie auf Archies Arm.

»Reggie, möchtest du diese tolle neue Creme ausprobieren, die ich kürzlich entdeckt habe?«, fragte Janet und durchwühlte ihre Tasche. »Heute Morgen hast du gesagt, wie schrecklich du es findest, dass deine Haut so schuppig geworden ist.« Sie hielt eine kleine Tube vor Reginas Gesicht, die es fertigbrachte, Janet wütend anzusehen und gleichzeitig Archie zuzulächeln.

»Unfug!«, sagte Archie. »Ihre Hände sind seidenweich.«

»Danke«, antwortete Regina und zog ihre Hand langsam zurück. Jetzt lächelte sie Janet an, es war ein triumphierendes Lächeln.

»Wie wundervoll, eine solche Ehe. Die arme Regina hier war vier Mal verheiratet«, legte Janet nach.

Nate hoffte, dass sich der Wettbewerb um Archies Aufmerksamkeit nicht zu einem Problem entwickelte. Es war schon ein paarmal vorgekommen, dass ein neuer Bewohner die Balance in der Residenz gestört hatte. Er würde die Senioren im Auge behalten müssen. Bevor Regina sich an Janet rächen konnte, sagte er: »Ich habe gehört, dass die drei Damen eine Kunstausstellung planen.«

»Das stimmt. Wir wollen mit dem angeben, was wir im Kunstunterricht gelernt haben«, antwortete Peggy. »Wir haben sogar einen hiesigen Kunstkritiker eingeladen.«

Archie wackelte mit den buschigen, grauen Augenbrauen. »Ich bin sicher, dass auf der Ausstellung nichts Hübscheres zu sehen sein wird als unsere drei Damen.« Das führte zu Erröten und Gekicher. Nate war froh, dass er alle drei angesprochen hatte.

»Sei vorsichtig, Großvater. Du willst doch bestimmt keine Herzen brechen.«

Nate blickte in Richtung der hohen, lieblichen Stimme und sah Eliza, Archies Enkelin, auf sie zukommen. Ihre weiße Bluse war bis zum Hals zugeknöpft, und ihr geblümter Rock reichte bis unter die Knie. Sie erinnerte ihn an eine altmodische Lehrerin, in die alle Jungen der Klasse sich verguckten.

Peggy warf ihren dicken, silbernen Zopf über die Schulter. »Machen Sie sich um mich keine Sorgen. Ich bin die, die hier die Herzen bricht.« Sie zwinkerte Archie zu, und er zwinkerte zurück. Noch etwas, das Gib nicht gefallen würde. Nate würde nach ihm sehen. So wie er Gib kannte, lebte der von Bohnen, Sardinen und allem möglichen anderen Dosenfood. Und ein paar Bieren. Es war nicht schlimm, wenn einer der Senioren ab und zu ein paar Mahlzeiten im Speisesaal verpasste, aber es sollte nicht zur Gewohnheit werden.

»Eliza, setzen Sie sich nur.« Nate stand auf. Seit Archie hier wohnte, kam seine Enkelin jeden Tag in The Gardens vorbei. Es gefiel ihr bestimmt, dass es Archie so gut ging. In eine Seniorenresidenz zu ziehen war oft eine große Umstellung, aber Archie hatte sehr schnell seinen Platz gefunden. Nach etwas mehr als einer Woche war er bei einer Kinofahrt dabei gewesen, hatte einen Vortrag der Sozialversicherung angehört und war zum Star des Spieleabends geworden.

»Darf ich mich neben Großvater setzen?«, fragte Eliza Peggy.

»Das ist nicht ...«, fing Archie an, aber Peggy war bereits auf den Stuhl umgezogen, auf dem Nate gesessen hatte.

»Danke schön.« Eliza setzte sich und richtete Archies Fliege. Er drückte ihre Hand.

»Ich seh's gern, wenn sich eine Enkelin um ihren Großvater kümmert.« Rich steckte sich eine Gabel voll Krautsalat in den Mund. »Ich habe drei, aber sie leben überall im Land. Wir schreiben uns Nachrichten auf Facebook und machen Face-Time. Aber das ist nicht dasselbe. Wenigstens ist mein Enkelsohn in der Nähe, drüben an der UCLA. Ich habe angeboten, den Mädchen eine Fahrt hierher zu bezahlen, aber daraus wird nichts. Sie sind alle zu beschäftigt.« Ein Leuchten trat in seine Augen. »Ich glaube, da steckt noch ein Gedicht drin.« Er zog einen kleinen Bleistift hinter seinem Ohr hervor und schlug eine neue Seite in seinem Heft auf.

»Ich finde es wunderbar, dass du Facebook und FaceTime nutzt, um in Kontakt zu bleiben«, meinte Regina.

»Da lasse ich doch glatt den Bleistift fallen«, sagte er zu ihr. »Und ich hatte den Eindruck, du könntest nicht einen einzigen bewundernswerten Zug an mir finden.«

»Viele hast du nicht«, gab sie zu. »Diese Schuhe, Rich.«

Nate betrachtete die Turnschuhe. Heute hatten sie ein Gepardenmuster, lila, mit neonorangen No-Tie-Schnürsenkeln.

»Ich finde es auch toll, dass Sie bei der Technologie auf dem Laufenden sind«, sagte Eliza. Rich stieß ein Grunzen aus, wobei er bereits in sein Heft schrieb. »Mein Großvater will nicht einmal einen Computer.«

»Zu verdammt kompliziert. Und unnötig«, insistierte Archie, dann glättete er mit zwei Fingern seinen Schnurrbart.

»Ich könnte Ihnen das Grundlegende beibringen«, bot Peggy an. »Ohne Google könnte ich nicht leben.«

»Google glotzen«, murmelte Rich und radierte eine Zeile aus.

»Vielleicht komme ich bei Gelegenheit auf das Angebot zurück«, sagte Archie zu Peggy.

»Wenn Sie lernen wollen, einen Computer zu benutzen, dann sollte ich diejenige sein, die es Ihnen beibringt. Ich war fast vierzig Jahre lang Programmiererin.«

»Du weißt zu viel, um eine gute Lehrerin zu sein«, sagte Janet. »Du würdest ihm viel zu viele Informationen geben.«

»Ich brauche wahrscheinlich Hilfe von Ihnen allen dreien, wenn ich jemals eine von diesen Maschinen verstehen will«, antwortete Archie.

Er verstand etwas von Diplomatie. Das war gut, dachte Nate. Er sah auf die Uhr. Er wollte in die Küche gehen und LeeAnne beglückwünschen. Komplimente waren ihr Kryptonit, hatte er entdeckt. Als er versucht hatte, sie vom Suncafé abzuwerben, war ihm das weder mit einem höheren Lohnangebot noch mit der Aussicht auf mehr Personal gelungen. Was sie schließlich umgestimmt hatte, war seine Wertschätzung gewesen. »Ich gehe. Einen netten Abend allerseits. Schön, dass Sie da sind, Eliza. Haben Sie schon gegessen? Ich hätte früher fragen sollen. Ich kann Ihnen einen Teller holen.« Nate ermutigte die Familienangehörigen immer, zu den Mahlzeiten zu bleiben.

»Nein, danke. Ich kann mir den Burger mit Großvater teilen.« Sie griff nach seinem Hamburger und biss hinein.

Das war ein bisschen komisch. Aber auch wieder süß. Es war wahrscheinlich etwas von früher, als sie sich als kleines Mädchen ein Erdnussbutterbrot mit ihrem Großvater geteilt hatte.

»Okay. Ich hoffe, ich sehe Sie bald wieder.«

»Sicher«, erwiderte Eliza.

Nate winkte der Gruppe zu und verließ mit einem Blick auf die Geigenfeige den Speisesaal. Es juckte ihn in den Fingern. Vielleicht sollte er eine Schnur nehmen, damit sie in die richtige Richtung wuchs ... Aber jetzt hatte er dafür keine Zeit. Eine Tonne Papierkram wartete auf ihn.

Sobald er die Küche betrat, wusste er, dass es kein guter

Moment war. LeeAnne und ihre Crew waren gerade dabei, den Nachtisch fertig zu machen. Kein guter Augenblick, um ein paar Komplimente loszuwerden. Er setzte sich an den großen Tisch, wo das Personal seine Mahlzeiten zu sich nahm, und Hope stellte ohne zu fragen einen Teller mit einem Burger und Krautsalat vor ihn hin. Einen Moment später kam sie mit Eistee zurück, mit Zitrone und Diätsüße, seinem Lieblingsgetränk.

Hope behandelte ihn nicht so, weil er der Boss war. Ihr größtes Talent bestand darin zu merken, was gebraucht wurde, und es zu tun. Sie half überall aus, nahm die Bestellungen für die Bewohner auf, die ihre Mahlzeiten nicht mehr im Speisesaal einnehmen konnten, führte Gesprächen mit Verkäufern und kümmerte sich um den Einkauf.

»Was gibt's zum Nachtisch?«, fragte er.

»Kalte Sauerkirschsuppe«, gab Hope zur Antwort. »Mit frischen Sauerkirschen.«

»Auch bekannt als ungarische Meggyleves!«, rief LeeAnne von einer der Kücheninseln.

Die Kellner fingen an, die Schalen hinauszubringen, und LeeAnne sprach mit ihm, also dachte Nate, dass es an der Zeit war, ihr Komplimente zu machen, völlig aufrichtige Komplimente, denn schließlich sollte der Betrieb in der Küche reibungslos laufen.

»Wie hast du denn frische Sauerkirschen aufgetrieben?« Er erinnerte sich an eine Kirschkuchenkrise und daran, dass es in ganz Südkalifornien beinahe unmöglich war, welche zu finden.

»Man muss vor Sonnenaufgang schon auf dem Bauernmarkt sein. Man muss schnell sein. Und gewieft. Das mit vor Sonnenaufgang war eine Herausforderung. Der Rest ergibt sich dann von allein.« LeeAnne grinste. »Hope hat mich daran erinnert, dass Gertie heute Geburtstag hat. Sie liebt ihr ungarisches Essen so, also wollte ich ihr einen Gefallen tun.«

Nate würde Hopes Gehalt erhöhen. Sie hatte es verdient. Sie arbeitete schwer und gab sich Mühe und schaffte es irgendwie, fast Vollzeit an der UCLA zu studieren und gleichzeitig auch beinahe Vollzeit zu arbeiten.

»Hope, würde es dir etwas ausmachen, mir mein Essen einzupacken? Ich muss ins Büro.«

LeeAnne fuhr zu ihm herum und funkelte ihn aus ihren dunklen Augen an. »Kommt nicht infrage, Hope! Wenn er mein Essen will, dann soll er ihm gefälligst die Beachtung schenken, die es verdient.«

Anfängerfehler, dachte Nate. Er führte den Laden und musste weder von LeeAnne noch von irgendjemand anderem Befehle entgegennehmen, aber ihrer Küche keine Aufmerksamkeit zu zollen, war schlechtes Management. Wer wusste, wie lange er brauchen würde, LeeAnne wieder zu beruhigen, wenn er ihr Essen nicht genügend schätzte. »Tut mir leid. Hab nur einfach viel zu tun. Aber du hast recht. Ich muss mir die Zeit nehmen, es zu genießen.«

»Darauf kannst du dein süßes Hinterteil verwetten«, sagte LeeAnne zu ihm.

Nate fragte sich, ob er mit ihr noch einmal die Regeln zu sexueller Belästigung am Arbeitsplatz durchgehen sollte. Aber er hatte sie noch nie so etwas zu jemand anderem sagen hören, und deshalb ließ er es durchgehen. Er spürte, wie sie ihn ansah, als er den ersten Bissen des Pfirsichkrautsalats aß. »Ein Geschmackserlebnis«, meinte er.

»Wenn Leute älter werden, verlieren ihre Geschmacksknospen an Sensibilität. Deshalb mach ich das.« Er bemerkte, dass LeeAnne versuchte, nicht zu lächeln. Ego gestreichelt. Auftrag ausgeführt. Nate unterdrückte auch ein Lächeln. Er war es nämlich gewesen, der LeeAnne den Hinweis mit den Geschmacksknospen gegeben hatte.

»Hope wird das Abräumen beaufsichtigen. Ich gehe jetzt.« LeeAnne zog ihre weiße Chefjacke aus. Das limonengrüne Muskelshirt, das sie darunter trug, betonte die Tätowierung eines Baumes, der Küchenwerkzeuge anstelle von Blättern trug.

»Viel Spaß. LeeAnne und Amber gehen ins Black Rabbit Rose, es ist ganz toll da«, fügte Hope für Nate hinzu.

»Das wollte ich mir auch mal ansehen«, sagte Nate.

LeeAnne schnaubte, während sie sich die Silberringe ansteckte, die sie an jedem Finger trug, wenn sie nicht arbeitete. »Aber sicher. Mensch, das hat schon vor zwei Jahren aufgemacht!«

»So lange ist das schon her? Mein Problem ist, dass ich, wenn ich von der Arbeit komme, nur noch ins Bett will«, gab Nate zu. »Wie schaffst du das?«

»Indem ich nicht den ganzen Tag und die halbe Nacht arbeite«, sagte LeeAnne zu ihm. Sie zog ihre Bandana vom Kopf und schüttelte ihr Haar aus, das oben dunkellila war und sich langsam zu Lavendel aufhellte. »Im Gegensatz zu dir habe ich ein Leben. Du bist achtundzwanzig und lebst, als wärst du einer der Senioren hier. Oh, nur dass die Bewohner hier viel mehr Sozialleben haben als du.« Sie ging zur Tür, drehte sich dann aber noch einmal um und nagelte Nate mit einem strengen Blick fest. »Wann war das letzte Mal, dass du auch nur mit einer Frau gesprochen hast?«

»Ich dachte, ich würde gerade ...«

LeeAnne zeigte auf ihn. »Nein, du weißt ganz genau, was ich meine.«

»Zählt die Enkelin unseres neuesten Bewohners?«, fragte Nate. Eliza war ungefähr in seinem Alter. Hübsch. Ihrem Großvater treu ergeben und offensichtlich verantwortungsbewusst. Sie nahm sich die Zeit und vergewisserte sich, dass er gut aufgehoben war.

»Würdest du mit der Tochter eines Bewohners ausgehen?«
Sie hatte ihn erwischt. »Nein.«
»Dann nicht.«

Nate überlegte, wann er das letzte Mal mit jemandem ausgegangen war. »Dieser Laden nimmt eine Menge Zeit in Anspruch.« Es hörte sich sogar in seinen Ohren jämmerlich an.

Kopfschüttelnd ließ LeeAnne die Tür hinter sich zuschlagen. Hope richtete das Band, das ihren Pferdeschwanz zusammenhielt. »Wenn es dich tröstet, ich bin zwanzig, und wenn ich heute Abend mit meinem Unikram fertig bin, gehe ich auch nur noch ins Bett.«

»Arbeitest du zu viel? Wir können deinen Arbeitsplan ändern.«

»Nein!«, rief sie. »Nein«, wiederholte sie leiser. »Ich brauche das Geld. Ich habe ein Stipendium, aber ...« Sie machte eine hilflose Handbewegung.

»Du kannst so viel arbeiten, wie du willst. Hier läuft alles glatter, wenn du da bist«, versicherte ihr Nate.

Sie lächelte, ein schönes Lächeln. Sie war toll, verantwortungsbewusst, verlässlich. Wenn Hope ein paar Jahre älter wäre ... dann würde er gar nichts tun. Weil sie seine Angestellte war. Er nahm seinen Teller und stand auf. »Erzähl es nicht LeeAnne«, flüsterte er laut, während er zur Tür ging, was Hope zum Lachen brachte.

Zehn Minuten später war er schon in die Monatsabrechnung vertieft.

Drei Stunden später streckte er sich und versuchte, die Schultern zu entspannen. Vielleicht konnte er jetzt in den Speisesaal zurückgehen und sich überlegen, was er mit der Geigenfeige machen sollte. Aber er hatte seit Tagen nicht nach seiner Post gesehen. Er nahm den ersten Umschlag zur Hand und riss ihn auf. Jemand wollte ihm Fitnessgeräte für Senioren verkaufen. Papierkorb. Er hatte das Fitnessstudio vor etwas mehr als zwei Jahren erneuert. Noch ein Brief von diesem Makler, der die Einrichtung kaufen wollte, wahrscheinlich um ein paar luxuriöse Apartmentgebäude zu bauen. Der schickte schon seit Monaten E-Mails, Briefe und rief außerdem noch an. Nate würde sich nicht damit aufhalten. Er hatte bereits Nein gesagt. Papierkorb.

Ungefähr eine halbe Stunde später war er mit der Post durch. Aber wenn er nicht zumindest damit anfing, die monatlichen Briefe zu schreiben, die die Familie jedes Bewohners bekam, würde er nie rechtzeitig damit fertig. Sein Handy spielte das Geigenkreischen aus *Psycho*, den Klingelton seiner Schwester. Er liebte sie und so weiter, aber sie konnte ihn, nun ja, in den Wahnsinn treiben, und der Klingelton half ihm, die richtige Einstellung zu behalten.

Nate zögerte. Wenn er dranging, konnte es Stunden dauern, Stunden, die er brauchte. Aber eines der Kinder könnte krank sein, oder ... Er ging ans Handy. »Was gibt's, Nathalie?«, fragte er seine Zwillingsschwester.

»Ich habe mit Christian gesprochen und ihn gefragt, ob er Kinder haben will«, fing sie an.

»Warte mal. Du warst zweimal mit diesem Kerl aus, richtig?« Es war manchmal schwierig für Nate, auf dem Laufenden zu bleiben.

»Dreimal. Wie auch immer, ich finde es wichtig, so etwas durchzusprechen. Und er hat Nein gesagt. Was okay für mich ist. Die beiden Kinder, die ich habe, sind toll. Aber ich wollte wissen, ob er ein leibliches Kind haben will. Also haben wir darüber geredet, und dabei kam heraus, dass er keine Kinder will. Überhaupt. Keine. Und obwohl ich in meinem Partnersuchprofil angegeben habe, dass ich Kinder habe, wollte er sich mit mir treffen. Wann hätte er mir von seiner Keine-Kinder-

Regel erzählt? Und was meint er wohl, was ich mit meinen Kindern machen soll?«

Nate verdrehte die Augen. Sollte seine Schwester nicht eigentlich eine Freundin haben, mit der sie über solche Sachen sprach? Oder mit ihrer Mutter! Das würde zwei Probleme auf einmal lösen. Ihre Mutter brauchte mehr Aufmerksamkeit. Sie wohnte auf dem Grundstück von The Gardens, in dem Haus, das seit Generationen der Familie gehörte. Nate ging fast jeden Tag bei ihr vorbei, aber sie brauchte sehr viel Aufmerksamkeit. Sie wäre begeistert, wenn Nathalie ihre Beziehungsprobleme mit ihr durchdiskutieren würde.

»Vielleicht wäre Mom die Richtige, um ...«, fing er an.

»Mom?«, wiederholte Nathalie. »Mom? Ich erwähne nur irgendwas von einem Mann, und sie fängt an zu weinen. Es ist Jahre her, dass Dad sie verlassen hat. Man sollte meinen, dass sie langsam darüber hinweg wäre, aber offensichtlich ist das nicht der Fall. Außerdem denkt sie, dass ich jetzt, wo ich Kinder habe, sowieso keinen Mann mehr brauche.«

Nate öffnete ein Word-Dokument. Er beschloss, zuerst an Gerties Sohn zu schreiben. Er konnte ihm von der ... Wie hatte LeeAnne die Kirschsuppe bezeichnet? Ma... irgendwas.

»Was soll ich mit Christan machen? Soll ich ihn zur Rede stellen? Oder es mit einer Art Desensibilisierung versuchen? Er könnte anfangs nur ein wenig Zeit mit den Kindern verbringen, und dann würde ich es immer mehr steigern.«

Nein. Meh... irgendetwas. Meh... Meh... »Meggyleves!«

»Du arbeitest doch nicht etwa, während du mit mir telefonierst, Nate, oder? Das ist eine Krise. Ich brauche deine volle Aufmerksamkeit.«

Er überlegte, ob er sie darauf hinweisen sollte, dass ein Tornado eine Krise war oder ein Blinddarmdurchbruch oder eine Kündigung. Aber dann würde Nathalie weinerlich werden und sich beklagen, dass niemand sie und das Leben einer alleinerziehenden Mutter verstand, und das würde das Telefonat wahrscheinlich um weitere vierzig Minuten verlängern.

Nate klappte den Laptop zu, ließ den Kopf in den Nacken fallen und schloss die Augen. »Jetzt hast du meine volle Aufmerksamkeit. Sprich weiter.« Er begann, im Kopf den ersten Brief zu verfassen, während seine Schwester weiterredete. Sich um Nathalie zu kümmern bedeutete häufig, ihr zuzuhören, während sie Dampf abließ.

Viel Dampf.

Und noch mehr Dampf.

Plötzlich hörte er ein leises Rascheln. Er öffnete die Augen und setzte sich gerade hin. Eine braun getigerte Katze saß auf seinem Schreibtisch. Sie sah ihm ins Gesicht und wischte einen Stapel Rechnungen mit der Pfote zu Boden. Sie sah Nate noch einmal an, dann schlug sie nach seinem Kalender.

»Nathalie, ich muss jetzt auflegen. Wir können morgen weiterreden. Eine Katze ist in meinem Büro und bringt alles durcheinander.« Er legte auf, bevor sie protestieren konnte. Als ein paar Sekunden später die Geigen wieder zu quietschen anfingen, ignorierte er den Anruf. Er wusste, dass er nicht gebraucht wurde, um eines der Kinder in die Notfallaufnahme zu fahren oder die Feuerwehr zu rufen.

Die Katze haute die Miniaturrose vom Tisch, die Nate mühsam aufgepäppelt hatte. Blumenerde fiel auf den Teppich. Verdammt. Er hatte gerade den pH-Wert richtig eingestellt.

»Hey. Hör auf damit!« Die Katze sah ihn an, zwinkerte langsam, lehrte seinen Tacker das Fliegen und verschwand dann durch einen Riss im Fenstergitter. Vor dem Abendessen war der Riss noch nicht da gewesen. Er hätte ihn bemerkt. Ein Großteil seines Jobs bestand darin, solche kleinen Dinge zu bemerken.

Nate stand auf und kümmerte sich um die Nachwirkungen des Katzentornados. Er wollte sich gerade wieder hinsetzen, aber verdammt noch mal, es war fast zehn, er würde nach Hause gehen. Vielleicht sogar ein Bier trinken. Er hatte die letzten drei Tage bis nach Mitternacht im Büro gesessen. Er würde morgen den Rest aufholen.

Ja, das hatte er sich verdient.

# Kapitel 3

Brionys Vater tippte ihr auf die Nase. »Was tun wir, wenn wir über die Straße gehen?« Tipp. »Was tun wir, wenn wir über die Straße gehen?«

Das Tippen wurde etwas stärker. Die Falten im Gesicht ihres Vaters vertieften sich, und er sah auf einmal wütend aus. »Und was tun wir, wenn wir einen Antrag annehmen?« Tipp. »Wir.« Tipp. »Heiraten!« Tipp.

Das ist nicht passiert, sagte Briony sich. Ich träume. Ich muss aufwachen.

»Wir heiraten!«, schrie ihr Vater sie an, und ihr Vater schrie niemals. Sein Gesicht war dunkelrot geworden, beinahe lilafarben. Er sah aus, als würde er gleich einen Schlaganfall bekommen. Tipp, tipp, tipp.

Wach auf, wach auf, wach auf, dachte Briony. Sie schaffte es, die Augen zu öffnen, und starrte einen gestreiften Kater an. Er saß auf ihrer Brust und tippte mit seiner weichen Pfote auf ihre Nase. Sie brauchte einen Augenblick, um sich zurechtzufinden. Sie war im Haus ihrer Cousine Jamie. Es war MacGyver, der Kater ihrer Cousine Jamie. Er tippte ihr noch mal auf die Nase.

»Was?«, murmelte sie. »Es kann doch nicht schon wieder Essenszeit sein.«

Aber als sie das Wort »Essen« aussprach, miaute Mac. Briony setzte sich langsam auf und griff nach ihrem Handy auf dem Sofatisch. Sieben Uhr zweiunddreißig. Sie hatte fast elf Stunden geschlafen. Sie hatte sich noch am Morgen wieder auf der Couch zusammengerollt, nachdem sie Mac und Diogee Frühstück gegeben und Diogee rausgelassen hatte. Sie legte das

Handy wieder weg. Sie wollte nicht wissen, wie viele Nachrichten und Voicemails sie hatte. Sie wusste, dass sie sich mit, nun, allen in Verbindung setzen musste, aber nicht jetzt. Noch nicht. Sobald das Flugzeug gelandet war, hatte sie ihren Eltern getextet, dass sie gut angekommen war. Alles andere konnte warten.

Stöhnend stand sie auf. Diogee tänzelte auf der Stelle und begann ein Bellbombardement, das ihre Trommelfelle vibrieren ließ. Mac miaute lauter. »Ich bin auf. Ich bin euer Tiersitter, und ich werde mich um euch kümmern.« Sie nahm den Kater auf den Arm, dann ließ sie den Hund hinaus. Sie versicherte sich, dass die Tür richtig verschlossen war, bevor sie Mac absetzte. Er trabte gen Küche, den Schwanz steil in die Luft gestreckt. Dieser Schwanz wirkte wie ein Befehl – *folge mir*. Sie folgte ihm.

»Wie wär's mit Truthahn und Süßkartoffel?«, fragte sie, als sie den Schrank voller Tierfutter und Leckerchen geöffnet hatte. Sie hatte einen üblen Geschmack im Mund. Seit sie angekommen war, hatte sie sich noch nicht die Zähne geputzt, und das kam sonst nie vor. Sie machte einen Schritt zum Kühlschrank, um den Wasserkrug herauszuholen, und Mac ließ ein wütendes Jaulen ertönen.

»Richtig. Ihr zuerst. Was habe ich mir nur gedacht?« Sie servierte ihm sein Abendessen, ließ Diogee wieder herein, fütterte ihn, gab beiden Tieren frisches Wasser, nahm sich selbst ein Glas und gestattete sich dann, aufs Sofa zurückzukehren. Sie schaffte es noch nicht, ins Gästezimmer umzuziehen. Es fühlte sich zu weit weg an.

Als sie sich ausstreckte, kehrten die Gefühle ihres Traums zurück. Wie ihr Vater sie angeschrien hatte, machte sie ganz krank. Es war nicht wirklich geschehen, sagte sie sich. Ihr Vater und ihre Mutter hatten nach dem Vorfall alles arrangiert, keiner von beiden hatte ein kritisches Wort geäußert. Aber das Gefühl des Traums blieb. Sie hätten sie beide anschreien sollen. Das ganze verschwendete Geld. Und was sie Caleb angetan hatte.

Sie sah zu ihrem Handy hinüber. Sie sollte sie anrufen. Sie sollte Caleb anrufen. Sie sollte Vi und den Rest ihrer Brautjungfern anrufen. Sie sollte die Hochzeitsplanerin anrufen. Sie sollte – sie kniff die Augen zu. Nicht jetzt. Noch nicht.

Sobald Mac sicher war, dass Briony wieder schlief, entkam er mit Diogees Hilfe durchs Fenster; er lief zur Zeder hinüber und kratzte gründlich, um den Gestank des Hundes zu eliminieren. Sobald er draußen war, pinkelte der Hund überall hin. Er bekam es einfach nicht in seinen Holzkopf, dass der Garten Mac gehörte. Der Garten, das Haus, die Menschen im Haus, die Nachbarschaft, alles gehörte Mac. Sogar Diogee gehörte Mac, auch wenn Mac ihn nicht haben wollte.

Nachdem er diese lästige Pflicht erledigt hatte, war es Zeit für Mac, sich an die Arbeit zu machen. Er musste nach dem Sardinenmann sehen. Er machte sich auf den Weg zu seinem Bungalow, wobei er sich an der Geruchsmischung in der Nachtluft erfreute. Oh, heilige Bastet! Der Sardinenmann aß schon wieder Sardinen. Mac fing an zu rennen. Fast konnte er schon die kleinen knirschenden Gräten zwischen seinen Zähnen spüren.

Er bog in die Straße ein, wo der Mann wohnte, dann zwang er sich, stehen zu bleiben. Seine Mission war es nicht, an Sardinen zu kommen. Seine Mission war es, dem Sardinenmann zu helfen. Er dachte über die Möglichkeiten nach, wobei seine Schnurrhaare vor Ungeduld zitterten. Ein Geschenk. Jamie schätzte die Geschenke, die Mac ihr brachte, nicht immer.

Manchmal versuchte sie sogar, sie wegzuwerfen. Sie war eben nicht besonders klug. Glücklicherweise hatte sie ihn, um auf sie aufzupassen.

Der Sardinenmann hatte einen besseren Geschmack. Jamie gab Mac ab und zu eine Sardine als besondere Delikatesse, aber sie aß sie nie selbst. Ihre Nase rümpfte sich, wenn sie sie anfasste. Aber der Mann wusste sie zu schätzen, also würde er vielleicht auch ein Geschenk zu würdigen wissen.

Mac wandte sich dem Nachbarhaus zu. Er wusste, dass niemand da war. Vielleicht gab es dort ja etwas, das dem Mann gefiel. Mac hätte den Kamin herunterklettern können, aber die Sardinchen riefen ihn, also benutzte er eine Kralle, um das Gitter aufzuschlitzen, das die Veranda umgab. Jamie würde ihn einen bösen Kater nennen. Sie verstand nicht, dass es Spaß machte, ein böser Kater zu sein. Und es war nützlich. Ja, obwohl er sie lieb hatte, musste er doch zugeben, dass sie ihm intellektuell nicht das Wasser reichen konnte.

Mac schlängelte sich durch den Schlitz, den er in das Gitter gerissen hatte. Nachdem er ein paar Zimmer durchsucht hatte, fand er etwas, das vielleicht ging. Er hatte David einmal so etwas geschenkt, und David schien es gefallen zu haben. Er hatte es nicht weggeworfen. Mac nahm das weiche Ding zwischen die Zähne. Dann machte er sich auf den Weg zu den Sardinen.

Nein, auf den Weg zu dem Mann. Der Mann war seine Mission.

Da Mac ihn ja schon kannte, ging er direkt zur Vordertür. Er stellte sich auf die Hinterbeine und schlug auf den Knopf, bis er ein Ding-Dong hörte.

»Ich bin nicht zu Hause«, blah-blahte der Mann. Dann hörte Mac Schritte. Die Tür öffnete sich einen Spalt. »Oh, du bist es.« Die Tür öffnete sich weiter. Mac legte das Geschenk auf einen

Turnschuh. Der Mann hob es auf, drehte es in den Händen und starrte es an.

Der Job war erledigt, und Mac ging zu den Sardinen.

Nate klingelte an Gibs Tür. »Ich bin nicht zu Hause!«, rief er, aber Nate hörte, wie er zur Tür kam. Gut. Gib war ein geselliger Mensch – normalerweise –, und wenn er Nate tatsächlich vor der Tür stehen gelassen hätte, hätte das bedeutet, dass es ihm wirklich nicht gut ging.

»Oh, Sie sind es«, sagte Gib. Er öffnete die Tür. »Wollen Sie ein Bier?«

»Klar.« Nate folgte Gib in die Küche. Er gab Nate ein Bier aus dem Kühlschrank, dann goss er Milch in eine Untertasse. »Haben Sie eine Katze?«, fragte Nate.

»Ich weiß nicht, wie er gestern hereingekommen ist. Heute hat er die verdammte Klingel benutzt. Aber eingezogen ist er noch nicht.«

»O...kay«, Nate ging mit Gib ins Wohnzimmer, wo in Gibs Lieblingssessel eine braun getigerte Katze saß, dieselbe, die in der vorigen Nacht sein Büro beinahe völlig zerstört hatte.

»Ich hoffe, Sie wollen keine Sardinen. Er hat gerade die letzte gefressen.« Gib hob die Katze hoch und setzte sich in seinen Sessel. Die Katze sprang ihm auf den Schoß und machte es sich dort gemütlich.

»Ich esse ungern Dinge, die mich ansehen können«, sagte Nate. Er öffnete seine Bierflasche und nahm sich eine Handvoll Brezeln.

»Möglicherweise hat er von ein paar das Salz abgeleckt«, informierte ihn Gib.

Nate wusste nicht, was er mit den Brezeln machen sollte. Schließlich ließ er sie in seine Hosentasche gleiten, als er sich

Gib und dieser Katze gegenüber aufs Sofa setzte. Die Katze sah ihn lange an, dann blinzelte sie langsam.

»Wenn Sie hier sind, um mir zu sagen, dass ich im Speisesaal essen soll, dann geht Sie das überhaupt nichts an.«

Gib war schlau. Nate beschloss, genauso direkt zu sein. »Das Essen ist besser geworden. Aber ich verstehe schon, wenn Sie nicht mit ansehen wollen, wie Peggy mit Archie flirtet.«

»Das ist mir egal.« Er nahm sich betont gleichgültig eine Brezel und steckte sie in den Mund.

»Sie meinten doch, die Katze könnte sie abgeleckt haben«, erinnerte ihn Nate.

Gib hörte auf zu kauen, zögerte, schluckte dann. »Warum meinen Sie, dass es mich stört, wenn Peggy sich Herrn Fliege an den Hals wirft?«

»Von ›an den Hals werfen‹ habe ich nichts gesagt, ich sagte flirten. Und ich dachte, es könnte Sie stören, weil ich, nun, Augen im Kopf habe. Ich habe bemerkt, wie Sie sie ansehen. Und übrigens, wenn Sie diese Peperomia nicht in den nächsten Tagen gießen, ist sie hinüber.« Nate sorgte dafür, dass jeder Bewohner eine Pflanze hatte. Gewöhnlich wäre er in die Küche gegangen und hätte selbst Wasser geholt, aber er wollte diese Unterhaltung fortführen. Allerdings schwieg Gib. Er sah auf die Katze hinunter und kraulte sie unter dem Kinn, sie fing an zu schnurren.

»Sie meinen, alle wissen das? Sogar Sie?«, fragte Gib schließlich, ohne aufzublicken.

»Das bezweifle ich. Ich sehe wahrscheinlich genauer hin. Mein Großvater wusste immer alles, was in The Gardens vorging. Ich habe das Gefühl, als wäre das auch meine Aufgabe«, antwortete Nate. »Ich habe diese Katze schon einmal gesehen«, fügte er hinzu, weil er fand, dass er Gib genug zugesetzt hatte. Es stimmte, ihm war aufgefallen, wie Gib Peggy ansah, aber es war ihm wohl entgangen, wie tief seine Gefühle waren. »Sie hat mein Büro zerlegt.«

Die Katze blinzelte wieder langsam. Als wüsste sie, dass Nate über sie sprach.

»Wollen Sie meinen Rat hören? Investieren Sie in ein paar Dosen Sardinen.« Gib nahm einen Schluck von seinem Bier. »Ich habe sie schon in der Schule angesehen. Wissen Sie, wir waren auf derselben Highschool.« Er wollte das Thema wohl doch nicht wechseln.

»Ja, das haben Sie erzählt.« Davon hatte er gehört, als Peggy vor ein paar Jahren in The Gardens eingezogen war.

»Damals habe ich nie mit ihr gesprochen. Jetzt kann ich wenigstens das. Zumindest konnte ich das, bis Herr Fliege aufgetaucht ist.«

»Er ist das Angebot des Monats«, sagte Nate. »Neuankömmlinge bekommen immer eine Menge Aufmerksamkeit. Das wissen Sie doch. Und ich glaube nicht, dass Peggy nicht mehr mit Ihnen spricht.«

Gib zuckte die Achseln und streichelte weiter die Katze.

»Ich verstehe nicht, warum Sie sich hier verstecken«, sagte Nate. »Beim Gin Rummy sind Sie unbarmherzig, und jetzt, bei etwas, das Ihnen wirklich wichtig ist, geben Sie sich kampflos geschlagen.«

Gib hob mit einem Ruck das Kinn. »Ich habe es die ganze Zeit versucht.«

»Oh. Das habe ich nicht bemerkt. Sie haben Peggy also eingeladen, mit Ihnen auszugehen, und sie hat abgelehnt?«

»Nein. Nicht ganz.«

»Sie haben sie angerufen, und sie hat aufgelegt?«

»Ich merke, wenn eine Frau nicht interessiert ist, und sie ist es nicht. Ich bin ein Freund, und damit hat es sich«, erwiderte Gib.

»Vielleicht denkt sie genauso über Sie. Es hört sich nicht so an, als hätten Sie irgendetwas getan, um ihr zu zeigen, was Sie empfinden.«

»Wer sind Sie überhaupt, dass Sie mir Ratschläge in Liebesdingen geben?«, protestierte Gib. »Wann war das letzte Mal, dass Sie mit einer Frau gesprochen haben, die nicht über sechzig war?«

Et tu, Gibson, dachte Nate. »Diese Einrichtung am Laufen zu halten, ist mehr als ein Vollzeitjob«, sagte er.

»Unfug. Diese Assistentin, die Sie da haben, kann sich um vieles kümmern. Sie haben gute Leute in allen Bereichen. Sie müssen nicht ständig hier sein.«

»Nur damit Sie es wissen, ich habe gemerkt, dass Sie das Thema wechseln, damit Sie nicht über sich selbst sprechen müssen.«

»Nur damit Sie es wissen. Ich habe gemerkt, dass Sie das Thema wieder wechseln, damit Sie nicht über sich selbst sprechen müssen«, entgegnete Gib.

»Aufs Ausweichen.« Nate stieß mit seiner Bierflasche an Gibs.

Gib nickte, dann nahm er einen großen Schluck.

»Also, wenn Sie nicht im Speisesaal ...« Nate hielt inne, sein Blick blieb an einem glänzenden Stück Stoff hängen, das neben der Sardinendose auf dem Tisch lag. »Ist das ...« Er beugte sich vor. »Ist das ein Slip?«

Gib nickte. Er hob den Slip mit zwei Fingern hoch. Ein Tanga. Seide. Rosa. Sehr klein.

»Vielleicht können Sie mir ja doch etwas über Frauen erzählen«, sagte Nate, dessen Augen noch immer an dem Slip hingen.

»Er hat ihn angeschleppt.« Gib zeigte mit dem Daumen in Richtung Katze. Die leckte sich die Pfote und wischte sich damit über ihr Ohr. Als würde sie sagen: »Ja, ich hab da was am Laufen.«

Nate kam aufs Thema zurück. »Gib, wenn Sie nicht im Speisesaal essen wollen, dann ist das Ihre Sache. Aber lassen Sie mich wenigstens das Essen herschicken. Sie können nicht von Bier und Sardinen leben.«

»Sardinen sind Proteine«, antwortete Gib. »Und Bier senkt den Blutdruck.«

»Haben Sie sich das ausgedacht?«

Gib grinste. »Ich fühle mich entschieden entspannter, wenn ich ein Bier getrunken habe.« Die Katze rollte sich auf den Rücken und fing an, die Luft mit ihren Krallen zu kneten.

»Wie viel Bier haben Sie ihm denn gegeben?«, fragte Nate. »Wenn er sich noch mehr entspannt, fällt er auf den Boden.«

»Sardinen sind sein Alkohol.« Gib kitzelte die Katze ein wenig.

»Haben Sie vor, sie aufzunehmen?« Er ermutigte die Senioren in The Gardens dazu, Haustiere zu halten. Es war durch Studien belegt, dass Haustiere gut für die Gesundheit waren. »Ich habe einen Artikel gelesen, in dem stand, eine Katze zu halten sei gefühlsmäßig genauso befriedigend wie eine romantische Beziehung. Und da Sie ja nun nicht weiter ...«

»Wenn das stimmt, dann sollten Sie ihn nehmen«, fiel ihm Gib ins Wort. »Ich bin ein alter Mann. Für mich gibt es keine Romanzen mehr.«

»Ganz im Gegensatz zu Herrn Fliege«, meinte Nate.

»Außerdem hat er ein Zuhause. Da steht eine Telefonnummer auf seinem Halsband. Sein Name steht da auch. MacGyver«, sagte Gib. Der Kater setzte sich auf und miaute kurz.

Nate zog sein Handy heraus. »Jemand sorgt sich sicher um unseren Freund. Wir sollten anrufen.« Er tippte die Nummer ein, die Gib laut vorlas. Das Telefon klingelte mehrmals; dann ging der Anrufbeantworter dran. Als es piepte, hinterließ Nate eine Nachricht. »Ich wollte Ihnen nur sagen, dass Ihr Kater drüben in The Gardens ist. Wir kümmern uns um ihn, bis Sie …«

»Was?«, rief eine Frau, ihre Stimme klang belegt. Sie räusperte sich. »Haben Sie gesagt, mein Kater?«

»Ja. MacGyver. Getigert. Braun getigert«, antwortete Nate.

»Aber er ist doch hier. Er war hier. Ich bin eingeschlafen. Mac. Kitty, Kitty, Kitty? Ich sehe ihn nirgends.«

»Weil er hier ist«, sagte Nate.

»Aber er konnte doch gar nicht hinaus. Kitty, Kitty, Kitty? Kitty?« Sie hörte sich zunehmend hysterisch an. »Ich hatte eine einzige Aufgabe, und die war, auf den Kater und den Hund aufzupassen. Wie schwer kann das sein? Ich mach einfach alles falsch.«

»Beruhigen Sie sich. Er ist hier. Es geht ihm gut. Er hängt hier in The Gardens herum und frisst Sardinen. Die Seniorenwohnanlage an der Tamarind Avenue, an der Kreuzung zur Sunset.«

»Ich weiß nicht, wo das ist. Ich bin gerade erst hergekommen. Ich bin in … in … wie heißt es doch gleich? Storybook Court! Sind Sie irgendwo in der Nähe?«, rief die Frau.

»Ganz in der Nähe. Unsere Anlage liegt gleich dahinter«, erklärte ihr Nate.

»Geben Sie mir die Adresse, und ich bin gleich bei Ihnen.«

Nachdem Nate ihr Gibs Adresse gegeben und ihr den Weg beschrieben hatte, legte sie ohne ein weiteres Wort auf. »Die Katzensitterin kommt gleich herüber. Sie hat noch gar nicht gemerkt, dass er weg war.«

»Gute Katzensitterin.«

Fünf Minuten vergingen. Dann zehn. Dann fünfzehn.

Der Kater, MacGyver, stand auf und streckte sich, warf einen Blick auf die leere Sardinenbüchse und sprang auf den Boden. Er schlenderte zur Tür hinüber und miaute ein Mal.

»Geht nicht«, sagte Gib zu ihm. »Jemand kommt und holt dich ab.«

»Sie sollte längst hier sein«, sagte Nate. »Sie kommt nur von Storybook Court herüber.«

MacGyver sah ihn und Gib über die Schulter hinweg an und miaute vier Mal schnell hintereinander.

Gib lachte. »Er hält uns für Schwachköpfe. Er sagt, wir sollen endlich die verdammte Tür aufmachen. Ich gebe ihm noch etwas Milch. Das wird ihn ablenken.« Er ging in die Küche. Der Kater starrte Nate weiter an, als wollte er ihn mit seinen Gedanken kontrollieren.

»Bitte sehr«, sagte Gib, als er wiederkam. Er stellte die Untertasse mit Milch neben den Kater. MacGyver schnüffelte daran, dann stieß er eine weitere Salve von Miaus aus.

»Komm schon, trink die Milch«, sagte Gib zu ihm. MacGyver schnaubte kurz, drehte sich dann um, trabte zum Kamin hinüber – und kletterte den Schornstein hinauf.

»Ich fass es nicht.« Gib schüttelte den Kopf. »Ich fass es nicht.«

Nate stürzte dem Kater nach, bückte sich vor dem Kamin und benutzte die Taschenlampe seines Handys, um in das Innere zu leuchten. »Er hat es hinausgeschafft.«

Die Türklingel schellte. Dann wurde Sturm geklopft. Dann klingelte es wieder.

»Ich bin nicht zu Hause!«, rief Gib auf dem Weg zur Tür. Die flog auf, bevor er sie erreichte, und eine Frau stürmte herein.

»Wo ist er? Wo ist der Kater?«, rief sie.

Gib starrte sie an. Nate versuchte, das nicht zu tun, aber es war unmöglich. Verwischte Schminke im Gesicht. Ihr kastanienbraunes Haar war halb zu einer Art kompliziertem Kringeldutt aufgesteckt, die andere Hälfte fiel ihr auf die Schultern. Ihr langes himmelblaues Kleid war zerknittert, hatte Grasflecken und einen Riss, der bis oben zu ihrem schönen, straffen Oberschenkel reichte. Sie trug nur einen Schuh, weshalb die perfekt lackierten rosa Fußnägel an ihrem hübschen Fuß zu sehen waren.

»Der Kater ...« Nate zögerte. Die Frau stand eindeutig kurz vor einem Nervenzusammenbruch. Er wollte nicht direkt damit herausplatzen, dass der Kater weg war.

»Der Kater ist weg«, platzte Gib heraus.

»Was!«, schrie sie, und ihre blauen Augen glänzten. Tränen hingen an ihren langen Wimpern, tropften aber nicht auf ihre Wangen hinunter. »Was? Jemand hat angerufen und gesagt, er wäre hier.«

»Ich habe angerufen«, begann Nate.

»Und Sie haben ihn rausgelassen?« Sie warf den Kopf zu ihm herum und trat dann einen Schritt zurück, als hätte man sie gestoßen. Einen Moment lang war sie stumm; dann machte sie wieder einen hastigen Schritt nach vorn, wobei sie noch schneller sprach als vorher. »Sie wussten doch, dass ich kommen würde! Ich habe nur eine Aufgabe. Eine einzige. Auf die Tiere aufzupassen. Und MacGyver ist weg? Wie kann er weg sein? Ich bin so schnell gekommen, wie ich konnte. Hab mich ein bisschen verlaufen. Dann hab ich einen Schuh verloren. Und bin ausgerutscht. Und wie konnten Sie ihn nur rauslassen?«

»Er ist den Schornstein hoch«, erklärte Gib.

»Was?«

Nate nickte. »Irgendwie hat er es geschafft, da hochzuklettern. Wahrscheinlich ist er schon auf dem Weg nach Hause.«

»Wahrscheinlich? Wahrscheinlich?!«, schrie sie. »Sie sagen mir wahrscheinlich!« Sie wirbelte herum und rannte zur Tür hinaus. »MacGyver! Kitty, Kitty, Kitty!«

»Ich würde nicht darauf hören«, bemerkte Gib. »Und dieser Kater tut es auch nicht. Viel zu schlau dafür.«

Nate folgte ihr. Genau, was er brauchte, noch eine verrückte Frau, um die er sich kümmern musste, als wären seine Schwester und seine Mutter nicht schon genug. Aber bevor er es zur Tür schaffte, klingelte sein Handy. Er warf einen Blick auf den Bildschirm. Sein Nachtmanager. »Schieß los«, sagte Nate.

»Wir haben ein Problem hier«, berichtete Amy. »Ein großes Problem. Ich rede hier von der Größe des großen Bruders eines *Titanosaurus Argentinosaurus huinculensis*. Und der Kerl wog mehr als sechsundneunzig Tonnen. Du musst herkommen, jetzt.«

# Kapitel 4

Du. Du! Du bist hier.« Briony schüttelte den Kopf und starrte MacGyver an, der zusammengerollt auf dem Sessel neben dem Sofa lag. Sie lief durchs Haus. Die Hintertür war zu und abgeschlossen.

Sie hielt inne. Da war ein angelehntes Fenster! Aber es war viel zu hoch, als dass sogar ein unglaublich gelenkiger Kater es erreichen könnte. Sie ging weiter durchs Haus und fand keinen möglichen Fluchtweg. Aber irgendwie war MacGyver hinausgekommen.

Briony betrat das Badezimmer. Das Fenster war verschlossen und verriegelt. Sie drehte sich um und erstarrte, als sie ihr Bild in dem großen Spiegel sah. »Oh Gott.« Sie atmete tief ein und schaltete das Licht an, um besser sehen zu können. Das schöne lange Kleid, nach dem sie und ihre Freundin Vi einen ganzen Tag lang die Geschäfte durchsucht hatten, war völlig zerknittert. Kein Wunder, sie hatte es ja schließlich an, seit sie ihr Hochzeitskleid ausgezogen hatte. Es hatte Grasflecken und von dem Sturz einen Riss, der so hoch reichte, dass es beinahe unanständig aussah.

Und ihre Haare. Ihre Haare! Die elegante Hochfrisur, die auszusuchen sie Monate gebraucht hatte, war ein Desaster. Ein Teil klebte noch oben an ihrem Kopf. Der andere hing in einem wirren Knäuel an der Seite herunter. Ihr Lippenstift war schon lange verschwunden, aber die Wimperntusche war noch zu sehen, allerdings unter den Augen anstatt in den Wimpern. Sie war ein Wrack.

Ihre Beine gaben nach, und sie setzte sich auf den Badewannenrand. Das musste aufhören. Erst einmal eine Dusche.

Sie nahm die Frisur auseinander, legte die Perlennadeln neben das Waschbecken. Als sie damit fertig war, holte sie ihren Bademantel aus dem Koffer. Das musste sie auch noch tun – auspacken. Aber zuerst die Dusche. Nein, zuerst die Zähne. Sie ging ins Bad zurück und putzte sich drei Mal die Zähne, dann zog sie sich aus und stieg in die Duschkabine. Sie wusch sich die Haare, benutzte zweimal die Pflegespülung, um die Haarnester herauszubekommen, dann stand sie einfach nur unter dem heißen Wasser, bis es kalt wurde.

Sie zog die engen schwarzen Hosen an und das gestreifte Hemd, von dem alle Zeitschriften sagten, dass es laut Audrey Hepburn perfekt für Flitterwochen in Paris wäre. Sie föhnte sich die Haare und band sie nach hinten, packte ihre getragenen Kleider und den Waschbeutel weg und ging wieder zum Spiegel, um sich zu begutachten. Viel besser. Jetzt konnte sie aus dem Haus gehen, ohne sich lächerlich zu machen. Sie hoffte nur, dass sie nie wieder einem von diesen beiden Männern über den Weg lief. Besonders nicht dem mit den braunen Augen, die so dunkel waren, dass …

Was dachte sie da? Sie wollte keinen von diesen beiden Männern jemals wiedersehen, weil sie beide ihren verrückten Auftritt miterlebt hatten. Alle beide.

Okay. Sich wieder einigermaßen präsentabel herzurichten, war nur ein kleiner Schritt. Jetzt musste sie … Sie musste … was war der nächste Schritt? Die Antwort kam wie eine Ohrfeige. Sich bei Caleb entschuldigen. Sie hatte noch nicht einmal mit ihm gesprochen, seit sie auf dem Weg zum Altar zusammengeklappt war. Sie hatte es ihren Eltern überlassen, sich bei den Gästen zu entschuldigen. Sie mussten auch mit Caleb gesprochen haben. Aber wer wusste, was sie gesagt hatten.

Ja, das war eindeutig der nächste Schritt. Richtig? Ja. Sich entschuldigen und den Ring zurückgeben. Der war in der Reißverschlusstasche ihrer Handtasche. Sie hatte ihn auf dem Flug ausgezogen. Langsam erarbeitete sie einen Plan. Der Ring musste versichert verschickt werden. Die Post war geschlossen. Aber es musste irgendwo eine FedEx-Station geben. Sie würde googeln und hingehen. Sie würde einen Zettel in das Paket legen. Sie war noch nicht bereit, direkt mit Caleb zu sprechen. Das wäre das Richtige, aber sie konnte es nicht, noch nicht. Das also war der Plan.

Sie nickte sich zu. Dann nickte sie noch einmal. Nickte ein drittes Mal. Es war die richtige Entscheidung. Sie konnte es tun. Sie zwang sich, ihr Handy in die Hand zu nehmen und nach der nächsten FedEx-Station zu suchen. Nur ein paar Blocks entfernt. Da konnte sie hinlaufen. Sie nahm ihre Handtasche und versicherte sich, dass der Ring darin lag, was er natürlich tat.

Briony stand bewegungslos da, die Tasche in der Hand. Komm schon. Nächster Schritt. Geh aus dem Haus. Lauf zum FedEx. »Okay, Kinder. Ich gehe ein bisschen nach draußen«, sagte sie zu MacGyver und Diogee. Diogee fing vor Aufregung an zu jaulen. »Allein. Dieses Mal.« Sie musste auch noch mit dem Hund gehen. Aber das stand weiter unten auf der Liste. »Seid bitte da, wenn ich zurückkomme«, setzte sie an den Kater gerichtet hinzu.

Sie erinnerte sich an Jamies Anweisungen und sperrte ihn ins Vorderzimmer, bevor sie durch die Haustür hinausging. Sie schloss die Tür hinter sich ab und stand dann wieder bewegungslos da. Der Plan. Folge dem Plan, sagte sie zu sich selbst. Und ging los. Einfach nur einen Fuß vor den anderen setzen. So viel schaffte sie.

Sie entdeckte das FedEx/Kinkos-Büro an der Ecke, genau wie sie bei Google herausgefunden hatte. Sie ging hinein und nahm einen Eilbriefumschlag von der kleinen Theke. Nächster Schritt.

Ein Etikett ausfüllen. Ihre Finger zitterten, als sie Calebs Namen zu schreiben anfing. Sie schüttelte ein paarmal kräftig die Hände aus und fuhr fort. Die Handschrift sah nicht toll aus, war aber lesbar.

Mach weiter, sagte sie sich. Sie nahm zwei tiefe zittrige Atemzüge, bevor sie ihren Verlobungsring aus der Tasche nehmen konnte. Sie wickelte ihn in ein Kleenex aus der kleinen Packung, die ihr ihre Mutter immer in die Tasche packte, wenn Briony nicht hinsah, dann steckte sie ihn in den Umschlag. Jetzt der Zettel. Warum hatte sie den nicht geschrieben, bevor sie das Haus verlassen hatte? Das hier war nicht der richtige Ort, um eine richtige Entschuldigung zu schreiben, eine wirkliche Erklärung. Schließlich kritzelte sie nur »Es tut mir so leid« auf ein Stück Papier, das auf der Theke gelegen hatte, tat es mit in den Umschlag, klebte ihn zu und brachte ihn an den Schalter.

»Alles in Ordnung?«, fragte der Mann.

Briony nickte, ohne ihn anzusehen. Er hörte sich nett an, und sie hatte Angst, dass sie sofort in Tränen ausbrechen würde, wenn sie versuchte, mit irgendjemandem zu sprechen, der ein bisschen nett war. Es war ... sie fühlte sich ... Es war, als würde sie wieder das Kirchenschiff entlanggehen. Nur dass jetzt nicht mehr alles wackelig wurde, sondern sich ihre Knochen anfühlten wie kleine Eisstäbchen, als könnten sie jederzeit brechen, *knack, knack,* und sie würde zu Boden gehen. Und nie wieder aufstehen.

»Sie sehen nicht okay aus«, sagte der Mann.

»Was kostet es?«, schaffte Briony zu sagen.

»Neun neunzig.«

Sie schob einen Zwanziger in seine Richtung und rannte hinaus, ignorierte seine Rufe wegen des vergessenen Wechselgeldes. Sie musste irgendwo nach drinnen. Sie brauchte einen

Ort, wo sie Türen hinter sich abschließen, das Licht ausmachen und endlich atmen konnte. Sie musste sich ganz aufs Atmen konzentrieren.

Ein paar Blocks, sagte sie sich. Du bist nur ein paar Blocks von Jamies Haus entfernt. Geh weiter. Geh einfach weiter. Schritt für Schritt für Schritt.

Sie ging um die Ecke, und Storybook Court kam in Sichtweite. Sie konnte den Brunnen im Garten hören. Nicht mehr weit. Nicht mehr weit. Sie brauchte ihre gesamte Willenskraft, um es bis dahin zu schaffen. Dann sank sie auf den Bordstein. Die Palmenblätter schwankten in ihrem Blickfeld. Ihr Kopf fühlte sich an, als wäre er nur durch einen dünnen Faden mit ihrem Körper verbunden.

Briony presste die Hände an die Brust. Die hob und senkte sich. Ihre Lunge funktionierte. Auch wenn es sich nicht so anfühlte, so bekam sie doch die Luft, die sie brauchte. Sie kniff die Augen zu und ließ ihre Hände dort liegen. Sie atmete. Sie musste nur hier sitzen bleiben und weiteratmen, und irgendwann würde sie wieder imstande sein zu gehen. Sie würde es zu Jamies Haus zurückschaffen. Es würde ihr besser gehen.

Einatmen. Ausatmen. Einatmen. Ausatmen. Einatmen. Ausatmen.

Zu schnell! Zu schnell! Langsamer atmen, befahl Briony sich. Aber sie konnte nicht.

Einatmenausatmeneinatmenausatmeneinatmenausatmen.

»Könnten Sie mir kurz helfen? Ich finde Storybook toll, aber dass man hier nicht parken darf, ist ärgerlich. Würden Sie mir bitte kurz helfen?«

Briony fühlte sich, als drängten die Worte mit Verspätung zu ihr durch. Nein, nicht die Worte. Die Bedeutung der Worte. Jemand bat sie um Hilfe. Sie öffnete langsam die Augen. Eine Frau mit kurzem, grau meliertem Haar stand vor ihr. Sie hatte in beiden Händen Einkaufstüten und ein paar Ballen Stoff unter den Arm geklemmt.

»Ich bin Ruby, eine Freundin von David und Jamie. Und du bist Briony, Jamies Cousine, richtig?« Ruby hielt ihr eine der Einkaufstüten hin, und Briony nahm sie automatisch.

»Briony. Jamies Cousine. Richtig«, schaffte Briony zu sagen.

»Jamie hat mir geschrieben, dass du auf Mac und Diogee aufpasst. Ich wollte dich anrufen, sobald du dich eingewöhnt hast«, sagte Ruby. »Ich wohne ganz in der Nähe. Wenn du mir bitte tragen helfen könntest.« Ruby ging los. Und Briony bemerkte, wie sie der Frau folgte. Sie hielten vor einem Haus an, das aussah wie das Hexenhaus im Märchen, sogar mit einer großen schmiedeeisernen Spinne als Klopfer.

Ruby schloss die Tür auf und winkte Briony herein. »Stell das einfach auf dem Küchentisch ab. Die Küche ist links.«

Briony merkte, wie sie wieder Rubys Anweisungen folgte. Irgendwie hatte sich ihr Atem etwas beruhigt, seit sie nicht mehr darauf geachtet hatte.

»Setz dich, setz dich nur«, sagte Ruby, als Briony die Einkäufe abgestellt hatte.

Briony setzte sich. »Es tut mir leid.«

»Was? Dass du mir geholfen hast, das Zeug zu tragen?«, fragte Ruby, als sie den Stoff und die andere Einkaufstüte abstellte. Sie nahm ein Geschirrtuch, ließ Wasser darüberlaufen und wrang es aus.

»Dafür ...« Briony zeigte mit der Hand auf sich.

»Das ist doch nichts, wofür man sich entschuldigen müsste.« Ruby gab ihr das feuchte Geschirrtuch. »Leg es dir in den Nacken. Jamie hat erwähnt, dass du neulich eine Panikattacke gehabt hast. Ich nehme an, darum geht es. Hab ich recht?«

Briony nickte. »Ich ... ja.« Die Hausärztin hatte Briony durchgecheckt, nachdem sie im Kirchenschiff zusammengebrochen war. Sie war ein Hochzeitsgast und war deshalb sofort zur Stelle. Sie hatte gesagt, körperlich sei mit Briony alles in Ordnung und die Symptome sprächen für eine Panikattacke.

»Versuch es mit dem Handtuch. David hatte früher Panikattacken. Er sagt, es würde helfen.«

»David?« Sie hatte nur ein paar Minuten mit Jamies Mann verbracht, aber es fiel ihr schwer, sich vorzustellen, wie er zusammenbrach und sein Herz vor Beklemmung versuchte, aus seiner Brust zu springen.

»Handtuch«, drängte Ruby. Briony drückte sich das Geschirrtuch in den Nacken. Der kleine Streifen Kühle half. Sie schloss die Augen und konzentrierte sich darauf.

»Danke«, sagte Briony, ohne die Augen zu öffnen. Ihr Atem war beinahe normal. »Danke«, wiederholte sie. »In ein paar Minuten kann ich bestimmt wieder gehen.«

»A-aah. Du schuldest mir noch was. Ich trinke fast jeden Tag Kaffee mit Jamie. Und sie fehlt mir jetzt schon. Du musst wenigstens kurz bleiben und etwas trinken. Ich denke da an Limonade. Limonade in einem hohen Glas ist perfekt für einen Juliabend.«

Briony schlug die Augen auf. Ruby lächelte sie an, und sie konnte nicht anders, als zurückzulächeln. »Ich hätte Lust auf eine Limonade.«

»Gut.« Ruby öffnete den Kühlschrank und nahm einen Krug heraus. Dann holte sie zwei geeiste Gläser aus dem Gefrierfach.

»David hatte Panikattacken?«, fragte Briony. Es war das Erste, was ihr in den Sinn gekommen war.

»Nur eine Zeit lang, als er und Jamie sich gerade kennengelernt hatten«, sagte Ruby. »Es war, als wollte ein Teil von ihm sich nach Clarissa nie wieder verlieben. Deshalb die Panikattacken, als er anfing, etwas für Jamie zu empfinden.«

»Clarissa?«

»Davids erste Frau. Ich dachte, Jamie hätte von ihr gesprochen, als sie dir von David erzählt hat. Und ich weiß, dass sie dir von David erzählt hat. Von David zu reden, ist eine ihrer Lieblingsbeschäftigungen.« Ruby summte die Titelmelodie von Meine-Lieder-meine-Träume und stellte die Limonade auf den Tisch. »Jamie erinnert mich übrigens ein wenig an Maria. Erzähl ihr das nicht. Nein, tu es ruhig. Wahrscheinlich gefällt es ihr sogar. Sie stürzt sich gern wie Maria im Lied über die Berge in alles hinein.«

»Seit wir klein waren, haben wir nicht mehr viel miteinander zu tun gehabt. Nur Weihnachtskarten und Facebook-Posts«, gestand Briony ein. »Und sie und David mussten los, als ich gerade angekommen war. Es hat sich erst in letzter Minute ergeben.« Briony fragte sich, wie viel Jamie Ruby erzählt hatte. Sie hatte ihr von der Panikattacke erzählt. Hatte sie ihr auch erzählt, wie Briony ihren Verlobten am Altar hatte stehen lassen? Sie merkte, wie sie rot wurde. Es wäre furchtbar, wenn Ruby wüsste, was für ein schlechter Mensch sie war. Sie nahm das Tuch von ihrem Nacken und tupfte sich damit die Wangen ab.

»Soll ich es noch mal nass machen?«, fragte Ruby.

Briony schüttelte den Kopf. »Aber es hat geholfen. Es geht mir wirklich viel besser.« So viel besser, wie man erwarten konnte. Wenigstens hatte sie es geschafft, den Ring zurückzuschicken. Aber sie schuldete Caleb so viel mehr. An ihn zu denken, brachte ihr Herz wieder zum Rasen. Sie musste ihr Hirn anderweitig beschäftigen, schnell. »MacGyver ist irgendwie entkommen«, platzte sie heraus. »Aber er ist wieder zurück. Ich weiß nicht, wie er hereingekommen ist. Oder hinaus. Aber wenigstens ist er wieder zu Hause.«

»MacGyver. Wir können alle von Glück sagen, dass dieser Kater noch nicht gelernt hat, wie man Panzertape benutzt«, sagte Ruby.

»Was?«

»Vergiss es. Es überrascht mich nicht, dass er entkommen ist. MacGyver kommt immer irgendwo raus. Und wieder irgendwo rein.« Ruby beugte sich vor, ihre dunklen Augen blickten sie besorgt an. »Was hat die Attacke ausgelöst? Dass du dir über Mac Sorgen gemacht hast?«

»Nein. Ich habe mich aufgeregt. Schwer aufgeregt. Aber nicht so, wie du mich vorgefunden hast. Das war ... Ich hatte gerade meinem Verlobten, meinem Ex-Verlobten ... seinen Ring ...« Und ihr Atem kam wieder stoßweise. Sie versuchte, einen Schluck Limonade zu trinken, konnte aber nicht.

»Ich frage mich, wo MacGyver diesmal hingelaufen ist. Jamie ist wahrscheinlich nicht dazu gekommen, dir von all den Abenteuern zu erzählen, die dieses Kätzchen schon erlebt hat. Er hat hier im Court alles durcheinandergebracht, als Jamie und David gerade eingezogen waren, hat überall geklaut.«

Auf das Thema MacGyver zurückzukommen, half. Deshalb hatte Ruby es wohl auch getan. »Er war in einem Bungalow in The Gardens. Diese Seniorenwohnanlage in der Nähe«, sagte Briony. Ruby nickte. »Ich erhielt einen Anruf von dem Leiter. Aber als ich dort ankam, war Mac bereits wieder weg. Er war wohl den Schornstein hochgeklettert. Jamie hat erzählt, dass er das kann, aber es kommt mir unmöglich vor.«

»Unmöglich ist kein Wort, das auf diesen Kater passt«, sagte Ruby zu ihr. »Ich bin neugierig. Sah er gut aus?«

»Gut aus?«, wiederholte Briony.

»Ja. Der Typ, der dich wegen Mac angerufen hat. Sah er gut aus?«

»Ja«, gab Briony ohne zu zögern zurück. Diese fast schwarzen Augen. Markantes Kinn. Das halblange dunkelbraune Haar. Breite Schultern. Seine Nase sah aus, als hätte er sie sich einmal gebrochen. Als sie ihn das erste Mal gesehen hatte, hatte sie tatsächlich einen Schritt zurück gemacht. Es hatte sich angefühlt, als hätte er eine Pheromonbombe nach ihr geworfen.

Ruby lachte. »Mac ist ein Kuppler. Wusstest du, dass er Jamie und David zusammengebracht hat? Du solltest dich in Acht nehmen. Wahrscheinlich hat er vor ...« Sie verstummte. Dann legte sie ihre Hand auf Brionys. »Du bist kreidebleich. Das war unglaublich unsensibel von mir. Ich habe nicht nachgedacht.«

»Ist schon in Ordnung«, versicherte ihr Briony. »So, dann hat dir Jamie wohl erzählt, wo und wann ich die erste Panikattacke hatte.«

Ruby nickte. »Weil sie sich um dich Sorgen macht. Sie wollte, dass ich nach dir sehe. Noch mal, Entschuldigung für den Witz über Mac, den Verkuppler. Ich dachte, ich fange einfach ein nettes, ungefährliches Katzengespräch an, und rums!« Sie klatschte in die Hände.

»Es ist wirklich in Ordnung. Ich muss Mac unbedingt sagen, dass es völlig sinnlos ist, mich verkuppeln zu wollen. Ich hatte schon den perfekten Mann. Und ich habe ihn am Altar stehen lassen.« Zumindest schien sie sich von der Panikattacke voll und ganz erholt zu haben. Sie konnte ohne Herzklopfen über Caleb sprechen.

»Hast du schon mal darüber nachgedacht, dass deine Panikattacken vielleicht nicht mit ihm zu tun haben?«, fragte Ruby vorsichtig. »Vielleicht war es nur Hochzeitsstress. Eine Hochzeit zu planen ist anstrengend.«

»Ich hatte eine Hochzeitsplanerin. Und meine Eltern. Und Caleb. Ich musste kaum etwas tun«, antwortete Briony. »Und es war ... ich habe Caleb da gesehen. Wie er auf mich wartete. Damit hat es angefangen. Und sogar jetzt, wenn ich an ihn denke, fühle ich mich nur schlecht. Wegen allem, was ich ihm angetan habe. Aber ich fühle nicht, dass ich ihn zurückhaben will.

Ich konnte ihm kaum einen Zettel schreiben, ohne zusammenzubrechen. Ja, ein Zusammenbruch war genau das, was ich hatte.« Sie sprach schneller und schneller, erzählte dieser Fremden Dinge, die sie noch niemandem erzählt hatte. »Ich kann es nicht erklären. Wie gesagt, er ist perfekt. Alle finden das. Er ist klug; er sieht gut aus; er ist rücksichtsvoll; er hat einen guten Job; meine Eltern mögen ihn; meine Freunde mögen ihn. Wer bekommt denn bei der Hochzeit mit dem perfekten Mann eine Panikattacke? Was du über Davids Panikattacken erzählt hast, ist einleuchtend. Aber meine? Nein. Sogar Calebs Familie ist perfekt. Sie waren so toll, haben mich mit offenen Armen empfangen. Ich weiß nicht, was mit mir nicht stimmt. Irgendetwas muss mit mir verkehrt sein.«

»Ich glaube nicht, dass mit dir etwas verkehrt ist«, sagte Ruby.

»Doch, ganz sicher«, insistierte Briony. »Jemanden wie Caleb zurückzuweisen? Wenn du ihn kennen würdest, würdest du mich mit Sicherheit für verrückt halten. Für verrückt und herzlos. Er könnte jederzeit eine andere finden. Eine, die besser zu ihm passt.«

»Als ich auf der Uni anfing, wollte ich Biologie studieren«, sagte Ruby. »Und ich weiß, es hört sich willkürlich an, aber ich hatte ein Ziel. Ich wollte ein Heilmittel für Krebs finden oder so etwas. Um ehrlich zu sein, es war alles etwas vage in meinem Kopf, aber ich glaube nicht, dass ich das wusste. Ein Jahr vor dem Examen bekam ich plötzlich diese Kopfschmerzen. Ganz starke. Sehr häufig. Und es lag nicht daran, dass ich in meinen Kursen nicht mitkam, außer in Physik. Also, um es kurz zu machen, ich wechselte zu Theaterwissenschaften, und die Kopfschmerzen verschwanden. Ich habe dann beim Film angefangen, erst Make-up gemacht und jetzt Bühnenbild. Biologie ist das perfekte Studium für viele. Nur nicht für mich.«

»Aber das Studienfach zu wechseln ist doch nicht dasselbe, wie jemanden am Altar stehen zu lassen. Es hat niemandem wehgetan. Und es hat auch keine Unsummen gekostet. Oder ...«

»Wäre es besser gewesen, wenn du früher gemerkt hättest, dass du – wie heißt er noch, Caleb? – nicht heiraten wolltest? Ja. Aber du hast es nun mal nicht früher gemerkt. Jetzt kannst du nur nach vorne schauen.«

Briony öffnete den Mund, um zu widersprechen. Aber was Ruby sagte, stimmte. Es war ja nicht so, dass sie Caleb mit Absicht verletzt hatte. Oder gewollt hätte, dass ihre Eltern das ganze Geld für sie ausgaben. Aber da gab es noch eine große Frage.

Was bedeutete es, nach vorne zu schauen?

Nate trat in die warme Julinacht hinaus, mit tränenden Augen und brennender Nase, Kehle und Lunge. Er riss sich die Staubschutzmaske herunter und atmete tief und langsam ein. Sein Hirn arbeitete bereits. Die Teppiche, Vorhänge und die Möbel in der Bibliothek und dem Fernsehraum mussten ausgelüftet werden. Oder ausgetauscht, wenn das nicht reichte. Er musste außerdem ...

Amelia trat zu ihm auf die Eingangstreppe zum Gemeinschaftssaal und reichte ihm eine Flasche Wasser. Er trank die Hälfte in einem Zug aus, versuchte zu sprechen, fing aber stattdessen an zu husten. »Weitertrinken. Ich konnte auch nicht aufhören zu husten, als ich herauskam. Und du warst länger da drin als ich«, sagte sie.

Er trank die Flasche aus und versuchte es wieder. »Ich weiß nicht, wie man diesen Geruch wegkriegt. Wir müssen die Leute von Scentsations holen.«

»Ich habe sie schon angerufen. Habe ihnen erzählt, dass ein enormer, laktoseintoleranter Riese ein paar Dutzend Smoothies aus Bohnen und Rosenkohl getrunken und dann ausgiebig gefurzt hat.« Amelia schüttelte den Kopf. »Nicht einmal ein Kichern. Ich versuche, dich aufzuheitern, Chef.«

»Tut mir leid. An dem Gestank kann ich nichts Lustiges finden.«

»Das stimmt. Die Scentsations-Leute können erst morgen früh herkommen. Ich habe ihnen gesagt, es wäre ein Notfall, aber es geht trotzdem nicht.«

»Okay.« Nate brauchte einen Augenblick, um seine Gedanken zu ordnen. »Wir brauchen bis morgen einen Ersatz. Ich denke da an den leer stehenden Bungalow neben Gertie. Und wir müssen Schilder aufstellen. Ich will nicht, dass jemand auch nur diesen Korridor betritt.«

»Bin schon dabei.«

»Außerdem sollten wir die Möbel und die Vorhänge in den Innenhof hinausschaffen. Sie sollten dem Gestank nicht länger ausgesetzt sein, auch wenn sie wahrscheinlich nicht noch schlimmer riechen können. Um die Teppiche kümmern wir uns später.«

»Und den Innenhof abschließen, richtig?«, fragte Amelia.

»Ganz klar. Sperr ihn mit einem Seil ab. Es gibt ja noch den Pavillon, und die Bänke im Garten reichen für alle, die sich draußen treffen wollen.« Er strich sich das Haar aus dem Gesicht. »Ich glaube nicht, dass wir heute Nacht sonst noch etwas tun können.«

»Soll ich Bob rufen?«

Nate schüttelte den Kopf. Er sah keinen Grund, den Hausmeister aus dem Bett zu holen. »Er soll morgen früh die Räume inspizieren. Nachgucken, ob mir irgendetwas entgangen ist.«

»Ich gehe morgen früh bei Aldine vorbei und hole ein paar von den heruntergesetzten Büchern, die sie an der Straße verkaufen, und was sie sonst noch an Billigem haben«, bot Amelia an.

»Du hast frei«, erinnerte sie Nate.

»Und?«

»Schreib es als Überstunden auf.«

»Das werde ich, Captain, mein Captain. Und ich werde nicht einmal Gefahrenzulage für die gigantischen Riesenfürze verlangen.«

Diesmal lachte er. Amelia war seit über fünfundzwanzig Jahren in The Gardens. Sie hatte mit ihm und Nathalie auf dem Grundstück Verstecken gespielt. Anfangs hatte er sich gesorgt, weil er auf einmal ihr Chef war, aber sie hatte es ihm leicht gemacht. Ein paar Leute hatten gekündigt, als er anfing, weil sie es ihm nicht zugetraut hatten, was er ihnen nicht verdenken konnte. Er war quasi direkt von der Schulbank gekommen. Aber die meisten waren geblieben.

Mac streckte sich auf Diogees Kissen aus. Es roch nach dem Holzkopf, und sein eigenes Kissen war weitaus bequemer und roch auch entschieden besser.  Aber es hatte Spaß gemacht, Diogee dazu zu bringen, es ihm zu überlassen. Alles, was er tun musste, war, ihn anzustarren. Diogee hatte versucht, zurückzustarren. Großer Fehler. Mac hatte noch nie einen Starrwettbewerb verloren. Diogee hatte fast sofort aufgegeben und war davongetrottet.

Er dachte über ein weiteres Spiel mit dem Hund nach, aber Diogee bot keine echte Herausforderung. Mac beschloss auszugehen. Diesmal durch das Badezimmerfenster. Der Riegel war leicht aufzukriegen, und als das geschafft war, kletterte Mac über den Baum nach unten in den Garten. Er zögerte, seine Schnurrhaare zitterten. Ein übler Gestank hinderte ihn daran, so viele Informationen aus der Luft zu sammeln wie gewöhnlich. Er spürte, wie sich ihm das Fell auf dem Rücken sträubte. Es war der Geruch von etwas Totem, aber nicht nur das. Der Geruch des Todes mischte sich mit einem süßen, modrigen Gestank, etwas, das nicht von dem toten Ding stammte. Dafür war es noch nicht lang genug tot.

Wo auch immer der Geruch herkam, Mac wusste, dass er ihn nicht ertragen konnte. Aber er kam aus der Richtung des Sardinenmanns. Da der nicht über dieselben Fähigkeiten wie Mac verfügte, beschloss er, erst einmal nach ihm zu sehen.

Er machte sich auf den Weg, galoppierte über das Grundstück. Als er sich näherte, fand er die Geruchsspur des Sardinenmanns. Er musste nicht gerettet werden. Aber vielleicht brauchte er noch ein Geschenk. Er hatte das, was Mac ihm das letzte Mal gebracht hatte, kaum beachtet.

Mac blieb am Nachbarhaus stehen. Er konnte drinnen Wasser laufen hören. Die Frau war unter der Dusche. Würden die Menschen jemals lernen, dass ihre Zunge dafür geschaffen war, sie sauber zu halten?

Er schlüpfte durch den Schlitz hinein, den er in das Fliegengitter gemacht hatte. Im Haus war der Gestank nicht so stark, aber er füllte Macs Nasenlöcher noch immer bei jedem Atemzug, als er im Haus herumstrich, auf der Suche nach – ja, wonach genau?

Er erspähte etwas Flauschiges auf dem Toilettentisch und sprang hinauf. Er mochte Flauschiges. Sein Mäuslein war ganz flauschig. Dieses Ding war kleiner als Mäuslein, fühlte sich aber ein bisschen an wie sein Spielzeug. Er schlug mit der Pfote danach. Es flog über den Tisch hinweg auf den Boden. Schön.

Mac holte das Flauschige und brachte es zum Haus des Sardinenmanns. Drinnen regte sich nichts. Nur das Geräusch, das manche Menschen machten, wenn sie schliefen, war zu hören. Und manche Hunde auch, wie Diogee. Er entschied sich, den

Schornstein zu benutzen, um seinen Freund nicht zu wecken. Er ließ das Flauschige neben der Kaffeemaschine liegen. Jamie ging da immer sofort hin – nachdem sie ihn gefüttert hatte.

Zufrieden machte sich Mac auf den Heimweg. Er hoffte, Diogee lag inzwischen wieder auf seinem Kissen. Es würde Spaß machen, es ihm wieder abzunehmen.

Am nächsten Morgen betrat Nate den Speisesaal, sobald er zum Frühstück geöffnet wurde. Er ging von Tisch zu Tisch und informierte die Senioren.

»So sieht es aus«, sagte er, als er auf Peggy und die übliche Gruppe zutrat. Eliza saß neben Archie, und der Stuhl, auf dem Gib gewöhnlich saß, war wieder leer. »Die Bibliothek und der Fernsehraum bleiben wahrscheinlich den ganzen Tag geschlossen.«

»Wir haben es gehört. Und gerochen. Aber es hat mich doch sehr inspiriert.« Rich räusperte sich und las aus seinem Notizbuch vor. »Da war eine Residenz namens The Gardens / Die duftete so süß wie nichts andres / dann fing sie an zu stinken / und die Leute an zu trinken / woraufhin sie sie auf die Grundmauern niederbrannten.« Er klappte das Notizbuch zu. »Braucht noch ein bisschen Feinschliff.«

»Ist aber vielversprechend«, sagte Nate. »Bob hat ganz früh heute Morgen ein paar Hochleistungs-Ventilatoren besorgt, und ein Techniker von Scentsations, der Firma, die für uns die Räume beduftet, ist hier, um das System zu untersuchen.«

»Wissen Sie schon, wo der Geruch herkommt?«, fragte Eliza, und zwischen ihren Augenbrauen bildete sich eine kleine Falte. »Womöglich handelt es sich um etwas Giftiges.«

Archie tätschelte ihre Hand. »Mach dir keine Sorgen, Liebling. Ich bin in keinem dieser Räume gewesen, seit es angefangen hat zu stinken.«

»Liebling?« Janet zog die Augenbrauen hoch. »So nennst du deine Enkelin?« Nate hatte sich ebenfalls darüber gewundert.

»Nicht Liebling. Liebchen«, sagte Eliza.

»Oh. Da habe ich mich wohl verhört.« Janet lächelte Archie an. »Wie niedlich.«

»Wir haben noch nicht herausgefunden, wo der Gestank herkommt. Aber ich halte Sie alle auf dem Laufenden«, sagte Nate. »In der Zwischenzeit nutzen wir den leer stehenden Bungalow neben Gerties Haus als Bibliothek und Fernsehzimmer.«

»Ich frage mich, ob eine Zeile wie ›und die Moral fing an zu sinken‹ vielleicht besser wäre als die mit dem ›trinken‹«, murmelte Rich, während er an seinem Bleistift kaute.

»Darüber reißt man keine Witze«, blaffte Regina.

»All die schönen Bücher«, seufzte Peggy. Sie war in allen Lesezirkeln, die es in The Gardens gab. »Ich glaube, es wird nicht einfach, den Geruch herauszubekommen.«

»Ich bin dabei herauszufinden, wo wir sie desinfizieren lassen können«, versicherte ihr Nate. Nun, er hatte gerade damit anfangen wollen. »In der Zwischenzeit sieht sich Amelia im Antiquariat nach Ersatzexemplaren um.«

»Ich habe keine Witze gerissen. Ich habe die Situation nur mithilfe meiner Kunst beschrieben.«

»Kunst. Ist das nicht vielleicht ein bisschen übertrieben?«, fragte Regina. »Das wäre genauso, als würde man diesen Jogginganzug als angemessene Kleidung für einen erwachsenen Mann bezeichnen.« Sie glättete ihren honigblonden Bubikopf. Nicht, dass er das nötig gehabt hätte. Nate hatte bei Regina noch nie auch nur ein Haar am falschen Platz gesehen, und ihre Kleidung saß immer perfekt und war ausgesprochen geschmackvoll.

»Ich mag es bunt. Ich mag ein bisschen Flair«, sagte Rich. Er streckte ein Bein aus, sodass er den grün- und türkisfarbenen

Streifen an der Seite seiner gelben Jogginghose bewundern konnte. »Solche Art Kleidung hätte Picasso entworfen.«

»Von Picasso kriege ich Kopfschmerzen«, antwortete Regina. »Wenn ich etwas trüge, das von einem Maler entworfen wurde, dann wäre es von Monet.«

»Laaangweilig«, gab Rich zurück. »Aber zumindest wäre es besser als das Beige mit Beige auf Beige, das du gewöhnlich anhast.«

»Das ist kein Beige.« Regina betastete einen Perlenknopf an ihrem Twinset. »Es ist champagnerfarben.«

Für Nate sah es auch beige aus, aber er würde sich nicht einmischen. »Scheint, als wären alle fertig«, sagte er. »Warum gehen wir nicht in den Bungalow hinüber? Wir haben Tee und Kaffee bereitgestellt, und die Tageszeitungen liegen aus.«

»Ich sorge mich weniger um Getränke und Lesematerial als um die Gesundheitsrisiken«, sagte Eliza.

»Bevor wir die Räume wieder freigeben, werde ich die Luftqualität testen lassen.« Das hatte er nicht vorgehabt, aber er würde kein Risiko eingehen.

Eliza spielte mit der Kette mit dem herzförmigen Silbermedaillon und den eingelegten Diamanten, die sie immer trug, und nickte zögernd. »Ich nehme an, das ist in Ordnung.«

»Sie passt so gut auf mich auf, und sie ist gar nicht dumm«, sagte Archie und drückte seine Enkelin.

Nates Handy summte, und er warf einen Blick auf die SMS. »Das ist von Amelia. Sie hat schon ein paar Bücher zusammengesammelt. Wollen wir in den Bungalow hinübergehen? Sie beide lösen doch so gerne Kreuzworträtsel«, sagte er zu Rich und Regina.

»Lösen Sie Kreuzworträtsel, Archie?«, fragte Janet und schüttelte ihr knallrotes Haar. »Die beiden« – sie nickte in die

Richtung von Rich und Regina – »wetten jeden Morgen darum, wer von ihnen das Rätsel in der *New York Times* am schnellsten lösen kann. Mit Kugelschreiber. Vielleicht sollten wir beide das mal versuchen.«

»Wenn Archie Konkurrenz will, dann sollte er gegen mich antreten«, sagte Regina. »Und du gegen Rich. Dann gewinnt er vielleicht endlich mal.«

»Kommt so etwas hier öfter vor?«, erkundigte sich Eliza, die neben Nate herging, als sie den Speisesaal verließen. »Sie hatten eine sehr gute Bewertung in der *U. S. News & World Report*. Wissen Sie, wie oft die Seniorenresidenzen neu bewertet werden?«

»Jedes Jahr«, antwortete Nate. »Und wir haben zwar ab und zu mal kleinere Probleme, aber so etwas ist alles andere als normal.«

»Das stimmt«, fiel Peggy ein. »Ich bin seit drei Jahren hier, und Nate lässt wirklich alles gut warten. Ich lebe sehr gerne hier.«

»Und ich bin auch schon restlos begeistert«, sagte Archie zu ihr und sah sie so eindringlich an, dass sie rote Ohren bekam. Vielleicht war es gut, dass Gib das Frühstück ausgelassen hatte.

Gut, dass Peggy sich eingemischt und The Gardens verteidigt hatte, aber Nate glaubte nicht, dass Eliza völlig zufriedengestellt war. Sie bedurfte als Verwandte zwar seiner besonderen Aufmerksamkeit, aber lieber jemand wie sie, die überall mitmischen wollte, als eine Familie, die kaum Kontakt hielt.

Er öffnete die Tür zum Bungalow. Amelia hatte ein paar Möbelstücke aus dem Lager geholt und ein Bücherregal halbwegs gefüllt. Mehrere Ausgaben verschiedener Tageszeitungen lagen auf dem Tisch vor einer Couchgarnitur. »Das sieht ja schon ganz gut aus«, sagte er. Er ging in die Küche, um nach dem Kaffee und dem Tee zu sehen, aber sein Handy begann *Ghostbusters* zu spielen, den Klingelton seiner Mutter, einfach weil sie häufig Hilfe brauchte und … »Wen rufst du dann an?«

»Hallo, Mom. Was gibt's?«, fragte er.

»Hier lungert jemand vor dem Haus herum«, sagte sie mit angespannter Stimme.

Nate machte sich keine Sorgen. Seine Mutter war einsam, und er verstand das. Er wünschte sich nur, dass sie, anstatt sich irgendeine Krise auszudenken, ihn einfach zum Abendessen einladen würde. Nein, das denkt sie sich nicht aus, sagte er sich in dem Versuch, gerecht zu sein. Seine Mutter glaubte wirklich, dass es Waschbären in ihrem Keller gab. Sie glaubte auch, dass es nach verschmortem Kabel roch. Und jetzt glaubte sie, dass jemand vor ihrem Haus stand.

»Lungert herum?«, wiederholte er und ging bereits hinaus.

»Ja!«, zischte sie. »Ich kann ihn sehen. Unter dem Jakarandabaum.«

»Bist du sicher, dass es nicht nur Schatten sind?«

»Ich bin mir sicher. Kommst du?«

»Schon auf dem Weg. Wir können am Telefon bleiben, bis ich da bin.« Er würde weniger als zwei Minuten zu ihr brauchen. Sie wohnte auf dem Grundstück, in dem Haus, in dem er aufgewachsen war, dem Haus, das sein Großvater gebaut hatte. »Ist er noch da?« Nate ging schneller. Ihre Angst war echt, auch wenn er sicher war, dass es keinen Anlass dafür gab.

»Ich … ich glaube ja«, gab sie zurück. Er konnte sie vor sich sehen, wie sie die Stelle an ihrem Finger rieb, wo sie ihren Ehering getragen hatte. Sie hatte ihn abgelegt, als sein Vater sich davongemacht hatte, aber sogar nach all den Jahren betastete sie immer noch diese Stelle, wenn sie nervös war.

»Mach dir keine Sorgen. Bin fast da. Ich kann das Haus schon sehen.« Er lief zum Jakarandabaum hinüber. Niemand.

Aber es war jemand dort gewesen. Da waren Fußspuren unter dem Baum zwischen der niedrigen Steinmauer und dem Stamm.

»Nun?«, rief seine Mutter von der offenen Haustür.

»Ich sehe nichts Besorgniserregendes!«, rief er zurück. Dann verwischte er mit dem Fuß die Spuren. Er wollte sie nicht erschrecken.

»Ich werde dem Sicherheitsdienst Bescheid geben, dass sie ein paar Extrarunden drehen sollen, nur für alle Fälle«, sagte er, als er die Verandatreppe hinaufstieg. »Denke daran, die Alarmanlage einzuschalten, ja?« Für jemanden, der so ängstlich war wie sie, vergaß sie reichlich häufig, den Alarm scharf zu stellen.

»Kannst du einen Moment bleiben?«, fragte seine Mutter. »Ich kann heiße Schokolade machen.«

»Toll.« Er hatte es nie über sich gebracht, ihr zu sagen, dass er seit seiner Jugend das Getränk viel zu süß fand, besonders mit Marshmallows, die er als Kind so gemocht hatte. Und außerdem trank man so etwas nicht im Juli.

Sie lächelte ihn an. »Diese Woche hatten sie die bunten Marshmallows im Laden. Ich weiß, dass du die am liebsten magst. Ich habe die Jumbotüte gekauft.«

»Danke, Mom.« Wie schon so oft fiel ihm auf, wie viel jünger sie war als die meisten Bewohner in The Gardens. Noch keine sechzig, aber Peggy, Janet und Regina waren so viel aktiver als sie, obwohl sie alle um die siebzig waren. Sie waren immer draußen. An allem Möglichen interessiert. Noch immer interessiert an der Liebe. Seine Mutter hingegen ging einmal die Woche in den Laden und einmal im Monat mit Nathalie zum Friseur. Und das war alles.

Sein Handy spielte den Klingelton, den er für Bob ausgesucht hatte, den Chef des Gebäudemanagements. »Das muss ich annehmen«, sagte er zu seiner Mutter. »Ich komme sofort.«

Sie nickte und ging in die Küche. »Was gibt's Neues, Bob?« fragte er.

»Die gute oder die schlechte Nachricht zuerst?«, fragte Bob. Man hatte bei ihm immer den Eindruck, als müsse er für jedes Wort zahlen, das er sprach.

»Die schlechte«, gab Nate sofort zurück. Er wollte immer die schlechte Nachricht zuerst. Schlecht bedeutete manchmal, dass er sofort handeln musste.

»Der Mann von Scentsations hat das Problem gefunden.«

»Prima. Und?«

»Teile eines verwesten Stinktiers und verrottetes Essen in den Lüftungsrohren für die ätherischen Öle.«

Und das System tat seine Arbeit und pumpte den Geruch des toten Stinktiers in die Bibliothek und in den Fernsehraum. Sabotage. Das war die einzig mögliche Erklärung. »Ich komme sofort rüber.«

Zuerst der Beweis, dass tatsächlich jemand das Haus seiner Mutter beobachtet hatte. Und jetzt dies. Was, verdammt noch mal, war in The Gardens los?

# Kapitel 5

Briony öffnete die Haustür einen Spalt breit und blickte hinein, um ganz sicher zu sein, dass Mac nicht dastand und darauf wartete, zu entkommen. Der Kater war nicht in Sicht, also öffnete sie die Tür, und Diogee zog sie in Richtung Küche. Briony schaffte es gerade noch, die Tür mit dem Fuß zuzuschlagen. Diogee setzte sich unter das Glas mit den Leckerchen.

»Bewegung macht wohl hungrig«, sagte Briony, machte die Leine ab und gab ihm ein Leckerchen.

Okay, eine Sache weniger auf der To-do-Liste, die sie gestern geschrieben hatte, nachdem sie von Ruby zurückgekommen war. Sie war mit dem Hund spazieren gegangen. Eigentlich war eher er mit ihr spazieren gegangen, aber es zählte trotzdem. Sie nahm ihr Handy heraus und warf einen Blick auf die Liste. Sie hatte sich das Leichteste zuerst ausgesucht. Als Nächstes ihre Eltern. Sie hatte ihnen eine Nachricht geschrieben, dass sie gut angekommen war, aber sie schuldete ihnen einen Anruf. Also, einen über FaceTime. Sie wollten sie gern sehen, wenn sie sich unterhielten. Und sie sah durchaus präsentabel aus. Sie trug wieder die schwarze Hose und das gestreifte Hemd, aber sie hatte beide Kleidungsstücke aufgebügelt. Ihr Haar war zu einem Chignon aufgesteckt, sie hatte eine getönte Tagescreme aufgetragen und zusätzlich etwas Concealer, um die dunklen Ränder unter ihren Augen zu verdecken. Sie hatte außerdem Augentropfen genommen, damit sie nicht sahen, dass sie den halben Tag gestern mit Weinen verbracht hatte. Sie war bereit.

Ihre Mutter fiel mit einer ganzen Reihe Fragen über sie her, ohne Briony Zeit zu lassen, sie zu beantworten. »Geht's dir gut? Kommst du zurecht, so allein? Hast du mit Caleb gesprochen? Hast du mit irgendjemandem von der Hochzeit gesprochen?« Sie holte kurz Luft und fuhr fort: »Soll ich kommen? Ich weiß nicht, was wir uns dabei gedacht haben, dich einfach allein irgendwo hinzuschicken. Wenn deine Cousine zu Hause wäre, wäre es ja etwas anderes, aber mir gefällt der Gedanke ganz und gar nicht, dass du da ganz allein bist, nach dem, was ... passiert ist. Ich glaube wirklich, du brauchst jemanden, der sich um dich kümmert. Was, wenn du wieder ohnmächtig wirst? Was, wenn ...«

»Mom, es geht mir gut«, unterbrach sie Briony. »Ehrlich.«

»Das ist unmöglich. Niemandem kann es gut gehen nach dem ... was passiert ist. Ich weiß, dass die Ärztin dich untersucht hat, aber ich frage mich, ob du nicht zu jemand anderem gehen solltest. Einfach so das Bewusstsein zu verlieren ... Vielleicht brauchst du ein MRT oder eine Computertomografie. Ich kann herausfinden ...«

»Es geht mir gut«, wiederholte Briony.

»Hast du seither irgendwelche Beschwerden gehabt?«, drängte ihre Mutter.

»Keine«, sagte Briony. Es fiel ihr nicht schwer zu lügen, weil ihre Mutter am anderen Ende des Landes war.

»Trotzdem, James, was meinst du? Meinst du nicht, dass es klug wäre, eine zweite Meinung einzuholen?«, fragte Brionys Mutter.

Ihr Vater sah zwischen Briony und ihrer Mutter hin und her, als würde er entscheiden, auf welche Seite er sich stellen sollte. »Es könnte nicht schaden«, sagte er am Ende.

»Ich seh mich um«, erwiderte Briony, weil sie sonst noch die nächste Stunde darüber diskutieren würden. Und vielleicht war es ja wirklich keine schlechte Idee. Vielleicht war sie ja wegen Vitaminmangel umgefallen. Oder vielleicht ...

Aber tief drinnen kannte sie die Wahrheit. Ruby hatte recht. Ihr Körper hatte gewusst, was ihr Kopf nicht wahrhaben wollte. Caleb zu heiraten, war nicht die richtige Entscheidung gewesen, obwohl ihre Eltern und Freunde meinten, sie passten perfekt zusammen. Und obwohl Caleb tatsächlich perfekt war.

»Lass uns über die Geschenke sprechen«, sagte Briony. Sich um die Geschenke zu kümmern, stand auch auf ihrer Liste. »Ich dachte, ich könnte allen schreiben und dir die Karten schicken. Könntest du dann dafür sorgen, dass die Geschenke zurückgeschickt werden?«

»Ist bereits geschehen«, versicherte ihr Vater. »Deine Mutter hat die Karten geschrieben, und die Geschenke sind auf dem Weg zurück zu den Gästen.«

»Oh. Danke. Danke euch beiden.« Sie zögerte. »Was hast du geschrieben, Mom?«

»Nur, dass du dich vor der Hochzeit übernommen hast, dass du überarbeitet und dehydriert warst – was möglicherweise auch stimmt – und deshalb ohnmächtig geworden bist. Und dass wir die Geschenke zurückgeben, weil wir nicht sicher sind, auf wann die Hochzeit verlegt wird.«

»Aber ich habe nie gesagt, dass die Hochzeit verlegt wird«, protestierte Briony. »Ich habe Caleb schon den Ring zurückgeschickt.«

Briony konnte hören, wie der Atem ihrer Mutter aussetzte. »Du kannst jetzt unmöglich wissen, was du willst. Du brauchst Zeit, um dich auszuruhen und wieder gesund zu werden. Und um herauszufinden, ob es kein medizinisches Problem gibt, um das wir uns kümmern müssen, und du nicht nur ausgelaugt warst.«

»Ich war übrigens nicht ausgelaugt. Caleb und die Hochzeitsplanerin und ihr beiden habt ...«

»Triff jetzt keine Entscheidungen«, sagte ihre Mutter. »Und mach dir keine Sorgen. Dein Vater und ich, wir kümmern uns um alles.«

»Deine Mutter hat recht.« Ihr Vater beugte sich vor zum Computerbildschirm, als könnte er ihr dadurch näher kommen. »Im Moment musst du dich einfach nur schonen.«

Nachdem sie noch ein paarmal versichert hatte, dass sie wirklich einen Arzt konsultieren würde, beendete Briony den Anruf. Sie wünschte sich, ihre Mutter hätte abgewartet, bevor sie allen schrieb, aber wenigstens war die Sache mit den Geschenken geregelt.

Als Nächstes musste sie sich mit Vi in Verbindung setzen. Ihre beste Freundin seit der vierten Klasse und Brautjungfer hatte sie mit Nachrichten und Voicemails bombardiert, aber Briony hatte es nicht über sich gebracht, sie zu lesen oder anzuhören.

Ihr Herz schlug etwas schneller, als sie darüber nachdachte, was sie zu dem ganzen Hochzeitsfiasko sagen sollte. Schließlich textete sie einfach *HI*.

Vi antwortete sofort.

OMG. Wo bist du? Deine Eltern wollten nichts sagen.

L.A. Haustiere hüten bei meiner Cousine.

Caleb verliert den Kopf. Deine Eltern haben ihm nichts gesagt. WAS IST PASSIERT?

Panikattacke. Mom besteht darauf, dass ich dehydriert war, übermüdet und möglicherweise einen Tumor habe. Aber eigentlich völlige Panikattacke.

Ich brauche mehr Info. Panik, weil du vor all den Leuten standest?

Ich habe zu spät, extrem spät gemerkt, dass ich nicht heiraten wollte.

Oh nein! Auf dem Junggesellinnenabschied hast du ständig alle gefragt, ob du wirklich heiraten sollst. Aber da dachte ich nur, dass du halt so bist.

Was? Hab ich das getan? Und was meinst du damit, dass ich halt so bin?

Du weißt schon. Du fragst immer alle um Rat. Du fragst, ob du einen Schirm mitnehmen sollst, welche Schuhe du anziehen sollst. Ob du um eine Gehaltserhöhung bitten sollst. Du hast den Kellner im Olive Garden gefragt, auf welche Uni du gehen sollst.

Nein, das habe ich nicht!

Oh doch, das hast du. Du tust das so oft, wahrscheinlich merkst du es schon gar nicht mehr. Deshalb passt Caleb und du so gut zusammen. Ihm wird es nie zu viel, wenn du ihn nach seiner Meinung fragst. Und dabei ist er überhaupt nicht kontrollsüchtig. Du willst also nicht mit Caleb zusammen sein? Das haut mich um.

Mich auch. Er ist perfekt. Ich bin verrückt, dass ich nicht mit ihm zusammen sein will. Ich will aber nicht. Wenn ich an ihn denke, kriege ich Herzklopfen. Aber es fühlt sich nicht gut an.

Hast du mit ihm gesprochen?

Nein.

Briony!

Ich weiß! Aber ich konnte nicht. Was hätte ich ihm sagen sollen? Ich habe den Ring zurückgeschickt. Habe ihm gesagt, dass es mir leidtut. Auf einem Zettel. Genau diese Worte. »Es tut mir so leid.« Ich weiß, da muss noch mehr kommen.

Ach, echt?

Ich weiß einfach nicht, wie ich es ihm erklären soll.

Ja. Das habe ich gemerkt.

Was sollte ich denn sagen?

Siehst du! Das meinte ich doch gerade. Du tust nie etwas, ohne ein ganzes Komitee zu befragen.

Du bist kein Komitee. Und es ist schwierig.

Seufz. Ja. Sag ihm, dass du beschlossen hast, Nonne zu werden.

Das sollte ich. Tatsächlich, vielleicht sollte ich wirklich ins Kloster gehen. Nach dem, was ich Caleb angetan habe, sollte ich mich niemandem mehr zumuten.

Ohhh. Nein. Du hast ihn doch nicht absichtlich verletzt. Aber mit ihm sprechen musst du.

Ich weiß. Ich tu es. Irgendwann.

Ich muss zur Arbeit. Wir machen später weiter.

Danke. Entschuldige. Ich bezahle dein Kleid.

Das wirst du nicht tun. Bis später, Süße.

Dafür kriegst du ein Augenrollen.

Vi antwortete nicht mehr. Briony würde später wieder mit ihr sprechen müssen.

Hatte sie auf dem Junggesellinnenabschied tatsächlich alle gefragt, ob sie heiraten sollte? Sie konnte sich nicht erinnern. Auf der Feier hatte es Nutellashots gegeben. Und vielleicht hatte sie ein paar zu viel getrunken. Sie war nicht besonders trinkfest.

Sie wusste noch, dass Caleb ihr ein ekelhaftes, aber erstaunlich wirksames Heilmittel gegen den Kater verabreicht hatte, aber an die Einzelheiten der Party erinnerte sie sich nur verschwommen. Der Junggesellinnenabschied war eine Woche vor der Hochzeit gewesen. Und wenn Vi recht hatte, hatte Briony da bereits Zweifel gehegt. Sie stieß einen langen Seufzer aus. Es wäre hilfreich gewesen, wenn sie es vorher gemerkt hätte, bevor sie die Kirche betreten hatte.

»Okay, ich weiß, ich muss Caleb anrufen.« Ihr Herz bekam Schluckauf. »Aber wenigstens habe ich angefangen, meine Liste abzuarbeiten. Es geht mir besser, nicht wahr, ihr beiden?«

Diogee saß vor ihr und wedelte mit dem Schwanz. Briony kraulte ihm den Kopf, woraufhin das Wedeln stärker wurde.

»Und du, Katerchen? Was meinst du?«, fragte Briony.

Oh mein Gott. Ich habe gerade eine Katze und einen Hund nach ihrer Meinung gefragt. Frage ich wirklich immer alle um Rat, bevor ich etwas tue? »Tu ich das?«, sagte sie laut.

Diogee wedelte sie weiter an. Briony sah sich nach Mac um. Wo war er? Sie sprang auf. »Mac? Mac, Mac, Mac? MacGyver?« Sie drehte sich im Kreis. »Kitty, Kitty, Kitty, willst du ein Leckerchen?«

Es kam kein antwortendes Miauen, obwohl Diogee bei dem Wort Leckerchen in die Küche rannte und sich unter seine Leckerli-Dose setzte. Briony gab ihm einen Keks und durchsuchte das Haus.

Nachdem sie sich in jedem Zimmer gründlich umgesehen hatte, musste sie zugeben, dass der Kater weg war. Schon wieder! »Was mach ich jetzt nur?«, fragte sie Diogee und schlug sich vor die Stirn. Sie hatte es schon wieder getan. Ein Tier um Rat gefragt.

Ihr wurde bewusst, dass sie noch immer ihr Handy in der Hand hielt. Das war es. Sie würde den Typ von der Seniorenresidenz anrufen. Sie wusste seinen Namen nicht mehr, aber seine Nummer musste ja im Handy sein, weil er sie angerufen hatte.

Briony sah ihre Anrufliste durch. Ja, okay, hier war sie. Ein paar Sekunden später nahm der Mann ab. »Nate hier.«

»Hallo. Hier ist Briony Kleeman. Ich bin diejenige, die MacGyver hütet, den Kater, wegen dem Sie mich gestern angerufen haben.«

Sie zwang sich, langsam und klar zu sprechen, nicht wie eine Verrückte, denn sie hatte allen Grund zu glauben, dass er sie wegen ihres Aufzugs gestern für durchgeknallt hielt. »Der

Kater ist schon wieder verschwunden. Haben Sie ihn vielleicht gesehen?«

»Nein, leider nicht«, sagte Nate. »Aber ich halte die Augen offen und rufe an, wenn ich ihn sehe.«

»Das wäre fürchterlich nett von Ihnen«, antwortete Briony. Hatte sie gerade mit britischem Akzent gesprochen? Mein Gott, was musste er von ihr denken! »Ganz herzlichen Dank«, fügte sie hinzu. Ja, sie sprach ganz eindeutig mit Akzent.

»Ich finde, du solltest auf mich aufpassen«, sagte sie zu Diogee, nachdem sie aufgelegt hatte. »Du bist vernünftiger. Wo, meinst du, ist MacGyver hin?« Und sie fragte schon wieder den Hund nach seiner Meinung.

Nate beschloss, bei Gib vorbeizusehen, nur für den Fall, dass der Kater der Verrückten zufällig dort war. Obwohl sie ihm jetzt am Telefon nicht so verrückt vorgekommen war. Außer dass sie auf einmal mit britischem Akzent geredet hatte.

Egal. Er wollte sowieso nach Gib sehen. Heute würde er ihn aus seinem Bungalow hinauskatapultieren, und wenn er dazu ein Stemmeisen bräuchte. Nate suchte die Umgebung ab, merkte sich jedes Detail. Er hatte mit dem Sicherheitsdienst gesprochen, und es lagen keine Meldungen vor, weder zu irgendwelchen ungewöhnlichen Vorkommnissen in der Nähe des Hauses seiner Mutter noch zu einem Vorfall in The Gardens.

Er klopfte an die Haustür und rief: »Ich weiß, Sie sind zu Hause, Gibson!«, bevor der alte Herr ihm seine gewöhnliche Antwort entgegenschmettern konnte.

»Ich bin zu Hause. Und?«, sagte Gib, als er die Haustür aufriss.

»Unser Freund MacGyver ist wieder ausgebüxt. Ich dachte, er wäre vielleicht bei Ihnen vorbeigekommen.«

Gib schüttelte den Kopf. »Habe ihn nicht wiedergesehen, seit er den Kamin hoch verschwunden ist.« Er schloss die Tür hinter sich.

»Habe ich Sie geweckt?«, fragte Nate. Gib trug Schlafanzughosen und ein altes Angels-Trikot, er war barfuß, und seine Haare waren zerzaust.

Gib öffnete und schloss den Kiefer ein paarmal. »Hab meine Zähne drin. Das bedeutet nein. Wollen Sie einen Kaffee?«

»Gerne«, antwortete Nate und folgte Gib in die Küche. »Sie ziehen sich besser was an. Die Kunststunde fängt in weniger als einer halben Stunde an.« Gib besuchte sie regelmäßig und hatte echtes Talent. Zu Weihnachten hatte er Nate ein Gemälde der Peperomiapflanze geschenkt, und Nate hatte es in sein Büro gehängt.

»Steht nicht in meinem Kalender.« Gib steckte eine Kapsel in die Kaffeemaschine, stellte eine Tasse darunter und drückte auf den Knopf.

»Dann ist Ihr Terminkalender für heute wohl ziemlich voll, oder?«, sagte Nate. »Halb elf, werkeln. Elf Uhr, Zehennägel schneiden. Halb eins, eine Dose Bohnen zum Mittagessen aufmachen. Um eins ...«

»Hören Sie auf, Sie Witzbold«, sagte Gib. »Nur damit Sie's wissen, ich bin zwar alt, aber ich brauche keinen Aufpasser.«

Nate musste es anders anfangen. »Ehrlich gesagt habe ich gehofft, Sie würden zum Unterricht gehen, weil ich gerade gerne ein zweites Paar Augen hätte. Können Sie etwas für sich behalten?«

Gib machte sich nicht die Mühe zu antworten. Er gab Nate seine Kaffeetasse und setzte sich an den Küchentisch. Nate setzte sich ihm gegenüber und erzählte ihm von der Sabotage am Lüftungssystem. »Wenn Sie nur ein bisschen Zeit im Gemeinschaftszentrum verbringen und mir sagen könnten, wenn Ihnen etwas Merkwürdiges auffällt, dann würde ich das zu schätzen wissen.«

Einen Moment lang antwortete Gib nicht. Er kniff nur die Augen zusammen und sah Nate eindringlich an, versuchte wohl herauszufinden, ob er an der Nase herumgeführt wurde. Das wurde er zwar, aber andererseits auch wieder nicht. Gib war scharfsinnig. Wer wusste, was ihm auffiel? »In Ordnung.« Er sah auf die Uhr in Form einer schwarzen Katze mit schwingendem Schwanz. »Ich schaffe es noch zu Kunst. Sie trinken in Ruhe Ihren Kaffee aus.«

Nate empfand plötzliche Befriedigung. Er hatte noch nicht einmal ein Stemmeisen gebraucht. Was war als Nächstes dran? Er brauchte jemanden, der die Luft testete. Er musste immer noch eine Lösung finden, wie man die Bücher desinfizieren konnte. Und die Teppiche. Vielleicht sollte er die Schlösser im Haus seiner Mutter auswechseln. Nate trank einen Schluck Kaffee. Als er die Tasse absetzen wollte, fiel ihm etwas auf. Was war das? Etwas Graues und Haariges lag auf der Anrichte neben der Spüle. Es sah aus wie eine Art mutierte Raupe. Nate ging hinüber, um es zu untersuchen. Was auch immer, lebendig war es nicht. Er stupste es mit dem Finger an. Es fühlte sich etwas klebrig an.

»Fertig«, sagte Gib, als er zurück in die Küche kam. »Was haben Sie denn da?«

»Ich weiß nicht«, erwiderte Nate. »Ich habe es gerade erst bemerkt.«

Gib runzelte die Stirn. »Das habe ich niemals zuvor gesehen.« Er nahm das haarige Ding und rollte es zwischen den Fingern, dann warf er es wieder auf die Anrichte. »Wenn wir es noch pünktlich schaffen wollen, sollten wir losgehen.«

Sie verließen den Bungalow und gingen schweigend zum

Gemeinschaftszentrum hinüber, beide in Alarmbereitschaft. Als sie den Manzanita-Raum betraten, wo der Kunstunterricht abgehalten wurde, erstarrte Gib. Nate sah sofort, was das Problem war. Archie saß auf dem Stuhl, auf dem normalerweise das Modell saß, und mehrere Damen, einschließlich Peggy, scharten sich dicht um ihn.

»Gib, willst du meinen Neuesten hören?«, rief Rich hinter einer Staffelei hervor.

Gib warf einen Blick zu Peggy hinüber – und Archie –, dann richtete er sich auf. »Aber sicher doch.« Betont gleichgültig schlenderte er zu der Staffelei, die neben Rich stand.

»Ich will ihn auch hören.« Nate folgte Gib. Er schuldete ihm etwas moralische Unterstützung, da er ihn überredet hatte, zum Unterricht zu kommen.

»Es war einmal ein Mann der hieß Archie / wenn er sprach erntete er kaum Sympathie / er liebte seine Enkelin / in mehr als einem Sinn / ich wollte ihn auf keiner Party.«

Er runzelte die Stirn. »Nur ein grober Entwurf.«

»Sam!«, rief Peggy, als der ehrenamtliche Kunstlehrer hereinkam. »Wir hätten heute gerne Aktzeichnen und haben das perfekte Modell gefunden.« Sie drückte Archies Schulter.

Gib vertiefte sich darin, seine Kohlestifte zu ordnen. »In Ordnung«, gab Sam zur Antwort. »Das hatte ich zwar nicht vor, aber ich bin flexibel. Denken Sie daran, planen Sie zuerst Ihre Komposition, dann zeichnen Sie die gesamte Figur schnell hinein.«

»Sam, meinen Sie nicht, dass es interessant für uns sein könnte, ein Paar zu zeichnen?«, fragte Janet. Sie holte einen Stuhl und stellte ihn neben Archie. »Unseren Gesichtsausdruck einzufangen, wenn wir einander ansehen, wäre eine interessante künstlerische Herausforderung.« Sie nahm sein Kinn und drehte sein Gesicht zu ihr. »Ooh. Du hast etwas Manscaping bei deinen Augenbrauen gemacht. Ich mag Männer, die auf ihr Äußeres achten.«

»Jetzt bist du auf dem richtigen Dampfer!«, rief Archie aus. Nate fragte sich, ob Archie überhaupt in Kalifornien aufgewachsen war. Die Hälfte der Redewendungen, die er benutzte, verstand Nate nicht. Ob sie vielleicht regionale Besonderheiten waren?

»Oh, aber Janet, wenn du posierst, dann bedeutet das, dass du selbst nicht zeichnen kannst«, protestierte Regina, »und du zeichnest doch immer so schön.«

Janets Arbeiten waren … interessant. Nate dachte, niemand anderes als Regina, die Hintergedanken hatte, würde sie als schön bezeichnen.

»Lass mich stattdessen mit Modell sitzen«, fuhr Regina fort. »Ich zeichne sowieso so schlecht. Es macht mir nichts aus, es heute einmal zu lassen.« Sie versuchte, Janet vom Stuhl zu schieben.

Janet rührte sich nicht. »Unfug, gerade letzte Woche hat Sam erst gesagt, wie sehr ihm all die Details gefielen, die du in deine Zeichnung eingearbeitet hattest.«

»Wie wäre es, wenn Archie und ich Modell sitzen?«, schlug Peggy vor. »Es könnte ein *American Gothic* für das neue Jahrhundert werden. Anstelle einer Mistgabel könnte Archie ein Handy halten.«

»Ich habe keins von den verdammten Dingern. Ich traue ihnen nicht.« Er lächelte Peggy, Janet und Regina der Reihe nach an. »Aber ich würde mich glücklich schätzen, mit einer von euch drei Hübschen Modell zu sitzen.«

Gib nahm ein Stück Kohle zur Hand und fing wütend an zu zeichnen. Sam kam herüber, um ihm zuzusehen. »Welch Leidenschaft«, bemerkte er.

Nate musste ein Lachen unterdrücken. Archies sich lichtendes Haar war auf der Skizze zu ein paar mickrigen Strähnen geworden, wohingegen das Haar in seinen Ohren und Nasenlöchern aufs Beste gedieh.

Mac folgte dem Geruch des Sardinenmanns. Er hieß Gib. Und Nate war der andere, den Mac im Auge behielt. Das hatte er ihrem Blabla entnommen. Gib war nicht zu Hause, aber es war einfach, ihn zu finden. Er war in der Nähe. Mac fand ihn in einem Zimmer mit einem Rudel Menschen, einschließlich Nate.

Gib roch wie Jamie, wenn Mac den Mülleimer durchsucht hatte. Mac fragte sich, ob Gib das Geschenk gefunden hatte, das er am gestrigen Abend für ihn hinterlassen hatte, als er schon schlief. Er roch nicht, als hätte er viel Spaß. Nate auch nicht. Er musste sich für die beiden noch ins Zeug legen. Mac rieb seine Wange zuerst an Nates Hosenbein, dann an Gibs, damit jedermann wusste, dass sie unter seinem Schutz standen.

»Was für eine hübsche Katze!«, rief ein Weibchen aus. Sie eilte herbei und kniete vor Mac nieder. Gibs Geruch veränderte sich sofort. Jetzt roch er so wie Jamie, wenn David nach Hause kam. Das Weibchen streichelte sanft Macs Kopf. Aber gleichzeitig wurde der Hauch von Einsamkeit wieder stärker, der Gib immer umgab.

»Er ist ein Freund von mir«, blah-blahte Gib. »Sein Name ist MacGyver.«

»Ich rufe besser seine Katzensitterin an«, sagte Nate. »Vielleicht sollte MacGyver mit Archie Modell sitzen«, fügte er hinzu, um die entstandene Spannung zwischen den Damen abzubauen.

»Exzellente Idee!«, stimmte Sam zu. »Wir haben noch nie ein Tier als lebendes Modell gehabt.«

Das Weibchen nahm Mac hoch und setzte ihn auf den Schoß

eines Mannes. Mac atmete ein, wertete aus. Er roch ziemlich froh, aber Mac merkte, dass der Mann ihn nicht mochte. Und das war verkehrt.

Das Spiel begann. Mac rollte sich auf dem Schoß des Mannes zusammen und fing an, dessen dünne Hose mit seinen Krallen zu bearbeiten.

»Ich weiß nicht so recht«, sagte Archie. Er schnippte ein paar Haare von Mac von seiner Weste.

»Eine hinreißende Katze und ein hinreißender Mann. Was könnte besser sein?«, sagte das Weibchen.

Die Beine des Mannes waren hart unter Macs Bauch. Er bohrte seine Krallen ein bisschen tiefer, sodass sie leichte Kratzer auf der Haut hinterließen. Der Mann stieß einen kurzen Schrei aus. MacGyver fing an zu schnurren.

# Kapitel 6

Ruhig, entspannt, gefasst, sagte sich Briony, als sie das Gemeinschaftszentrum von The Gardens gefunden hatte. Ich werde ruhig, entspannt und gefasst sein. Dann packe ich MacGyver in den Transportkorb und gehe in ruhiger, entspannter und gefasster Manier hinaus.

Sie wusste nicht, warum sie so darum bemüht war, einen besseren Eindruck auf Nate zu machen. Sie blieb nur ein paar Wochen und würde ihm wahrscheinlich nicht noch einmal begegnen. Außer wenn Mac immer wieder einen Weg hierher fand.

Briony erinnerte sich daran, das Ruby Mac als Verkuppler bezeichnet hatte. Wenn es das war, was er im Schilde führte – was unmöglich sein konnte, schließlich war er ja nur eine Katze –, dann hatte sie seine Pläne bereits durchkreuzt. Auch wenn sie einwandfrei gekleidet war und sich heute einwandfrei benahm, würde Nate bei ihrem Anblick immer an die Verrückte mit dem verrückten Gesicht und der verrückten Frisur denken. Nicht, dass es eine Rolle spielte.

Der angenehme Duft von Zitrone und etwas, das sie nicht einordnen konnte, möglicherweise Goldmelisse, empfing sie, als sie die Tür öffnete. Der große Raum mit seinen Perserteppichen und gemütlichen, dick gepolsterten Sofas kam ihr mehr vor wie das Foyer eines eleganten alten Hotels. Oder eher wie ein Mix aus Hotelfoyer und Gewächshaus. Überall waren Pflanzen. Auf dem Weg zum Manzanita-Raum, wo Nate und MacGyver sein sollten, blieb sie stehen und bewunderte einen zu einer Spirale geschnittenen Buchsbaum, zumindest hielt sie es für einen Buchsbaum.

Sie erspähte Nate im selben Moment, als sie hineinging. Ihr Blick fiel einfach sofort – *zoom* – auf ihn. Die Pheromone hatten sie bereits erwischt. Es war so verdammt verkehrt von ihm, so attraktiv auszusehen, ohne sich auch nur die geringste Mühe zu geben. Und eine Sekunde später überkamen sie Schuldgefühle, weil es verdammt verkehrt war, auch nur darüber nachzudenken, wie verdammt attraktiv ihr ein Mann erschien, wo sie doch verdammt noch mal vor ein paar Tagen fast geheiratet hätte.

Nate stand neben der Staffelei des älteren Herrn, in dessen Bungalow sie gestern Abend eingefallen war. Gut. Dann konnte sie auch ihm ihr ruhiges, entspanntes und gefasstes Selbst vorführen. Seine Meinung war ihr genauso wichtig wie Nates. Nicht, dass es auf Nates Meinung ankam, ermahnte sie sich.

Sie sah sich im Raum um und erblickte Mac. Sie konnte nicht anders, als über den frechen Kerl zu lächeln. Er stand im Mittelpunkt der Aufmerksamkeit, wurde gezeichnet, während er auf dem Schoß eines schicken alten Herrn saß, der eine Fliege trug.

Mr MacGyver würde ihr diesmal nicht entkommen. Den Transportkorb, den sie in Jamies Schrank gefunden hatte, fest in der Hand, durchquerte sie den Raum. Neben Nate blieb sie stehen. »Herzlichen Dank noch mal, dass Sie mich angerufen haben«, sagte sie ruhig, entspannt und gefasst.

»Wäre es vielleicht möglich, dass Sie MacGyver noch ungefähr für eine halbe Stunde hierlassen? Ich wusste nicht, dass er zum Modell avancieren würde«, sagte Nate.

»Kein Problem«, antwortete sie, weil das die ruhige, entspannte und gefasste Antwort war.

»Prima. Wir könnten in der Küche einen Kaffee trinken.« Nate wandte sich an den älteren Mann an der Staffelei. »Gib, können Sie dafür sorgen, dass unser Freund den Raum nicht verlässt?«

Gib sah von seiner Zeichnung auf. Er hatte Mac vollendet erfasst. Die Streifen in seinem flauschigen Fell, das M-förmige Muster auf seiner Stirn, die Klugheit in seinen Goldaugen. Der schicke Herr hingegen sah auf dem Bild eher aus wie ein Troll mit Fliege. »Sie sehen gut aus, wenn Sie sich zurechtmachen«, sagte er zu Briony. »Da es hier keine Kamine gibt, sollten wir Ihre Katze wohl im Zaum halten können.«

»Das ist sehr nett von Ihnen.« Da. Sie war ruhig, entspannt und gefasst, und das nicht nur gegenüber Nate, sondern auch gegenüber diesem Gib, die beide Zeugen ihrer Verrücktheit geworden waren. »Mir gefällt es hier«, merkte sie an, als Nate sie zur Küche führte. »Die Atmosphäre ist wunderbar. Sie sind der Manager, nicht wahr?«

»Ihm gehört der Laden«, antwortete eine Frau mit in verschiedenen Schattierungen von Lila getöntem Haar. Sie und eine jüngere Frau, wahrscheinlich Anfang zwanzig, standen an der Kücheninsel, eine Auswahl von Gemüse vor sich.

»Also, es gehört meiner Familie«, sagte Nate und fuhr sich mit der Hand durch sein halblanges dunkelbraunes Haar. »Meiner Mom, meiner Schwester und mir.«

»Aber die haben nichts damit zu tun«, sagte die Frau mit den lila Haaren zu Briony. »Nate managt alles. Wirklich alles.«

»Alles«, stimmte die jüngere Frau zu.

»Darf ich Ihnen meine Jubelabteilung vorstellen?«, sagte Nate. Er machte eine Handbewegung in Richtung der Lilaschattierten. »Das ist LeeAnne, unsere Chefköchin. Und das«, er nickte der anderen Frau zu, »ist Hope. Sie ist ...« LeeAnne unterbrach ihn, bevor er ausreden konnte. »Diejenige, die mir jetzt bei der Inventur der Vorräte helfen wird.«

»Hast du das nicht ...«, begann Nate.

LeeAnne zeigte auf ihn. »Als du mir den Job gegeben hast, hast du mir versprochen, dich nicht einzumischen. Wenn ich sage, dass es Zeit für die Inventur ist, dann ist es das auch.« Sie zog Hope mit sich hinaus.

»Setzen Sie sich.« Nate winkte sie zu einem runden Tisch.

»Ganz schön groß«, sagte Briony. An dem Tisch hatten um die fünfzehn Leute Platz.

»Das Personal kann an allen Mahlzeiten teilnehmen«, erklärte Nate. Er füllte zwei Tassen aus einem großen Kaffeespender auf der Anrichte. »Wie mögen Sie Ihren Kaffee?«

»Nur mit Milch.« Er legte einen Löffel auf ihre Untertasse und stellte die Tasse und eine kleine silberne Kanne vor sie hin, dann setzte er sich. Briony drehte den Löffel hin und her und wusste plötzlich nicht, was sie sagen sollte. Sollte sie sich noch einmal für ihr Verhalten gestern Abend entschuldigen? Oder sollte sie ihn besser nicht daran erinnern? Sollte sie wieder über The Gardens sprechen? Wäre es aufdringlich, wenn sie danach fragte, warum er als Einziger in der Familie den Laden schmiss?

Was war bloß los mit ihr? Hatte sie immer schon so gezaudert? Vi hatte vielleicht wirklich recht. Vielleicht konnte Briony ohne Hilfe tatsächlich nicht einmal eine einfache Entscheidung treffen. Warum war ihr das selbst noch nie aufgefallen?

»Es tut mir leid, dass ich gestern so daneben war.« Sie gestikulierte wild. Oh, toll. Ganz ruhig, entspannt und gefasst. Und es hatte doch so gut angefangen. »Ich hüte die Tiere meiner Cousine. Ich würde mich schrecklich fühlen, wenn MacGyver etwas passiert wäre.«

»MacGyver«, wiederholte Nate. »Das passt zu ihm.«

»Ich habe die Serie nie gesehen«, sagte Briony. Da. Wenn sie auch nicht unbedingt ruhig, entspannt und gefasst klang, so doch zumindest rational.

»Mein Großvater und ich haben mit ein paar von den Senioren ständig die Wiederholungen angesehen«, sagte Nate. »Sein Vater hat hier alles aufgebaut. Er hat das Land gekauft und eine Seniorenresidenz daraus gemacht.« Er zog die Topfpflanze, die in der Mitte des Tischs stand, zu sich und überprüfte mit geschickten Fingern die Unterseiten der Blätter.

»Die Leute, die ich heute gesehen habe, sahen aber ziemlich selbstständig aus.« Briony nahm einen Schluck aus ihrer Kaffeetasse und sah zu, wie er sich um die Pflanze kümmerte. Schockiert ertappte sie sich bei dem Gedanken, wie es sich wohl anfühlte, wenn diese Finger über ihren Körper streichen würden. Sie schob den Gedanken weit von sich.

»Das sind sie auch. Wir haben andere Bewohner, die mehr Unterstützung benötigen. Die wohnen nicht in den Bungalows, sondern in einem der drei größeren Häuser, wo sie rund um die Uhr betreut werden«, sagte Nate. »Wenn möglich, kommen auch sie zum Essen und bei gemeinsamen Aktivitäten hier ins Gemeinschaftszentrum.«

»Wie ist das, Teil eines Familienunternehmens zu sein? Wussten Sie als Kind schon, dass Sie die Einrichtung irgendwann übernehmen würden?«

Er zögerte. Es sah aus, als hätte sie einen wunden Punkt berührt. Briony beschloss, das Schweigen zu brechen: »Meine Familie macht nichts in der Art, aber mein Vater ist Buchhalter, und seit ich ein kleines Mädchen war, taten meine Eltern so, als würde ich das natürlich auch werden. ›Was auch immer geschieht‹, haben sie gesagt, ›Buchhalter werden immer gebraucht.‹ Zu meinem siebten Geburtstag habe ich einen Taschenrechner bekommen.«

»Ernsthaft?« Nate riss die Augen vor Erstaunen auf, dann stellte er die Pflanze wieder auf ihren Platz. »Das habe ich mir sehnlichst gewünscht, als ich sieben wurde. Aber ich habe stattdessen einen Talkboy bekommen, genau wie der in *Kevin – allein zu Haus*.« Mit künstlich tiefer Stimme sagte er: »Hier spricht der Vater. Ich hätte gern einen dieser kleinen Kühlschränke, für die man einen Schlüssel braucht.« Briony lachte. »Sind Sie wirklich Buchhalterin geworden?«, fragte er.

»Ja. Ich …« Plötzlich fühlte sie sich unsicher, weil sie es immer als normal hingenommen hatte. »Es gab nichts anderes, das ich lieber gemacht hätte. Und ich mag … hmm … die Ordentlichkeit. Dass alles aufgeht.« Das stimmte. Sie wusste, dass sie ihre Arbeit gut machte, und sie ging gern jeden Tag ins Büro, was immerhin nicht jedem vergönnt war.

Plötzlich wurde ihr klar, dass sie keinen Job mehr hatte. Caleb hatte ein fantastisches Jobangebot in einer Anwaltskanzlei in Portland bekommen. Sie hatten entschieden, dass er annehmen sollte. Nach den Flitterwochen wollten sie umziehen. Caleb hatte schon ein Haus gefunden. Die Firma übernahm die Umzugskosten. Nachdem sie sich eingelebt hätten, hätte Briony sich nach einer neuen Stelle als Buchhalterin umgesehen. Wie ihre Eltern sagten, Buchhalter wurden immer gebraucht.

Aber jetzt würde sie nicht nach Portland ziehen. Ob sie wohl ihren alten Job zurückbekommen könnte?

»Alles in Ordnung?«, fragte Nate.

Briony nickte. »Mir ist nur gerade etwas eingefallen, was ich tun muss, wenn ich aus dem … äh … Urlaub zurückkomme.« Ja, sich ein neues Leben aufbauen.

»Wie lange sind Sie hier?«

»Ungefähr noch dreieinhalb Wochen. Meine Cousine ist in den Flitterwochen in Marokko.«

»Marokko. Wow.« Nate pfiff leise.

»Ich weiß. Ich habe nie auch nur im Traum daran gedacht, an einen so exotischen Ort zu fahren. So viel Unbekanntes, wie soll man sich da zurechtfinden!«

»Ich würde keinen Moment zögern. Im Frühling gibt es dort ein Rosenfestival. Es wäre toll, die M'Goun-Rosen in der Wildnis blühen zu sehen. Und sie zu riechen.«

»Ist der Dschungel im Foyer Ihr Werk?«

Er lächelte, und eine weitere Pheromonbombe schlug ein. Briony wurde zu Wackelpudding, und zwar nicht so wie in der Kirche, als sie auf Caleb zugegangen war. Dieser Typ war ernsthaft gefährlich. Was stimmte nur mit ihr nicht? Sie ignorierte die Reaktion ihres Körpers und konzentrierte sich auf Nates Worte. »Ich habe ihn nur arrangiert. Das Personal kümmert sich um die Pflanzen. Ich wünschte, ich könnte einfach mal losfahren, aber es ist immer so viel zu tun. Irgendwas ist immer.« Seine Stirn legte sich in Falten, ein sorgenvoller Ausdruck trat in sein Gesicht.

»Sie leisten Erstaunliches.«

»Ja, tue ich das?« Er zog eine dunkle Augenbraue hoch. »Sie sind jetzt ungefähr zwanzig Minuten hier und haben den Großteil der Zeit in der Küche verbracht.«

»Ich weiß, dass ich eigentlich keine Ahnung habe. Aber ich habe gerade zwei Leute von Ihrem Personal kennengelernt, und die vergöttern Sie. Und gestern Abend haben Sie Gib besucht. Ich bin mir sicher, dass nicht alle Manager – Eigentümer – so etwas tun würden. Das sagt mir eine Menge. Ich bleibe dabei: Sie leisten hervorragende Arbeit.«

»Jetzt vielleicht. Aber als ich angefangen habe? Da war ich gerade mal neunzehn.«

»Unmöglich!«

»Mein Vater hat die Residenz von meinem Großvater übernommen. Er hat sie nur ungefähr vier Jahre lang allein geleitet, dann wurde er fünfzig und hat sich einen Mustang Cabrio gekauft. Rot. Und passend dazu eine lederne Bomberjacke. Klassisches Midlife-Crisis-Klischee. Ein paar Monate später war er weg. Einfach weg. Ich musste einspringen. Meine Mutter war zu nichts zu gebrauchen.« Er verzog das Gesicht zu einer Grimasse. »Das war unfair. Meine Mutter war verzweifelt. Ich hatte meine gesamte Zeit hier verbracht mit meinem Großvater und später dann mit meinem Vater. Ich hatte eine Menge gelernt, also sprang ich ein. Dachte nicht, dass es für lange sein würde. Aber hier bin ich nun, fast ein Jahrzehnt später.«

»LeeAnne hat gesagt, Sie hätten eine Schwester.«

»Eine Zwillingsschwester. Nathalie«, erwiderte Nate. »Aber sie hat sich nie für das Unternehmen interessiert. Als sie ein Teenager war, hatte sie diese Phase, wo sie nicht unter alten Leuten sein wollte. Als wäre es ansteckend. Davor war sie öfters mal herübergekommen – unser Grundstück liegt am Rand des Anwesens, aber später, unter keinen Umständen.«

»Nate und Nathalie. Sehr niedlich.«

»Noch schlimmer. Nathaniel und Nathalie.«

Briony zwinkerte ihm verschmitzt zu. »Haben sie euch auch gleich angezogen?«

Nate lachte. »Ich habe ein Foto von uns, als wir ungefähr drei Jahre alt waren, ich in einem Matrosenanzug, sie in einem Matrosenkleid. Das war das letzte Mal, dass wir als Zwillinge angezogen waren. Ich habe es immer irgendwie geschafft, meine Kleider zu zerreißen oder sie anderweitig kaputt zu machen.«

»Und man nennt Sie Nate und nicht Nathaniel.«

»Als ich klein war, habe ich versucht, Leute dazu zu bringen, mich Parka zu nennen, aber das hat sich nie wirklich durchgesetzt.«

»Parka? Wie die Jacke?« Briony ertappte sich dabei, wie sie eine Haarsträhne, die sich aus dem Chignon gelöst hatte, um den Finger wickelte. Hastig nahm sie die Hand weg. Haare zwirbeln war eine klassische Flirtbewegung. Und sie flirtete nicht.

»Wie die Jacke? Nein. Parka. Wie La Parka. Der Wrestler. Verkleidet als Skelett.«

»Ich habe keine Ahnung, was Sie meinen.« Sie bemerkte, dass sie gerade geredet, richtig geredet hatte. So wie mit Vi oder Ruby. Mit Caleb war sie vorsichtiger gewesen. Er war so perfekt, dass sie auch perfekt sein wollte. Und ihren Eltern gegenüber wollte sie nichts sagen, was sie irgendwie beunruhigen könnte, nichts, was sie auf den Gedanken bringen könnte, dass sie nicht rundum glücklich war.

»Haben Sie auf der Uni gerungen?« Briony versuchte, ihn sich nicht in einem Einteiler vorzustellen.

»Ich würde gern Ja sagen. Aber ich will nicht lügen. Ich war ...«

Nate wurde von Gib unterbrochen, der in die Küche kam. »Er ist weg. Ich weiß nicht, wie er es geschafft hat. Die Tür war zu. Die Fenster waren zu. Es gibt keinen Kamin. Heißt dieser Kater mit Zweitnamen vielleicht Houdini?«

Es war schon dunkel, als Nate bei Iris fertig war. Sie hatte vor ein paar Tagen eine künstliche Hüfte bekommen und weigerte sich, mit ihrem Krankengymnasten Übungen zu machen. Er war bei ihr vorbeigegangen, hatte ihr ein paar Blumen gebracht und sie aufgemuntert.

Auf dem Weg zu seinem Büro beschloss er, noch bei Janet vorbeizugehen und sie zu bitten, morgen nach Iris zu schauen. Janet hatte vor fast vier Jahren eine Hüftoperation gehabt, und es ging ihr sehr gut. Sie ging regelmäßig ins Fitnessstudio.

Er zögerte, als sein Büro in Sicht kam. Obwohl der Sicherheitsdienst das Haus seiner Mutter bestimmt im Auge behielt, würde er sich doch besser fühlen, wenn er selbst vorbeiging.

Vielleicht würde er sogar mit seiner Mutter über seinen Vater sprechen. Das hatte er nie wirklich getan. Für sie war es leichter, so zu tun, als hätte es ihn nie gegeben, und Nate hatte immer mitgespielt. Als er mit Briony gesprochen hatte, war ihm aufgegangen, dass es an der Zeit sein könnte, endlich einmal richtig mit Mom zu sprechen, und vielleicht auch mit Nathalie.

Ein Text von LeeAnne erschien auf dem Display, als er die Richtung änderte. Er las ihn auf dem Weg zu seiner Mutter.

Du solltest sie zu einem Drink einladen.

Was?

Sie kennt niemanden.

Was?

Sie wohnt für ein paar Wochen im Haus ihrer Cousine.

Hast du gelauscht? Egal. Offensichtlich ja.

Die Inventur habe ich vor zwei Tagen gemacht.

Warum bist du noch hier?

Bin ich nicht. Ich lebe nicht für meinen Job wie du.

Nicht im Büro. Auf dem Weg zu meiner Mutter.

Oooh. Aufregend.

Sei still.

Ruf sie an. Sie ist hübsch.

Ich leg jetzt auf.

Du kannst bei einem Text nicht auflegen.

Ich leg das Handy weg.

Nate steckte das Handy in die Hosentasche. Vielleicht sollte er Briony wirklich mal fragen, ob sie mit ihm weggehen wollte. Er könnte ihr ein bisschen L.A. zeigen. LeeAnne hatte wahrscheinlich recht damit, dass sie niemanden …

Die Schatten unter dem Jakarandabaum im Garten seiner Mutter bewegten sich. Aber es war nicht windig. Die Äste bewegten sich nicht.

Da war jemand.

Nate rannte los. Er sprang über die niedrige Mauer – im selben Moment, in dem jemand darüber und auf den Gehsteig krabbelte. Nate hechtete wieder zurück. Der Seiteneingang des Bungalows auf der anderen Straßenseite schloss sich. Er rannte hinüber und hinters Haus.

»Fass ihn, Peanut!«

*Klang.* Die metallene Hundetür sprang auf. Licht erstrahlte in den Fenstern, die den Garten überblickten. Ein Fenster öffnete sich. »Wer ist da?«, schrie Martin Ridley.

»Es ist Nate!«, rief Carrie Ridley.

Peanut, ihr fetter Dackel, stieß ein hohes Jaulen aus. Er hatte es nur halb durch die Hundetür geschafft und steckte fest.

»Mein Peanut!«, schrie Carrie.

»Ich hole die Leckerchen«, verkündete Martin.

Nate sah sich im Garten um. Wen auch immer er verfolgt hatte, war verschwunden.

»Hier. Halte ihm eines vor die Nase.« Martin lehnte sich aus dem Fenster und schüttelte eine Dose Hundeleckerchen. Nate dachte zwar, dass das Problem sich dadurch nur vergrößern würde, aber er nahm gehorsam einen Keks und hielt ihn vor Peanuts Nase. Peanut zappelte, jaulte noch einmal und schaffte es hindurch. Er schnappte nach dem Keks, schluckte ihn und verbiss sich dann in Nates Knöchel.

Nate griff nach unten, um sich von dem Hund zu befreien. »Nein!«, kreischte Carrie. »Peanut hat schlechte Zähne.«

»Peanut, Belohnung!« Martin öffnete die Tür und winkte mit einem Keks.

Peanut gab Nate sofort frei und watschelte auf Martin zu. »Tut mir leid, dass ich gestört habe«, sagte Nate. Er überlegte, was er sagen konnte, ohne sie zu beunruhigen. »Ich habe gesehen, dass euer hinteres Tor offen war, und wollte es verriegeln, damit Peanut nicht wegläuft. Ihr müsst mich gehört haben. Tut mir leid, dass ich so einen Tumult verursacht habe.«

»Kein Problem«, antwortete Martin.

»Kommt ihr beide morgen zum Wii-Kegeln?«, fragte Nate.

»Das versäumen wir nicht.«

»Wir müssen das Hosenscheißerteam in seine Schranken weisen«, sagte Carrie vom offenen Fenster aus.

Nate verabschiedete sich, dann ging er zum Haus seiner Mutter hinüber, wobei er dem Chef des Sicherheitsdienstes textete und ihn über das Vorgefallene informierte. Er versuchte es an der Tür. Abgeschlossen. Nun, das war neu. Er klopfte, und als seine Mutter öffnete, strahlte sie über das ganze Gesicht.

»Du wirst so stolz auf mich sein«, verkündete sie. »Mein Computer ist ausgegangen, aber ich habe die Nummer angerufen und mit einem Techniker gesprochen. Er hat den Computer von dort aus überprüft, aus der Ferne. Ich wusste nicht einmal, dass das geht. Dann hat er …«

»Mom«, unterbrach Nate. »Das ist eine Betrugsmasche.« Er schaffte es, seine Verärgerung zu unterdrücken. Er hatte mit ihr über Computersicherheit gesprochen.

»Er wollte kein Geld. Er war von Microsoft«, erklärte seine Mutter.

»So läuft das. Wenn jemand erst einmal in deinem Computer ist, kann er deine Kreditkartennummer herausfinden, und …«

»Oh nein!«, rief seine Mutter. »Was soll ich denn jetzt tun? Ich weiß nicht, was ich tun soll!«

»Wir bringen das wieder in Ordnung«, sagte Nate. Er legte den Arm um ihre Schultern. »Ich durchsuche deinen Computer und sehe nach, ob irgendetwas installiert wurde, und wir informieren deine Bank. Die Hausversicherung deckt Identitätsdiebstahl ab, falls wir sie brauchen, was ich aber nicht glaube.«

Er gab die Idee auf, heute Abend über seinen Vater zu sprechen. Es würde sie nur noch mehr aufregen.

Seine Mutter lehnte sich an ihn. »Du sorgst so gut für mich und Nathalie. Was würden wir nur ohne dich tun?«

»Darüber brauchst du dir keine Gedanken zu machen«, erwiderte Nate.

Mac beäugte das gefährliche, pelzige Ding, wie es langsam über den Boden kroch. Er wackelte mit dem Hinterteil, fand sein Gleichgewicht und – *Hops!*

Das Flauschige sprang zur Seite, bevor er landete. Mac knurrte leise, als seine Nemesis um ihn herumsprang und ihn neckte.

Mac wackelte wieder mit dem Hinterteil. Diesmal landete er mit einem Sprung genau auf dem Ziel. Er nagelte das Flauschige mit seinem Körper am Boden fest, dann versenkte er seine Zähne darin und weigerte sich loszulassen, selbst als es seine

Nase so sehr kitzelte, dass er dreimal hintereinander niesen musste.

Peggy – er hatte gehört, wie andere Menschen ihren Namen blah-blahten – lachte. »Du hast gewonnen, du hast gewonnen!« Sie ließ sich atemlos in einen Sessel fallen. »Meine Boa wird nie wieder dieselbe sein. Aber das war es wert. Und ich wollte mir für die Talentshow dieses Jahr sowieso etwas Neues leisten. Du hättest mich letztes Jahr sehen sollen, mit dieser Boa um den Hals. Ich habe *These boots are made for walking* gesungen und jubelnden Applaus dafür bekommen.«

Sie fing an, einen Schnurrlaut von sich zu geben. Er klang nicht echt, der Ton ging zu sehr hoch und runter. Sie war keine Katze, aber Mac wusste die Anstrengung zu schätzen. Er ließ das tote Flauschige liegen. Ja, genau. Er hatte es erlegt. Er war der Beste. Er sprang auf Peggys Schoß und legte sich zu einem Schläfchen hin. Peggy kraulte ihn, und er fing an zu schnurren. Damit sie wusste, wie man es machte. Er hätte leicht noch ein paar Stunden hierbleiben können, aber es war schon spät. Er war schon viel länger von zu Hause weg als sonst. Der Holzkopf hatte sicher überall in Macs Garten gepinkelt. Mac würde sich damit abfinden müssen. Und er musste nach Briony sehen. Heute Nachmittag hatte sie besser gerochen, aber wer wusste, wie lang das anhielt. Menschen waren so unberechenbar.

Mac ließ sich noch ein bisschen kraulen, dann stand er auf und streckte sich. Er sprang hinunter, trabte zu Peggys Haustür und miaute einmal. Peggy kam herüber und öffnete sofort die Tür.

»Danke für deinen Besuch«, rief sie, als er hinausschlüpfte.

Mac konnte verstehen, warum Gib ihren Geruch mochte. Mac mochte ihn auch. Aber Peggy hatte Gibs Geruch offenbar nicht bemerkt. Nun ja. Er würde schon einen Weg finden, das zu ändern.

# Kapitel 7

»Ich habe Lust auf Huhn und Waffeln«, verkündete Ruby, als Briony am nächsten Morgen die Tür öffnete. »Und zwar nicht irgendwelche. Roscoe's. Und weil du ja neu bist und den mächtigen Roscoe noch nicht kennst, bin ich herübergekommen, um dich mitzunehmen. Hast du schon gegessen?«

Briony sah sich suchend nach Mac um. Zum Frühstück war er da gewesen, also war er ziemlich sicher noch im Haus, und sie wollte ihm keine Gelegenheit geben, sich davonzumachen. »Ja, Toast.«

»Toast. Pfft. Also, kommst du mit? Du bist eingeladen.« Ruby grinste. »Wenn ich dir auf die Nerven gehe, dann denk dir einfach eine höfliche Entschuldigung aus und schick mich weg.«

»Hört sich doch toll an. Ich bin dabei«, gab Briony zurück. Sie sah sich noch einmal nach Mac um, holte dann ihre Handtasche und rannte hinaus, wobei sie die Tür hinter sich zuschlug.

»Macht das nicht Spaß, auf Mac aufzupassen?«, neckte Ruby sie.

»Er war schon wieder weg. Er ist zwar wiedergekommen, aber trotzdem.«

»Roscoe's ist nur ein paar Straßen weiter. Wir können zu Fuß gehen«, sagte Ruby. »Wo war er denn diesmal, weißt du das?«

»Wieder in The Gardens. Ich bin ihm mit einem Transportkorb hinterhergelaufen. Er hat gerade für ein paar Kunstschüler posiert.« Ruby musste so sehr lachen, dass sie kaum noch

Luft bekam. »Ja, du findest das lustig, du bist schließlich nicht verantwortlich für ihn«, sagte Briony. »Er durfte noch bis zum Ende des Unterrichts dableiben, aber kaum war die Stunde zu Ende, ist er spurlos verschwunden.«

»Gut, die Schlange ist nicht so lang.« Ruby nickte zu ein paar Leuten hinüber, die vor einem lang gestreckten Gebäude mit Holzverkleidung und hohen schmalen Fenstern auf einer Bank saßen.

»Ich bin auf dem Weg zu FedEx hier vorbeigekommen und habe es nicht einmal bemerkt«, sagte Briony. »Natürlich hatte ich anderes im Kopf. Meinem sitzen gelassenen Verlobten seinen Ring zurückzuschicken, zum Beispiel.« Ihr Atem beschleunigte sich ein wenig.

Ruby ignorierte ihre Erwiderung, wohl, um Briony davon abzuhalten, zu hyperventilieren. »Das Ambiente lässt ein bisschen zu wünschen übrig, aber das Essen ist göttlich«, sagte sie, als sie sich anstellten.

»Hast du dich jemals überwältigend zu jemandem hingezogen gefühlt, den du noch nicht einmal kennst?«, fragte Briony. »Also so richtig, und nicht nur so was wie ›Oh, der sieht aber nett aus‹.«

»*Holy non sequitur, Batman*«, Ruby starrte sie an. »Oder vielleicht nicht. Da könnte doch etwas Logik drinstecken. Du hast über The Gardens gesprochen. Und das hat dich auf den Besitzer gebracht. Den süßen Besitzer. Was zu deiner Frage führte. Habe ich recht?«

Briony stöhnte. »Du solltest mich noch nicht so gut kennen. Und ich sollte mich mit dir noch nicht so vertraut fühlen. Ich wollte das wirklich nicht sagen. Es ist mir einfach so ... herausgerutscht.« Sie hatte etwas sagen wollen, das nichts mit Caleb zu tun hatte, und das war dabei herausgekommen.

»Dann habe ich also recht.«

»Ja, ich habe gefragt, weil ich Nate gestern gesehen habe. Und *rums*. Das ist mir noch nie passiert. Nicht so. Mir fällt schon auf, wenn jemand gut aussieht und so, aber das war …« Briony schüttelte den Kopf. »Ich habe mich aber zurückgehalten. Ich bin mir sicher, er hat nichts gemerkt. Mein Ziel war es, ihm zu zeigen, dass ich nicht immer so hysterisch bin. Ich glaube, ich habe dir noch nicht einmal erzählt, wie durchgedreht ich war, als ich ihn zum ersten Mal getroffen habe. Und ich war durchgedreht, als ich dich zum ersten Mal getroffen habe.«

Ruby tätschelte ihr den Arm. »Du warst nicht ausgeflippt. Du hattest eine Panikattacke, was völlig verständlich ist, nach allem, was du durchgemacht hast.«

»Nun, ich hatte keine Panikattacke, als ich Nate zum ersten Mal getroffen habe, aber ich war entsetzt darüber, dass Mac weggelaufen ist, obwohl ich auf ihn hätte aufpassen sollen. Als er anrief, bin ich sofort zu The Gardens gerannt, ohne einen Gedanken daran zu verschwenden, wie ich aussah. Als ich nach Hause kam, merkte ich, dass ich Wimperntusche über mein halbes Gesicht verschmiert hatte. Und wie meine Haare aussahen! Mein Kleid hatte einen Riss bis zum Oberschenkel, bis zum Oberschenkel! Außerdem hatte ich einen Schuh verloren.«

»Wie Aschenputtel.«

»Oh, sicher. Ich habe ganz vergessen, dass Aschenputtel zum Ball gegangen ist und den Prinzen angeschrien hat, weil er ihren Kater hat entkommen lassen«, gab Briony zur Antwort. »Ernsthaft, Ruby, ich war völlig wahnsinnig. Aber gestern, da hatte ich mich im Griff. Ich habe vielleicht ganz kurz mit britischem Akzent gesprochen, aber abgesehen davon war ich ruhig, entspannt und gefasst. Wir haben uns tatsächlich nett unterhalten.«

»Nett unterhalten?«, wiederholte Ruby. Wenigstens hatte sie nicht nach dem Akzent gefragt, denn Briony hätte es nicht erklären können.

»Ja, eine nette Unterhaltung darüber, wie es dazu kam, dass er The Gardens übernommen hat, nachdem sein Vater eine Midlife-Crisis bekommen, ein rotes Cabrio gekauft und sich damit aus dem Staub gemacht hat. Er hat sich nie wieder blicken lassen.«

»Das hört sich mehr nach einem Bekenntnis an als nach einer Unterhaltung.« Die Gruppe vor ihnen ging ins Restaurant hinein, und Briony und Ruby rückten auf.

»Ich glaube schon, dass es ziemlich persönlich war, zumindest für unser erstes Gespräch«, gab Briony zu.

»Und du? Hast du ihm auch dein Leben gebeichtet?«, wollte Ruby wissen.

»Ich habe gar nichts gebeichtet. Ich habe ihm erzählt, dass ich Buchhalterin bin wie mein Vater. Persönlicher ist es nicht geworden.« Eine weitere Frage kam ihr in den Sinn. Noch eine, die sie nicht stellen sollte. Eine, über die sie nicht einmal nachdenken sollte. »Hat Mac meine Cousine und David wirklich irgendwie zusammengebracht?«

»Allerdings. Mac hat ständig Sachen von David gestohlen. Nichts Wertvolles. Kleine Sachen wie zum Beispiel Socken. Und die hat er dann auf Jamies Schwelle abgelegt. Er hat ihr auch Sachen von anderen Männern gebracht, aber er hatte eine Vorliebe für David. Er schleppte mehr von Davids Sachen an als von irgendjemand anderem«, erklärte Ruby. »Und sie waren auch nicht das einzige Paar, das er zusammengeführt hat. Da gab es noch zwei andere. Außerdem hat er zwei Zwillingsschwestern miteinander versöhnt, die sich seit Jahren bekriegt hatten.«

»Nate hat eine Zwillingsschwester, die an The Gardens nicht interessiert ist. Ich habe nicht herausgefunden, warum«, sagte

Briony. Wie ein Teenager, der jede Ausrede nutzt, um über seinen Schwarm reden zu können. Du bist ein Opfer der Pheromone, rief sie sich in Erinnerung. Gemischt mit einem Schuss Haltlosigkeit. Du kennst den Kerl doch gar nicht.

»Wir sind dran.« Ruby ging vor in das dämmrig beleuchtete Restaurant, das ausschließlich aus Holz bestand – Holzwände, Holzplanken. Die Tischanweiserin führte sie zu einem kleinen Tisch neben einem gebogenen hölzernen Raumteiler. »Kaum Atmosphäre, aber göttliches Essen«, sagte Ruby leise, nachdem die Tischanweiserin gegangen war.

»Allein von dem Geruch läuft mir schon das Wasser im Mund zusammen«, antwortete Briony.

Bevor sie auf ihr Gesprächsthema zurückkommen konnten, erschien ihr Kellner, freundlich und mit tätowiertem Gesicht, am Tisch, stellte sich vor und bat um ihre Getränkebestellung.

»Ich nehme immer den Sunset«, sagte Ruby.

»Ich habe keine Ahnung, was das ist, aber ich nehme auch einen«, sagte Briony zu dem Kellner.

»Das ist Obstpunsch mit Limonade. Der Obstpunsch schwimmt obendrauf. Das ist einer der Gründe, weshalb ich ihn bestelle. Es sieht so hübsch aus, ganz gelb und rosa«, sagte Ruby.

»Können wir wieder über Mac sprechen?«, fragte Briony. »Wie macht er das nur mit der Kuppelei? Und dann das mit den Schwestern.«

»Keiner von uns versteht, wie er es macht. Wir wissen nur, dass er es tut. Sogar bei mir.« Ruby schob ihren Pony aus der Stirn. »Nicht direkte Kuppelei, aber so ähnlich. Ich habe keine Kinder, wollte aber immer welche.«

»Okay.« Briony hatte keinen Schimmer, worauf das hinauslief. Mac hatte ja wohl kaum ein Baby auf Rubys Treppe gelegt. Das hoffte sie zumindest.

»Es gibt in Storybook Court eine alleinerziehende Mutter. Sie hat zwei Töchter, einen Teenager, Addison, und ein kleines Mädchen, Riley. Addison musste, weil ihre Mutter so blöde Arbeitszeiten hatte, auf Riley aufpassen, und als Teenager war sie darüber nicht immer glücklich«, sagte Ruby. »Ich weiß nicht, wie Mac Wind davon bekommen hat, falls das überhaupt der Fall war, aber er hat immer wieder Rileys Lieblingsspielzeug geklaut, ohne das sie nicht leben konnte, und es auf meine Veranda gelegt. Langer Rede kurzer Sinn, ich bin jetzt Rileys ehrenamtliche Tante und gehöre so ziemlich zur Familie.«

Briony bemerkte, dass Ruby Tränen in die Augen traten. »Es war, als wüsste dieser Kater, dass ich ein Loch im Herzen hatte und wie man es füllen musste.« Sie lachte gepresst. »Ich kann nicht glauben, dass ich rede wie in einem Hallmarkfilm. Aber so fühle ich mich.«

Briony konnte sich das Ganze nur schwer vorstellen. Es wirkte wie eine moderne Legende. »Und das wäre ohne MacGyver nicht passiert? Meinst du nicht, dass du nicht auch so Rileys Familie begegnet wärst? Sie wohnen ganz in der Nähe, hast du gesagt.«

Ruby zuckte die Schultern. »Kann sein. Aber sie wohnten schon in der Nähe, bevor Riley geboren wurde, und erst als Mac das Pony gestohlen und es mir hingelegt hat, ist das passiert.«

»Okay, ich sage nicht, dass ich an Macs Magie glaube, aber wenn es stimmt, dann hat mich Mac vielleicht aus einem anderen Grund zu Nate geführt. Oder vielleicht war es gar nicht Nate, zu dem er mich gebracht hat. Vielleicht war es Gib. Er ist einer der Bewohner. Mac war am ersten Tag in seinem Haus und am nächsten in seinem Zeichenkurs. Vielleicht sollen Gib und ich in Kontakt kommen.« Ich höre mich an wie eine Verrückte, dachte Briony. Die ganze Sache ist lächerlich.

»Vielleicht. Abgesehen von der Sache mit der überwältigenden Anziehung, die du, nehme ich mal an, nicht für Gib empfindest«, gab Ruby zur Antwort. »Und das Gespräch, das weit über Geplauder hinausging.«

Der Kellner brachte ihre Getränke. »Sieht gut aus.« Briony nahm einen Schluck. »Und ist lecker. Danke für deinen Tipp. Jetzt sag mir, was ich zu essen bestellen soll.«

»Obamas Lieblingsgericht steht auf der Karte. Drei Chickenwings und eine Waffel«, schlug der Kellner vor.

»Ich nehme immer eine Hühnerbrust und eine Waffel. Und als Beilage Makkaroni mit Käse«, sagte Ruby. »Und das möchte ich heute auch.« Der Kellner notierte es auf seinem Block und sah Briony an.

»Machen Sie zwei daraus. Ich begebe mich ganz in Ihre Hände«, sagte Briony zu ihm. Erst als er schon auf dem Weg zur Küche war, ging ihr auf, was sie getan hatte. Sie hatte Ruby entscheiden lassen. Es war, wie Vi gesagt hatte. Als könnte Briony nicht einmal selbst entscheiden, ob sie einen Regenschirm brauchte.

»Was ist?«, fragte Ruby. »Du bist ganz blass geworden, und du bist sowieso schon eher blass.«

»Es ist ... ich habe gestern mit meiner besten Freundin gesprochen, meiner Brautjungfer, und sie meinte, dass ich auf meinem Junggesellinnenabschied alle gefragt hätte, ob ich wirklich heiraten sollte. Ich muss ziemlich betrunken gewesen sein. Ich konnte nicht fassen, dass Vi mir das nicht längst erzählt hat, aber sie dachte, ich wäre nur ich selbst gewesen. Dass ich niemals etwas tue, ohne vorher jemanden nach seiner Meinung zu fragen.« Briony drehte ihr Glas hin und her, sah zu, wie das Rosa und das Gelb sich vermischten. »Als ich darüber nachgedacht habe, ging mir auf, dass es stimmt. Und gerade habe ich es wieder getan. Ich habe nicht einmal auf die Karte gesehen. Ich habe nur einfach gesagt: ›Ich nehme das, was sie nimmt.‹«

»Meinst du nicht, du bist etwas streng mit dir selbst?« Ruby legte ihre Hand auf Brionys, um sie davon abzuhalten, nervös mit ihrem Glas zu spielen. »Das hier ist ein hiesiges Lokal, das zu keiner Kette gehört. Du warst noch nie hier, ich schon. Meinst du nicht, dass die meisten Leute den kalifornischen Eingeborenen fragen würden, was gut schmeckt?«

»Fragen, ja. Und dann nachdenken, ob es das ist, was sie möchten. Ich habe nicht einmal nachgedacht!«, rief Briony aus. »Vi meint, dass Caleb deshalb so perfekt für mich war. Weil er die Art Mann ist, die sich gern um Menschen kümmert. Er hat mir immer gern Ratschläge gegeben. Aber nie auf eine herrische Art. Weil er perfekt ist.«

»Hier sind wir wieder bei der Perfektion.«

»Ich habe dir doch gesagt, ich bin nicht die Einzige, die ihn für perfekt hält. Alle finden, dass er perfekt ist.«

»Ich habe noch eine Geschichte für dich«, sagte Ruby zu ihr. »Damals, als ich auf der Highschool war, fand ich ein Kleid, das einfach einzigartig war. Ich liebte es. Ich erinnere mich noch genau daran, wie es aussah. Schwarz-weiß kariert, mit Gürtel und einer kleinen Rose am Hals. So elegant. Und so wenig ich. Und ich habe es nicht ein einziges Mal getragen, obwohl ich meine Mutter angebettelt hatte, es mir zu kaufen. An mir sah es einfach nicht richtig aus, obwohl es ein perfektes Kleid war.«

»Hast du es denn nicht im Laden anprobiert?«

»Natürlich. Aber ich wollte es so sehr, dass ich mich selbst davon überzeugt habe, dass es toll aussieht. Das stimmte aber nicht. Und ich hatte keine Schuhe dazu. Oder passenden Schmuck. Oder das richtige Haar. Oder die Figur. Es passte einfach nicht zu mir.«

»Du willst also sagen, dass Caleb mein perfektes Schrägstrich nicht perfektes Kleid war«, sagte Briony.

»Das wäre möglich«, sagte Ruby. Dann rief sie aus: »Oh nein! Habe ich dir gerade einen Rat gegeben? Ich sollte dir doch keinen Rat geben. Und deshalb verspreche ich dir jetzt, nein, ich werde dir nie, nie wieder einen Rat geben, nicht einmal, was das Frühstück angeht.«

»Schon okay. Ich …« Briony wurde unterbrochen, weil ihr Handy klingelte. Sie warf einen Blick darauf, und ihr Herz machte einen Satz! »Es ist Nate.« Sie nahm den Anruf an. »Hallo, Nate. Ist Mac wieder da?«

»Nicht, dass ich wüsste. Ist er wieder verschwunden?«, fragte Nate.

»Ich bin mir nicht sicher. Ich bin nicht zu Hause. Aber die Möglichkeit besteht natürlich«, sagte Briony.

»Ich rufe eigentlich an, weil ich Sie fragen wollte, ob Sie Lust hätten, heute Abend auf einen Drink auszugehen, um ein bisschen von L.A. zu sehen.«

Ihr Herz machte einen doppelten Satz. »Eine Sekunde«, schaffte sie zu sagen. Sie stellte das Telefon auf stumm und wandte sich an Ruby. »Er hat mich gerade auf einen Drink eingeladen. Was soll ich machen?«

Ruby lächelte. »Frag nicht mich.«

Briony presste die Lippen aufeinander. Sollte sie? Vor weniger als einer Woche hätte sie fast geheiratet. Aber es war nur ein Drink. Es würde zu nichts führen, auch wenn Nate Schwächezustände in ihrem Körper auslöste. Sie würde bald wieder nach Hause fahren.

Ruby summte auf einmal die Titelmelodie von *Jeopardy!*

Briony stellte das Telefon wieder laut. »Danke für die Einladung, Nate. Sehr gern.«

»Mach dich bereit, LeeAnne. Das hier wird dir gefallen«, sagte Nate, als er in der Küche vorbeischaute. »Ich bin auf dem Weg zu Briony, um sie auf einen Drink auszuführen.« LeeAnne jauchzte und klatschte ihn ab. »Was meinst du, wo sollen wir hingehen? Es kommt mir vor, als wechselten die Bars hier im Sekundentakt.«

LeeAnne schnaubte. »Oh bitte! Ich wette, du hast mindestens seit einem Jahr keine Bar betreten.«

Nate dachte darüber nach. Sie hatte recht. Das letzte Mal war ungefähr eineinhalb Jahre her, als Nathalie ihn in eine Kaschemme in Echo Park geschleppt hatte, wo einer ihrer Verehrer im Hinterzimmer als Stand-up-Comedian auftrat. Es war mitleiderregend gewesen. Aber wegen The Gardens und seiner Mom und seiner Schwester war es so gut wie unmöglich … Ja, nun, das war auch ein Armutszeugnis. »Also, wo, meinst du, kann man hingehen?«

»Sie ist zu Besuch. Sie möchte etwas wirklich L.A.-Typisches sehen. Aber welches L.A.?«, murmelte LeeAnne, wobei sie an die Decke starrte, als hinge dort oben eine Liste mit Bars. »Ich habe es. Mama Shelter. Dachterrasse. Kein Restaurant.«

»Da war ich noch nie«, sagte Nate.

»Ehrlich? Du?«, fragte LeeAnne in gespieltem Erstaunen. »Entspannte Atmosphäre, tolle Aussicht, fantastische Cocktails.« Sie sah zu Hope hinüber, in der Hoffnung auf Unterstützung.

»Ich geh nirgendwohin. Mein Leben ist Lernen, Arbeiten. Lernen, Arbeiten, Schlafen und wieder von vorn«, sagte Hope mit einem Lächeln. »Und ich glaube sowieso, dass es eine Nummer zu groß für mich wäre.«

»Hör endlich auf, so etwas zu sagen! Ich will so was von dir nicht mehr hören!«, fuhr LeeAnne sie in so scharfem Ton an, dass Nate sie überrascht ansah.

»Tut mir leid«, nuschelte Hope. »Ich gehe nachsehen, ob es neue Diät-Anforderungen gibt.« Sie eilte aus der Küche.

LeeAnne seufzte. »Nun, das habe ich aber gut hingekriegt. Ich kann es einfach nicht leiden, dass sie glaubt, sie wäre weniger wert als alle anderen. Sie benimmt sich, als ginge sie zur Uni mit einem Reklameschild vorm Bauch, auf dem steht: ›Ich wohne mit meinen Eltern in einer Sozialwohnung.‹ Und dass sie das wirklich glaubt, macht sie zu etwas Besonderem. Sie ist so toll. Manchmal könnte ich sie einfach nur erwürgen.«

»Es ist gut, dass du ihr das sagst. Sei nur nächstes Mal ein bisschen sanfter«, meinte Nate. »Und spar dir das mit dem Erwürgen. Ein Mord in The Gardens würde unseren Bewertungen schaden.«

Sie schüttelte den Kopf. »Ab mit dir. Und sorg dafür, dass ihr bis zum Sonnenuntergang dort bleibt, verstanden? Es gibt nichts Romantischeres.«

»Hier geht's nicht um Romantik. Es geht um Freundschaft«, protestierte Nate. »Sie kennt hier keinen. Sie ist neu in der Stadt. Deshalb sollte ich sie anrufen, erinnerst du dich?«

»Bleib trotzdem bis zum Sonnenuntergang. Das ist die beste Touristenattraktion hier.« LeeAnne umfasste ihn an den Schultern und drehte ihn in Richtung Tür. »Und jetzt raus hier.«

Nate erkannte, dass LeeAnne ins Schwarze getroffen hatte, sobald er und Briony auf die Terrasse hinaustraten. Briony drehte sich langsam um sich selbst, genoss den Ausblick und sagte: »Fantastisch.«

»Man kann sogar das Meer sehen. Ganz da hinten.« Nate zeigte in die Richtung.

»Ich komme mir vor wie am Strand, mit all den bunten Farben und den Sesseln«, bemerkte Briony.

»Sollen wir sitzen oder liegen?«, fragte er.

»Hm.« Briony sah von den kleinen Tischen zu den extrabreiten Liegesesseln. Er fragte sich, ob sie darüber nachdachte, ob die Liegen etwas zu intim wären. Aber sie boten reichlich Platz für zwei. Obwohl es auch leicht wäre, sich näherzukommen. »Was meinst …«, fing sie an. Dann schüttelte sie den Kopf. »Liegen, eindeutig liegen.«

Nate ging voran zu einem Platz, wo sie den Sonnenuntergang sehen konnten, wenn sie lange genug blieben. Briony streckte sich aus und schlug die Knöchel übereinander. »Ahhh.« Er streckte sich gerade aus, als sein Telefon klingelte. Er hatte es auf Vibrieren gestellt, es nicht über sich gebracht, das Telefon ganz abzuschalten. Denn jemand schlich um das Haus seiner Mutter herum, und dieser Jemand sabotierte höchstwahrscheinlich auch The Gardens.

»Wir brauchen etwas zu trinken. Ich gehe an die Bar.« Dann konnte er seine Nachrichten durchsehen. »Was möchtst du?«

Sie zögerte einen Augenblick lang, dachte nach. »Etwas … das zum Strand passt.«

»Reden wir hier von einem kleinen Schirmchen?«, fragte er.

»Ja«, gab sie zur Antwort und grinste zu ihm hoch. Beim ersten Mal hatte er nur eine völlig chaotische Frau wahrgenommen. Okay, eine chaotische Frau mit tollen Beinen, nach dem zu urteilen, was er durch den Riss in ihrem Kleid hatte sehen können. Beim zweiten Mal hatte es ihn überrascht, wie anders sie aussah, das rotbraune Haar zurückgebunden, ganz glatt, und ohne verschmierte Schminke im Gesicht. Dieses Mal begriff er, wie hübsch sie wirklich war mit ihren tiefblauen Augen und der glatten, sommersprossigen Haut. Er hatte plötzlich den verrückten Einfall, die vereinzelten Punkte, die ihren Hals sprenkelten, zu verbinden. Sie ergäben einen vollendeten Stern.

Er merkte, dass er sie anstarrte und dass es möglicherweise so aussah, als starrte er auf ihre Brüste und nicht auf die fünf Sommersprossen. Er hatte in der Tat kurz hingesehen, und ihre Brüste waren es wert, angestarrt zu werden. Aber das hatte er nicht getan, schließlich war er keine fünfzehn mehr.

Sein Handy vibrierte wieder. »Gleich wieder da«, sagte er zu Briony und ging an die Bar. Er hielt kurz inne und warf einen Blick auf seine Nachrichten. Beide von der Arbeit. Aber nichts, womit Amelia nicht fertigwürde. Und das schrieb er auch zurück.

Ein paar Minuten später war er wieder bei Briony und gab ihr das Getränk. »Das hier ist das Strandigste, was ich finden konnte. Kein Schirmchen, aber es ist ein Life-Saver-Bonbon drin, und Zitrone und Amarena-Kirsch.«

Sie nippte daran. »Lecker. Was hast du genommen?«, fragte sie, als er sich neben sie legte.

»Etwas mit Tequila und Jalapeño und Zitrone. Ich habe gern was mit einem kleinen Kick.« Er nahm einen Schluck. »Es ist gut. Willst du probieren?«

»Gern. Wenn du meins probierst.«

Sie tauschten. Er merkte, wie sein Blick auf ihren Mund fiel, als sie das Glas an die Lippen setzte. Er sah weg, weil er ja nicht starren wollte, und probierte ihren Cocktail. »Besser, als ich dachte«, sagte er.

»Deins schmeckt toll«, sie probierte noch einmal.

»Willst du ihn haben?«

»Komm, wir teilen uns die Drinks.« Briony nahm noch einen Schluck, dann tauschten sie wieder. »Willst du mal was Dummes hören?«, fragte sie.

»Natürlich.« Er war neugierig.

»Ich habe erst vor einem Jahr verstanden, warum die Bonbons Life Savers heißen. Ich habe eins aus der Packung genommen und es mir zum ersten Mal wirklich angesehen. Ich konnte einfach nicht glauben, dass es wirklich aussah wie ...«

»... ein Rettungsring«, sagten sie beide gleichzeitig.

»Mir ging es genauso, als ich ein Bild der Sixtinischen Kapelle angeschaut habe«, sagte Nate, »und dann erst verstanden habe, dass da, wo Gott seinen Finger nach Adam ausstreckt, das Stück um Gott herum wie ein Gehirn aussieht.«

»Oh, das ist jetzt aber ungerecht!«, rief Briony aus. »Ich erzähle dir, dass ich etwas ganz und gar Offensichtliches an einem Bonbon entdeckt habe, und du kommst mir mit etwas überhaupt nicht Offensichtlichem in einem Meisterwerk.«

Nate prustete vor Lachen. »Ich bin eben einfach viel intelligenter als du.« Plötzlich gab sie ihm einen leichten Schlag auf den Unterarm.

Er fühlte sich einfach wohl mit ihr. Sonst hätte er sie nicht geneckt. Merkwürdig bei einem ersten Date, wo er für gewöhnlich sehr darauf achtete, was er sagte. Vielleicht war das der Unterschied. Er war noch nie einfach mit einer Frau befreundet gewesen. In der Schule, innerhalb eines Freundeskreises ja, aber nicht so.

»Wir sind fast genauso hoch wie die Palmen«, verkündete sie.

»Jetzt, wo ich darüber nachdenke, ich war sicher so abgehoben wie die Palmen, als ich die Erleuchtung über die Sixtinische Kapelle hatte«, sagte Nate.

»Du bist albern. Und du hast mich reingelegt. Ich dachte, du wärst zutiefst verantwortungsbewusst und logisch, dabei bist du einfach nur albern«, gab Briony zurück.

Albern. Niemand hatte Nate jemals als albern bezeichnet. Vielleicht, weil er einen freien Abend hatte.

»Nur damit du es weißt, dieser Kommentar von wegen abgehoben? Ein Witz. Klar, als ich fünfzehn oder sechzehn war, da schon. Damals lief ich in meinem Electric-Wizard-T-Shirt herum und tat so, als wäre ich ein harter Typ, war es aber überhaupt nicht.«

»Hm.« Sie biss sich leicht auf die Lippen. »Teilen wir unsere Getränke immer noch, wenn ich zugebe, dass ich keine Ahnung habe, wer das ist?«

»Oh Mann. Einfach die beste Heavy-Metal-Band überhaupt. Ihre Musik hörte sich an, als spielten sie rückwärts.« Er schüttelte den Kopf. Der Junge, der er damals gewesen war, hätte sich nie vorstellen können, gleich nach seinem Schulabschluss die Verantwortung für The Gardens und eine Familie zu übernehmen.

»Eine spätere Version von Parka?«

»Genau.«

»Und ich habe gedacht, du wärst so ein lieber Junge gewesen, der mit seinem Großvater und den Bewohnern in The Gardens Fernsehen schaute«, neckte Briony.

»Das war ich auch. Aber dann habe ich ein anderes T-Shirt angezogen. Schließlich war ich ja nicht immer so drauf. Und außerdem, hast du jemals *Hör mal, wer da hämmert* gesehen, wenn du breit warst? Genial.«

»Ich habe nie Gras geraucht.« Sie wirkte beschämt. »Ich war ein wahnsinnig liebes Mädchen. Ich habe nicht einmal dann geschwänzt, wenn alle es taten. Wenn es eine Regel gab, dann habe ich sie befolgt. *Hör mal, wer da hämmert* habe ich aber schon gesehen«, fügte sie hastig hinzu. Und sah noch beschämter aus.

»Hast du überhaupt Spaß gehabt?«

»Habe ich überhaupt Spaß gehabt?«, wiederholte sie, hatte darauf offenbar nicht gleich eine Antwort parat. »Ich glaube schon. Manchmal.« Ein kleines Lächeln spielte um ihren Mund. »Ich hatte gute Noten. Zählt das?«

Anstatt zu antworten, reichte er ihr den Cocktail hinüber. »Du trinkst aus. Du hast es verdient.«

Briony trank das Glas leer. »Ich weiß, ich habe das schon gesagt, aber hier ist es wunderschön. Kommst du oft hierher?«

»Ich bin noch nie hier gewesen. Ich hab jemanden um Rat gefragt, wo ich mit dir hingehen kann«, gab er zu.

»Tatsächlich?« Sie klang überrascht. »Ich versuche, damit aufzuhören.«

»Womit aufzuhören?«

»Um Rat zu fragen. Man hat mir gesagt, ich würde das zu oft tun.«

»Mir hat man gesagt, ich käme nicht genug raus. Was wahrscheinlich stimmt, weil ich fragen musste, wo wir heute Abend hingehen können. Es ist nicht einfach, sich von The Gardens loszueisen.«

»Du musstest schnell erwachsen werden«, merkte Briony an. »Nun, aber jetzt sind wir am Strand. Wir müssen nicht an die Arbeit denken. Wir müssen an gar nichts denken.« Sie schloss die Augen, streckte ihr Gesicht der Sonne entgegen. Nate sah sie ein Weilchen an, dann tat er es ihr gleich. Er spürte, wie seine Muskeln sich entspannten. Muskeln, von denen er nicht einmal gewusst hatte, dass sie verspannt waren. Muskeln, von denen er nicht einmal wusste, dass er sie hatte.

Auf einmal fühlte er, wie sich die Liege unter ihm bewegte. Er öffnete die Augen und sah, dass Briony sich aufgesetzt hatte und ihn ansah. »Es sei denn, du willst über die Arbeit sprechen. Weil ...«

Nate hielt die Hand hoch. »Nicht hier am Strand.« Sie legte sich wieder hin, nahm ein paar Schlucke von ihrem Getränk und hielt es ihm dann hin. Er trank und wollte es ihr zurückgeben, als plötzlich sein Handy vibrierte.

Verdammt. Er musste nachsehen. Er leerte das Glas. »Noch mal dasselbe? Oder etwas anderes?«

Sie öffnete den Mund, schloss ihn wieder und rieb sich mit den Fingern über die Lippen. »Zwei andere Getränke, damit wir was Neues probieren. Cal… Manche Leute sagen, dass man nicht durcheinandertrinken sollte, aber was soll's.«

»Das ist ein Ammenmärchen. Es kommt auf die Menge Alkohol an, die man trinkt, und wie schnell man das tut. Durcheinandertrinken macht keinen großen Unterschied.«

»Jetzt bist du wieder vernünftig und logisch. Der angesehene Eigentümer einer Seniorenresidenz. Ich mag albern lieber«, sagte Briony.

»Ich werde mich bemühen, wenn ich wiederkomme.« Auf dem Weg zur Bar warf Nate einen schnellen Blick aufs Handy. Eine Nachricht von Amelia, die ihn etwas völlig Unwichtiges fragte. Er textete ihr zurück, dass sie die Entscheidung selbst treffen sollte. Dann schickte er ihr noch eine Nachricht, dass sie alle Entscheidungen treffen sollte, bis er zurück war.

Als er zur Bar kam, konnte er es sich nicht verkneifen, noch eine dritte Nachricht zu schicken: »Außer, wenn es ein Notfall ist, dann bitte anrufen!«

Er bestellte seine Drinks bei dem Bartender, auf dessen T-Shirt stand: »Mama liebt dich.« Darauf versandte er noch eine vierte Nachricht: »Wenn der Sicherheitsdienst etwas Ungewöhnliches am Haus meiner Mutter entdeckt, dann ruf an. Was immer es sein mag.« Seine Mutter würde ganz sicher anrufen, wenn sie wieder jemanden vor ihrem Haus bemerkte, aber vielleicht sah der Sicherheitsdienst etwas, das ihr entging.

»Ich habe hier einen ›How I Met your Mother‹ und einen ›Throw Mama From The Train‹. Welchen zuerst?«, fragte Nate, als er zu Briony zurückkehrte.

»Throw Mama.«

Er gab ihr das Getränk. »Außerdem habe ich uns zwei Flaschen Wasser mitgebracht. Wir sollten zum Ausgleich genug Wasser trinken. Und ich achte darauf, dass das meine letzte verantwortungsbewusste Handlung heute Abend bleibt.«

»Gut.«

Er legte sich wieder neben sie auf die Liege, und sie teilten sich wieder die Getränke, wobei sie über Nichtigkeiten plauderten. Sie schwiegen, als die Sonne langsam hinter dem Hollywoodschild unterging und die Wolken sich erst dunkelrosa und dann orange färbten.

»Und ich dachte, es gäbe nichts Schöneres als die Aussicht«, sagte Briony. »Aber daran werde ich mich erinnern.«

Nate dachte, dass er sich auch an vieles erinnern würde. Er wollte nicht, dass der heutige Abend zu Ende ging, noch nicht. Eigentlich wollte er, nachdem sie ausgetrunken hatten, nach The Gardens zurück. Er hatte noch viel zu tun. Aber er hatte immer viel zu tun. Und arbeiten konnte er auch morgen noch.

»Hast du Lust, unten etwas zu essen?«

»Soll ich? Ich weiß nicht. Soll ich wirklich?«, fragte Briony kichernd.

»Bist du nach zwei Drinks beschwipst?«

»Möglicherweise«, antwortete sie. »Und ich würde gern mit dir zu Abend essen.«

Es musste Magie im Spiel sein, sie mussten nämlich nicht einmal auf einen Tisch warten. Aber es wäre auch in Ordnung gewesen, hätten sie warten müssen. Die Zimmerdecke bot gute Unterhaltung. Sie war mit Kreidezeichnungen von Müttern bedeckt.

Briony las einen Satz vor. »›Meine Mutter hat mir einmal gesagt: Sei eine Mango, keine Kokosnuss.‹« Sie sah Nate an. »Ich weiß nicht, was das bedeuten soll, aber es gefällt mir. Und ich hoffe, du sagst mir jetzt nicht, dass du weißt, was es bedeutet, du Schlauberger, weil die Freude zum Teil auch darin besteht, es nicht zu wissen. Von jetzt an werde ich versuchen, eine Mango zu sein.«

»Ich habe auch keine Ahnung, was es bedeuten soll. Vielleicht geht es darum, dass man sich keine harte Schale zulegen soll«, meinte Nate.

»Keine harte, haarige Schale«, fügte Briony hinzu.

»Genau. Man soll … zugänglich sein. Aber das ist nicht das Wort, das ich suche.«

»Verwundbar? Offen? Ungeschützt?« Briony runzelte die Stirn. »Schwach. Wehrlos. Entblößt.«

»Langsam, langsam, langsam«, protestierte Nate. »Das klingt jetzt aber düster. Wir sind immer noch am Strand. Wir sind unterhalb der Promenade.«

»Richtig. Du lieber Himmel. Tut mir leid«, sagte Briony. »Meine Eltern haben mich dazu erzogen, vorsichtig zu sein. Meine Cousine Jamie sagt immer im Spaß, dass meine Eltern mich wahrscheinlich nicht einmal allein haben über die Straße gehen lassen, bis ich auf der Uni war, und das stimmt beinahe. Ich habe mich …« Sie schüttelte den Kopf. »Kein Strandthema.«

»Nein, ich möchte es hören«, sagte Nate.

»Irgendwie habe ich mich deshalb schlecht gefühlt. Mir kam es so vor, als dächten sie, ich würde es allein nicht hinbekommen.« Sie blinzelte. »Ich habe noch nie so darüber nachgedacht, aber so ist es. Ich weiß, sie haben sich nur Sorgen um mich gemacht, aber ich hatte das Gefühl, ich würde es allein nicht schaffen.« Sie nahm die Karte zur Hand. »Therapiestunde vorbei.«

»Rede doch weiter.«

»Oh, hier gibt es Avocadotoast als Vorspeise!«, rief sie aus. Sie wollte offensichtlich das Thema wechseln, und Nate wollte sie nicht drängen. »Ich habe davon gehört, dass in Kalifornien alle Avocadotoast essen, aber ich habe ihn noch nie probiert. Den müssen wir bestellen. Oh, und wir teilen uns die Rechnung. Du solltest dich nicht verschulden, nur weil du nett zu einem Neuankömmling sein möchtest.«

Kalte Dusche. Nate fiel wieder ein, dass es kein Date war, auch wenn es anfing, sich sehr danach anzufühlen.

Briony legte ihre Hand auf seine. »Hab ich was Falsches gesagt? Ich habe mich gehört, wie ich über Vorspeisen gesprochen habe, das war gedankenlos von mir.«

»Keine Sorge. Das war nicht gedankenlos«, sagte Nate. »Du kannst so viel Avocadotoast essen, wie du willst, und ich hoffe, dass ich dich einladen darf.«

»Danke schön.« Briony nahm ihre Hand wieder weg, aber er konnte ihre Wärme noch spüren.

Sein Handy vibrierte. Er konnte jetzt nicht zur Bar rennen, um unbemerkt darauf zu sehen. »Ich muss das mal eben checken«, sagte er zu ihr. »In The Gardens sind ein paar Dinge passiert. Ich habe gesagt, sie sollen nur im Notfall anrufen.«

»Sieh nach. Natürlich musst du das.«

Nate stöhnte fast, als er sah, dass die Nachricht von seiner Schwester war: *Brauche dich jetzt.*

»Alles in Ordnung?«

»Meine Schwester. Lass mich nur eben sehen, was sie will. Ich bin sofort wieder da. Bestell den Toast, wenn der Kellner kommt.«

Nate ging nach draußen und drückte die Kurzwahltaste für Nathalie. »Was?«, fragte er.

»Ich suche verzweifelt nach einem Babysitter!«, rief sie. »Ich brauche dich sofort hier.«

Nate hätte beinahe direkt wieder aufgelegt. »Ich will gerade zu Abend essen. Ich bin mit jemandem aus.«

»Dann lass es einpacken. Du kannst Mike mitbringen oder wer immer es ist«, sagte Nathalie. Mike war einer seiner Schulfreunde, und sie trafen sich ab und zu.

»Nein. Ich komme nicht«, sagte Nate ihr.

»Abel kommt in einer Viertelstunde und holt mich ab. Er hat mir gerade geschrieben.« Nate hatte keine Ahnung, wer Abel war. »Na ja, ich glaube, die Kinder sind alt genug, um ein paar Stunden allein zu bleiben.«

»Spinnst du? Das sind sie nicht.« Seine Nichte und sein Neffe waren zehn und sieben. »Du kannst nicht erwarten, dass Lyla ...« Er bemerkte, dass seine Schwester aufgelegt hatte. Er rief sie zurück. Sie nahm nicht ab. Verdammt. Würde sie die Kinder tatsächlich allein lassen? Das glaubte er nicht. Aber wenn Nathalie in einer gewissen Stimmung war, dann war alles möglich ...

Er kehrte ins Restaurant zurück. »Ich habe ein Problem. Meine Schwester geht möglicherweise aus und lässt ihre Kinder allein, weil ich nicht vorbeikommen und auf sie aufpassen will. Aber vielleicht will sie auch, dass ich das denke, um mich dazu zu bringen, zu ihr zu fahren. Aber ich ...«

»Das Risiko ist zu groß«, sagten sie wie aus einem Munde. Sie stand auf. »Ich komme mit.«

Nate wollte protestieren. Er wollte Briony nicht in seine Schwierigkeiten hineinziehen, hiermit kam er schon allein klar. Aber sie hatte es angeboten ... »Danke«, sagte er. »Das wäre toll.«

# Kapitel 8

Als Briony und Nate vor dem Haus seiner Schwester ankamen, ging bereits die Tür auf. Ein Junge schoss heraus und rammte Nate den Kopf in den Bauch. Briony nahm an, dass es sich um eine typische Begrüßung handelte, weil Nate nur lachte, als er den Jungen hochhob und ihn herumschwang. »Wo ist deine Mutter?«, fragte er, als er den Jungen schließlich absetzte.

»Im Badezimmer«, antwortete der Junge.

»Gut«, sagte Nate. Briony merkte, dass Nate seine Verärgerung unterdrückte, er machte das wirklich gut. »Lyle, das ist meine Freundin Briony. Briony, mein Neffe Lyle.«

»Hallo, Lyle.« Briony fühlte sich ein bisschen gehemmt. Sie hatte nie viel mit Kindern zu tun gehabt und wusste nicht so richtig, wie sie sich verhalten sollte. Fang nur nicht mit dem englischen Akzent an, sagte sie sich. Und Mary Poppins bist du auch nicht.

»Wenn man jemanden kennenlernt, sagt man ›Hallo‹ oder ›Hi‹ und gibt die Hand«, sagte Nate.

Lyle sah ihr sofort in die Augen, streckte die Hand aus und sagte »Hi«. Sie schüttelten sich die Hand.

»Fester Griff«, sagte Nate. »Früher dachte er, dass Händeschütteln eine Kraftprobe wäre«, sagte er zu Briony.

»Nicht zu fest, aber auch nicht toter Fisch. So macht man das«, sagte Lyle. Nate hatte offensichtlich mit ihm an seinen Manieren gefeilt. Briony fand das sehr süß. »Können wir jetzt Fort spielen?«

»Sicher. Aber zuerst muss ich mit deiner Mutter sprechen. Warum zeigst du Briony nicht …«

Nate wurde von einem Hupen unterbrochen. Die Haustür flog auf und knallte wieder zu, und eine Frau mit auffallendem Katzenaugen-Make-up und langen, bewusst unordentlich gestylten Locken rannte auf das Auto zu. Briony hatte nicht gewusst, dass man mit hochhackigen Sandalen so schnell laufen konnte. Sie hätte es sicher nicht gekonnt.

»Nathalie, bleib stehen«, befahl Nate. Sie winkte ihm nicht einmal über die Schulter zu. Sie sprang in das wartende Cabrio und war ein paar Sekunden später verschwunden.

»Fort?«, fragte Lyle hoffnungsvoll.

»Habt du und deine Schwester schon gegessen?«, fragte Nate.

»Ja. Pizza«, antwortete Lyle, als sie ins Haus hineingingen. »Lyla hat die ganze Salami von ihrer heruntergesammelt. Gestern Abend hat sie beschlossen, nur noch vegetarisch zu essen. Also habe ich doppelte Salami bekommen.«

»Lyla, komm mal kurz. Ich möchte dir jemanden vorstellen!«, rief Nate und räumte benutzte Servietten und Papierteller vom Couchtisch. Briony griff nach einer leeren Pizzaschachtel.

»Du brauchst nicht …«

»Hör auf«, sagte Briony zu ihm. »Ich bin hier, also helfe ich auch.« Sie glaubte nicht, dass sie so etwas jemals zu Caleb gesagt hatte. Weil Caleb niemals Hilfe zu brauchen schien. Er hatte ihr bei vielen Sachen geholfen, aber sie ihm nie.

Ein Mädchen in Jeansshorts, einem weißen T-Shirt und klobigen schwarzen Stiefeln kam ins Zimmer. Sie hatte dasselbe lange Haar wie ihre Mutter und trug eine schwarze Baseballkappe mit schwarzen Katzenohren. »Ich hätte auch gern so eine Kappe, auch wenn ich eigentlich zu alt dafür bin«, sagte Briony zu ihr. »Nicht deine«, setzte sie schnell hinzu. »Aber genauso eine.«

Das Mädchen hob den Blick und sah Briony an. »Danke.«

»Lyla, das ist meine Freundin Briony«, sagte Nate.

»Hallo.« Sie nahm Briony die Pizzaschachtel aus den Händen. »Ich mach das schon.« Sie trug sie aus dem Zimmer, Nate folgte ihr mit dem Rest des Mülls.

»Ich hole die Kissen und so weiter«, verkündete Lyle und verschwand.

Auf dem Boden lag ein T-Shirt. Sollte Briony es aufheben und zusammenlegen? Oder wäre das irgendwie beleidigend? Sie hatte erst vor einer halben Stunde das wunderbare Strandgebäude verlassen, und schon kehrte die alte Unentschlossenheit zurück. Irgendwie war das ständige Infragestellen verebbt, als sie vorhin mit Nate zusammen gewesen war. Vielleicht hatte es auch am Alkohol gelegen, aber wenn dem so war, müsste sie davon noch etwas merken.

Nate und Lyla kamen zurück ins Wohnzimmer, und im selben Augenblick stürmte Lyle mit einem Stapel Kissen auf dem Arm herein, der ihm bis über den Kopf reichte. Nate musste ihn festhalten, damit er nicht gegen das Sofa rannte.

»Anscheinend wird das ein Fort-Abend.« Lyla klang gelangweilt, aber Briony hatte den Eindruck, als funkelten die Augen des Mädchens vor Begeisterung.

»Ich hole die Decken.«

»Was soll ich tun?«, fragte Briony.

»Du kannst mir helfen, das Sofa wegzuschieben«, sagte Nate. »Nach vielen gescheiterten Versuchen haben wir herausgefunden, dass das Sofa hier in der Ecke stehen muss, um ein Deckenfort zu bauen.« Jeder ergriff eine Ecke des Sofas, und sie schoben es an seinen Platz, während Lyle die Sofakissen herunterwarf.

»Ich habe noch nie ein Deckenfort gebaut«, gab Briony zu. Lyla gesellte sich mit einem Bündel Decken, Überdecken und Bettbezügen zu ihnen.

»Dann hast du dir eindeutig eines der Hauptvergnügen des Lebens entgehen lassen.« Er lächelte sie an, ein zögerliches, sexy Lächeln.

Nein, nicht sexy. Um sexy ging es heute Abend nicht. Sie verbrachten nur Zeit miteinander. Mit seiner Nichte und seinem Neffen. Sie hatten Spaß. Einfach nur Spaß. Es war ein warmes Lächeln, entschied sie. Ein nettes, warmes Lächeln.

»Du hast noch nie ein Deckenfort gebaut? Ehrlich?«, fragte Lyle leicht entsetzt.

»Ja«, antwortete Briony. »Also, bringst du es mir bei?«

»Okay. Zuerst brauchen wir Malerkrepp.« Er rannte wieder aus dem Zimmer. Lyla schob einen Fernsehsessel zum Sofa hinüber, und Briony half ihr dabei.

Nate, seine Nichte und sein Neffe waren Experten im Fort-Bauen. Schnell und effizient klebte Nate ein Laken an die Wand, dann legte es Lyla über die Sofalehne. »Jetzt verankern wir es mit Büchern«, sagte Lyle zu Briony. Sie folgte seinen Anweisungen und legte ein paar schwere Bücher unten auf das Laken, damit es nicht verrutschte.

Lyla drapierte ein Laken über den Sessel, und Nate klebte es an dem Laken fest, das von der Wand bis zum Sofa hing. Briony holte noch ein paar Bücher, um das andere Ende des Lakens zu befestigen. Sie lernte schnell.

»Können wir den Küchentisch auch benutzen?«, fragte Lyle Nate. »Wir sind mehr. Wir müssen das Riesenzelt aufbauen.«

»Briony und ich holen den Tisch. Ihr zwei die Stühle«, antwortete Nate, und Lyle stieß einen Freudenschrei aus.

Als der Tisch und die Stühle an Ort und Stelle und mit Laken bedeckt waren, legten sie die Kissen und Polster in das Fort. Lyle lief in sein Zimmer und kam mit einem Armvoll Plüschtieren zurück. »Wer will eins, während wir den Film angucken?«, fragte er.

Wärme breitete sich in Brionys Brust aus. »Das wäre schön. Welches kann ich haben?« Sie fühlte sich nicht schlecht, weil sie gefragt hatte, denn er nahm die Entscheidung so ernst und prüfte jedes Stofftier.

»Panda.« Er gab ihr ein großes, kuscheliges Tier. »Er ist ganz lieb.«

»Perfekt.« Briony nahm den Panda in den Arm.

»Ihr beiden holt den Laptop und sucht einen Film aus«, sagte Nate zu den Kindern. »Briony und ich machen Popcorn.«

»Sie sind toll. Und du gehst toll mit ihnen um«, sagte Briony, als sie in der Küche standen.

»Danke.« Nate nahm eine Schachtel Popcorn aus dem Regal und steckte eine Portion in die Mikrowelle. »Es macht mir Spaß, mit ihnen zusammen zu sein. Aber ich kann es auf den Tod nicht ausstehen, wenn Nathalie mich so manipuliert wie heute. Sie weiß, dass ich sofort auf der Matte stehe, wenn sie so tut, als wären die Kinder in Gefahr. Heute Abend war ich neunundneunzig Prozent sicher, dass sie sie nicht allein lassen würde.«

»Aber das eine Prozent.«

»Genau. Obwohl Lyla wahrscheinlich klarkäme. Sie ist erst zehn, aber sie hat ein großes Verantwortungsbewusstsein.«

»Lyle und Lyla. Die Familientradition wird fortgesetzt«, merkte Briony an.

Nate grinste. »Lyla wird sogar mit Y geschrieben. Es scheint ihnen nicht so viel auszumachen wie mir, weil sie keine Zwillinge sind.« Er nahm das Popcorn heraus und tat noch ein Päckchen hinein. »Wir brauchen noch etwas Richtiges zu essen.« Er öffnete den Kühlschrank und holte Hummus, Oliven, Mini-Mozzarellakugeln und Kirschtomaten heraus. »Meine Schwester weiß, wie man einkauft. Holst du Teller?«

Briony fand beim zweiten Versuch den richtigen Schrank und nahm vier kleine Teller heraus; dann gingen sie und Nate zu den Kindern zurück. »Du zuerst«, sagte sie und zeigte auf das Zelt. Ihr blau-weißer Paisleyrock, den sie für die Flitterwochen in Paris gekauft hatte, war nicht zum Krabbeln geeignet. Er war zwar nicht eng, aber er war kurz. Trotzdem schaffte sie es, ins Zelt hineinzukriechen, ohne die Anstandsregeln zu verletzen, und setzte sich auf ein großes Kissen. »Oooh, wie schön. Ich liebe Lichterketten.«

Lyla lächelte sie an. Und Lyle sagte: »Forts sollen aber nicht hübsch sein.«

»Ich habe die Lichterkette geholt. Du darfst den Film aussuchen«, sagte Lyla zu ihm.

»Was gucken wir?«, fragte Nate und verteilte das Popcorn auf den Tellern.

»*LEGO Batman*«, sagte Lyle, und der Film begann.

Wenn Briony so etwas als Kind versucht hätte, hätten ihre Eltern sich wahrscheinlich Sorgen gemacht, dass sie unter den Decken ersticken könnte. Oder von einem umfallenden Möbelstück erschlagen würde.

Sie steckte eine Olive in den Mund und warf einen Blick hinüber zu Nate. Der Computer beleuchtete sein Gesicht. Er lachte über den Film, woraufhin Briony auch lachen musste. Mit Caleb hatte sie nie so etwas gemacht. Sie hatten mehrfach Zeit mit seiner Nichte verbracht, aber sie hatten Dinge getan wie Äpfel pflücken oder eine Ballettvorführung ansehen. Bereichernde Tätigkeiten.

Diogee lag auf seinem Kissen, sabberte und schnarchte. Mac konnte einfach nicht an Diogee vorbeigehen, wenn der schlief. Man hatte so viel Spaß mit ihm.

Er betrachtete den Hund einen Moment lang und überlegte. Zeit für ein Ringkämpfchen! Er sprang in die Luft, landete auf Diogees Kopf und wickelte die Vorderbeine um seinen Hals.

Der Trottel sprang auf die Füße. Mac lockerte nicht den Griff, sodass er unter Diogees Kiefer hing. Er zog beide Hinterbeine an und schlug dann mit beiden Hinterpfoten zugleich auf Diogees Brust. *Bumm! Bumm! Bumm!* Das gefürchtete Kopfunter-Doppelpfotenmanöver.

Und jetzt? Vielleicht konnte er Diogee dazu kriegen, wieder mit dem Kopf unter dem Sofa stecken zu bleiben. Der Idiot hatte einfach keine Ahnung, wie groß er war. Er hatte Schnurrhaare, schien aber nicht zu wissen, wie man sie benutzte. Überraschung.

Mac ließ sich auf den Boden fallen und machte sich davon. Er konnte hören, wie Diogee hinter ihm her zockelte. Dann hörte er, wie die Haustür aufging. Er blieb so plötzlich stehen, dass der Schafskopf an ihm vorbeirannte und sich die Nase an der Wand stieß. Bonus! Der Hund drehte sich um und kehrte auf sein Kissen zurück.

Mac trabte die Treppe hinunter. Briony und Nate standen an der Eingangstür und rochen glücklich. Ihr Duft erinnerte ihn ein wenig daran, wie Jamie und David rochen, wenn sie zusammen waren.

Der Geruch der Nachtluft wurde stärker. Nate hatte die Tür wieder geöffnet. Er wollte weggehen! Mac widerstand der Versuchung hinauszuschlüpfen, er wurde hier gebraucht. Später konnte er immer noch auf Abenteuer gehen. Es war ja schließlich nicht so, dass er eine Tür brauchte.

Mac streifte durchs Wohnzimmer in den vorderen Flur und rammte mit voller Wucht den hohen Tisch. Er fiel mit einem lauten *Bums!* um. Die Vase, die darauf stand, ging zu Bruch. Jetzt war die Eingangstür blockiert. Mac rannte die Treppe wieder hoch.

Mission ausgeführt.

Nate starrte auf den hölzernen Säulentisch, der auf dem Flur lag, umgeben von Glasscherben. »Was ist denn jetzt los?« Er blickte über die Schulter, Mac war nirgends zu sehen.

»Ich glaube, so etwas nennt man ein Katapult. Ich hole einen Besen«, sagte Briony. Sie machte einen Schritt rückwärts und schrie vor Schmerz auf.

»Hast du dich geschnitten?«

Sie nickte. »Meine Ferse ist aus dem Schuh gerutscht, aus meinem dummen, schönen, offenen Schuh.«

»Weißt du, ob es irgendwo einen Erste-Hilfe-Kasten gibt?«

»Unter dem Waschbecken im Bad im oberen Flur habe ich einen gesehen.«

Nate ging auf die Treppe zu, doch plötzlich drehte er sich um und hob Briony hoch. Er trug sie ins Wohnzimmer und setzte sie aufs Sofa. »Bin sofort zurück.« Er nahm zwei Treppenstufen auf einmal, fand den Kasten und kam wieder herunter.

»Es ist schon in Ordnung.« Sie untersuchte ihren nackten Fuß. »Nur ein winziges Stück Glas. Zu klein, um es herausziehen zu können.«

»Jeder Erste-Hilfe-Kasten hat eine Pinzette.« Nate setzte sich auf den Wohnzimmertisch und nahm ihren Fuß. »Ich sehe es.« Vorsichtig versuchte er, die kleine Scherbe mit der Pinzette zu erwischen. Er hörte, wie es klickte, als die Pinzette das Glasstück berührte, aber die Pinzette rutschte ab, bevor er den Splitter herausziehen konnte. Er probierte es wieder, dasselbe. »Einmal noch.« Ihr Fuß zuckte, und er fasste ihren Fuß ein bisschen fester, wobei ihm der glitzernde blaue Nagellack an ihren Zehennägeln auffiel. Nicht relevant. Auch der dritte Versuch scheiterte. »Ich glaube, du musst den Fuß erst ins warme Wasser tun; dann versuche ich es noch einmal.«

Er legte ihren Fuß auf dem Couchtisch ab und stand auf. »Ich gucke mal, ob ich was Geeignetes finde.«

»Nein! Das musst du nicht. Ich kann das schon.« Briony rappelte sich mühsam hoch.

Nate legte die Hand auf ihre Schulter. »Du treibst den Splitter nur noch tiefer hinein, wenn du versuchst zu laufen. Warte einfach hier.«

Er ging in die Küche und wühlte herum, bis er unter der Spüle einen Eimer fand. Er spülte ihn aus und füllte ihn mit warmem Wasser und etwas Essig, einem Hausmittel, von dem Peggy ihm erzählt hatte. »Hier«, sagte er zu Briony.

Sie ließ ihren Fuß behutsam ins Wasser gleiten.

»Du hast mir beim Babysitten geholfen. Wieso darf ich dir jetzt nicht mit deinem Fuß helfen?«

»Das tust du doch!«

»Wenn ich mir den Fuß verletze, dann würde ich wollen, dass du mir die Fernbedienung bringst, etwas zu essen, ein Kissen, Getränke …«

Briony lachte. »Ich fühle mich einfach nicht gern so hilflos.« Im Gegensatz zu seiner Mutter und Schwester, die darin aufzugehen schienen.

»Lass mich erst einmal die Scherben zusammenkehren«, sagte Nate.

»Das kann ich doch später machen«, protestierte sie.

Er beachtete sie nicht.

»Mit dir und den Kindern im Fort herumzulümmeln«, sagte sie, während er kehrte, »Mann, so viel Spaß hatte ich schon sehr lange nicht mehr.«

»Mir hat es auch Spaß gemacht.« Auch wenn er, als er so nah neben ihr gesessen und den leichten Hauch ihres Parfums gerochen hatte, nichts lieber getan hätte, als sie zu berühren. Daran hatte er beinahe die ganze Zeit gedacht, während er so tat, als sei er völlig von *LEGO Batman* fasziniert.

Er setzte sich neben sie, und sofort kamen diese Gedanken

wieder. Sie hatten kein Date, rief er sich ins Gedächtnis. Er half nur jemandem, sich hier einzugewöhnen. Wie ein guter Nachbar. Nein, es war eher eine freundschaftliche Geste.

»Wirst du eigentlich auch ehrenamtlich unterstützt in The Gardens?«, fragte Briony. »Ich habe nämlich überlegt, dass ich mich gern engagieren würde. In der Welt etwas Gutes tun. Ich bin zwar nur für ein paar Wochen hier, aber wäre das möglich?«

»Sicher. Morgen ist Familienabend. Die Familien der Bewohner sind immer zu den Mahlzeiten eingeladen, aber einmal im Monat haben wir eine besondere Veranstaltung. Du könntest etwas Zeit mit den Bewohnern verbringen, deren Angehörige nicht kommen.« Er strich ihr mit der Hand eine lose Locke aus dem Gesicht. Hätte das nicht tun sollen. Freundschaftlich. Es war rein freundschaftlich. Aber es schien ihr nichts auszumachen ... »Und schon wieder hilfst du mir. Du bist ganz sicher kein hilfloser Mensch.«

Ihre dunkelblauen Augen blickten ernst, als sie ihn ansah. Er konnte den Ausdruck darin nicht deuten. Woran dachte sie? Er beugte sich etwas näher. Freundschaftlich, ermahnte er sich. »Gib bekommt morgen keinen Besuch von seiner Familie. Die meisten leben in der Bay Area, und es ist zu weit für sie, um jeden Monat herzufahren. Obwohl ich ihn wahrscheinlich gar nicht überreden kann, zum Familienabend zu kommen.« Da, ein nettes, ungefährliches Thema. Man fing mitten in einem Gespräch über ältere Mitbürger nicht einfach an, jemanden zu küssen. Natürlich hätte er das auch niemals mitten in irgendeinem anderen Gespräch getan.

»Warum nicht?«

Einen unwirklichen Moment lang dachte Nate, dass er das mit dem Küssen vielleicht laut ausgesprochen hatte. Dann ging ihm auf, dass sie fragte, warum Gib nicht zum Familienabend kommen würde. »Er meidet alle Gruppenaktivitäten, seit ein neuer Bewohner eingezogen ist, Archie. Du hast ihn neulich gesehen, als er mit MacGyver Modell gesessen hat.«

»Mit Fliege und Paul-Newman-Augen.«

»Sag das bitte nicht, wenn Gib in der Nähe ist. Alle Damen sind ein bisschen in Archie verschossen«, sagte Nate. »Und er flirtet mit allen, einschließlich Peggy, für die Gib eine Schwäche hat. Sie gefällt ihm schon seit seiner Schulzeit, aber ich bin mir sicher, dass er damals schon nicht mit ihr gesprochen hat.«

»Und was hält Peggy von ihm?«

»Ich glaube, sie ist gern in seiner Gesellschaft. Ich glaube außerdem, dass sie ihn wohl nicht als einen potenziellen – wie soll man das nennen? Kann man einen Siebzigjährigen einen ›Freund‹ nennen? – in Erwägung zieht.«

»Er kommt mir vor wie jemand, der sagt, was er denkt.« Briony rührte mit ihrem Fuß im Wasser. »Hat er ihr überhaupt schon einmal gesagt, was er für sie empfindet?«

»Nein. Ich habe bereits versucht, ihm den Kopf zu waschen. Aber er kriegt mich immer damit, dass ich ja schließlich selbst mit niemandem ausgehe.« Aber sicher, sag's nur, damit du als Verlierer dastehst, dachte Nate.

»Ich könnte dir eine Empfehlung schreiben.« Ihre Blicke fanden sich einen Moment lang, dann sahen sie beide weg.

»Ich glaube, jetzt kannst du ihn herausnehmen. Ich hole ein Handtuch.« In der Küche fand er ein Geschirrtuch. Er setzte sich wieder auf den Couchtisch. Sie nahm den Fuß aus dem Wasser, und er trocknete ihn ab. Er sollte wirklich mehr ausgehen. Einer Frau Erste Hilfe zu leisten, indem er ihr den Fuß abtrocknete, war die erste erotische Erfahrung seit sehr langer Zeit.

Er sah sich den Splitter an und drückte vorsichtig. »Er ist fast draußen. Ich glaube, jetzt krieg ich ihn zu fassen.« Diesmal erwischte er den Splitter beim ersten Versuch. »Und jetzt ein

Pflaster.« Er fand eines im Kasten. »Jetzt sind wir fertig.« Er gab ihrem Fuß einen freundlichen Klaps. »Du hast hübsche Füße.«

Hatte er gerade gesagt, sie hätte hübsche Füße?

»Meine Zehen sind ganz schrumpelig«, widersprach sie.

»Meine Großmutter hat immer geprahlt, ein Fluss könnte unter ihrem Fuß hindurchfließen, weil sie eine Dame war. Du hast so einen hohen Spann.« Da er ihren Fuß noch immer in der Hand hielt, ließ er seine Hand über den Spann gleiten.

Briony atmete scharf ein. Und bei diesem Laut lösten sich seine Absichten, freundschaftlich zu sein, in Luft auf. Langsam strich seine Hand höher, erforschte ihren Unterschenkel. Ihre Lippen öffneten sich.

Und dann küssten sie sich, ihr Mund so süß und feucht und warm. Jemand stöhnte, und er brauchte einen Augenblick, um zu begreifen, dass er es war, der diesen Laut ausgestoßen hatte.

# Kapitel 9

Die Sonne kam aus der falschen Richtung, und Nate lag auf der falschen Seite des Bettes. Er war nicht zu Hause. Er war gestern Abend bei Briony geblieben. Nachdem sie miteinander geschlafen hatten.

Was verdammt noch mal war aus seiner freundschaftlichen Absicht geworden? Hatte er so lange keinen Sex mehr gehabt, dass er völlig die Kontrolle über sich verloren hatte?

Er drehte vorsichtig den Kopf – und bemerkte, dass sie ihn ebenfalls anblickte.

»Ähm, hallo«, sagte sie.

»Hallo«, antwortete er und spürte, dass er mehr sagen sollte. Sie starrten einander an.

»So«, sagte sie.

»So«, sagte er. »Wie geht's deinem Fuß?«

Wie geht's deinem Fuß? Das war alles, was ihm einfiel?

»Gut.« Sie lächelte ihn an.

Und dieses Lächeln machte ihm klar, dass es nicht daran lag, dass er so lange keinen Sex gehabt hatte. Oder zumindest nicht nur daran. Sie hatten Spaß gehabt gestern Abend. Nicht nur hier im Bett oder auf der Dachterrasse, sondern auch mit Lyle und Lyla im Fort.

»Vielleicht sollten wir mal nachsehen.« Nate rieb sich das Kinn und lächelte zurück. »Wie fühlt sich das an?« Er ließ seinen Fuß über ihren gleiten.

Sie kicherte und errötete. »Richtig gut.«

»Vielleicht solltest du ihn schonen, nur für alle Fälle.« Nate umfasste ihre Taille und zog sie auf sich.

»Das wäre wahrscheinlich klug«, flüsterte Briony, und ihr Mund war nur noch Millimeter von seinem entfernt.

Da klingelte sein Handy.

*Dancing Queen* erklang. Amelias Klingelton. Wenn er ihn änderte, stellte sie ihn immer wieder ein. Nate stöhnte. »Tut mir leid, ich muss drangehen. Das ist meine Nachtmanagerin. Es gibt vielleicht ein Problem.«

»Aber natürlich. Geh dran.« Briony ließ sich von ihm heruntergleiten. Er brauchte einen Moment, um sein Handy zu orten, weil er erst einmal seine Hose finden musste. »Amelia, was ist los?«, kam er direkt zur Sache.

»Archie ist nicht ernsthaft verletzt«, begann sie, und Nate verfiel schlagartig in den Krisenmanagementmodus.

»Was ist passiert?« Er bemühte sich, ruhig zu klingen.

»Archie war auf dem Laufband. Er sagt, die Maschine hätte verrücktgespielt, die Geschwindigkeit hätte sich plötzlich von ganz allein erhöht«, antwortete sie hastig und ein bisschen atemlos. »Er ist gestürzt. Ich habe den jungen Arzt gerufen.« Amelia weigerte sich beharrlich, Mitarbeiter beim Namen zu nennen, bevor sie nicht mindestens fünf Jahre in The Gardens gearbeitet hatten. »Er sagt, sein Fuß wäre nur verstaucht.«

»Wo ist Archie jetzt?«

»Wir haben ihn nach Hause gebracht. Ich habe bereits seine Enkelin angerufen.«

Nate wünschte, er hätte selbst Eliza angerufen. Sie hatte sich Sorgen wegen Giftstoffen gemacht, nachdem das Lüftungssystem sabotiert worden war. Und jetzt, wo ihr Großvater sich tatsächlich verletzt hatte, benötigte sie jemanden, der sie wirklich beruhigen konnte. »Ich bin in zehn Minuten da.«

Er legte auf und zog seine Hosen an.

»Kann ich irgendetwas tun?«, fragte Briony. Sie saß aufrecht im Bett, die Decke um die Schultern gewickelt.

»Nein. Aber danke, dass du fragst«, sagte Nate. »Ich muss los.« Er zog hastig seine Schuhe an, ohne erst nach den Socken zu suchen, und sah sich nach seinem Hemd um.

»Pass auf dich auf.« Briony beugte sich hinunter, griff nach seinem Hemd, das neben dem Bett auf dem Boden lag, und warf es ihm zu. Er zog es sich an, während er schon zur Haustür lief. Rennen war schneller, als das Auto zu holen.

Als er sich Archies Straße näherte, zwang er sich, stehen zu bleiben. Er knöpfte das Hemd zu und steckte es in die Hose, dann fuhr er sich mit den Fingern durchs Haar. Wenn er panisch hineinstürzte, würde ihm das nicht helfen, die Lage unter Kontrolle zu bringen. Er atmete tief durch, richtete sich auf und ging weiter.

Amelia öffnete die Tür, als er die Einfahrt heraufkam.

»Eliza ist schon hier«, sagte sie leise.

Nate nickte. »Wie geht's dem Patienten?«, rief er beim Eintreten.

»Wenn Sie meine Enkelin überreden könnten, mir etwas Blubberwasser zu geben, dann ginge es mir gut«, gab Archie vom Sofa aus zurück. Sein Fuß mit dem bandagierten Knöchel lag auf dem Sofatisch. Einen Augenblick lang konnte Nate nicht verhindern, dass seine Gedanken zu Briony wanderten. Hätte sie sich nicht verletzt, wären sie gestern Abend wahrscheinlich nicht im Bett gelandet. Aber als er sie erst einmal berührt hatte, wenn auch nur, um den Splitter zu entfernen, hatte es kein Zurück mehr gegeben.

Eliza kam mit einem Glas Wasser herein. »Das hier und ein Aspirin muss reichen«, sagte sie zu Archie. Sie gab ihm das Wasser und die Tabletten und sah zu, wie er sie schluckte. Dann wandte sie sich an Nate. »Ich hätte meinen Großvater hier herausholen sollen, als Ihr Lüftungssystem die Luft im Gemeinschaftszentrum verseucht hat. Dann hätte er sich nicht verletzt.

Er hat großes Glück gehabt. Er hätte sich die Hüfte brechen können, als er gestürzt ist. Er hätte sich den Kopf stoßen und jetzt im Koma liegen können.«

»Sei nicht so zugeknöpft«, sagte Archie zu ihr. »Es geht mir gut. Und es ginge mir noch besser, wenn ich einen Drink bekommen könnte. Damit hat mein Vater alles behandelt, von Zahnschmerzen bis zu einem eingewachsenen Zehennagel.«

»Ich bin nicht zugeknöpft, was auch immer du damit sagen willst, nur weil ich möchte, dass du an einem Ort lebst, wo die Sicherheit der Bewohner Vorrang hat.« Elizas gewöhnlich leiser und sanfter Tonfall war verschwunden.

»Die Bewohner ...«

Eliza ließ Nate nicht ausreden. »Geben Sie sich keine Mühe«, sagte sie. »Ich habe den vorzüglichen Bewertungen geglaubt, aber in der kurzen Zeit, die mein Großvater hier ist, ist er durch Ihr schlechtes Management mehrfach in Gefahr geraten. Ich will, dass sein Vertrag aufgelöst wird und eine Rückerstattung der Kosten, die wir bereits bezahlt haben. Ich werde ihn schnellstmöglich von hier wegholen.«

»Also, Eliza«, widersprach Archie. »Jetzt übertreibst du aber.«

»Ich hätte gern die Möglichkeit, die Fitnessgeräte ...«, fing Nate an.

Eliza unterbrach ihn wieder. »Die Geräte zu überprüfen, ist etwas, was Sie routinemäßig tun sollten«, schnauzte sie ihn an. »Nicht erst, nachdem ein Unfall passiert ist.«

»Ich stimme Ihnen zu, und deshalb überprüfen und warten wir alles regelmäßig.«

»Das müssen Stümper sein«, feuerte Eliza zurück.

»Ich verstehe, warum Sie so denken«, sagte Nate. Im Augenblick konnte man nicht vernünftig mit ihr sprechen. Sie brauchte wahrscheinlich Zeit, sich zu erholen und zu erkennen, dass ihr Großvater wirklich keinen Schaden erlitten hatte.

»Hier ist es schön«, sagte Archie. »Tolles Essen, tolle Gesellschaft. Ich bleibe hier.«

Eliza setzte sich neben ihren Großvater, legte ihre Hand auf sein Knie und drückte es. »Ich verstehe, dass es dir hier gefällt, Großvater, aber deine Sicherheit geht mir über alles.«

»Warum sprechen Sie beide nicht in Ruhe darüber und teilen mir dann Ihre Entscheidung mit?«, schlug Nate vor. »Der Vertrag und die Rückerstattung sind kein Problem, wenn Sie das wirklich wollen.«

Eliza seufzte. »Also gut. Offensichtlich haben mein Großvater und ich noch einiges zu bereden.«

Nate verließ mit Amelia den Bungalow. »Hat Henry mitbekommen, was im Fitnessstudio passiert ist?«, fragte er.

»Er war dabei, Wasser in der Damenumkleide aufzuwischen«, antwortete sie.

»Wasser? Wo kam das denn her?« Das Letzte, was er jetzt gebrauchen konnte, war ein Leck.

»Ich weiß nicht«, erwiderte Amelia. »Ich dachte, eine der Damen wäre im Pool gewesen. Henry hat gehört, wie Archie aufschrie, und war sofort bei ihm. Niemand anders war im Fitnessstudio, aber Archie hat gesagt, dass das Laufband einfach von Gehen auf Rennen umgeschaltet hat.« Sie rieb sich das Gesicht mit den Händen. »Eliza hat recht. Es hätte viel schlimmer kommen können.«

Nate nickte. Er konnte sich nicht erinnern, wann Amelia zum letzten Mal so viel geredet hatte, ohne einen ihrer schrecklichen Witze zu machen. Sie wusste, womit sie es hier zu tun hatten – einem weiteren Sabotageakt. Das Gerät war erst eineinhalb Jahre alt, und Henry, der Trainer, war sehr gewissenhaft, was die Wartung anging.

Die Sabotage nahm immer größere Ausmaße an. Das Lüftungssystem zu manipulieren, damit es den Geruch nach totem

Stinktier verströmte, war ein dummer Witz im Vergleich zu dem, was heute Morgen geschehen war. Demjenigen, der das Laufband verstellt hatte, war es offenbar egal, ob er einen der Bewohner verletzte. Was hatte er als Nächstes vor? Irgendwie musste Nate ihm einen Schritt voraus sein, denn er ging nicht davon aus, dass er es dabei bewenden ließ.

Als Briony hörte, wie die Tür hinter Nate zuschlug, schwand ihre Euphorie. Es war Donnerstag. Am Samstag hatte sie ihren Verlobten am Altar stehen lassen. Ja, vielleicht war er wirklich nicht der Richtige für sie gewesen. Vielleicht hatte ihr Körper versucht, ihr das durch eine Panikattacke klarzumachen. Aber trotzdem. Vor sechs Tagen hatte sie einen Verlobten gehabt, und gerade eben hatte sie mit jemand anderem geschlafen, den sie kaum kannte.

Sie musste mit Vi sprechen. Aber in Wisconsin war es noch viel zu früh. Außerdem kannte Vi Caleb. Und Vi mochte Caleb. Konnte Briony ihrer besten Freundin gegenüber wirklich zugeben, was sie gerade getan hatte?

Ruby! Briony konnte mit Ruby sprechen. Es war beinahe zwanzig vor acht. Zu früh, um sie anzurufen, außer im Notfall, und wenn es sich für Briony auch wie ein solcher anfühlte, wusste sie doch, dass es keiner war. Sie wurde von Mac aus ihren Grübeleien gerissen, der von unten ein langes, forderndes Miauen ausstieß. Er war bestimmt in der Küche und stand neben seinem Futternapf. Er war spät dran heute. Musste ausgeschlafen haben. Oder vielleicht hatte das Kuppelkätzchen auch beschlossen, ihr noch ein paar Minuten mit Nate zu gestatten. Sie schüttelte den Kopf über diesen albernen Einfall.

»Ich komme, Mac.«

Als Seine Hoheit gefüttert war – wilder Lachs und Hirsch mit Bioobst und -gemüse –, beschloss sie, Diogee auszuführen.

Vielleicht kamen sie ja zufällig bei Ruby vorbei. Und wenn bei ihr Licht an war ...

Weil Diogee so an der Leine zog, stand sie schon vier Minuten später vor Rubys Tür. Das Licht war an. Da sie nun wusste, dass Ruby wach war, sollte sie sie lieber von zu Hause aus anrufen. Niemand wollte morgens so früh überfallen werden. Andererseits war Ruby gestern vorbeigekommen und hatte Briony zum Frühstück abgeholt. Aber da war es schon später gewesen.

Ihre Gedanken machten sie noch verrückt. Deshalb brauchte sie jemanden, der ihr sagte, was sie tun sollte. Sie konnte keine Entscheidungen treffen – überhaupt keine.

Nein. Das stimmte nicht. Das ist das alte Ich, das Ich, das Caleb heiraten würde, sagte sich Briony. Mein neues Ich verändert sich, vielleicht nicht schnell, aber es passiert etwas. Ich werde meine eigenen Entscheidungen treffen und ...

Diogee fing wie ein Verrückter zu bellen an. »Schsch! Bitte! Schsch!«, zischte Briony ihn an. Er bellte weiter. Der Hund traf offensichtlich seine eigenen Entscheidungen.

Die Eingangstür des Hexenhäuschens schwang auf, und Ruby streckte den Kopf heraus. Diogee bellte noch heftiger und zerrte Briony den Gehweg entlang. Er ließ sich zu Rubys Füßen fallen, rollte sich auf den Rücken und wedelte wie irre mit dem Schwanz.

»Er will, dass ich ihm den Bauch kraule«, erklärte Ruby, kniete sich neben Diogee hin und kraulte ihm wie gewünscht den Bauch.

»Möchtest du Kaffee trinken gehen? Oder frühstücken?« fragte Briony. »Ich lade dich ein.«

»Ich habe Besuch«, antwortete Ruby.

»Oh, wie schade.« Briony verstand. »Tut mir leid! Ich geh schon wieder.« Es überraschte sie, dass Ruby einen Ponyschlafanzug trug, wenn sie einen Gast hatte, der über Nacht geblieben war. Caleb hatte elegante Dessous gemocht.

»Nein, nein, nein! Es ist Riley. Das kleine Mädchen, von dem ich dir erzählt habe, das ich durch Mac kennengelernt habe. Ich gehe mit ihr später noch zum Zahnarzt, und weil sie heute nicht in den Kindergarten muss, hat ihre Mutter erlaubt, dass sie bei mir übernachtet. Wir machen Pfannkuchen in Ponyform. Du kannst gern mitessen.«

»Ähm, eigentlich wollte ich mit dir über etwas sprechen, das nicht für Kinderohren geeignet ist«, gestand Briony.

»Nun, dann musst du unbedingt hereinkommen.« Ruby richtete sich auf, sagte »Diogee, Keks!« und ging hinein. Briony hatte keine Wahl. Diogee schleifte sie hinter Ruby her in die Küche.

»DiDi! Mein Schnuckel!« Ein kleines Mädchen, auch in einem Ponyschlafanzug, warf sich auf Diogee, und er leckte ihr Gesicht ab.

»Riley, das ist meine Freundin Briony. Sie frühstückt mit uns«, sagte Ruby zu ihr.

»Hallo«, murmelte Riley. Dann kletterte sie auf Diogees Rücken und hielt sich mit ihren beiden kleinen Händen an seinen Ohren fest. Es schien ihm nichts auszumachen, jedenfalls wedelte er mit dem Schwanz, aber Briony nahm die Leine fester.

»Ist das nicht gefährlich?«, fragte sie Ruby. Rileys Füße reichten kaum auf den Boden. »Es sieht zumindest gefährlich aus.«

»Das macht sie immer«, versicherte ihr Ruby und wandte sich dem Herd zu.

»DiDi ist mein Pferd, und dann habe ich noch ein Pony, das heißt Paula. Und noch andere, die heißen Patricia, Paisley und Elvis. Magst du Ponys?«

»Ich liebe Ponys.« Sie hatte ihre Eltern ein ganzes Jahr lang um Reitstunden angebettelt. Sie hatten ihr stattdessen Klavierstunden und Kunstunterricht gegeben und behauptet, die würden genauso viel Spaß machen. Es war eines der wenigen Male, wo Briony gequengelt und gebettelt hatte. Ihre Mutter hatte ihr erklärt, dass sie sich schwer verletzen könnte, wenn sie vom Pferd fiel, ja, dass sie sogar gelähmt bleiben könnte.

»Also, Cowgirl«, sagte Ruby zu Riley. »Ich fange jetzt mit den Pfannkuchen an. Das bedeutet, dass du jetzt von diesem Tier herunterklettern und dir blitzschnell die Hände waschen musst.«

»Okey-dokey!« Riley kletterte von Diogee herunter und rannte aus der Küche.

»Gesetzt den Fall, es ist dir noch nicht aufgefallen, Riley hat den gesamten Cowboyslang drauf. Ich habe im Internet eine Liste gefunden.« Ruby nahm einen Kauknochen aus dem Regal und gab ihn Diogee. Der ließ sich mit einem zufriedenen Seufzer auf den Boden fallen und fing an, daran zu nagen. »Erzähl schnell. Wir haben ungefähr fünf Sekunden, bevor die mit den minderjährigen Ohren zurück ist.« Sie tat Butter in die Pfanne.

Briony ließ Diogees Leine los. »Also, Nate und ich sind gestern etwas trinken gegangen. Er hat mich in die tollste ...«

»Keine Zeit. Nur das Wichtigste«, unterbrach sie Ruby.

»Wirhabenmiteinandergeschlafen.« Brionys Worte kamen alle auf einmal heraus, einerseits, weil sie versuchte, schnell zu sprechen, und andererseits, weil es ihr so peinlich war.

»Mac, Mac, Mac.« Ruby schüttelte den Kopf. »Wenn ich meine Arbeit nicht so mögen würde, würde ich Heiratsvermittlerin werden, mit diesem Kater als Geheimwaffe.« Sie sah über die Schulter, ob Riley zurückkam. »Wie war's?«

»Ruby! Ich bin nicht hergekommen, um dir schlüpfrige

Details zu erzählen!«, rief Briony aus. »Ich bin hergekommen, weil ... was habe ich bloß getan!«

»Ich nehme an, du hast heißen Sex gehabt.« Ein breites Grinsen erschien auf Rubys Gesicht. »Oder etwa nicht, du alter Dussel?«, fügte sie in lauter, übertrieben begeisterter Stimme hinzu.

»Sie hat dich gerade einen Dussel genannt«, sagte Riley zu Briony, die auf einem imaginierten Pferd anstelle von Diogee in die Küche galoppiert kam.

»Ich bin vielleicht ein bisschen dusselig«, gab Briony zu. Aber sie fühlte sich so gut. Ihr Körper kam ihr vor wie mit warmem Honig gefüllt, ihre Glieder waren so entspannt, und es überraschte sie, dass ihre Beine sie überhaupt hierhergetragen hatten. Es war, als wäre sie ein völlig anderer Mensch als die Briony, die das letzte Mal an Rubys Küchentisch gesessen hatte.

Riley zog sich einen kleinen Hocker zum Herd hinüber und stieg darauf. »Ich sehe das mit der Spritze so gern«, sagte sie zu Briony.

Briony wollte gerade nachfragen, ob es denn nicht gefährlich sei, so dicht am Herd auf einem Hocker zu stehen, aber sie hielt sich zurück. Die beiden machten das offensichtlich so. Ruby wusste sicherlich, was Riley konnte.

»Was bedeutet ›Spritze‹ in Cowboy-Sprache?«, fragte sie.

»Verflucht! Das gibt es nicht«, antwortete Riley.

Ruby hielt eine Spritzflasche hoch und winkte damit Briony zu, dann spritzte sie lila Pfannkuchenteig in die Pfanne. Riley gab ein anerkennendes »Ohh!« von sich. »Ich mache die Mähne.«

»Moment.« Ruby gab noch mehr Teig in die Pfanne, dann legte sie die Spritzflasche weg, nahm eine andere und gab sie Riley. »Brauchst du Hilfe?«, fragte sie. Riley schüttelte den

Kopf. Sie hielt die Flasche in beiden Händen, die Stirn vor Konzentration in Falten gelegt, und spritzte rosa Teig in die Pfanne.

»Schön«, sagte Ruby zu ihr, als Riley ihr die Spritzflasche zurückgab. Sie fügte noch etwas Teig hinzu. »Jetzt müssen wir warten …«

»… bis Blasen kommen«, beendete Riley den Satz.

Obwohl Briony so dringend mit Ruby über die letzte Nacht mit Nate sprechen wollte, konnte sie nicht anders, als das Zusammenspiel zwischen Ruby und Riley zu genießen. Als sie in Rileys Alter war, hatten ihre Eltern zwar viel Zeit mit ihr verbracht, aber immer hatten sie Vorsicht walten lassen. »Bleib in Sichtweite. Lass mich das machen. Sei vorsichtig.« Wenn sie daran zurückdachte, verstand sie, dass ihr das teilweise den Spaß verdorben hatte.

»Guck!« Während Briony ihren Gedanken nachgehangen hatte, war der Pfannkuchen fertig geworden, und Riley hielt Briony ihren Teller hin.

»Großartig!«, rief Briony aus. Das rosa und lila Pony war einfach hinreißend. »Die Mähne hast du toll hingekriegt!«

Riley setzte sich auf den Stuhl neben Briony. »Das Auge habe ich auch gemacht.«

»Ganz tolles Auge«, sagte Briony, und Ruby stellte ihr auch einen Teller hin.

»Weißt du, womit es noch besser schmecken würde? Mit ein bisschen Kuhsabber!«, verkündete Riley.

»Okay, ich weiß schon. Kuhsabber ist Cowboysprache für Sirup, richtig?«, fragte Briony. Das kleine Mädchen bedeckte jeden Zentimeter ihres Ponys mit dem Zeug.

Riley kicherte und schüttelte den Kopf.

»Butter?«

Riley schüttelte den Kopf und kicherte heftiger.

»Schokoladenchips, Banane, Erdbeeren«, riet Briony weiter und freute sich, weil Riley so kicherte. »Oh, ich weiß! Schlagsahne. Die sieht ja wirklich so ähnlich aus wie Kuhsabber.«

»Sie hat es fast, oder?« Ruby setzte sich zu ihnen an den Tisch.

»Es ist Beesee«, sagte Riley.

»Baiser«, übersetzte Ruby. »Und ich bin mir nicht sicher, dass das gut zusammen mit Pfannkuchen schmeckt, aber das nächste Mal, wenn du zum Frühstück kommst, können wir es ausprobieren.«

Ruby ist die allercoolste Babysitterin überhaupt, dachte Briony. Aber Nate konnte das beinahe genauso gut. Sie fragte sich, was er wohl gerade machte. Verspürte er auch dieses warme Honiggefühl im Körper? Er war so süß gewesen heute Morgen, als er sie nach ihrer Verletzung gefragt hatte. Dieser Blick, den er ihr zugeworfen hatte, bevor er mit seinem Fuß über ihren strich … Fast, als hätte er sie mit den Augen gestreichelt.

»Briony?«, riss Ruby sie aus ihren Träumereien.

»Hm?«

»Ich will gar nicht wissen, woran du gerade gedacht hast. Oder vielleicht doch, aber später«, sagte sie. Briony merkte, wie ihr Gesicht heiß wurde. Sie würde Ruby niemals erzählen, dass es sich anfühlte, als würde Nate sie mit den Augen streicheln, wenn er sie ansah. So etwas gehörte ins Tagebuch eines Schulmädchens. Aber nicht in ihr Tagebuch. Sie war in der Schule mit niemandem gegangen. Ins Tagebuch von jemand anderem. Es gehörte nicht in den Kopf einer Siebenundzwanzigjährigen.

»Was hast du mich gerade gefragt?«

»Ob du noch einen Pfannkuchen möchtest.«

»Ich habe noch nicht …« Briony sah auf ihren Teller. Der Pfannkuchen war weg. Sie musste ihn gegessen haben, während sie von Nate geträumt hatte. »Nein, danke.«

Diogee hatte seinen Kauknochen aufgefressen und kam zu ihnen. Seine Schnauze war viel zu nah an der Tischplatte. Bevor sie reagieren konnte, hatte er bereits mit der Zunge über ihren Teller gewischt. »Pfui, pfui, pfui!«, rief Briony. Er kam noch einen Schritt näher und leckte noch einmal. »Er hört einfach nicht auf mich!«, rief sie verzweifelt.

»Auf seine Besitzer auch nicht«, antwortete Ruby. Sie stand auf und nahm noch einen Kauknochen für Diogee aus der Schachtel. »Das hier ist meine Methode.« Sie nahm Brionys glänzenden Teller. »Schon bereit für die Spülmaschine. Kein Vorspülen mehr nötig.«

»Kann ich ihm meinen Teller auch geben?«, fragte Riley.

»Nein. So viel Sirup ist nicht gut für ihn«, antwortete Ruby. »Wenn du fertig bist, zieh dich an. Ich habe dir etwas gebastelt. Es ist in deinem Zimmer.« Mehr brauchte es nicht. Riley rannte aus der Küche.

»Ihr Zimmer?« fragte Briony.

»Das Gästezimmer. Sie übernachtet dort sehr häufig«, antwortete Ruby. »Ich habe solche Freude an dem Kind. Ich stehe in Macs Schuld. Jetzt zurück zu dir. Und zu ihm. Erzähl mir alles. Ich habe ihn gegoogelt. Ein echtes Sahneschnittchen.«

Briony stöhnte. »Ich bin so durcheinander. Gestern Abend war fantastisch, alles. Aber vor nicht einmal einer Woche war ich noch verlobt. Was Nate nicht weiß. Ich hatte ja nicht vor, mit ihm zu schlafen, warum sollte ich es ihm also erzählen. Und jetzt weiß ich nicht, was ich machen soll. Was soll ich nur machen?«

»Oh nein. Darauf falle ich nicht herein. Ich habe versprochen, dir keinen Rat zu geben.«

»Findest du nicht, dass ich ein schrecklicher Mensch bin? Das ist kein Ratschlag.« Briony kam sich vor, als tobte in ihrem Inneren ein Kampf: schlechter Mensch gegen Honigkörper.

Ruby schüttelte den Kopf, dann gab sie nach. »Ich finde nicht, dass du ein schlechter Mensch bist. Was aber auch nichts bringt, solange du denkst, dass du ein schlechter Mensch bist. Denkst du das?«

»Wenn mir jemand so etwas erzählen würde, dann würde ich ihn vielleicht nicht für einen schrecklichen Menschen halten, aber schon denken, dass er etwas Falsches getan hätte«, gab Briony zu.

»Okay.« Ruby schlug mit den Handflächen auf den Tisch. »Das ist kein Rat. Nur eine weitere Frage. Sagen wir mal, du wärst im Urlaub hier, kein Ex-Verlobter, nur eine nette Reise nach Kalifornien. Und dann triffst du Nate. Und findest ihn attraktiv. Und ihr habt Sex. Und ihr wisst beide, dass du nicht von hier bist und dass es nur eine kleine Affäre ist. Wie fühlst du dich dann?«

»Das kann ich mir kaum vorstellen, das würde ich niemals tun«, sagte Briony. »Ich habe einfach keine kleinen Affären. Das hatte ich noch nie. Ich hatte zwei lange Beziehungen. Das ist alles.« Sie dachte einen Moment lang nach. »Wenn es nur eine spaßige Urlaubsaffäre wäre ... das fände ich nicht schrecklich. Aber so ist es ja nicht.«

»Weiter. Tust du Nate weh?«

Briony dachte nach. »Nein.«

»Tust du, wie heißt er noch mal, Caleb weh?«

»Noch mehr kann ich ihn nicht verletzen«, gestand Briony ein. »Ich verstehe, was du sagen willst. Gestern Abend fühlten wir uns unglaublich zueinander hingezogen. Ich habe nicht nachgedacht. Nun, gerade einmal lang genug, um Vorkehrungen zu treffen. Aber jetzt denke ich.« Sie rieb sich die Stirn, als könnte ihr das helfen, die Dinge klarer zu sehen. »Ich soll Nate bei der Familienveranstaltung helfen, die heute Abend in The Gardens stattfindet. Aber vielleicht ist es besser, wenn ich ihn nicht wiedersehe. Aber er ist ein so guter Kerl. Ich muss ihm wenigstens irgendetwas sagen.«

Briony hätte am liebsten laut geschrien vor Frustration. Aber sie wollte Riley nicht erschrecken. »Du hast gerade einen Einblick erhalten, wie es in meinem Kopf aussieht. Ich kann keine Entscheidungen treffen.«

»Bis du dann wieder in der Kirche in Ohnmacht fällst.« Ruby lächelte, was den Worten den Stachel nahm.

»Richtig. Genau so ist es.«

Mac kam gerade rechtzeitig nach Hause, sodass Briony ihm die Tür öffnen konnte. Er hatte beschlossen, ein paar kleine morgendliche Besorgungen für Gib zu tätigen. Bisher hatte er noch nichts gefunden, was Gib glücklich machen würde, aber er würde nicht aufgeben.

»Wieder draußen?«, rief Briony, als er hereinlief. Er ging direkt zu seinem Wassernapf. Eines der Geschenke hatte einen Belag auf seiner Zunge hinterlassen. Es gab reichlich Wasser, aber er konnte riechen, dass es schon seit dem Frühstück dastand. Er miaute einmal, weil er frisches wollte.

»Es dauert noch Stunden bis zum Abendessen«, sagte Briony zu ihm. Sie holte einen Keks aus seiner Dose und beugte sich herunter, um ihn ihm zu geben. Er schlug ihn ihr aus der Hand. Diogee tauchte auf und fing ihn aus der Luft. Mac wünschte sich, er hätte ihn selbst gefressen, obwohl er ihn nicht wollte. Der Schafskopf durfte keine Leckerli für Katzen fressen. Er verdiente sie nicht.

Mac miaute Briony noch einmal an. Sie musste noch lernen. Sie verstand ihn nicht so wie Jamie.

»Mac! Was ist denn passiert? Deine Zunge ist ganz braun.« Sie kniete sich neben ihm hin und versuchte, sein Maul aufzudrücken. Er musste sie beißen, nur ein kleines bisschen.

»Autsch!«, schrie Briony auf. Sie nahm seinen Wassernapf, leerte ihn und füllte ihn erneut. Gutes Mädchen. Sie stellte ihn auf den Boden und sah aufmerksam zu, als er trank und seine Zunge von dem Dreck befreite. »Was immer es ist, es geht ab«, sagte Briony. »Wenigstens muss ich Jamie nicht sagen, dass du dir auch noch eine merkwürdige Krankheit eingefangen hast. Es reicht schon, dass du immer wieder ausbüxt.«

# Kapitel 10

Nate war unruhig. Er hatte versucht, etwas Büroarbeit zu erledigen, aber er konnte sich wegen der sich häufenden Sabotagevorfälle nicht konzentrieren. Er hatte Bob und Henry gebeten, das Laufband und alle anderen Geräte im Fitnessstudio zu überprüfen. Sie hatten nichts gefunden. Nate hatte das Laufband selbst ausprobiert, und ihm war nichts aufgefallen. Trotzdem, um ganz sicher zu sein, würde er es austauschen.

Er hatte Eliza geschrieben, weil er nicht glaubte, dass ein Gespräch noch irgendetwas brachte. Sie hatte nicht geantwortet. Später hatte er eine zweite SMS geschickt, mit der Frage, ob er für Archie einen Termin zum Röntgen seines Knöchels vereinbaren sollte, um sicherzugehen, dass er nicht gebrochen war. Er hatte die knappe Antwort bekommen, dass das bereits geschehen war.

Am Nachmittag hatte er Kameras im Gemeinschaftszentrum und im Fitnessstudio anbringen lassen und sich persönlich überzeugt, dass sie auch funktionierten. Er hatte jeden Mitarbeiter gefragt, ob sie irgendetwas Außergewöhnliches gesehen hatten, sei es noch so unbedeutend, hatte aber nichts herausgefunden. Nathalie und seine Mutter hatten ausnahmsweise nicht wegen einer Krise angerufen oder geschrieben, obwohl er fast dankbar dafür gewesen wäre, um etwas zu tun zu haben.

Nate musste erst in etwas über einer Stunde zum Familienabend im Speisesaal sein. Er fand sich damit ab, dass er jetzt im Büro nichts zustande bringen würde, und stand vom Schreibtisch auf. Stattdessen würde er zu seiner Mutter hinübergehen.

Sie hätte angerufen, wenn sie diesen Mann wieder gesehen hätte, aber sie würde sich besser fühlen, wenn Nate bei ihr vorbeischaute. Er würde sich auch besser fühlen.

Als er kam, fand er seine Mutter im Schlafanzug vor. »Geht es dir nicht gut, Mom?«, fragte er.

»Doch, doch, es geht mir gut.«

Er nickte. Wenn sie krank wäre, hätte er schon davon gewusst. »Möchtest du dich anziehen und mit mir zum Familienabend kommen?«, fragte er, als sie ins Wohnzimmer gingen. Er hatte sie schon seit einer Weile nicht mehr eingeladen, weil sie immer ablehnte. »Das Essen ist immer fantastisch, und hinterher zeigen wir *Hairspray*.«

»Nein, nein. Danke.« Sie setzte sich und starrte ins Leere. Nate setzte sich neben sie, und er machte sich auf einmal Sorgen. Der Fernseher war ausgeschaltet. Kein Buch lag umgedreht auf dem Sofatisch. Kein Handarbeitszeug lag herum. »Was hast du den ganzen Tag getan?«

Einen langen Moment lang antwortete sie nicht, dann sagte sie: »Ich bin heute Morgen aufgestanden und habe Orangen gerochen. Ich habe keine Orangen im Haus.«

Sein Magen zog sich zusammen. Phantomgerüche konnten Anzeichen für einen Tumor sein, auch für Parkinson. Und Ed Ramos, einer der Bewohner, die mehr Fürsorge brauchten, hatte sich am Tag vor seinem Schlaganfall über den Geruch nach nassem Hund beklagt, obwohl kein Hund, weder nass noch trocken, in seiner Nähe gewesen war.

»Mom, wann musst du wieder zu Dr. Thurston? Du solltest in Kürze wieder bei ihr vorbeisehen, oder?«, fragte er, wobei er versuchte, beiläufig zu klingen.

Sie ignorierte seine Fragen. »Dann ging mir auf, dass es keine Orangen waren. Es war das Rasierwasser, das dein Vater benutzte, Creed Orange Spice«, sagte seine Mutter und starrte weiter ins Leere. »Es war, als wäre er gerade aus dem Zimmer gegangen.«

»Hast du das heute zum ersten Mal gerochen? Seit er weg ist, meine ich.«

Sie nickte. »Ich habe die Flasche noch, die im Badezimmerschrank stand, als er ging, aber ich mache sie nie auf. Ich will nicht ... ich weiß nicht, warum ich sie nicht weggeworfen habe.«

»Ich wusste nicht, dass du noch etwas von ihm hast.« Er konnte nicht sagen »von meinem Vater«. Es kam ihm einfach nicht über die Lippen, nicht in ihrer Gegenwart. Sie hatte nie zu Nate oder Nathalie gesagt, dass sie nicht über ihren Vater sprechen könnten, aber jedes Mal, wenn sie es taten, war sie beinahe hysterisch geworden. Er und seine Schwester hatten sogar aufgehört, untereinander von ihm zu sprechen, als könnten sie den Schmerz loswerden, wenn sie so taten, als hätte es ihn nie gegeben.

»Ein paar Dinge konnte ich einfach nicht wegwerfen, obwohl ich es wollte.«

»Vielleicht ist die Flasche undicht? Vielleicht riechst du es deshalb.« Nate wollte eine logische, nichtmedizinische Erklärung.

»Ich habe alles in einer Mülltüte in den Keller gebracht damals, als ... Das kam Wegwerfen am nächsten, mehr habe ich nicht über mich gebracht.« Seine Mutter sah ihn endlich an, und er merkte, dass sie glänzende Augen hatte. »Seitdem habe ich die Sachen nicht einmal mehr angesehen, aber ich kann sie nicht endgültig wegschmeißen.«

Sie ist nie über ihn hinweggekommen, wurde Nate klar. Nach all der Zeit. Er hatte gedacht, ihr Leben wäre so eingeschränkt geworden, weil sein Vater sie verlassen hatte, nicht weil sie ihn immer noch liebte. »Mom, es tut mir so leid.« Er legte ihr den Arm um die Schultern.

»Das weiß ich.« Sie lehnte sich an ihn. »Du bist ein guter Junge, Nate.«

Die Unruhe kam zurück. Er wollte ihre Traurigkeit wegwischen. Er wollte es in Ordnung bringen, genauso wie die Sache in The Gardens. Aber er wusste nicht, wie.

»Bist du sicher, dass du nicht mit mir zum Familienabend gehen willst?«, fragte er schließlich. »Ich möchte dich nicht allein lassen.«

»Nein, ich bin nicht in der Stimmung, all diese Leute. Geh du nur.«

Nate stand auf. »Ich komme später noch mal vorbei.«

»Da schlafe ich sicher schon.«

»Morgen früh dann.« Er würde sie so bald wie möglich zum Arzt bringen, denn er wollte körperliche Ursachen ausschließen, dass seine Mutter Rasierwasser roch. »Schließ die Tür hinter mir zu«, sagte er noch.

Als er hinausging, fiel ihm auf, dass sich bald schon wieder der Tag jährte, an dem sein Vater gegangen war. Das war wahrscheinlich die Erklärung. Sie wollte nicht an ihn denken, aber die Erinnerungen waren da, unter der Oberfläche, genauso wie die alte Flasche Rasierwasser im Keller.

Vielleicht war es morgen früh an der Zeit, wirklich über seinen Vater zu reden. Er hatte sich so oft zurückgehalten, heute auch wieder, weil er sie nicht aufregen wollte. Aber ob sie darüber sprachen oder nicht, die Gefühle waren da. Heute Abend jedoch musste er sich auf anderes konzentrieren. Der Familienabend sollte perfekt werden. Möglicherweise hatten ein paar von den Angehörigen von dem Vorfall mit dem Lüftungssystem oder dem Laufband gehört, und er wollte sie beruhigen. Er ging schneller. Würde Eliza da sein? Wenn ja, dann musste er mit ihr das Gespräch suchen. Nate konnte es ihr nicht verübeln, dass sie Archie woanders unterbringen wollte. Er wohnte erst seit ein paar Wochen in The Gardens, und es waren bereits zwei Katastrophen geschehen.

Nate bog um die Ecke, und das Gemeinschaftszentrum kam in Sicht, Licht schien aus jedem Fenster. Grüppchen standen in der großen Eingangshalle, lachten und redeten, während die Kellner mit Häppchen herumgingen. Es sah aus wie ein Ort, an dem man gerne einen lieben Angehörigen unterbrachte. Er würde der Sabotage auf den Grund gehen. Vielleicht sollte er einen Privatdetektiv …

Nates gesamte Aufmerksamkeit richtete sich mit einem Mal auf Briony, als sie auftauchte und Rich und seinen Enkel anlächelte. Ihr rotbraunes Haar war heute Abend offen und fiel ihr in Wellen über den Rücken. Wenn er es ansah, spürte er fast seine seidige Weichheit, wie gestern Abend, als sie sich über ihn gebeugt hatte und ihr Haar einen Vorhang um sie gebildet hatte. Er nahm zwei breite Stufen auf einmal. Als er eintrat, musste er sich zwingen, die Leute zu begrüßen und anzulächeln, an denen er vorbeiging. Er wollte nur zu ihr, sie wieder in seiner Nähe spüren. Er musste sich damit begnügen, sie auf die Wange zu küssen. Sie errötete, als er es tat.

»Ah. Romantik liegt in der Luft.« Rich zog sein Notizbuch aus der Tasche seiner Jogginghose, die ein wirbeliges lila Muster und den Namen eines Hustensirups auf dem Hosenbein hatte.

»Wo bekommen Sie nur diese Hosen her?«, fragte Nate.

»L.A.-ROAD-Secondhandshop. So ziemlich der einzige Laden, wo er einkauft«, antwortete Max, sein Enkel.

Rich war wahrscheinlich einer der fünfzig reichsten Menschen in Kalifornien und kaufte in diesem Laden seine Kleider. Man musste ihn einfach gernhaben. »Wussten Sie, dass diese Hosen …«

»… ein Rapper in den Neunzigern getragen hätte?«, beendete Max den Satz. Er schüttelte den Kopf. »Ich habe versucht, ihm das Konzept von Purple Drank zu erklären, aber hui.« Er fegte mit der Hand über seinen Kopf.

»Was ist Purple Drank?«, fragte Briony.

Sie hatte ihre wichtigsten Jahre offenbar in einer jugendfreien Zone verbracht. »Du bist niedlich«, sagte Nate zu ihr. Er hatte nicht vorgehabt, das zu sagen, aber es war ihm herausgerutscht, und jetzt errötete sie wieder.

Rich sah von Briony zu Nate. »Ich merke, wie ein Gedicht geboren wird.« Er fing an zu kritzeln.

»Sind Sie ein Dichter?«, fragte Briony und ließ das Purple-Drank-Thema fallen.

»Das bin ich. Meine Kunstform ist der Limerick.« Rich kritzelte mit einem der kleinen Bleistifte, die er immer bei sich trug.

»Die niederste Form der Dichtung«, bemerkte Regina, als sie sich zu ihnen gesellte.

»Salman Rushdie hat Limericks geschrieben. Auden und Shakespeare auch, und Thomas von Aquin. Soll ich weitere aufzählen, meine Dame?«

»Nun, wir sprechen weiter darüber, wenn du einen Roman geschrieben hast und damit den Booker-Preis gewinnst, oder ein Gedicht, das einen zu Tränen rührt – und zwar nicht deswegen, weil es unverschämt ist – ein Schauspiel, das in hundert Jahren noch gelesen wird, oder etwas Philosophisches, über das noch lange diskutiert wird.« Regina drehte sich zu Briony um. »Ich bin Regina Towner.«

»Ich hätte Sie vorstellen sollen«, sagte Nate. »Regina, das ist Briony. Sie hütet den Kater, den Sie gestern beim Malen als Modell genommen haben.«

Rich unterbrach sie mit einer Rezitation: »Der Mond ist mein ewiger Schatz / und die liebliche Eule mein Herz / der feuerspeiende Drach / und die dunkle Krähe der Nacht / spielen die Musik zu meinem Schmerz.« Er sah Regina in die Augen. »Das ist ein Limerick.«

Regina blinzelte. Nate hatte noch nie erlebt, dass ihr die Worte fehlten.

Schließlich sagte sie: »Ein Limerick ist per definitionem humoristisch. Das ist nur von der Reimform her ein Limerick.«

»Touché.« Rich verneigte sich vor ihr. Auch das geschah zum ersten Mal. Dass Rich in einem Punkt nachgab.

Regina wandte sich wieder an Briony. »Das ist vielleicht ein schönes Kätzchen.«

»Er ist ein hübscher Ausbrecher. Jedes Mal, wenn er entkommt, läuft er nach The Gardens. Er ist sehr gern hier. Ich kann ihm das nicht übel nehmen.« Sie berührte kurz Nates Arm. »Es ist schön hier.«

»Da stimme ich Ihnen zu.«

»Kommen Bethany und Phillip heute Abend?«, fragte Nate.

»Diesmal nicht«, antwortete Regina, »aber nächstes Mal ganz bestimmt. Wissen Sie, es ist Nate, der The Gardens zu so etwas Besonderem macht«, sagte sie zu Briony. »Er kennt die Namen meiner Nichte und ihres Mannes, jedes Einzelnen, der jemals hier einen Verwandten besucht hat. Die Anlage und die Angebote sind erstklassig, aber es ist Nate, der The Gardens zu einem Zuhause macht.«

»Danke schön.« Ihre Worte, besonders nach der Auseinandersetzung mit Eliza, machten Nate wieder einmal klar, wie wichtig seine Arbeit war. Nicht nur Regina, sondern auch Archie und alle anderen Bewohner sollten sich hier zu Hause fühlen.

»Da kann ich auch nur zustimmen.« Rich legte seinen Bleistift weg und klopfte Nate auf die Schulter.

»Mensch. Sie sind sich über etwas einig!«, staunte Max. Er kam häufig her und kannte alle Freunde von Rich. Oder was auch immer Rich und Regina waren. Sparringspartner vielleicht.

»Regina hat endlich mal etwas Vernünftiges gesagt«, antwortete Rich. Er blätterte ein paar Seiten in seinem Notizbuch zurück. »Nun, wer möchte das Neuste hören?«

Regina warf einen Blick auf ihre winzige Uhr. »Über eine Minute hat es gedauert, bis er eines seiner Gedichte vorlesen will. Ein Rekord.«

»Ich würde es gern hören«, sagte Briony.

Rich grinste Regina an. »Es ist mir eine Ehre.« Er räusperte sich. »Es war mal ein Mann mit Fliege / wie ein Kojote so unsolide / er …«

»Das ist ein schlechter Moment, um sich über Archie lustig zu machen, so bald nach seinem Unfall«, sagte Regina.

»Unfall? Was ist denn passiert?«, erkundigte sich Rich bei Nate.

Nate hatte mit dieser Frage gerechnet. Trotzdem war sie schwer zu beantworten. Er wollte nicht komplett ausschließen, dass das Laufband nicht richtig funktioniert hatte. Sie würden sowieso bald alle davon erfahren. Gerüchte verbreiteten sich schnell in The Gardens. Aber er wollte sie nicht ängstigen. »Er ist vom Laufband gestürzt und hat sich den Knöchel verstaucht. Er sagt, das Gerät hat von selbst beschleunigt. Ich habe es untersuchen lassen, und es scheint kein Problem vorzuliegen, aber ich werde es auf jeden Fall austauschen lassen.«

»Der Arme«, flötete Regina. »Ich werde ihm einen Umschlag machen. Das habe ich von meiner Großmutter gelernt.«

»Der Arme bekommt wohl alles, was er braucht, von seiner Enkelin.« Rich machte eine Kopfbewegung zur Tür. Eliza rollte Archie in einem Rollstuhl herein, er hatte eine Häkeldecke auf den Knien.

Regina machte sich nicht die Mühe zu antworten und eilte auf sie zu. Peggy und Janet ebenfalls. Nate wollte auch zu ihnen hinübergehen, entschied aber, sich zurückzuhalten. Die Situation erforderte viel Fingerspitzengefühl. Er konnte ohne Weiteres zeigen, dass er besorgt war, aber er durfte nicht übermäßig beunruhigt wirken.

Rich starrte mit zusammengepressten Lippen zu den Frauen hinüber, die sich um Archie scharten. Dann zog er sein Notizbuch und seinen Bleistift hervor und begann, wieder zu schreiben.

»Rich hat mir erzählt, dass Max auf die UCLA geht.« Briony wandte sich an Max und lächelte. »Was studierst du denn?«

»M…Marketing.« Max hatte nicht gestottert, als er mit Nate über die Einkaufsgewohnheiten seines Großvaters gesprochen hatte. Nate wusste, dass Max als Kind gestottert hatte, jetzt jedoch so gut wie nicht mehr, außer wenn er besonders nervös war. Vielleicht weil er mit einer schönen »älteren« Frau sprach. Nate hätte sich in seinem Alter wahrscheinlich genauso gefühlt.

»Hast du schon die Grundlagen der Buchführung durchgenommen?«, fragte Briony.

»Da bin ich gerade dabei. Es hat viel mehr mit G…Gesetzen zu tun, als ich dachte.«

»Genau! Leute, die es nicht studiert haben, halten es automatisch für langweilig.«

»Oder leicht. Einfach ein paar Reihen Zahlen zusammenzuzählen.« Kein Stottern diesmal. Sie hatte ihm wohl ein Gefühl der Sicherheit vermittelt.

»Aber es ist eher so, wie ein …«, fing Briony an.

»… Puzzle zusammenzusetzen«, vollendeten Max und sie gemeinsam den Satz.

»Möchte jemand Spargel mit Prosciutto in Blätterteig? Es gibt außerdem LeeAnnes berühmte Spinatbrownies«, sagte Hope lebhaft. Einer der Kellner musste fehlen. Nur dann servierte Hope. Normalerweise hätte Nate darüber Bescheid gewusst, aber heute hatte es zu viel anderes gegeben. »Sie sind lecker«, fügte sie hinzu, aber es hörte sich steif an, und sie ging auch nicht so wie sonst auf die Bewohner ein. Nate würde LeeAnne fragen, was los war.

Max öffnete den Mund und schloss ihn wieder. Er summte, dann schüttelte er den Kopf. Rich schrieb weiter. »Ich hätte gern eines«, sagte Briony und suchte sich ein Spargelhäppchen aus. Sie nahm einen winzigen Bissen, und Nate ertappte sich dabei, wie er auf ihren Mund starrte. Er musste sich zwingen, den Blick abzuwenden.

»Nate?« Hope hielt ihm das Tablett hin, und er nahm einen Spinatbrownie und legte ihn auf eine Serviette. Er hatte keinen Hunger, wollte aber nicht, dass LeeAnne erfuhr, dass er eine ihrer Spezialitäten abgelehnt hatte. Es würde vieler Komplimente bedürfen, um das wiedergutzumachen.

Er würde noch einmal versuchen, sie dazu zu bewegen, den Namen zu ändern. Etwas, das keine Schokolade beinhaltete, als Brownie zu bezeichnen war verkehrt, egal wie gut es schmeckte.

»Bist du sicher, dass du kein Spargelhäppchen möchtest, Max? Ich weiß, dass du Prosciutto magst.« Nate wollte immer mehr über die Leute wissen als nur die Namen.

Als Max nicht sofort antwortete, wandte Hope sich abrupt ab und ging davon, was beinahe schon unhöflich wirkte. Max starrte ihr nach. Nate erkannte den Ausdruck auf seinem Gesicht. Es war wahrscheinlich derselbe Ausdruck, mit dem er gerade Briony angesehen hatte.

Mac schlug auf Gibs Klingel. Der Mann blah-blahte etwas. Und Mac hörte ihn zur Tür kommen. Heute Abend war da kein Geruch nach Sardinchen. Er rief sich ins Gedächtnis, dass er ja nicht wegen der Sardinchen gekommen war. Er war hier, um das Geschenk abzuliefern, das er gerade gefunden hatte. Das sollte funktionieren.

Als Gib die Tür öffnete, ließ Mac das Riechende auf seinen Fuß fallen. Gib hob es hoch, rieb es zwischen den Fingern und hielt es an seine Nase. Wenn das Ding überhaupt verdiente, eine Nase genannt zu werden. Gib musste seinen Gesichtsklecks hineinpressen, um den Geruch zu finden, und der Geruch war stark.

Aber Mac konnte riechen, wie Gib fröhlicher wurde. Genau, wie Mac es vorhergesehen hatte.

»Bist du wieder entkommen? Böser kleiner Kater.« Gib sagte »böse«, so wie Jamie es tat, ohne es wirklich zu meinen. Nicht, dass es Mac unangenehm war, böse zu sein. Böse war lustig. »Nun, diesmal bringe ich dich zurück.« Er griff nach unten, als wollte er Mac nur streicheln. Aber Mac wusste es besser. Er wusste, dass er ihn einfangen wollte.

Er drehte sich um, trabte ein paar Schritte weg und blieb stehen. Er stellte den Schwanz steil auf, was, wie jedermann wusste, bedeutete: »Folge mir.« Zumindest diejenigen, die sich auskannten. Zu denen leider wahrscheinlich Menschen nicht gehörten. Mac ging ein paar Schritte weiter, sah sich um und miaute laut, dann lief er zum Gehsteig.

»Verdammt, Kater.« Gib kam heraus und schloss die Tür ab.

Mac bewegte sich langsam, lief vor dem Menschen her. Das Geschenk hatte ihn glücklich gemacht, und Mac wusste, wie er ihn noch glücklicher machen konnte. Er brachte ihn zum Ursprung des Geruchs.

»Da ist ja mein Junge.« Der Mensch mit Namen Peggy schnalzte mit der Zunge, und Mac nahm die Einladung an und sprang auf ihren Schoß. Sie fing sofort an, die richtige Stelle unter seinem Kinn zu kraulen. Hier war mal ein Mensch, der zumindest ein paar Dinge begriff.

»Ich muss ihn zu seinem Besitzer zurückbringen«, sagte Gib.

»Sie ist hier. Sie schaut sich gleich zusammen mit Nate den Film an. Also kann er erst einmal hierbleiben«, antwortete Peggy.

»Dann muss ich wohl auch hierbleiben. Ich möchte ihn im Auge behalten.« Gib setzte sich neben sie. »Er ist ganz schön durchtrieben.«

Jetzt, wo seine Leute sich anständig benahmen, konnte Mac ein bisschen spielen. Er stand auf und sprang von Peggys Schoß auf den Schoß des Mannes auf ihrer anderen Seite, der ihn nicht leiden konnte. Wer Mac nicht leiden konnte, bezahlte dafür. Mac langte mit einer Pfote nach oben und tätschelte das Gesicht des Mannes. Mac konnte riechen, wie sehr er es verabscheute, und so machte er es noch einmal.

»Gute Nacht, Schwester!«, blah-blahte der Mann. »Wer hat dich überhaupt eingeladen? Wenn ich wollte, dass sich jemand auf meinen Schoß setzt, dann hätte ich darum gebeten.« Er sah zu Peggy hinüber. »Vielleicht tue ich das noch.«

Macs Nasenflügel kitzelten. Gibs Geruch veränderte sich. Er roch jetzt wie Jamie, als Mac sich geweigert hatte, an der Leine zu gehen. Er hatte wahrscheinlich genauso gerochen. Er war alles andere als zufrieden mit ihr gewesen an diesem Tag.

Gib stand auf. »Sag Briony, wo der Kater ist. Ich gehe.«

Mac starrte ihn an, als er zur Tür ging. Was war verkehrt mit diesen Menschen? Mac hatte Gib genau dorthin geführt, wo er am glücklichsten war. Und was tat er? Er haute ab. Jetzt durfte Mac wieder ganz von vorn anfangen. Aber nicht heute Abend. Er brauchte dringend ein Schläfchen. Es war so anstrengend, Menschen beizubringen, wie sie sich benehmen sollten.

»Ich muss noch zu Archie und seiner Enkelin hinüber, bevor der Film anfängt«, sagte Nate zu Briony. Als sie vom Esszimmer in den Vorführraum gegangen waren, hatte er ihr schnell von Archies Unfall und Eliza erzählt.

Briony wollte zur moralischen Unterstützung dabei sein. »Ist es in Ordnung, wenn ich mitkomme? Oder ...«

»Das wäre schön. Ich möchte, dass es ungezwungen aussieht.« Nate ging voran. Archie hatte eine neue, schicke Fliege an. Und derselbe braun getigerte Kater, mit dem er im Kunstunterricht posiert hatte, saß auf seinem Schoß.

»Mac! Schon wieder?«, rief Briony. »Was soll ich nur mit dir machen?« Der Kater antwortete mit Schnurren.

»Er kann doch bleiben, bis der Film zu Ende ist, oder?«, fragte eine auffällige Frau mit einem dicken grauen Zopf, die neben Archie saß.

Briony hob die Hände. »Ich habe nicht die geringste Kontrolle über ihn. Er kann tun und lassen, was er will. Das heißt, er *wird* tun und lassen, was er will.« Mac schnurrte ein wenig lauter und hörte sich jetzt an wie ein Außenbordmotor.

Nate stellte alle einander vor, und Briony musterte Eliza, fragte sich, wie viel Ärger sie Nate wohl machen würde. Sie kleidete sich so, als wolle sie ihre Figur verstecken. Ihr Rock bedeckte die halbe Wade, und die geblümte Bluse war wahrscheinlich eine Nummer zu groß. Sie trug eine Perlenkette und dazu passende Ohrringe, hatte aber noch mehrere Ohrpiercings.

Briony beschloss, ein bisschen Small Talk zu machen. Um Nate zu helfen, alles zwanglos zu gestalten. »Hat das wehgetan? Das Piercing genau über dem Gehörgang?« Briony hatte nur ein Ohrloch in jedem Ohr, ganz schlicht.

»Das Tragus-Piercing?«, fragte Eliza und fuhr mit dem Finger an ihr linkes Ohr. »Eigentlich nicht. Der Knorpel ist dicker, deshalb braucht es mehr Kraft. Das hier war schlimmer.« Sie bewegte ihren Finger ein Stück weiter. »Aber vielleicht auch nur, weil der Piercer schlecht war. Falls Sie darüber nachdenken, sich eines stechen zu lassen, könnte ich ...«

Archie rutschte in seinem Rollstuhl herum und gab ein schmerzliches Grunzen von sich. Eliza drehte sich um, und was immer sie auch zu Briony sagen wollte, war vergessen. »Großvater?«

»Tut Ihnen der Knöchel weh, Archie?«, fragte Nate.

»Ist das nicht offensichtlich?« Eliza warf ihm einen verächtlichen Blick zu. »Ich wollte nicht, dass er herkommt. Er sollte zu Hause bleiben und das Bein hochlegen.«

»Ich *habe* mein Bein hochgelegt.« Archie gestikulierte in Richtung der Fußstütze des Rollstuhls. »Und es geht mir gut. Ich habe es nur ein bisschen gespürt, als ich mich bewegt habe.«

Eliza schüttelte den Kopf. »Das sagt er nur, weil er mich davon überzeugen will, dass es eine Kleinigkeit ist. Er wehrt sich mit Händen und Füßen dagegen auszuziehen. Er glaubt nicht, dass er sich durch das fehlerhafte Gerät die Hüfte hätte brechen können. Oder womöglich wäre noch Schlimmeres passiert.«

»Ausziehen? Das hast du doch hoffentlich nicht ernsthaft vor, oder?« Peggy drückte Archies Arm.

»Natürlich bleibe ich«, sagte Archie. »Hier ist es am schönsten. Eliza gibt wieder einmal die Zugeknöpfte.«

Er benutzte genauso häufig verrückten Slang wie Ruby und Riley bei ihren Cowboyspielen. Briony vermutete, dass die Ausdrücke aus der Zeit stammten, als Archie jünger war. Sie kannte keinen seiner Ausdrücke.

»Das freut mich zu hören«, sagte Nate. »Morgen früh schicke ich den Arzt hinüber, damit er nach Ihnen sieht.«

»Nein, danke. Ich habe bereits einen Termin für ihn bei einem Spezialisten.« Eliza rückte die Decke zurecht, die Archies

Beine bedeckte, und ließ ihre Hand dort liegen. »Sein Hausarzt hat mir eine Empfehlung gegeben.«

»Lassen Sie mich wissen, was dabei herauskommt. Und benachrichtigen Sie mich, wenn Sie irgendetwas brauchen, Archie«, sagte Nate. »Wir können jemanden schicken, der Sie zu den Mahlzeiten herüberfährt, wenn Eliza nicht da ist. Oder wir können Ihnen die Mahlzeiten hinüberschicken, wenn Ihnen das lieber ist.«

»Ich bringe Archie gern seine Mahlzeiten!«, rief eine Frau vom Sofa hinter ihnen, im selben Moment, als Regina von etwas weiter weg schrie: »Ich bringe sie ihm!«

»Es scheint, als hätte Ihr Großvater mehr Hilfe, als er benötigt«, sagte Briony zu Eliza. Eliza beachtete sie nicht. Die freundliche Frau, die ihr Ratschläge wegen eines Piercings gegeben hatte, war verschwunden. Jetzt, als Briony darüber nachdachte, kam es ihr komisch vor, dass sie so viele Piercings hatte. Elizas Kleidungsstil war so konservativ. Aber vielleicht nur, weil sie ihren Großvater besuchte. Wer weiß, was sie trug, wenn sie ausging, um Spaß zu haben.

»Du weißt, dass ich alles für dich tue, damit du wieder gesund wirst«, sagte Peggy.

Archie war eindeutig beliebt. Briony sah sich im Zimmer um. Das Verhältnis der Bewohner war ungefähr sieben Frauen auf einen Mann. Vielleicht trug das dazu bei, auch wenn Archie ein gut aussehender älterer Herr war. Er hatte umwerfend blaue Augen.

Die Lichter blinkten. »Der Film fängt gleich an. Wir müssen zu unseren Sitzplätzen«, sagte Nate. »Informieren Sie mich oder jemanden vom Personal, wenn Sie etwas brauchen, Arch.«

»Ich bin immer noch sehr besorgt wegen der Verhältnisse hier«, sagte Eliza zu Nate. »Wenn ich noch einmal um das

Wohlergehen meines Großvaters fürchten muss, werde ich ihn wirklich woanders unterbringen.«

»Jetzt hör doch mal auf, Liebling«, widersprach Archie. »Wir sprechen hier schließlich über *mein* Leben.«

Eliza legte die Hand auf sein Knie und drückte es. »Das ist das eine Mal, wo du dich meinem Willen beugen musst.«

Zumindest hörte es sich an, als wäre sie bereit, The Gardens noch eine Chance zu geben, auch wenn sie nicht glücklich damit war. In der Zwischenzeit würde Nate herausfinden, wer die Einrichtung sabotierte. Die Lichter blinkten wieder. »Genießen Sie den Film«, sagte Briony zu den anderen, dann fanden sie und Nate ein freies Zweiersofa am anderen Ende des Zimmers.

»Das haben wir für Sie beide freigehalten«, sagte Rich aus der Reihe hinter ihnen, wo er mit seinem Enkel saß. »Ein Sessel für die beiden Turteltauben. Da könnte man was draus machen.« Er fing an, vor sich hin zu murmeln, und die Lichter gingen aus.

Briony musste lächeln, als die Eröffnungsnummer begann. *Good Morning Baltimore* war so ein fröhliches Lied. Sie hatte *Hairspray* nicht gesehen, als es herauskam. Caleb fand Musicals albern, und er hatte wenig übrig für Albernheit. Doch obwohl der Film toll war, konnte sie sich nicht darauf konzentrieren. Nate lenkte sie ab. Dabei saß er bloß neben ihr, aber das genügte schon. Ihre Schenkel waren nur ein paar Zentimeter voneinander entfernt, und sie konnte seine Wärme spüren.

Und sein Geruch ... er benutzte kein Rasierwasser, aber der Duft nach Seife und ihm war besser als alles Künstliche. Er erfüllte sie mit jedem Atemzug, erinnerte sie wieder daran, wie sie mit ihm im Bett gelegen hatte. Sie vergaß den Film und durchlebte stattdessen noch einmal jeden Augenblick, jede Berührung. Es machte sie verrückt.

Wann konnte sie endlich wieder mit ihm zusammen sein? Wenn der Film zu Ende war, musste Nate noch wie lange bleiben und gesellig sein? Eine halbe Stunde? Eine Stunde? Würde er sie dann nach Hause bringen und bei ihr bleiben? Oder war letzte Nacht eine einmalige Sache gewesen? Es war so schwer, einfach nur dazusitzen. Sie bewegte sich ein wenig, und ihr Schenkel berührte seinen, obwohl sie das nicht geplant hatte. Wahrscheinlich nicht.

Nate beugte sich näher zu ihr. »Wie geht es deinem Fuß?«, flüsterte er. Sein Atem war warm auf ihrer Haut, brachte sie zum Kribbeln.

»Vielleicht solltest du ihn dir mal ansehen«, flüsterte sie zurück.

Er nahm ihre Hand, stand auf und zog sie durch eine Seitentür auf den Flur hinaus. Er musste genauso ungeduldig sein wie sie, denn sobald sie allein waren, drückte er sie mit seinem gesamten Körper gegen die Wand. Sie vergrub ihre Hände in seinen Haaren, zog seinen Kopf zu sich herunter und küsste ihn. Ihr Atem ging heftig und stoßweise. Aber das hatte nichts mit einer Panikattacke zu tun. Ganz im Gegenteil. Es war eine Lustattacke.

Briony gab sich dem Gefühl hin, das Nate in ihr hervorrief, dankbar dafür, dass die Wand sie stützte, weil ihre Knie sich nicht anfühlten, als könnten sie das übernehmen. Sie war wieder ganz warmer Honig.

»Wo hast du das her?«

Die Stimme war laut. Nate löste sich mit einem Ruck von ihr. Briony sah den Flur hinauf und hinunter, wobei sie schnell ihre Bluse zuknöpfte. Er war leer. Niemand hatte sie gesehen.

»Ich habe gefragt, wo du das herhast?« Die Stimme kam aus dem Vorführraum.

»Ich muss nachsehen, was da drin vor sich geht.« Nate machte seinen Gürtel zu und ging zur Tür.

»Reißverschluss!«, zischte Briony und glättete sich das Haar. Er zog ihn hoch. »Danke.« Er griff nach der Klinke.

»Lippenstift.« Sie lief zu ihm und wischte ihren Lippenstift von seinem Mundwinkel.

Er griff nach ihr und küsste sie hart und schnell. »Wieder Lippenstift?«, fragte er. Als sie den Kopf schüttelte, öffnete er die Tür. Die Lichter waren an. Briony war sich nicht sicher, wie lange sie draußen gewesen waren, aber der Film war zu Ende.

»Diese Kette gehört mir«, sagte Eliza zu Peggy. »Haben Sie die aus der Wohnung meines Großvaters gestohlen?«

Briony und Nate liefen zu der Gruppe, wo der Streit ausgebrochen war. »Warst du in seinem Haus?«, wollte eine kleine Frau mit rotem Haar wissen, die Peggy aus zusammengekniffenen Augen anfunkelte. Sie war es gewesen, die hinter Regina gesessen und angeboten hatte, Archie sein Essen zu bringen.

»Nein. Ich habe sie gefunden. In meinem Schlafzimmer«, antwortete Peggy.

»Ist Archie in deinem Schlafzimmer gewesen?«, rief Regina aus.

»Das geht dich gar nichts an«, gab Peggy zurück, wobei sie das silberne, glitzernde herzförmige Medaillon festhielt, das sie trug.

»Das bedeutet dann wohl ja«, murmelte Gib.

Peggy wandte sich ihm zu. »Ich dachte, du wärst gegangen.«

»Ich wollte nach dem Kater sehen. Es scheint, als wäre er wieder verschwunden«, merkte Gib an.

»Oh nein«, seufzte Briony. »Ich gebe mich geschlagen. Wahrscheinlich wartet er zu Hause auf mich.«

»Ich dachte, vielleicht hätte ein früherer Mieter den Anhänger vergessen. Die Putzfrau war gestern da. Ich bin davon ausgegangen, dass sie ihn gefunden hat, unter meiner Ankleide oder so«, sagte Peggy zu Eliza. »Ich kann mir nicht vorstellen, wie etwas von Ihnen in mein Haus gekommen sein soll, aber wenn Sie sagen, dass es Ihre ist, hier, bitte.« Sie zerrte sich die Kette über den Kopf, wobei der Verschluss ihre Lippe aufriss.

»Du blutest.« Gib zog ein Taschentuch aus seiner Tasche und wollte es an Peggys Mund halten, gab es ihr jedoch stattdessen.

Peggy starrte es an und berührte eine Rose, die in der Ecke eingestickt war. »Das ist meins. Wie bist du denn daran gekommen?«

»Der Kater hat es mir gebracht«, antwortete Gib.

»MacGyver?«, fragte Briony fassungslos. Was führte dieses verflixte Kätzchen im Schilde?

# Kapitel 11

Briony musste lachen, als sie mit Nate zusammen ins Haus zurückkam. Mac lag zusammengerollt mitten auf einem riesigen Kissen im Wohnzimmer, während Diogee auf einem kleinen Polster zusammengekauert lag, das eigentlich viel zu klein für ihn war.

»Sieh mal an, wer zurück ist«, sagte sie. Diogee sprang auf, lief zu ihnen und legte Nate beide Vorderpfoten auf die Brust. »Ich glaube, er bittet dich darum, ihn vor Mac zu schützen.«

»Ich weiß nicht, ob ich dir helfen kann, mein Freund«, sagte Nate zu dem großen Hund. »Mac ist zu durchtrieben für mich.« Mac öffnete einen Moment lang ein goldenes Auge, warf Nate einen Blick zu, schloss es wieder und schlief wieder ein.

»Willst du raus?« Briony öffnete die Tür weiter, und Diogee galoppierte hinaus in den eingezäunten Garten. Er pinkelte sofort an die Bäume und Büsche. Briony ließ die Tür offen. Warum sollte sie sie auch schließen? Mac entkam sowieso, wann immer er wollte.

»Möchtest du etwas zu trinken?«, fragte sie Nate. »Ich nehme noch ein Glas Wein.« Und danach gehen wir ins Bett, fügte sie im Stillen hinzu. Nach dem Vorfall im Flur gab es keinen Zweifel mehr, dass er sie genauso sehr wollte wie sie ihn.

Er streckte sich. »Gern.«

»War ein langer Tag für dich, oder?« Briony ging in die Küche und nahm eine Flasche Fumé Blanc aus dem Kühlschrank. Sie hatte den Wein am Nachmittag gekauft, in der Hoffnung, dass Nate wieder herkam. Dann hatte sie ein paar Stunden damit zugebracht, auszusuchen, was sie anziehen sollte – ohne jemanden um Rat zu fragen. Nate schien das kleine, niedliche, kurzärmlige Wickelkleid zu gefallen. Sie hatte es für ihre Flitterwochen gekauft, weil man es von beiden Seiten tragen konnte und sie wenig Gepäck mitnehmen wollte. Sie schob den Gedanken weg. Ihre Flitterwochen waren das Letzte, woran sie denken wollte, wenn sie mit Nate zusammen war.

»Lang, gut, schlecht, hart, merkwürdig«, sagte Nate und lehnte sich an die Anrichte. Als sie den Korkenzieher aus einer Schublade holte, nahm er ihn und öffnete die Flasche. Sie fand zwei Gläser, und er goss ein.

»Lang verstehe ich, weil ich weiß, um wie viel Uhr du zur Arbeit gegangen bist. Und schlecht wegen Archies Unfall. Aber was ist mit dem Rest?«

»Ich glaube, was gut war, weißt du auch.« Nate ließ seinen Blick über ihren Körper gleiten, und sie errötete.

Sie schluckte. »*Hairspray* gucken? Das ist wirklich ein Wohlfühlfilm.«

»Nein, nicht das.« Er stellte seinen Wein ab, nahm ihr Gesicht in die Hände und küsste sie, sanft und zärtlich. »Das hier.«

»Und meinst du damit auch das Harte?«, neckte sie ihn. So etwas hätte sie zu Caleb niemals gesagt. Er mochte nichts Anzügliches, nicht einmal andeutungsweise.

Nate lachte, gab ihr einen leichten Klaps auf den Po und küsste sie wieder, nicht ganz so sanft und zärtlich dieses Mal.

»Das andere Harte betrifft die Sache mit Archie«, sagte er, als er sich von ihr löste.

»Eliza ist ganz sicher unzufrieden. Aber er scheint dich nicht für den Unfall verantwortlich zu machen. Er will bleiben.«

»Er hat sich rasch eingewöhnt. Keine Probleme«, antwortete Nate. »Aber die Familie muss auch zufrieden sein. Das habe ich hier mit als Erstes gelernt.«

»Du überzeugst sie schon. Du hast eine Gabe«, versicherte ihm Briony.

»Dann haben wir also das Gute, das Schlechte und das Harte. Was ist mit dem Merkwürdigen?«

Nate nahm einen Schluck von seinem Wein, dann setzte er sich an den Tisch. Briony setzte sich neben ihn. »Das Merkwürdige hat mit meiner Mutter zu tun. Und das Schlechte auch ein bisschen, nehme ich an. Ich bin vor dem Familienabend hinübergegangen, um nach ihr zu sehen. Ich hatte dir doch erzählt, dass jemand vor ihrem Haus herumgelungert hat.« Briony nickte. »Sie war nicht einmal angezogen, was ihr gar nicht ähnlich sieht, und sie war unkonzentriert, fast schon teilnahmslos«, fuhr Nate fort. »Sie sagte, sie hätte das Rasierwasser meines Vaters im Haus gerochen, obwohl sie die einzige Flasche von dem Zeug in den Keller gebracht hat, als er abgehauen ist.«

Er fuhr sich mit der Hand durchs Haar. »Ich wusste das bis heute gar nicht. Ich dachte, sie hätte alles weggeworfen, ein paar Wochen nachdem er uns verlassen hat. Wir haben verzweifelt versucht herauszufinden, was mit ihm passiert ist, haben jeden angerufen, der uns einfiel, auch die Krankenhäuser. Es ist uns nie in den Sinn gekommen, dass er uns einfach so ... verlassen hat. Dann kam die Postkarte.«

»Die Postkarte?«, wiederholte Briony, weil es schien, als wäre er in seinen Erinnerungen gefangen.

»Ich habe sie nur ein Mal gelesen. Aber vergessen werde ich nie, was darauf stand«, antwortete er. »›Es geht mir gut. Ich musste weg. Es war erdrückend. Ich werde Geld schicken.‹ Was er auch getan hat. Nicht oft, nicht genug, um meine Mutter zu unterstützen, aber immerhin etwas. Als ich am Tag darauf nach Hause kam, war alles verschwunden, was ihm gehörte. Alles, auch die Postkarte. Sogar der Grill. Er hat gern gegrillt. Ich wusste nicht, dass sie überhaupt etwas behalten hat. Gestern hat sie mir erzählt, dass sie es nicht fertiggebracht hat, alles wegzuwerfen.«

»Du hattest noch gar keine Zeit, das alles zu verarbeiten, oder?«

Nate schüttelte den Kopf. »Ich glaube nicht. Ich musste direkt von ihr zum Familienabend. Es war wichtig, Normalität zu demonstrieren. Hinzugehen, mit allen zu sprechen und die Leute wegen Archies Unfall zu beruhigen, besonders weil es so bald nach der Sache mit der Lüftung passiert ist.«

»Du warst toll. Wunderbar. Es wirkt, als wärst du mit jedem, mit dem du gesprochen hast, befreundet. Du hast allen gezeigt, dass du dich für sie interessierst, dass sie dir wichtig sind. Du kennst sogar das Lieblingsessen von Richs Enkel.«

»Das ist Teil des Jobs«, sagte Nate.

»Nein. Das ist es nicht. Du hast es nicht nur aus Pflichtgefühl getan. Das konnte ich sehen. Eine Frau meinte, du würdest The Gardens zu einem Zuhause machen. Du, Nate.«

»Regina«, sagte Nate.

»Richtig, Regina. Und der Dichter, Rich. Der denkt genauso. Alle sind dieser Meinung. Und als ich dich neulich mit Lee-Anne und Hope gesehen habe, habe ich gemerkt, dass sie dich wirklich sehr mögen.«

»Du brauchst nicht ...«, fing Nate an. »Ich habe nicht um eine Aufmunterung gebeten.«

»Das ist keine Aufmunterung. Es sind nur meine Beobachtungen. Du solltest stolz auf dich sein und auf das, was du geschaffen hast.«

»Mein Großvater war es, der ...«

»Seit wie vielen Jahren hältst du die Einrichtung am Laufen?«, unterbrach sie ihn.

»Neun Jahre und vier Monate.« Er nannte ihr nicht die Anzahl der Tage, obwohl er sie wusste.

»Das hat nicht nur dein Großvater geschaffen, sondern auch du. Sei stolz darauf, Nate.«

»Das bin ich ja«, sagte er, obwohl er es noch nie als seine Leistung betrachtet hatte. Er hatte einfach getan, was getan werden musste. Er hatte alles so gemacht, wie sein Großvater es vermutlich getan hätte, und irgendwann genug Erfahrung gesammelt, um seine eigenen Entscheidungen zu treffen.

»Wie hat denn dein Vater sich angestellt, als er The Gardens gemanagt hat?«, fragte Briony.

Zwei Mal an einem Tag hatte er jetzt schon über seinen Vater gesprochen. Sehr merkwürdig. Nachdem die Postkarte eingetroffen war, schien es, als hätte es seinen Vater nie gegeben. Alle seine Sachen waren verschwunden, das hatte er zumindest geglaubt. Jedes Bild von ihm, aber vielleicht gab es ja noch ein oder zwei unten im Keller?

»Als mein Großvater dreiundsiebzig war, bekam er einen Schlaganfall. Völlig unerwartet. Er hatte noch nicht einmal darüber nachgedacht, in den Ruhestand zu gehen, und es hatte auch ausgesehen, als würde er das niemals tun. Er war so fit. Und dann wurde er, der die Einrichtung geleitet hatte, von einem Tag zum anderen zu einem Bewohner, der rund um die Uhr gepflegt werden musste.«

»Oh, Nate. Das tut mir so leid.« Ihre tiefblauen Augen waren voller Mitleid. Er sprach weiter, wollte jetzt alles loswerden. »Meinen Vater hat The Gardens nie wirklich interessiert. Das war auch in Ordnung. Schließlich will nicht jeder im Familienunternehmen arbeiten. Das verstehe ich. Er hätte einen Manager einstellen sollen, aber stattdessen hat er es selbst mehr schlecht als recht gemacht. Ich ging noch zur Schule, wusste aber schon mehr als er darüber, einfach weil ich meinen Großvater immer begleitet habe.«

»Du musst ihn sehr gemocht haben«, sagte Briony.

»Ja. Er hat viel Zeit mit mir verbracht, mit mir und mit Nathalie. Er war gerne Großvater. Vielleicht weil meine Großmutter ein paar Jahre nachdem wir geboren wurden, gestorben ist«, sagte Nate. »Mein Vater machte manchmal diese Bemerkungen, dass mein Großvater viel mehr taugte als er als Vater. Aber was wirklich dahintersteckte, habe ich von keinem der beiden je erfahren.«

»War deine Mutter sehr durcheinander, als du sie heute Abend gesehen hast?«

Nate dachte nach. »Nicht so, wie ich es erwartet hätte. Nachdem er weg war, wurde sie jedes Mal hysterisch, wenn ich versuchte, über ihn zu sprechen, deshalb habe ich es gelassen. Meistens haben wir einfach so getan, als hätte es ihn nie gegeben. Heute habe ich das erste Mal erlebt, dass sie traurig ist. Sie hat bei Filmen geweint, sogar bei der Werbung im Fernsehen. Manchmal hat sie sich über Kleinigkeiten aufgeregt, wie zum Beispiel über einen schlechten Haarschnitt. Vielleicht ging es bei all dem immer um meinen Vater, zumindest ein bisschen.«

»Hey, ein schlechter Haarschnitt ist schlimm für eine Frau«, neckte ihn Briony vorsichtig, dann fügte sie hinzu: »Meinst du, dass sie, weil sie das mit dem Rasierwasser erwähnt hat, wieder über ihn spricht?«

»Ich bin mir nicht sicher. Vielleicht wird alles wieder so, wie es war. Ich weiß es nicht.« Plötzlich war er todmüde. »Und deine Familie? Wie sind die so?« Er brauchte eine Pause von seinem eigenen Familiendrama.

»Meine Familie. Also, meine Familie, das sind nur ich und meine Eltern. Keine Geschwister«, antwortete Briony. »Wir, meine Eltern und ich, haben viel Zeit miteinander verbracht, als ich klein war. Viele Reisen: D.C., der Grand Canyon, Disneyland, sogar ein paarmal Europa.«

»Hört sich toll an.«

»War es auch«, erwiderte sie, doch er merkte, dass da noch mehr war.

»Aber?«, fragte er.

»Hmm. Es hört sich undankbar an, wenn ich mich beklage. Aber ich bin nie auf einer Pyjamaparty gewesen. Ich bin nie zu Halloween von Haus zu Haus gegangen. Nein, das stimmt nicht. Als ich noch klein war, bin ich mit ihnen zusammen gegangen, sie haben mich bis zur Haustür gebracht. Dann sind wir nach Hause gegangen, sie haben alle meine Süßigkeiten durchgesehen und mir dann jeden Tag ein bisschen was davon gegeben, bis alles weg war.«

»Ein bisschen jeden Tag? Meine habe ich immer aufgegessen, bevor die Woche zu Ende war.«

»Toll!«, sagte sie. »Als die anderen Kinder dann allein losgehen durften, wollten mich meine Eltern noch immer begleiten. Deshalb habe ich ihnen gesagt, dass es mich nicht mehr interessiert. Es war mir peinlich, in der Nachbarschaft herumzulaufen, und dass Mom und Dad auf mich warteten, als wäre ich ein Kleinkind.«

»Wie alt warst du?«, fragte Nate.

»Ich glaube, als ich zwölf war, habe ich einen letzten Versuch unternommen, sie davon zu überzeugen, dass mir nichts passieren würde, wenn ich mit ein paar Freunden und ohne Erwachsene loszog«, antwortete sie. »Aber sie wollten nicht.«

»Das ist übertrieben«, sagte Nate.

»Es ist idiotisch. Ich habe mich gefühlt wie …« Sie beendete den Satz nicht.

»Was?«

Sie seufzte. »Ich habe mich gefühlt, als stimmte etwas nicht mit mir. Als würden sie mich für unfähig halten. Für nicht so schlau wie die anderen Kinder.«

»Sie wollten dich doch nur beschützen.«

»Beschützen, bis ich mich hilflos fühlte.«

»Das war es also, was dich so geärgert hat, als ich dir mit deinem Fuß helfen wollte. Du hast gesagt, du wolltest nicht hilflos sein. Nur damit du es weißt, mir kommst du überhaupt nicht hilflos vor.«

Sie brach in Lachen aus. »Gut, dass du nicht in meinen Kopf gucken kannst!«

»Du bist hier. Im Urlaub, passt auf ein Haus und zwei Haustiere auf, ganz allein. Viele Leute würden das nicht tun. Viele Leute können nicht mal allein essen gehen. Meine Schwester zum Beispiel.«

Bevor Briony etwas erwidern konnte, kam der Hund hereingerast, viel zu schnell. Er versuchte, stehen zu bleiben, rutschte über den Flur und kam erst zum Stillstand, als er Nates Beine rammte. Er bellte einmal laut. »Er möchte immer einen Keks, wenn er hereinkommt.«

Als sie »Keks« sagte, wedelte der Hund so heftig mit dem Schwanz, dass er beinahe das Gleichgewicht verlor. Briony stand auf und öffnete den Keramikbehälter, auf dem »Füttere mich« stand. Sie nahm einen Keks heraus, aber noch bevor sie ihn ihm geben konnte, erschien Mac und gab ein lautes Jaulen von sich.

»Okay, okay, du zuerst.« Sie schraubte ein kleineres Glas auf und warf Mac ein Leckerli zu, bevor sie Diogee seinen Hundekeks gab. »Du hast vergessen, mir von dem merkwürdigen Teil deines Tages zu erzählen.«

»Was meinst du?«, fragte Nate.

»Na, Peggy trug doch Elizas Kette, und Gib hatte auf einmal Peggys Taschentuch.«

»Mac soll es ihm gebracht haben. Und vor Kurzem behauptete er, Mac hätte ihm einen sehr kleinen Slip gebracht.« Beide sahen sie den Kater an.

»Meine Cousine hat erwähnt, dass er klaut«, antwortete Briony. »Er soll so eine Art Verkuppler sein. Mac hat meine Cousine und ihren Mann David zusammengebracht. Er hat Sachen von David gestohlen und sie auf Jamies Türschwelle gelegt.«

»Wenn Mac Gib und Peggy zusammenbringen würde, würde Gib ihm eine ganze Dose Sardinen schenken«, antwortete Nate.

»Es wäre so romantisch, wenn sie nach all den Jahren zusammenfinden würden, weil er ja schon immer eine Schwäche für sie hatte.« Sie sah Mac an. »Ist das dein Plan, Katerchen?« Seine einzige Antwort war ein Schnipser mit dem Schwanz. »Er verrät nichts.«

Nate streckte die Arme nach Briony aus, umfasste ihre Taille und zog sie auf seinen Schoß. »Wir haben uns durch Mac kennengelernt. Meinst du, dass er bei uns auch den Verkuppler gespielt hat?«

Sie lächelte. »Ich bin sicher, dass er wusste, dass du mir in dem zerrissenen Kleid, mit dem wirren Haar und der verlaufenen Wimperntusche einfach nicht widerstehen könntest. Außerdem habe ich dich, glaube ich, auch noch angeschrien.«

»Das hast du. Aber am nächsten Tag ...«

»Am nächsten Tag habe ich mir geschworen, ruhig, entspannt und gefasst zu sein und dir zu zeigen, dass ich eigentlich nicht verrückt bin. Und es hat geklappt, denn du hast mich zu einem Drink eingeladen.«

»Und dann hast du dir in den Fuß geschnitten, damit ich dich versorgen musste.«

»Und dann hast du dich auf mich gestürzt.«

»Nein, du hast dich auf mich gestürzt. So.«

Und sie küssten sich. Noch einmal.

»Nate. Nate. Nate.«

Nate erwachte. Briony, nackt und warm, lag halb auf ihm und rief seinen Namen. Er grinste. »Kann ich was für dich tun?« Er streichelte ihren Rücken.

»Da könnte mir so einiges einfallen. Aber ich bin aufgewacht, weil dein Handy geklingelt hat.«

Nate murmelte einen Fluch. »Was für ein Lied? Welcher Klingelton?«

»Das Eee-ee-eee aus *Psycho*.«

Er fluchte noch einmal, suchte auf dem Boden nach seiner Hose und fischte sein Handy aus der Tasche. »Meine Schwester«, erklärte er Briony und tippte auf seine Sprachnachrichten. Er machte sich nicht die Mühe, sich alles anzuhören. »Sie hat einen Zusammenbruch. Mal wieder. Ein Kerl hat per SMS mit ihr Schluss gemacht. Mal wieder. Ich muss zu ihr. Wenn nicht, muss Lyla sich das alles anhören, und sie ist erst zehn. Das muss nicht sein.«

Briony setzte sich auf. »Soll ich mitkommen? Ich könnte bei den Kindern bleiben.«

Die Versuchung war groß. Aber Nathalie wäre sauer, wenn er sie mitbrächte, und sie war bereits übler Laune. »Wie wäre es stattdessen hiermit: Das letzte Mal, als wir essen gehen wollten, haben wir es nicht einmal bis zur Vorspeise geschafft. Du hast nicht einmal deinen Avocadotoast bekommen. Wie wär's, wenn ich dich heute Abend ausführe?«

»Das fände ich ganz fantastisch.«

Er lächelte über ihre Begeisterung und küsste sie schnell. Wenn er sie länger küsste, würde er nie aus dem Bett kommen.

Sie griff nach seinem Handgelenk, als er sich aufrichtete. »Ich muss immer wieder daran denken, dass ich nur noch für ein paar Wochen hier bin.«

Er sah ihr in die Augen. »Ich auch.«

»Es ist reichlich schnell gegangen«, sagte Briony.

»Zu schnell?«

Sie schüttelte den Kopf. »Nur unerwartet schnell. Und es ist schön.«

»Sehr schön.«

»Und heute Abend wird es noch schöner.«

»So viel, wie du vertragen kannst, bevor du abfährst«, sagte Nate. Er zog sich eilig an. Er wollte die Sache mit Nathalie regeln, nach seiner Mutter sehen, Archie besuchen, eine Inspektion des Grundstücks und aller Gemeinschaftsgebäude durchführen und dann zurückkommen. »Ich rufe dich an.«

»Und ich gehe dran.«

Er erlaubte sich noch einen letzten hastigen Kuss, holte seinen Wagen und fuhr zu Nathalie. Er hielt kurz und kaufte Donuts und war ungefähr zehn Minuten später bei seiner Schwester. Sie hatte in der Nähe wohnen wollen. Als er in die Einfahrt einbog, sah er Lyle und Lyla auf der Terrasse sitzen, wahrscheinlich weil sie ihre Mutter nicht weinen hören wollten. Er würde mit ihnen etwas Tolles unternehmen. Vielleicht, solange Briony noch hier war. Sie konnte gut mit ihnen umgehen, und er hatte gemerkt, dass sie sie mochten.

»Donuts!«, rief Lyle aus, als er die weiß-grüne Schachtel sah, die Nate in der Hand hatte. Er rannte zu ihm, nahm die Schachtel und machte sie auf.

Lyla kam langsam zu ihm, ließ sich nicht so leicht aufheitern wie ihr Bruder. »Gibt es welche mit Zuckerstreuseln?«, fragte sie.

»Wirst du mir jemals wieder vertrauen? Es ist jetzt zwei Jahre her, dass ich dir Erdbeerdonuts statt Donuts mit Zuckerstreuseln mitgebracht habe.«

Lyla lächelte ihn an. »Vielleicht nächstes Jahr.«

»Die zwei mit Schokolade sind für eure Mom«, sagte er, als

Lyle und Lyla sich auf die Donuts stürzten. »Den Rest könnt ihr haben.«

»Und du willst keine?«, fragte Lyle, die sich einen Donut mit Oreokeksen und Sahne in den Mund gestopft hatte. Er hatte nie eine Lieblingssorte gehabt.

»Ich bin schlau. Ich habe meinen schon im Auto gegessen. Ich wollte nicht, dass mir jemand meinen Ahornsirup-Donut wegisst.«

Lyla gab ihm eine Serviette mit den beiden Donuts für ihre Mutter, und Nate ging ohne anzuklopfen ins Haus. Nathalie würde sich nicht bis zur Tür schleppen.

»Wo warst du so lange?«, wollte sie vom Sofa aus wissen, wo sie ausgestreckt lag, noch in den Kleidern vom Abend zuvor. Es sei denn, sie hatte angefangen, tagsüber Schlafanzüge zu tragen. Ein halb leeres Weinglas stand auf dem Sofatisch. Er hoffte nur, dass es ebenfalls vom vergangenen Abend stammte. Wahrscheinlich schon. Nathalie mochte vielleicht nicht die beste Mutter sein, aber sie zog Grenzen.

»Es hat nicht lange gedauert. Aber vielleicht hätte ich nicht noch Donuts kaufen sollen.«

»Schokolade?«

Er schob ihre Beine vom Sofa und setzte sich, dann gab er ihr die Donuts. »Vielleicht solltest du Mom noch eine Chance geben, dich zu unterstützen, wenn du in einer Beziehungskrise steckst. Das ist eine Angelegenheit zwischen Mutter und Tochter, keine zwischen Bruder und Schwester.«

Nathalie hob die Augenbrauen, dann zuckte sie zusammen. »Ich habe dir schon einmal gesagt, dass es nicht funktionieren würde. Ich musste so tun, als hätte ich in der Schule niemals einen Freund gehabt. Als ich ihr ein Mal die Wahrheit gesagt habe, hat sie mir ständig prophezeit, dass mir das Herz gebrochen würde. Was stimmt.« Nathalie setzte sich auf und griff nach dem Glas. »Es ist Morgen, oder?« Sie zog die Hand zurück.

»Klingeling, Sie gewinnen ein nagelneues Auto.« Nathalie schüttelte den Kopf und zuckte wieder zusammen. »Es wäre nett, wenn du vorher auf die Uhr sehen würdest, bevor du mich anrufst«, fügte er hinzu.

»Es war ein Notfall.«

»Es war kein Notfall. Es kommt ständig vor. Erst letzte Woche hat jemand mit dir per SMS Schluss gemacht.«

Tränen stiegen seiner Schwester in die Augen. Nate war harsch gewesen. Er hoffte, dass er nicht einen Weinkrampf auslöste. Bevor er gekommen war, hatte sie eindeutig schon einen gehabt. »Das hätte ich nicht sagen sollen. Ich meine nur ...« Er versuchte, seine Worte vorsichtig zu wählen. »Vielleicht stimmt etwas mit der Kommunikation zwischen dir und den Männern, mit denen du ausgehst, nicht. Vielleicht glaubst du im Gegensatz zu ihnen, dass eure Beziehung schon weiter fortgeschritten ist.« Was er wirklich sagen wollte, war, dass sie möglicherweise zwei Dates noch nicht als Beziehung betrachteten, aber er hatte genug Erfahrung und sprach es nicht aus. »Vielleicht glauben sie nicht einmal, dass sie Schluss machen, sondern haben nur beschlossen, schön, dich kennenzulernen, aber sie wollen nicht ...« Es gab keine Möglichkeit, sie zu verschonen. »Sie wollen sich eben im Moment auf nichts Längeres einlassen.«

»Du meinst, sie haben bekommen, was sie wollten, und haben jetzt keine weitere Verwendung mehr für mich.«

So etwas brauchte die zehnjährige Lyla nicht zu hören. »Was ich meine, ist, dass du vielleicht wählerischer sein solltest.«

»Wenigstens gehe ich aus. Ich versuche es. Im Gegensatz zu dir.«

Nate widersprach nicht. Er würde Nathalie nicht von Briony erzählen. Dann würde sie sich nur noch schlechter fühlen.

»Du hast solche Angst, verletzt zu werden, dass du dir nicht einmal gestattest, Zuneigung für jemanden zu empfinden.«

Für Briony empfand er Zuneigung. Er musste an das denken, worüber sie am Morgen gesprochen hatten. Sie würde bald wieder abreisen. Sie verbrachten einfach eine schöne Zeit zusammen. Aber womöglich blieben sie weiter in Kontakt. Sie konnten sich ja irgendwann bei ihr in Wisconsin treffen.

Er hatte seit langer Zeit niemanden kennengelernt, für den er solche Gefühle entwickelt hatte. Vielleicht sollte er sie nicht gehen lassen.

Mac nahm einen tiefen Atemzug und erfreute sich am Geruch von Brionys Glück. Glück, das er für sie gefunden hatte. Wenn jeder sich benehmen und seiner Pfote gehorchen würde, dann würden sich alle so gut fühlen wie Briony und Nate. Oder Jamie und David.

Jetzt wäre genau der richtige Zeitpunkt, um das mit einem Schläfchen zu feiern, auf dem Fleck, wo die Morgensonne auf Jamies Kissen fiel, nur leider brauchten die anderen Menschen, für die er verantwortlich war, noch Hilfe. Mac schnaubte entnervt. Sein Schläfchen würde warten müssen, bis er alle seine Aufgaben erledigt hatte. Es wäre wirklich hilfreich, wenn die Menschen ein wenig intelligenter wären, aber schließlich konnten sie nichts dafür, dass sie keine Katzen waren.

# Kapitel 12

Briony betrachtete sich in dem großen Spiegel an der Innenseite der Badezimmertür. Sie drehte sich von einer Seite zur anderen, sodass ihr kurzer Rock ihre Beine umspielte. Sie hatte beschlossen, das Haar heute offen zu tragen, und es wippte um ihre Schultern. Sie drehte sich einmal um sich selbst und lachte sich an. Sie war aufgedreht wie ein Schulmädchen, das mit ihrem Schwarm ein erstes Date hatte. Nate würde in weniger als einer halben Stunde hier sein.

Du solltest dich nicht so freuen, flüsterte ihr eine leise Stimme zu. Sie hörte nicht hin oder versuchte es zumindest. Wenn sie unglücklich war, würde das Caleb, ihre Eltern oder seine Eltern oder sonst irgendjemanden nicht glücklicher machen. Und sie war nur noch zwei Wochen und zwei Tage in Kalifornien, bevor sie wieder nach Hause und versuchen musste, ihr Leben wieder auf die Reihe zu bekommen. Für diese kurze Zeit, hier an diesem schönen Ort, mit ihm, wollte sie jedes bisschen Genuss in sich aufsaugen. So etwas passierte einem schließlich nicht alle Tage.

Sie würde Vi eine kurze E-Mail schreiben. Ihre Freundin hatte ihr ein paarmal geschrieben, und sie schuldete ihr eine Antwort, wollte aber kein Gespräch mit ihr führen. Dann kämen nur Fragen, und Fragen und Antworten konnten warten, bis sie zurück war.

Vi! Hallo! Tut mir leid, dass ich dir nicht schon vor ein paar Tagen zurückgeschrieben habe. Ich habe ...

Sie hatte was? Mit einem beinahe Fremden heißen Sex gehabt, auch wenn Nate sich nicht fremd anfühlte. Nein. Vielleicht würde sie Vi irgendwann von ihrem Abenteuer in Kalifornien erzählen ...

Affäre. Das schien nicht das richtige Wort zu sein. Aber so war es. Eine Affäre war kurz und heftig. Nur dass es mit Nate außerdem noch zärtlich und lustig und mehr als nur Sex war. Sie hatte die Senioren kennengelernt, die ihm so wichtig waren. Sie hatte seine Nichte und seinen Neffen getroffen.

Aber auch wenn es nicht nur heftig gewesen war – auch wenn das Heftige erstaunlich war –, so war es doch von kurzer Dauer. Es würde immer noch bald vorbei sein. Und wenn es vorbei war, würde sie wahrscheinlich Vi davon erzählen, aber nicht jetzt, nicht solange sie noch mittendrin war. Sie wollte ihre Zeit mit Nate in einer strahlenden Blase aus Glück bewahren, nur sie beide.

Okay, also ...

Ich habe meine Zeit hier genutzt, um nachzudenken. Und bin dem Kater meiner Cousine hinterhergelaufen, der es auch schaffen würde, aus Alcatraz zu entkommen. Wenn Alcatraz noch ein Gefängnis wäre.
Ich habe Nachrichten von Savannah und Penelope bekommen (und von vielen anderen). Sag ihnen bitte (und allen anderen, die fragen), dass es mir gut geht. Wenn ich nach Hause komme, lade ich euch alle auf ein paar Drinks ein und werde erklären ...
Hab dich lieb!
Briony.

Das war zwar nicht toll, musste aber reichen. Sie sollte wahrscheinlich auch an ihre Eltern schreiben. Die ...

Skype piepte sie an. Sie hatte einen Anruf von ihren Eltern. So als hätte sie sie heraufbeschworen, indem sie an sie gedacht hatte. Briony drückte auf »Videoanruf«, und das Gesicht ihres Vaters füllte den Bildschirm aus. So aus der Nähe konnte sie jede Falte in seinem Gesicht sehen. Er sah müde aus und besorgt, und sie war sich sicher, dass sie der Grund dafür war. Ihr Magen zog sich zusammen.

»Hallo, Dad!« Sie lächelte, war froh, dass sie ihr Ausgeh-Make-up trug. Vielleicht würde es ihn beruhigen, dass sie keine rote Augen hatte und nicht bleicher als gewöhnlich aussah. Allerdings könnte sie ihm oder ihrer Mutter niemals erzählen, warum sie sich so gut fühlte. Sie würden nie verstehen, dass sie mit jemandem schlief, nachdem sie erst vor Kurzem einen anderen hatte heiraten wollen. Es fiel ihr ja selbst schwer, es zu verstehen, aber es fühlte sich so gut an, so richtig, dass sie es nicht weiter analysieren wollte. »Wo ist Mom?« Ihre Eltern riefen sie fast immer gemeinsam an.

»Im Supermarkt. Sicher ruft sie dich später noch an, aber ich wollte wissen, wie es dir geht. Hast du einen Termin für den CAT-Scan gemacht? Deine Mutter meint, das wäre sehr wichtig.«

»Es geht mir gut, Dad. Wirklich. Es war eine Panikattacke, wie Dr. Shah gesagt hat.« Beinahe hätte sie ihn gefragt, ob das in Ordnung war. Sie brauchte keine Erlaubnis mehr. Warum hatte sie immer noch so häufig das Gefühl, als müsse sie um Erlaubnis bitten?

»Letztes Mal hast du gesagt, du hättest Caleb seinen Ring zurückgeschickt.«

»Ja.« Sie zögerte und sprach dann weiter. »Dad, ich weiß, für dich und Mom ist das alles schwer zu verstehen. Und ehrlich gesagt geht es mir genauso. Ich habe wirklich geglaubt, dass ich Caleb heiraten wollte.« Außer auf ihrem Junggesellinnenabschied, auf dem sie alle gefragt hatte, ob sie es nun tun sollte oder nicht. »Aber im letzten Augenblick war es, als wollte mir mein Körper sagen, dass ich es nicht tun soll.« Das war in Wirklichkeit Rubys Erklärung, nicht ihre eigene, aber es klang richtig.

Ihr Vater fuhr sich mit den Fingern über die Tränensäcke unter seinen Augen.

»Vielleicht haben deine Mutter und ich dich zu sehr gedrängt. Es sprach so viel für Caleb – guter Job und das alles. Und er hat dich so vergöttert. Wir dachten, er wäre jemand, der gut für dich sorgen würde.«

»Und das hätte er auch getan.« Sie war sich völlig sicher. Sich um Menschen zu kümmern, lag in Calebs Natur. Wenn ein Freund etwas brauchte, war Caleb da. Wenn ein Fremder etwas brauchte, war Caleb da. Wenn sie etwas brauchte, war er immer da gewesen. »Das hätte er. Aber vielleicht ist das nicht das Wichtigste. Ich bin siebenundzwanzig. Ich sollte für mich selbst sorgen können. Warum denkt ihr immer noch, ich könnte das nicht?« Ihre Stimme klang schrill, so emotionsgeladen, dass es sie selbst überraschte.

»Doch, wir glauben, dass du das kannst«, versicherte ihr Vater. »Natürlich. Wir wissen, wie klug du bist. Du hast immer die besten Noten gehabt.«

»Aber ihr habt mir nicht zugetraut, mit dem Fahrrad mit Freunden in den Park zu fahren. Ihr habt mich überredet, zu Hause wohnen zu bleiben, als ich auf die Uni ging. Ich schwöre, Mom hat meinen armen Ritter noch für mich in Stückchen geschnitten, als ich elf Jahre war«, brach es aus Briony heraus, Gefühle, die sie ihre ganze Kindheit über in sich verschlossen hatte. »Warum habt ihr mich immer für vollkommen unfähig gehalten? Mir nichts zugetraut? Ich habe mich immer gefühlt, als wäre etwas ganz schrecklich verkehrt mit mir.«

»Oh, mein Liebling, nein! Nein.« Er klang entsetzt. »Wir wollten dich beschützen, das ist alles. Nicht weil wir dachten, es fehlte dir an Fähigkeiten. Einfach nur, weil so viele furchtbare Dinge passieren, an denen niemand schuld ist.«

»Es tut mir leid. Ich hätte das nicht sagen sollen.«

»Doch, das musstest du. Ich möchte wissen, was du fühlst, was du denkst. Du bist meine Tochter. Ich will nicht behandelt werden wie ein Bekannter, mit dem du höflich umgehst. Ich wünschte, du hättest es mir früher gesagt.«

»Ehrlich gesagt glaube ich, ich wusste es nicht früher«, gab Briony zu. »Was auf der Hochzeit geschehen ist, die Panikattacke, hat mich dazu gebracht, über vieles nachzudenken, unter anderem auch darüber, wie schwer es mir fällt, Entscheidungen zu treffen. Ich konnte mich kaum anziehen, ohne jemanden um Rat zu fragen.« Sie senkte den Kopf und seufzte, dann wandte sie ihren Blick wieder dem Bildschirm zu. »Ich glaube, deshalb war es so leicht, mich davon zu überzeugen, dass ich Caleb heiraten sollte. Er war so gut darin, mir zu helfen, Entscheidungen zu treffen, die ich allein hätte treffen sollen.«

Mac sprang auf ihren Schoß, und sie streichelte sein warmes, weiches Fell. »Ich wünschte, ich hätte das alles früher begriffen. Ich wünschte, ich hätte ihn nicht verletzt. Und dich und Mom. Und ...«

Ihr Vater schnitt ihr das Wort ab. »Mach dir um uns keine Sorgen.« Er blickte über seine Schulter und wandte sich wieder Briony zu. »Deine Mutter hatte drei Fehlgeburten, bevor wir dich bekommen haben.«

»Was?«, rief Briony aus.

»Es war niederschmetternd. Für uns beide, aber für sie war es am schlimmsten. Wir waren so froh und so erleichtert, als du geboren wurdest. Ich nehme an, wir sind zu weit gegangen, aber wir wollten unter allen Umständen verhindern, dass dir irgendetwas passierte. Aber trotzdem hast du gelitten. Ich hätte nie gedacht, dass du dich unzulänglich fühlen könntest oder …« Er blinzelte mehrfach, und Briony bemerkte, dass er Tränen in den Augen hatte.

»Oh, Dad. Nein. Ihr wart großartige Eltern. Wir sind an so viele tolle Orte gefahren. Wir hatten so viel Spaß.« Mac rieb seine Wange an ihrem Kinn. »Das ist Jamies Kater«, fügte Briony hinzu, weil sie das Thema wechseln wollte. »Er ist niedlich, oder?«

Ihr Vater ignorierte die Frage. »Es freut mich, dass du ein paar gute Erinnerungen hast. Es tut mir nur leid, dass ich nicht gemerkt habe, wie es dich damals beeinflusst hat.«

»Hey, ich habe Caleb am Altar stehen gelassen.« Briony versuchte vergebens, ihre Stimme aufgeräumt klingen zu lassen. »Ich habe eine Entscheidung getroffen. Ich habe mir selbst vertraut. Na ja, das stimmt so nicht ganz. Im Grunde hat mein Körper eine Entscheidung getroffen, und ich musste mitmachen. Aber mein Körper gehört zu mir, also stimmt es irgendwie doch. Und jetzt, hier, entscheide ich plötzlich eine Menge Dinge.«

»Bri, es gibt einen Grund, warum ich anrufe. Ich …«

Die Türklingel unterbrach ihn. »Dad, da ist ein Freund an der Tür. Können wir später weiterreden?«

»Es ist …«

Sie ließ ihn nicht ausreden. »Ich rufe dich zurück. Versprochen.« Sie beugte sich näher zum Bildschirm und küsste ihn. »Ich habe dich lieb, Dad. Lass uns öfter so miteinander sprechen.«

Sie klappte den Computer zu und hüpfte beinahe zur Tür. Als sie die Tür öffnete, nahm Nate sie in die Arme, beugte sie hintenüber und küsste sie, bis ihr der Atem verging. Als er sie wieder aufrichtete, sagte sie zu ihm: »Das hat noch nie jemand mit mir gemacht.«

Also tat er es noch einmal.

Wussten diese Menschen überhaupt, was er für sie getan hatte? Nein. Wenn sie es wüssten, würden sie ihm Sardinen zu fressen geben und Truthahn und Eiscreme. Sie würden ihm ein Mäuslein geben und es stündlich mit frischer Katzenminze füllen. Sie würden Diogee nach draußen verbannen. Sie würden ihm endlich einmal zeigen, wie sehr sie ihn zu schätzen wussten.

Aber er konnte es ihnen nicht übel nehmen. Sie verfügten einfach nicht über die Intelligenz, um die Verbindung zwischen ihrem Glück und Mac herzustellen. Sie wussten nicht, wie viel sie ihm schuldeten. Er stand auf, streckte sich und machte einen Katzenbuckel. Zeit zu gehen und ein paar anderen undankbaren Menschen zu helfen. Er trabte in die Küche und sprang auf die Anrichte neben die Dose mit Diogees Keksen. Als der Hund ihm den Schubs hoch ans Fenster gegeben hatte, schlüpfte er hinaus, brachte den Gestank in Ordnung, den Diogee hinterlassen hatte, und lief dann zu The Gardens.

Bevor er an Gibs Haus ankam, erregte ein Geruch seine Aufmerksamkeit. Nate. Er schnupperte noch einmal. Nein. Nicht Nate, aber ein Mensch, der teilweise so roch wie er. Er folgte der Geruchsspur und fand einen Mann, mit diesem Geruch, der ihn an Nate erinnerte, obwohl der Geruch von etwas Fruchtigem überdeckt wurde. Es roch wie das, was David zum Frühstück trank. Der Mann stand hinter einem Baum, schmiegte seinen Körper an den Stamm. Mac rechnete damit, dass er gleich hinaufkletterte, aber das tat er nicht. Er starrte nur.

Mac versuchte herauszufinden, wonach der Mann Ausschau hielt. Nach einem Vogel? Einem Eichhörnchen? Nein, es schien, als spähte er zu einer Frau hinüber, die hinter einem Fenster stand. Er sah sie an, als wäre sie seine Beute. Mac hatte eine Menge zu tun, aber er beschloss, dazubleiben und den Mann zu beobachten. Niemand sonst würde sich darum kümmern, also musste er es tun. Mission angenommen.

»Hat es sich gelohnt zu warten?«, fragte Nate, nachdem Briony ihren ersten Bissen Avocadotoast im Restaurant Mama Shelter gegessen hatte.

»Mm. Ja. Möchtest du probieren?« Sie hielt ihm den Toast hin.

Er schüttelte den Kopf. »Ich bin einer der wenigen Kalifornier, die keine Avocados mögen.«

»Aber sie sind so cremig. Und so grün«, sagte Briony. Sie nahm noch einen Bissen.

»Was hast du den ganzen Tag gemacht?«, fragte er.

»Ich bin lange im Bett geblieben. Und habe an dich gedacht.«

Bei ihrer Antwort wurde ihm heiß. Er konnte sie vor sich sehen, in den zerwühlten Laken. »Was für Gedanken?«

»Ich wünschte, Nate wäre hier ...« Ihre dunkelblauen Augen schlossen sich halb, wirkten verträumt, dann grinste sie ihn schelmisch an. »Damit er mir einen Kaffee macht.«

»Autsch, jetzt bin ich gekränkt. Du hast mich gekränkt.«

»Oh, das tut mir leid. Ich kann dir nicht sagen, was ich tatsächlich gedacht habe, nicht in der Öffentlichkeit. Aber später sage ich es dir«, versprach sie.

Noch so eine Hitzewallung. »Hast du noch etwas anderes geschafft, als den ganzen Tag herumzuliegen und von all den Dingen zu träumen, die ich mit dir machen werde?«

»Also, ich habe mit meinem Vater gesprochen.«

Okay, das war, als hätte ihm jemand kaltes Wasser ins Gesicht gespritzt. »Gutes Gespräch?«, fragte Nate.

»Gut, aber unangenehm. Ich habe endlich mit ihm darüber gesprochen, wie überbesorgt er und meine Mutter waren, als ich ein Kind war, und dass mich das dazu gebracht hat, mich unzulänglich zu fühlen. Ich habe ihm sogar gesagt, dass ich das Gefühl hatte, sie müssten mich so beschützen, weil etwas mit mir nicht stimmte und ich deshalb nichts allein bewerkstelligen konnte.«

»Ich bin mir sicher, das hatte nichts mit dir zu tun.«

»Jetzt sehe ich das auch so. Aber damals … es ist ja nicht so, als hätte ich darüber bewusst nachgedacht. Ich habe es einfach so empfunden.«

»Du weißt, dass Briony eine Pflanze ist, oder? Eine besonders starke Kletterpflanze. Sie haben dir einen schönen Namen gegeben, einen starken Namen«, fügte Nate hinzu.

»Das wusste ich tatsächlich nicht. Danke.« Sie lächelte. »Es war unglaublich, endlich mit meinem Vater darüber zu sprechen. Als würde ich eine Bleischürze abnehmen. Ich fühle mich so leicht, als könnte ich einfach davonschweben.«

Er legte seine Hand auf ihre. »Tu das nicht. Zumindest noch nicht.«

»Noch nicht«, stimmte sie zu. »Ich bin noch nicht bereit dafür.«

Er fragte sich, ob er erwähnen sollte, dass sie in Verbindung bleiben könnten, wenn sie wieder in Wisconsin war, und er sie vielleicht sogar besuchen würde. Nein, er würde damit noch etwas warten. Sie hatten noch Zeit.

»Was ist mit dir? Wie ging es deiner Schwester?«

»Meine Schwester war am Boden zerstört. Aber Nathalie ist fast immer am Boden zerstört, wenn es um einen Mann geht. Ich habe ihr gesagt, dass sie wählerischer sein muss. Sie sucht sich immer Männer aus, die ihr deutlich signalisieren, dass sie nicht für sie da sein wollen. Einer zum Beispiel hat ihr von vornherein gesagt, dass er keine Kinder will. Und dann ist sie entsetzt, wenn einer sie sitzen lässt.«

»Sie sucht sich die falschen Männer aus, und sie verlassen sie immer wieder. So wie dein Vater deine Mutter verlassen hat. Vielleicht glaubt sie, Beziehungen müssten so sein.« Briony schüttelte den Kopf. »Entschuldige, das war zu viel Psychogerede. Wie hat sie reagiert?«

»Sie ist wütend geworden. Das ist typisch. Aber wenn es ihr hilft, Luft abzulassen, ist das okay.« Er nahm einen Hähnchenflügel und tauchte ihn in die koreanische Barbecuesoße. Das war seine Art Vorspeise.

»Was mit Eliza? Gibt es irgendetwas Neues?« Sie stahl ihm einen Hähnchenflügel. »Wir sind nicht mal einen ganzen Tag getrennt gewesen, und ich habe schon so viele Fragen.«

»Es scheint, als wäre im Moment alles in Ordnung. Archie war heute Nachmittag beim Bingo. Es gab keine neuen Vorfälle oder Ähnliches. Aber ich muss herausfinden, was los ist.«

»Das wirst du.« Sie schien absolut sicher zu sein.

»Oh, und ich habe noch ein Angebot für das Seniorenheim bekommen. Irgendjemand will das Grundstück haben, um Apartments zu bauen oder so etwas. Diese Maklerfirma lässt nicht locker, obwohl ich schon so oft abgelehnt habe.«

»Gerätst du nicht mal in Versuchung?«

»Nein. Das kommt nicht infrage. Zu verkaufen würde bedeuten, eine Familie auseinanderzureißen. Das sind die Bewohner füreinander. Sie mögen sich vielleicht nicht immer, aber wenn einer von ihnen etwas braucht, sind sie alle da«, antwortete Nate.

»Was, wenn die Menschen keine Rolle spielten?«

Er war überrascht. Er hatte gedacht, sie wüsste, wie besonders The Gardens war. »Das kann man nicht so trennen.«

Sie nickte. »Du hast recht. Ich habe mich das wahrscheinlich nur gefragt, weil du ja praktisch gezwungen wurdest, die Einrichtung zu übernehmen. Hättest du es denn für dich gewollt? Oder hattest du andere Träume?«

»Als ich klein war, hatte ich die üblichen Träume, die Kinder eben so haben. Wrestler, davon habe ich dir schon erzählt. Außerdem wollte ich Astronaut werden. Feuerwehrmann. Förster«, antwortete er.

»Förster. Das kann ich verstehen. Du liebst Pflanzen. Ein Wald, das sind eine Menge Pflanzen auf einem Haufen.« Sie lächelte. »Findest du es nicht toll, wie wissenschaftlich ich mich ausgedrückt habe?«

»Ich glaube nicht, dass wir schon mal über Pflanzen gesprochen haben.«

»Ein wenig. Du hast mir erzählt, dass du die Pflanzen in die Eingangshalle gestellt hast. Und an dem Tag, als wir im Gemeinschaftszentrum in der Küche saßen, hast du die Pflanze nach … etwas abgesucht. Ich habe deine Hände gesehen. Wow. Ich glaube, seit dem Augenblick wollte ich, dass diese Hände mich berühren.«

Bevor er antworten konnte, kam der Kellner mit ihren Hauptspeisen an den Tisch. Verdammt. »Wie hungrig bist du?«, fragte er.

Sie stand auf und hielt ihm die Hand hin. »Sehr, sehr hungrig. Am Verhungern.«

Er nahm sein Portemonnaie heraus und warf Bargeld für das Essen und ein großes Trinkgeld auf den Tisch, dann nahm er ihre Hand, und sie liefen zu seinem Wagen. Sobald sie darin saßen, fielen sie übereinander her. Sie lösten sich erst voneinander, als ein paar Jugendliche an die Windschutzscheibe klopften und pfiffen. »Vielleicht sollten wir zu Hause weitermachen«, sagte Nate.

»Ja.« Sie stöhnte leise, und er wollte sie sofort wieder küssen, hier und jetzt, aber er schaffte es, den Wagen anzulassen und loszufahren. Wenigstens waren sie nicht weit entfernt, und die Parkplatzgötter von L.A. standen auf seiner Seite. Jemand fuhr gerade aus einem Parkplatz gegenüber von Storybook Court heraus. In weniger als zwei Minuten, rechnete Nate aus, würde er mit Briony im Bett liegen, wenn sie schnell gingen.

Aber als ihr Bungalow in Sicht kam, blieb sie abrupt stehen. »Weißt du was? Ich habe tatsächlich Hunger.« Sie nahm seinen Arm und grub ihre Finger hinein. »Ich bin wirklich sehr hungrig. Mein Magen knurrt. Lass uns gehen und …«

Ein Mann in einem blau-weiß karierten Hemd und hochgekrempelten Kakihosen ging durch den kleinen Vorgarten von Brionys Cousine. Mit seinem kurzen, seitlich gescheitelten blonden Haar sah er aus, als wäre er gerade von einer Jacht gestiegen. »Briony?«, rief der Mann.

Nate sah sie an. Sie sah entgeistert aus, als hätte sie einen Schock erlitten. »Wer ist das?«, fragte Nate. Offensichtlich handelte es sich um jemanden, den sie nicht sehen wollte. Er legte die Arme um sie und spürte, wie sie zitterte.

»Das?«, wiederholte Briony, als verstünde sie seine Worte nicht. »Das ist … das ist …«

Der Mann kam den Gehsteig entlang auf sie zu.

»Was machst du hier?!«, rief Briony aus.

»Ich muss von Angesicht zu Angesicht mit dir sprechen.«

»Das entscheidet sie«, sagte Nate zu ihm.

Der Mann kam näher. Er ließ Briony nicht aus den Augen. An seiner Haltung war nichts Bedrohliches, aber sie hatte offensichtlich Angst.

Als er vor ihnen stand, spürte Nate, wie sein Körper sich anspannte und darauf vorbereitete, falls nötig, schnell zu reagieren. »Ich bin so froh, dich zu sehen, Bri. Ich habe mir solche

Sorgen gemacht! Ich hoffe, du weißt, wie wichtig du mir bist«, sagte der Mann.

Was ging hier vor? Nate warf Briony einen Blick zu. Ihr Atem ging schnell. »Willst du mit diesem Kerl sprechen?«, fragte er.

»Ich ... ich ...«, stammelte sie.

»Ich liebe dich immer noch, trotz allem, was geschehen ist. Und ich weiß, du liebst mich auch«, sagte der Mann. »Viele Leute bekommen vor der Hochzeit kalte Füße.« Er lächelte sanft. »Ich wünschte nur, du hättest mit mir gesprochen, anstatt mich vor dem Altar stehen zu lassen.« Er zuckte die Schultern. »Aber es ist schon in Ordnung. Wir kriegen das wieder hin.«

Vor dem Altar. Ihn vor dem Altar stehen gelassen? »Wer sind Sie?«, fragte Nate, aber es war Briony, die antwortete.

»Er heißt Caleb Weber. Er ist ... war ... mein Verlobter.«

# Kapitel 13

Mac stellte sich auf die Hinterpfoten, streckte sich und grub die Krallen in das raue Material seines Kratzbaums. Ahh. Jaaa. Er kratzte und kratzte, bis das Stück Kralle, das ihn geärgert hatte, abfiel. Er bewunderte das scharfe, neue Stück, das darunter verborgen gewesen war. Er ließ seine Krallen spielen. Da war noch eine. Er wollte gerade wieder anfangen zu kratzen, als er eine frische Brise von Brionys Geruch auffing.

Etwas stimmte nicht. Sie hatte diesen wundervollen, glücklichen Duft nicht mehr. Da war etwas in ihrem Geruch, seine Muskeln verspannten sich. Er war sich nicht einmal sicher, ob er eine Sardine fressen könnte, obwohl er einen Augenblick früher eine ganze Dose hätte verschlingen und um mehr bitten können.

Er lief die Treppe hinunter und ins Wohnzimmer. Briony saß auf der Couch neben jemandem, den Mac vorher noch nie gerochen hatte. Er schnupperte. Brionys Geruch war so stark, dass er eine Weile brauchte, um den des Mannes zu erkennen. Er war mild. Mac entdeckte weder Wut noch Trauer. Nichts Schlechtes. Nur den feinen Duft von Kaffee, einem Gürtel, wie ihn auch David trug, und dem Zeug, das Jamie jeden Morgen in ihren Mund tat und dann ausspuckte. Mac wartete darauf, dass sie irgendwann herausfand, dass sie es sich sparen konnte, die stark riechende Flüssigkeit in ihren Mund zu gießen, wenn sie sie sowieso immer wieder ausspuckte. Er hatte versucht, ihr zu helfen, indem er die Flasche zerbrach, aber so oft er sie auch vom Badezimmerregal warf, sie bekam nicht einmal einen Sprung.

Hatte dieser Typ etwas mit der Veränderung von Brionys Geruch zu tun? Er war sich nicht sicher. Aber er war sich sicher, dass Briony ihn brauchte. Er sprang auf ihren Schoß, und sie vergrub sofort ihre Hände in seinem Fell. Ihr Körper vibrierte genauso wie Macs, wenn er schnurrte. Aber selbst wenn sie schnurren könnte, hätte sie es jetzt nicht getan.

Er fauchte leise vor Frustration. Er musste herausfinden, was nicht stimmte. Und dann musste er wieder an die Arbeit gehen.

Briony fuhr mit den Fingern durch MacGyvers weiches Fell und versuchte, sich zu beruhigen. Alles fühlte sich an, als würde es schwanken, wie in der Kirche, als sie auf Caleb zuging.

»Geht es dir gut?«, fragte Caleb. Seine Stimme klang beruhigend, als wäre sie ein Tier, das er zähmen wollte. Er hatte geredet, seit sie ihn hereingebeten hatte, aber sie hatte nichts davon aufnehmen können, war noch zu schockiert, dass er da war. »Brauchst du etwas Wasser?«

Sie nickte. Das Wasser war ihr egal, aber wenn sie einen Moment lag allein war, würde sie es vielleicht fertigbringen, sich zusammenzureißen. Was musste Nate denken? Er hatte gefragt, ob alles in Ordnung sei, und sie hatte es geschafft, Ja zu sagen, dann war er gegangen.

Mac miaute sie kurz an. Es hörte sich an wie eine Frage. Sie schaute ihn an und bemerkte, dass er sie erstaunt anblickte. Er schloss seine goldenen Augen halb und blinzelte sie an. »Was soll ich nur tun, Mac?«, fragte sie. »Da, schon wieder, ich frage den Kater um Rat.«

»Was war das?«, wollte Caleb wissen, als er mit einem Glas Wasser zurückkam. Er hatte sich sogar die Zeit genommen, Eis hineinzutun, aber nicht zu viel, gerade so viel, wie sie es mochte. Wie konnte er nur so sein? So ... so ... rücksichtsvoll. Er war nicht wütend oder traurig oder sonst irgendetwas. Er war einfach wie gewohnt Caleb, nur dass an dieser Situation nichts gewöhnlich war.

Als sie das Glas nahm, verkrampfte sich ihre Hand. Sie hätte das Wasser verschüttet, hätte Caleb nicht daran gedacht und das Glas nur halb gefüllt. Sie stellte es vorsichtig auf dem Sofatisch ab. Sie würde es nicht schaffen, es an den Mund zu heben.

Sie schuldete Caleb eine Erklärung. Er hatte sie verdient. Und er war hierhergekommen, hatte den Weg quer durchs ganze Land auf sich genommen. Als sie versuchte, die Worte zu formulieren, fing ihr Herz, das sowieso schon raste, an, gegen ihre Rippen zu schlagen, als wollte es aus ihrer Brust springen. Sie schluckte, schluckte noch einmal. »Ich kann nicht«, keuchte sie. Sie erhob sich schwankend. Caleb stand auf, griff nach ihr.

»Nein.« Sie wich vor ihm zurück. »Panikattacke. Bleib hier, Caleb. Mach …« Sie rang nach Atem. »… es dir bequem. Morgen reden wir.« Sie rannte zur Tür und hörte, wie Caleb ihr nachlief. Sie wirbelte herum und sah ihn an. »Nein. Macht es schlimmer. Zu einer Freundin.« Sie musste wieder nach Atem ringen. »Morgen zurück.«

Resignierend hob er die Hände. »Okay. Okay«, sagte er sanft. »Schaffst du das allein? Ist es weit?«

»Nein. Geht schon.« Sie fühlte sich etwas besser, sobald sie aus dem Haus war und Caleb nicht mehr sah. Sie konnte es bis zu Ruby schaffen, auch wenn sich der Gehsteig anfühlte, als schlüge er Falten. Nicht weit, nicht weit, nicht weit, dachte sie. Schritt, Schritt, Schritt, Schritt. Der Weg zu Rubys Tür erschien ihr unendlich weit, doch wahrscheinlich brauchte sie weniger als drei Minuten. Sie klopfte und ließ ihre Handflächen auf dem glatten Holz liegen, riss sich zusammen.

Sie stolperte kurz, als Ruby die Tür öffnete.

»Du bist hier. Alles ist in Ordnung. Du bist in Sicherheit«, murmelte ihre Freundin, als sie Briony in die Küche führte. Sie setzte sie hin und nahm ein Geschirrtuch. Sie machte es nass, wrang es aus und gab es Briony.

Brionys Atem verlangsamte sich, sobald sie sich das Handtuch in den Nacken legte. »Es tut mir leid«, begann sie.

»Sprich jetzt nicht«, ermahnte sie Ruby. »Noch nicht.«

Ruby hatte recht. Auch wenn sie nicht mehr hechelte, war sie doch immer noch nah dran, zu hyperventilieren. Sie versuchte, sich wie beim ersten Mal auf das kühle Nass in ihrem Nacken zu konzentrieren, und allmählich bekam sie wieder Boden unter die Füße, beruhigte sich ihr Atem. Sie nahm das Tuch, das jetzt lauwarm war, von ihrem Nacken und sah Ruby an. »Es tut mir leid, dass ich dir ständig mit so etwas auf die Nerven falle.«

»Tust du nicht«, befahl Ruby. »Was ist passiert?«

»Nate weiß es. Was ich getan habe«, antwortete Briony.

»Die Hochzeit?«

Briony nickte.

»Hast du entschieden, es ihm zu sagen? Ich dachte, du wolltest nur einen Urlaubsflirt und es dabei belassen.«

»Ich habe es ihm nicht gesagt. Ich wollte es ihm überhaupt nicht sagen«, antwortete Briony. »Aber Caleb stand plötzlich vor der Tür.«

Ruby riss die Augen auf. »Caleb? Dein Verlobter?«

»Nate ist einfach gegangen. Nein«, berichtigte sich Briony. »Er hat sich vergewissert, dass man mich mit Caleb allein lassen kann, bevor er gegangen ist.«

»Warte.« Rubys Stimme wurde scharf. »Warum hat er gedacht, dass es nicht ratsam sein könnte, dich mit ihm allein zu lassen? Hat er dir gedroht oder so etwas?«

»Nein! Nein. Du würdest merken, wie unvorstellbar das ist, wenn du Caleb kennen würdest. Er hat nur gesagt, wir müssten persönlich miteinander sprechen. Und er hat recht. Das bin ich ihm schuldig. Aber ich war so durchgedreht, dass ich abgehauen bin. Ich glaube, ich habe gesagt ›Mach es dir bequem‹.« Briony lachte. Und sogar in ihren Ohren klang es fast hysterisch. »Ich habe ihm gesagt, dass ich morgen zurück wäre und wir dann reden könnten.«

»Wow. Wow, wow, wow«, sagte Ruby. »Und noch mal wow.«

»Ich weiß.« Briony stützte den Kopf in die Hände. »Was soll ich nur machen?«, murmelte sie. »Und sag mir nicht, dass ich dich gebeten habe, mir keine Ratschläge zu geben. Das hier ist ein Notfall.«

»Du brauchst keinen Ratschlag«, sagte Ruby. Briony stöhnte. »Tu einfach, was du gesagt hast«, fuhr sie fort. »Geh morgen hinüber und sprich mit ihm.«

Briony hob den Kopf und sah Ruby an. »Du hast recht. Ich muss nur noch herausfinden, was ich sagen soll. Ich glaube nicht, dass ich ihn mit ›Du bist perfekt, nur nicht perfekt für mich‹ abspeisen kann. Das genügt nicht. Ich muss es richtig erklären, und das, obwohl ich selbst noch keine Erklärung gefunden habe. Ich bin mir nicht einmal sicher, warum er für mich nicht perfekt ist. Es ist ein Bauchgefühl, es kommt nicht aus dem Kopf. Und deshalb bin ich in Ohnmacht gefallen, statt ein paar Wochen vor der Hochzeit ein vernünftiges Gespräch zu führen.«

»Du musst viel verarbeiten. Das braucht Zeit.«

»Und trotzdem habe ich seitdem schon mit einem anderen Mann Sex gehabt. Nate muss mich für eine Soziopathin halten.«

»Hört sich an, als wäre da noch jemand, mit dem du sprechen musst«, sagte Ruby.

»Ja. Mit Nate muss ich auch sprechen. Kein Wegrennen mehr«, antwortete Briony. »Morgen wird ein ungeheuer lustiger Tag.«

»Ich mache dir Pfannkuchen zum Frühstück. Jede Form, die du willst.«

»Ich kenne dich erst seit einer Woche, aber du kommst mir schon vor wie eine richtig gute Freundin. Wahrscheinlich weil du mir schon durch eine Unzahl Krisen geholfen hast, seit ich hergekommen bin. Und ich habe für dich rein gar nichts getan.« Sie hatte Rubys Freundlichkeit wirklich schamlos ausgenutzt.

»Gleich rutschst du in Schuldgefühle ab. Tu dir das nicht an. Du bist zwar ein bisschen seltsam, aber ich mag dich.«

»Warum?« Jetzt, wo sie darüber nachdachte – sie musste Ruby wie ein großer klebriger Ball aus Bedürftigkeit vorkommen. Ein riesiger, keuchender, zitternder, klebriger Ball aus Bedürftigkeit.

»Kann ich mir auch nicht erklären.« Ruby lächelte. »Ist mehr so ein Bauchgefühl, kommt nicht aus dem Kopf.«

Briony ertappte sich, wie sie zurücklächelte, dann gähnte sie.

»Du musst völlig übermüdet sein. Ich hole dir ein Nachthemd. Es ist dir wahrscheinlich etwas zu kurz, aber es wird gehen. Ich habe eins mit Ponys, natürlich, und eins mit Cowgirls und eins mit beidem, Ponys und Cowgirls.«

»Danke.« Briony stand auf und merkte, dass ihre Beine – und der Boden – sich stabil anfühlten.

»Ein paar Ersatzzahnbürsten habe ich auch. In Kindergröße, aber das wird schon gehen. Riley vergisst ständig ihre Zahnbürste«, sagte Ruby. »Komm mit.« Briony folgte ihr aus der Küche. »Weißt du, dass du mindestens so lange über Nate gesprochen hast wie über Caleb?«

»Nein, das habe ich nicht gemerkt«, erwiderte Briony.

»Das Erste, was du gesagt hast, war, dass Nate es erfahren hat, nicht dass Caleb aufgetaucht ist.« Ruby blieb vor dem Badezimmer stehen.

»Wirklich?«

»Wirklich.« Ruby suchte ein Handtuch, einen Waschlappen und eine Zahnbürste zusammen und legte alles oben auf den Wäschekorb. Als sie durch den Flur gingen, sagte Ruby über die Schulter hinweg: »Ich frage mich, was das bedeutet.«

Das bedeutet, dass Nate es mir voll angetan hat, dachte Briony.

Nate lief auf dem Grundstück herum, er konnte einfach nicht still sitzen, obwohl auf dem Schreibtisch wie gewöhnlich ein Berg Arbeit auf ihn wartete. Eigentlich sollte er sich Gedanken darüber machen, wer hinter der Sabotage steckte oder wie er Eliza davon überzeugen konnte, dass ihr Großvater in The Gardens gut aufgehoben war, oder darüber, wie es seiner Mutter und seiner Schwester wohl ging, aber sein Hirn weigerte sich. Er konnte an nichts anderes denken als an Briony.

Sie hatte diesen Kerl Caleb am Altar stehen lassen? Und hatte sich kurz darauf mit ihm in den Laken gewälzt? Es war ja nicht so, dass Caleb sich monatelang Zeit gelassen hätte, bis er ihr nachgereist war.

Und er? Nachdem er ein paarmal mit ihr ausgegangen war, hatte er bereits über eine Fernbeziehung nachgedacht. Er war ein Idiot. Offensichtlich kannte er sie überhaupt nicht. Dass sie so herzlos war, hätte er ihr niemals zugetraut.

Als er zum zweiten Mal am Gemeinschaftszentrum vorbeiging, bemerkte er, dass in der Küche Licht brannte. Hatte es das erste Mal, als er vorbeikam, auch schon gebrannt? Er war nicht sicher. Weil er an nichts anderes denken konnte als an Briony. Er musste damit aufhören. Sie war es nicht wert. Caleb konnte sie haben. Obwohl es vollkommen unverständlich war, dass er sie nach allem, was passiert war, noch haben wollte. Vielleicht wollte er sie ja gar nicht. Vielleicht wollte er sie nur zur Rede stellen.

Nate ging zur Seitentür der Küche. Er steckte seinen Schlüssel ins Schloss und bemerkte, dass die Tür bereits offen war. Er dachte kurz daran, angesichts der Ereignisse den Sicherheitsdienst zu rufen, aber er trat einfach ein.

LeeAnne goss Teig in fünf Kuchenformen, die auf der Kücheninsel standen. »Ich dachte, du wärst heute Abend mit Briony zusammen. Heute Abend und morgen früh.« Sie grinste ihn an. »Ich mag sie. Sie hat es tatsächlich geschafft, dass du dich mal von dem Ganzen hier abnabelst, und Hope hat mir erzählt, dass sie so gut mit den Senioren umgehen kann. Das sagt etwas aus über einen Menschen.«

Das hatte er auch gedacht. Falsch. »Warum bist du so spät noch hier?«, fragte er, weil er sich nicht in ein Gespräch über Briony hineinziehen lassen wollte. Er hatte schon genug Zeit damit verschwendet, an sie zu denken. Er hätte sich daran erinnern sollen, dass Briony nicht nur eine außergewöhnlich starke Pflanze war. Sie war außerdem giftig.

»Ich backe einen Kuchen für Hopes Geburtstag.«

»Sieht super aus.« LeeAnne backte immer Kuchen für die Geburtstage des Personals, aber dieser sah besonders aufwendig aus.

»Sie mag alles Mögliche. Der hier besteht aus einer Schicht Pfirsich, einer Schicht Erdbeeren, einer Schicht Zitrone und zwei Schichten Schokolade mit einem Überzug aus Schlagsahne. Schlagsahne ist wohl Hopes eigentlicher Lieblingsgeschmack. Sie isst sie mit dem Löffel.«

»Ich bin mir sicher, sie wird begeistert sein.«

»Sie hat es verdient. Sie ist ein nettes Mädchen. Sie arbeitet hart, hier und auf der Uni. Du solltest ihren Lohn erhöhen.«

»Bin schon dabei«, antwortete Nate.

»Du bist ein guter Chef.« LeeAnne nickte ihm beifällig zu. »So, und warum lungerst du hier herum? Warum bist du nicht unterwegs und hast Spaß?«

»Zu viel im Kopf.«

»Das Laufband?«

»Unter anderem.«

»Archie könnte versehentlich auf den falschen Knopf gedrückt haben«, meinte LeeAnne. »Möglich ist das. Ein Freund von mir hat sich mal die Schulter gebrochen, als er von einem Laufband gefallen ist, das nicht einmal schnell lief. Vielleicht ist Archie etwas Ähnliches passiert, und es war ihm peinlich, weshalb er sich was ausgedacht hat.«

»Aber dann wäre da immer noch das Lüftungssystem.«

»Du sorgst dich wirklich, hm? Du siehst schlecht aus. Pass auf dich auf. Büßt noch dein gutes Aussehen ein, und Briony lässt dich fallen«, neckte sie ihn.

»Sie ist nur noch zwei Wochen hier«, antwortete er. Er war froh, wenn sie wieder zurück in Wisconsin war. Auch egal, ob sie noch hier ist, dachte er. Er würde sie nicht wiedersehen.

»Du könntest sie ja besuchen. Du hast seit … Du hast noch nie Urlaub gemacht. Wahrscheinlich wirst du es nicht glauben, aber wir würden tatsächlich auch ohne dich klarkommen. Amelia ist großartig, und du hast hervorragendes Personal.« Sie klopfte sich auf die Schulter. Dann stellte sie die Kuchenformen in den Ofen.

»Es bringt nichts.«

»Natürlich kennt ihr euch noch nicht lange, aber es könnte der Mühe wert sein zu gucken, wohin es euch führt. Du scheinst doch ganz schön interessiert an ihr zu sein«, merkte LeeAnne an.

»Also, ich habe gerade herausgefunden, dass sie heiraten wollte, bevor sie hierherkam. Sie hat den Kerl am Altar stehen gelassen. Nett, oder? Dann fängt sie mit mir etwas an. Und macht sich nicht mal die Mühe, mir davon zu erzählen.«

LeeAnne zog die Augenbrauen hoch. »Na ja, das ist nun nicht gerade etwas, womit man hausieren geht, sobald man jemanden kennenlernt«, sagte sie schließlich.

»Und bevor man jemanden ins Bett abschleppt?«

»Abschleppt?«

»Okay, wir haben uns gegenseitig abgeschleppt. Aber hätte sie nicht zumindest etwas sagen können, als es so aussah, als könnte es dazu kommen?« Nicht dass dafür viel Zeit gewesen wäre. Es hatte einem Waldbrand geglichen. Ein Funke, dann *zisch*, Inferno.

»Sie wird wahrscheinlich kaum wieder mit ihm zusammenkommen, wenn sie zurück ist.«

»Darum geht es nicht. Wie kann ein Mensch, der kurz davor stand, zu heiraten, sofort etwas mit jemand anderem anfangen? Es ist, als hätte sie gar keine Gefühle.«

LeeAnne beobachtete ihn einen Augenblick lang und nahm dann eine Rührschüssel. »Möchtest du die Löffel ablecken? Ich persönlich brauche immer Schokolade, wenn man mir das Herz gebrochen hat.«

»Man hat mir nicht das Herz gebrochen«, blaffte Nate.

Zur Antwort hielt LeeAnne ihm einen Löffel hin, von dem Schokolade tropfte.

# Kapitel 14

Mac saß auf der Ankleide und betrachtete den Mann, der in dem Bett lag, in dem sonst Briony schlief. Er roch ungefähr so wie gestern Abend. Er schien keinerlei Hilfe zu benötigen. Aber er war ein Mensch, also benötigte er wahrscheinlich trotzdem welche. Mac brauchte nur noch ein bisschen mehr Zeit, um herauszufinden, was für eine Art von Hilfe. Der Mann, Caleb, war in seinem Haus. Das bedeutete, er fiel unter Macs Zuständigkeit.

Es war auch Diogees Haus, aber der Schafskopf würde keine Verantwortung für Caleb übernehmen. Und selbst wenn, war er doch zu sehr Schafskopf, um irgendwie hilfreich zu sein. Und Mac zog es vor, solo zu arbeiten.

Er spürte, wie etwas in ihm *klick* machte. Frühstückszeit. Mac gab sein Wach-auf-Miauen von sich, lang und laut. Er hoffte nur, dass dieser Mensch intelligent genug war, um einen Dosenöffner zu benutzen.

Briony stützte sich mit beiden Händen auf dem Waschbecken ab und beugte sich vor zum Badezimmerspiegel. Sie sah sich fest in die Augen. »Du kannst das«, flüsterte sie. »Du musst es tun.«

Ein Klopfen an der Tür. »Geht's dir gut?«, rief Ruby.

»Ja.« Sie nickte sich selbst zu, dann stieß sie sich vom Waschbecken ab. »Ja.« Sie öffnete die Tür. »Sehe ich akzeptabel aus?«, fragte sie. Nicht dass es darauf ankam. Was sie zu Caleb sagen würde, darauf kam es an, nicht wie sie dabei aussah.

»Du siehst prima aus. Ich habe alle Falten aus deinem Kleid bekommen«, gab Ruby zur Antwort. »Also, in welcher Form hättest du gern deine Pfannkuchen?« Sie rieb sich mit übertriebener Begeisterung die Hände. »Was auch immer. Ich mag Herausforderungen.«

»Ich kann nicht.« Briony drückte die Hände auf den Magen. »Es fühlt sich an, als hätte ich Schmetterlinge im Bauch. Nein, eigentlich eher riesige Mücken.«

»Es wird alles gut gehen. Und du wirst dich so viel besser fühlen, wenn du das Gespräch hinter dir hast«, versprach Ruby.

»Welches?«, fragte Briony.

»Beide.« Ruby begleitete sie zur Tür. »Sag Bescheid, wie es gelaufen ist. Ich habe nur in ungefähr einer Stunde eine Telefonkonferenz mit dem Direktor und dem Kunden.«

»Ich erzähle es dir ganz sicher. Okay, los geht's ...«

»Du weißt schon, dass du dich nicht von der Stelle gerührt hast.«

»Ich weiß.« Briony nahm einen tiefen Atemzug – wenigstens hechelte sie nicht, noch nicht – und trat hinaus. Es war ein wunderschöner Tag, der Himmel war klar und hellblau. Jemand mähte seinen Rasen, und die Luft roch nach frisch geschnittenem Gras. Aber was Briony anging, so hätte es auch grau sein und regnen können. Sie konnte nichts genießen, solange sie nicht das getan hatte, was sie tun musste.

Sie straffte die Schultern und hob das Kinn. Sie hatte einmal gehört, dass man, wenn man eine selbstsichere Haltung einnahm, auch anfing, sich so zu fühlen. Während sie nach Hause ging, gruben die Mücken die Saugrüssel in ihre Magenwand.

Als sie vor der Tür stand, fragte sie sich, ob sie klopfen sollte. Es war ihr Haus, nun ja, das ihrer Cousine, aber es schien unhöflich, hineinzugehen, ohne Caleb vorzuwarnen. Sie würde klopfen und dann hineingehen. »Caleb? Ich bin's.« Ihre Stimme zitterte ganz leicht.

»In der Küche.«

Der Geruch von Katzenfutter schlug ihr entgegen, als sie den Raum betrat. Es standen wenigstens fünf offene Dosen auf der Anrichte. Mac saß vor seinem Napf und schnurrte beim Fressen.

»Du hast ihm doch hoffentlich nicht all das gegeben, oder?«, rief sie aus und vergaß vor Schreck die Rede, die sie vorbereitet hatte.

»Die ersten beiden, mit denen ich es versucht habe, wollte er nicht«, sagte Caleb entnervt. »Aber dann habe ich eine gefunden, die er mag. Ich musste ein paar Dosen öffnen, um den Napf zu füllen.«

»Er soll nur eine bekommen.«

»Da hat er mir aber was anderes erzählt.« Er nickte dem Kater zu, dann wandte er sich an Briony. »Wie viel kriegt der Hund?«

»Auch egal. Du hast sie gefüttert. Das ist das Wichtigste«, antwortete Briony. »Möchtest du frühstücken gehen?« Sie hatte eine Strategie entworfen und gedacht, dass ein Gespräch in der Öffentlichkeit sicher glatter über die Bühne gehen würde. Nicht dass Caleb sie anschreien würde oder so etwas. Das würde nicht zu Caleb passen. Aber sie könnte sich vielleicht besser zusammennehmen, wenn andere Leute dabei waren.

Oder sie bekam eine richtige Panikattacke.

Hör auf, an Panikattacken zu denken, befahl sie sich. Das macht es nicht besser.

»Also, ich habe eine Frittata gemacht und sie warm gestellt. Ich hoffe, ich durfte nehmen, was im Kühlschrank war.«

Sie hatte ihn am Altar stehen gelassen, und er machte sich Sorgen, ob er ihre Lebensmittel verwenden durfte. Er war ein so viel besserer Mensch als sie. Aber im Augenblick fühlte es sich sowieso an, als wären alle Menschen besser als sie, außer vielleicht ein paar, die im Gefängnis saßen.

Mac stellte sich auf die Hinterbeine und miaute sie kläglich an. »Siehst du. Er tut es schon wieder.«

»Nichts gibt's, mein Herr«, sagte sie zu dem Kater. »Die Küche hat geschlossen.«

Mac wandte sich ab und begann, sich zu putzen, so, als hätte er nicht eben noch gebettelt.

»Natürlich darfst du alles nehmen«, sagte sie zu Caleb und wünschte sich, dass Mac sich noch ein bisschen aufspielte, damit sie noch etwas Zeit schinden konnte. »Ich hoffe, du hast gestern Abend auch etwas gegessen.«

»Ich hatte noch einen Energieriegel.«

Briony nickte. Caleb hatte immer einen Energieriegel dabei, für den Fall, dass sein Blutzucker abfiel. Und er hatte auch immer einen für sie dabei, einen Riegel mit Schokoladen-Walnusscreme, ihrer Lieblingssorte.

»Soll ich die Frittata herausholen?«, fragte er.

Plötzlich wollte Briony nicht länger warten. Sie wollte es hinter sich bringen. Sie konnte spüren, wie ihr Herzschlag sich beschleunigte. Sie setzte sich an den Tisch. »Lass uns damit noch ein wenig warten. Ich schulde dir eine Erklärung, für das, was passiert ist.«

Caleb setzte sich ihr gegenüber, und sosehr sie es auch hinter sich bringen wollte, die Worte, die sie sich zurechtgelegt hatte, hatten sich aus ihrem Hirn verflüchtigt. »Was auch immer es ist, du weißt, dass ich Verständnis dafür habe«, ermutigte er sie.

Seine Worte brachten etwas ins Rollen. »Das genau ist das Problem. Du verstehst immer alles. Es ist so einseitig. Du unterstützt mich immer und in allem. Es ist dir egal, ob ich dich jeden Tag frage, welche Schuhe ich anziehen soll oder was ich bestellen soll, wenn wir, wie immer, in dasselbe Restaurant gehen. Aber du brauchst niemals etwas von mir.« Das hatte sie nicht sagen wollen, aber es ging ihr auf, dass sie so fühlte.

»Ich wäre nicht hier, wenn ich dich nicht bräuchte.«

Das ließ sie innehalten und nachdenken. Er war hier. Er musste nicht hier sein. Sie hob einen Finger an den Mund und knabberte an der Nagelhaut.

Er nahm ihre Hand herunter. »Hey, ich dachte, wir hätten das mit der Selbsthypnose-App unter Kontrolle bekommen, die ich für dich gefunden habe.«

Das stimmte. Er hatte ihr dabei geholfen, diese Gewohnheit abzulegen. »Vielleicht brauchst du mich ja wirklich«, gab sie zur Antwort, als sich ihre Gedanken langsam zusammenfügten. »Ich glaube, du brauchst, dass ich dich brauche.«

»Meinst du, dass ich möchte, dass du schwach bist?« Er klang erschrocken.

»Nein!«, sagte sie schnell. »Nein. So bist du nicht. Überhaupt nicht.« Sie bemühte sich, einen Weg zu finden, es ihm zu erklären. »Du bist ein Ritter in glänzender Rüstung. Aber um ein Ritter zu sein, brauchst du eine Jungfrau in Nöten. Und du kennst mich, ich bin fast immer in allen möglichen Nöten.«

»So solltest du nicht über dich denken«, widersprach er.

»Aber es ist doch wahr! Ich habe viel nachgedacht, seit ich hier bin, und habe zum Beispiel festgestellt, dass ich nie meine eigenen Entscheidungen treffe. Ich suche immer nach Bestätigung. Irgendwie habe ich das Gefühl, dass es nicht viel gibt, womit ich allein zurechtkomme.« Sie fing nicht von ihren Eltern an. Wie auch immer sie als Kind behandelt worden war, als Erwachsene war sie selbst dafür verantwortlich, wie sie sich benahm. »Aber ich will nicht mehr so sein«, ergänzte sie.

»Du meinst, ich würde nicht mehr mit dir zusammen sein wollen, wenn du selbstbewusster wärst?«, fragte Caleb.

Das hörte sich schrecklich an. Plötzlich war sie verwirrt. Sie war sich so sicher gewesen, dass sie nicht mehr mit ihm zusammen sein wollte. Sie war sich so sicher gewesen, dass er zwar perfekt war, aber nicht perfekt für sie, wie Rubys Kleid. Was, wenn sie eine Panikattacke bekommen hatte, weil die Hochzeit die allergrößte Entscheidung ihres Lebens war und sie das nicht verkraften konnte, nicht einmal dann, als sie Caleb heiraten sollte? Sie war seit über drei Jahren mit ihm zusammen gewesen. Was hatte sie sich nur gedacht?

»Ist es das, was du meinst?«, drängte Caleb.

»Nein. Ich weiß nicht.« Sie spürte, wie sie in das fiel, was sie immer ihr Zaudern nannte. Sie strengte sich bewusst an, damit aufzuhören. »Ich glaube, es ist schwer für mich, mir vorzustellen, wie unsere Beziehung aussähe, wenn ich anders wäre.«

»Warum versuchen wir es nicht? Glaubst du nicht, dass wir es verdient haben?«, fragte er.

Sie gab keine Antwort. Sie wusste nicht, was sie sagen sollte. Es schien vernünftig, aber allein der Gedanke ließ alles um sie herum ein wenig ins Wanken geraten.

»Wie wäre es hiermit?«, fuhr er fort. »Ich habe noch Urlaub.« Er sagte nicht »wegen unserer Flitterwochen«, aber sie wussten beide, weshalb. »Warum machen wir nicht einfach hier Ferien?«

Etwas in ihr wehrte sich gegen den Vorschlag. Sie wollte, dass er nach Hause fuhr. Sie wollte die Zeit, die ihr noch blieb, mit Nate verbringen.

Aber das war unmöglich. Im Grunde genommen machte Caleb doch einen vernünftigen Vorschlag. Sie war es ihm schuldig. Vielleicht hatte sie sich geirrt. Vielleicht wäre es für sie als Paar viel besser, wenn sie nicht von ihm erwartete, dass er alle Entscheidungen traf.

»Okay.«

Caleb lächelte, wobei die Fältchen in seinen Augenwinkeln sich vertieften. Sie liebte diese Fältchen. Aber es fühlte sich noch immer so an, als wäre da etwas Hartes in ihr, das sich der Idee widersetzte. »Trotzdem, ich möchte nicht gleich wieder dort anfangen, wo wir aufgehört haben. Das kann ich nicht. Ich muss es langsam angehen. Du kannst hierbleiben, aber wir schlafen in getrennten Zimmern.«

»Das kommt mir vor, als würden wir rückwärts gehen.«

»So ist das nicht. Ich habe dich am Altar stehen gelassen, weißt du noch?«

»Das werde ich nie vergessen.«

Sie hatte ihn verletzt. Das durfte sie nie vergessen. Es ging nicht nur um sie.

»Ich denke, wir sollten das als Ausgangspunkt nehmen. Ich habe Schluss gemacht, also gehen wir einen Schritt vorwärts, wenn wir einfach Zeit miteinander verbringen. Ich brauche Zeit, um mir über einiges klar zu werden, Caleb.«

»In Ordnung. Einverstanden.«

»Aber vorher muss ich noch etwas erledigen. Allein.«

Er zog die Augenbrauen hoch, fragte aber nicht nach. Das war nicht richtig. Wenn sie einen Neuanfang wollten, dann konnte sie ihn nicht gleich als Erstes anlügen, auch wenn es eine unausgesprochene Lüge war. Sie würde zwischen ihnen stehen. »Ich muss mit Nate sprechen, dem Typ, mit dem du mich gestern Abend gesehen hast. Und du musst wissen, dass wir ... zusammen gewesen sind. Dadurch werden sich deine Gefühle für mich vielleicht verändern.«

Jetzt hatte sie ihn noch einmal verletzt. Denn sie sah, wie die Muskeln in seinem Kiefer sich anspannten.

»Menschen machen merkwürdige Dinge, wenn sie unter Stress stehen«, sagte Caleb. »Du wolltest doch trotzdem nach Wisconsin zurückfahren, wenn deine Cousine aus dem Urlaub kommt, oder?« Briony nickte. »Dann war es nichts Ernstes. Es war, sagen wir, eine Affäre. Eine Ablenkung.«

Eine Affäre. Etwas Kurzes. Etwas Heftiges. Vielleicht war es nur das gewesen. Etwas, das auf Dauer nicht gehalten hätte.

Erleichterung überkam sie. Sie hatte ihm die Wahrheit sagen müssen. »Ich fühle mich so schlecht wegen dem, was in der Kirche geschehen ist. Und wegen gestern Abend. Es tut mir leid, dass ich dir wehgetan habe. Es tut mir so sehr leid. Ich hätte mich als Erstes bei dir entschuldigen sollen«, sagte sie eilig.

»Lass uns das abschließen. Tu, was du tun musst«, sagte Caleb zu ihr. »Vielleicht gehe ich inzwischen mit dem Hund raus.«

Diogee galoppierte ins Zimmer. Er drehte sich im Kreis, rannte wieder hinaus und kam dann mit seiner Leine im Maul zurück. »Also, ich gehe dann wohl mit dem Hund Gassi.«

»Ich komme so schnell wie möglich zurück.«

Er war so verständnisvoll. Er war tatsächlich perfekt.

Nur, wenn man jemanden wirklich liebte – brachte man dann sofort Verständnis dafür auf, dass er mit jemand anderem geschlafen hatte? Oder würde man ihn nicht wenigstens für ein paar Tage entsetzlich hassen?

Das Klingeln seines Handys, das *Coconut* spielte, weckte Nate. Als er sich aufsetzte, hatte er ein flaues Gefühl im Magen. Er nahm das Handy und sah auf die Uhr. Fast eins. Mittags. Er hatte noch nie so lange geschlafen. Er hatte den Wecker überhört. Er überhörte nie den Wecker. Allerdings hatte er auch noch nie sieben – waren es sieben gewesen, oder hatte er nur bei sieben aufgehört zu zählen? – Biere an einem Abend getrunken.

*Coconut* ertönte immer noch. Und Nates verschlafenes Hirn stellte die Verbindung her. *Coconut*, das musste Yesenia sein, eine der Krankenschwestern. Was jetzt? Was war passiert, während er seinen Rausch ausgeschlafen hatte?

»Wo bist du?«, wollte Yesenia wissen, bevor er auch nur Hallo sagen konnte. Etwas Schlimmes musste geschehen sein, sonst würde sie niemals in diesem Ton mit ihm sprechen. »Ich glaube, wir haben einen Ausbruch von Lebensmittelvergiftung. Ich hatte in der letzten Stunde bereits acht Bewohner bei mir mit Magenkrämpfen, Erbrechen und Durchfall. Alle waren beim Brunch im Speisesaal.«

Nates Zunge fühlte sich an, als wäre sie an seinem Gaumen festgeklebt. »Ich kümmere mich«, brachte er heraus. Dann legte er auf und schlug sich mit der Faust an die Stirn, um sein Hirn zum Arbeiten zu zwingen. Er musste nach allen Bewohnern sehen. Er musste außerdem herausbekommen, was jeder von ihnen gegessen hatte. Das bedeutete, er brauchte Leute. Er schickte dem gesamten Personal eine Textnachricht, in der er alle, die konnten, bat, ihm auszuhelfen.

Er zog die Sachen vom Vortag an, nahm zwei Aspirin und trank etwas Wasser aus dem Wasserhahn. Als er sich aufrichtete, fühlte er sich, als hätte ihm jemand mit einer Nagelpistole ins Gehirn geschossen. Er schluckte vier weitere Aspirin, trug reichlich Deo auf und gurgelte mit Mundwasser.

Nachdem er sich die Haare mit den Fingern gekämmt hatte, eilte er zur Tür. Er griff nach seinen Schlüsseln. Sie hingen nicht am Haken. Was hatte er damit gemacht? Er musste los. Er durchsuchte sein kleines Haus. Zweimal. Dann merkte er, dass er die Schlüssel in der Tasche hatte.

Er hielt inne. Wahrscheinlich schickte es sich nicht, in dieser

Notfallsituation in den Kleidern aufzutauchen, die er am Abend vorher auf den Boden geworfen hatte. Er musste sich als kompetent und Herr der Lage präsentieren. So schnell er konnte, zog er sich einen Anzug an.

Wenigstens wohnte er nah an seinem Arbeitsplatz. Zwanzig Minuten später stand er im Vorführraum, und der Großteil seines Personals saß ihm gegenüber. Manche, die das Wochenende freihatten, waren bereits da, und er hatte Nachricht von den meisten anderen bekommen, dass sie auf dem Weg waren.

»Wie ich bereits in meiner Nachricht geschrieben habe, ist es möglich, dass wir es mit einem Fall von Lebensmittelvergiftung zu tun haben«, sagte Nate. »Was auch immer, eine ungewöhnlich hohe Anzahl von Bewohnern weist die dementsprechenden Symptome auf. Was ich will, ist ...«

LeeAnne stürmte herein. »Niemand ist jemals von meinem Essen krank geworden. Niemand!«

Er musste sie beruhigen. Er wandte sich an Amelia. Sie hatte ihn auf dem Parkplatz erwartet, um ihn auf den neuesten Stand zu bringen, und sie hatten einen Plan entworfen. »Teile alle auf, sodass sie von Tür zu Tür gehen können, wie wir es besprochen haben. Wir treffen uns dann wieder hier.«

Yesenia stand auf. »Ihr solltet alle wissen, dass es besonders für die älteren Bewohner potenziell sehr gefährlich sein kann«, sagte sie zu den anderen. »Sie könnten dehydriert sein.«

»In der Küche stehen Kästen mit Wasserflaschen. Nehmt euch, was ihr braucht, bevor ihr geht«, bellte LeeAnne, die sich offensichtlich wieder gefasst hatte. »Ich hole ein paar Tüten.«

»Sonst noch was, das sie mitnehmen sollten?«, fragte Nate die Krankenschwester.

Die Tür öffnete sich wieder, und Briony trat ein. Genau, was er jetzt gebrauchen konnte.

»Noch nicht. Ich möchte jeden sehen, der Symptome aufweist, also gebt mir so bald wie möglich Bescheid«, antwortete Yesenia. »Wenn es jemanden gibt, der meint, er könnte nicht einmal Wasser bei sich behalten, versorgt ihn mit Eiswürfeln.«

»Okay. Ich habe The Gardens in Quadranten aufgeteilt. Stellt euch an, und ich teile euch eure Aufgaben zu!«, rief Amelia.

Nate ging zu Briony hinüber. »Was tust du hier?«

»Ich wollte mit dir sprechen. Ich ...«

Er schnitt ihr das Wort ab. »Ich habe keine Zeit für dich.«

# Kapitel 15

Briony erspähte Hope am Ende der Schlange und stellte sich zu ihr. »Kannst du mir sagen, was hier los ist? Ich bin vorbeigekommen, um Nate zu sehen, und jetzt dies.« Sie beschrieb einen Halbkreis mit der Hand. Sie war so auf Nate fixiert gewesen, als sie hereinkam, dass sie nicht gehört hatte, was er gesagt hatte.

»Einige Bewohner sind krank geworden. Wir sind dabei herauszufinden, ob es sich um eine Lebensmittelvergiftung handelt«, erklärte Hope.

»Ich möchte helfen. Kann ich helfen?« Nate wollte sie vielleicht nicht dabeihaben, aber sie musste etwas tun. Wenigstens wollte sie nach Gib sehen.

»Wir gehen zu zweit von Tür zu Tür. Willst du mit mir mitkommen?«, fragte Hope. »Nate ruft die Leute vom Gesundheitsamt an, und LeeAnne bleibt hier, damit sie ihnen alles in der Küche zeigen kann. Sie lässt mich das nicht machen. Ich glaube, sie muss was zerschlagen und will nicht, dass ich es mitkriege. Sie ist so aufgebracht, weil vielleicht mit ihrem Essen etwas nicht in Ordnung ist.«

»Ja. Ich komme mit.« Briony schickte Caleb eine Nachricht, dass sie länger weg sein würde als geplant, weil sie in einer Notsituation aushelfen musste.

Er textete ein paar Minuten später zurück, wollte Einzelheiten wissen. Briony schrieb ihm, dass es womöglich eine Lebensmittelvergiftung in der Seniorenresidenz gegeben habe. Er würde das sicher als Grund anerkennen, dass sie spät nach Hause käme.

Aber dann wollte er wissen, was er tun könne. So war Caleb nun mal. Sie schrieb ihm schnell zurück, sie hätten genug Leute und sie sei so bald wie möglich zurück, und fügte hinzu, dass sie jetzt nach den Bewohnern sehen müsse, wer von ihnen krank sei, damit er aufhörte, ihr zu schreiben. Davon wollte er sie bestimmt nicht abhalten.

Sie und Hope standen nun ganz vorn in der Schlange, und Hope schrieb die Nummern der Häuser auf, wo sie vorbeigehen sollten. Sie nahmen beide Tüten mit Wasserflaschen mit.

»Wartet!«, rief jemand. Briony wandte sich um und sah LeeAnne auf sie zukommen.

»Du bist hier«, sagte sie zu Briony.

»Ja.«

»Du hast meinen Jungen in einem ziemlich üblen Zustand zurückgelassen.«

»Ich weiß. Ich weiß«, erwiderte Briony, versuchte eine Erklärung zu finden und gab auf. »Ich wollte es nicht.«

LeeAnne überreichte ihr eine Liste mit all den Speisen, die beim Brunch serviert worden waren – sie war lang. »Kreuze an, was jeder Bewohner gegessen hat, ob er krank ist oder nicht«, wies sie sie an und ging dann zu einem anderen Paar Freiwilliger.

Hope sah Briony neugierig an, sagte aber nur: »Wir fangen drüben am Jacaranda Way an.«

Briony war erleichtert, dass sie sich keine Erklärung ausdenken musste. Hope war wahrscheinlich erst neunzehn oder zwanzig. Sie brauchte keine traurige und schäbige Geschichte zu hören. Und ehrlich gesagt wollte Briony sich Hopes Blick ersparen, wenn sie erfuhr, was Briony getan hatte. Obwohl LeeAnne Briony nicht abzulehnen schien. Als sie sagte, dass Briony Nate verletzt habe, hatte es geklungen, als wollte sie nur, dass Briony es wusste. Sie verurteilte sie nicht.

»Gut. Ich kann nach Gib sehen«, sagte Briony, als sie losgingen. »Der Kater, den ich hüte, scheint sich mit ihm angefreundet zu haben. Er besucht ihn ständig.«

»Gib ist großartig«, antwortete Hope. »Ich freue mich, dass er wieder Gesellschaft sucht. Er ist eine Zeit lang nicht ins Gemeinschaftszentrum gekommen. Nicht einmal zum Essen in den Speisesaal.« Sie verzog das Gesicht. »Es wäre wohl besser gewesen, wenn er auch heute nicht gekommen wäre.« Ihr Handy summte, und sie warf einen Blick darauf. »Nate möchte, dass wir ihm und Yesenia schreiben, sobald wir auf jemanden treffen, der krank ist. Wir sollen allen Bescheid sagen, dass wir uns heute Abend das Essen liefern lassen. Und jeder, der krank ist, bekommt etwas Leichtes.«

»Wow. Er denkt einfach an alles«, bemerkte Briony. »Wann hat er davon erfahren?«

»Vor noch nicht einmal einer Stunde.« Sie bogen in die Einfahrt zum ersten Bungalow auf ihrer Route ein. »Er ist unglaublich.« Sie klopfte an die Tür. »Samantha nimmt ihr Hörgerät heraus, wenn sie allein zu Hause ist. Es stört sie.«

Briony war beeindruckt. »Weißt du über alle, die hier wohnen, so gut Bescheid?«

Hope klopfte lauter. »Nicht über alle. Das hier ist mein Arbeitsweg. Bei schönem Wetter sind die Bewohner auf der Terrasse. Wir unterhalten uns.« Sie hob die Hand, um noch einmal zu klopfen, aber die Tür ging auf.

Die große, magere Frau hielt den Finger hoch, während sie mit der anderen Hand ihr Hörgerät einsetzte. »Hope! Was für eine schöne Überraschung. Möchten Sie hereinkommen? Ich habe ein Muster gefunden, nach dem ich einen hinreißenden kleinen Oktopus häkele, und Sie bekommen einen. Sie können sich die Wolle ansehen und die Farbe aussuchen.«

»Das ist so lieb, aber das müssen wir verschieben. Wir sind

vorbeigekommen, um nachzusehen, wie es Ihnen geht«, sagte Hope. »Einige Bewohner sind nach dem Mittagessen krank geworden. Wir befürchten, dass es eine Nahrungsmittelvergiftung sein könnte. Geht es Ihnen gut?«

»Prima«, gab Samantha zur Antwort, wobei sie die Hand auf ihren Bauch legte. »Ich hoffe, niemand ist ernsthaft krank.«

»Yesenia hat ein paar Leute behandelt, und Jeremiah sollte auch bald da sein und helfen«, erklärte Hope. »Können Sie uns sagen, was Sie zum Mittagessen hatten? Dann können wir herausfinden, welche Speisen schlecht waren.«

Briony nahm einen Stift aus der Tasche und kreuzte die Speisen an, die Samantha aufzählte. »Ich lese Ihnen vor, was sonst noch angeboten wurde«, sagte sie, als Samantha fertig war. »Es ist leicht, etwas zu vergessen, ein Gewürz oder eine Soße.« Sie ging die Liste durch und kreuzte noch ein paar Dinge an. Dann verabschiedeten sie und Hope sich und gingen zum nächsten Haus. Das Ehepaar, das dort wohnte, hatte zu Hause gegessen.

»Was hältst du davon, willst du zum nächsten Haus allein gehen?«, fragte Hope.

Briony hätte gerne gewusst, warum, aber Hope hatte ihr keine Fragen gestellt, als LeeAnne von der Situation mit Nate angefangen hatte, also beschloss sie, sich zu revanchieren. »Sicher.«

»Danke! Wunderbar!«, rief Hope aus. »Ich gehe zum Nachbarhaus, und wir treffen uns draußen.«

»Bis gleich dann.« Briony eilte den Gehweg entlang und klopfte an die Tür. »Max, hallo.« Der junge Mann trug Schlafanzughosen und ein T-Shirt. »Das muss das Haus deines Großvaters sein.«

»Ja. Ich bin gerade erst hergekommen. Habe mir nicht die Mühe gemacht, mich anzuziehen. Ich war in Sorge. Er hat angerufen und mir gesagt, er glaubt, dass er eine Grippe hat«, sagte Max.

»Ich glaube nicht, dass es die Grippe ist. Mehrere Leute, die im Speisesaal zu Mittag gegessen haben, sind plötzlich erkrankt. Es scheint sich um eine Lebensmittelvergiftung zu handeln«, erwiderte Briony.

Max' Augen weiteten sich. »W...wie ernst ist es denn? Muss er ins Krankenhaus?«

»Ich werde Yesenia, eine der Krankenschwestern, bitten, ihn sich anzusehen.«

»Okay, ja, ich kenne sie. Wie l...lang wird es d...dauern?«

»Ich bin mir nicht sicher. Das kommt darauf an, wie viele sonst noch krank sind. Aber es kommt noch jemand, deshalb glaube ich nicht, dass es allzu lange dauern wird«, antwortete sie. »Könnte ich Rich kurz sehen? Es würde uns weiterhelfen, wenn wir wüssten, was genau er gegessen hat.«

»Sicher. Ja.« Er öffnete die Tür weit, dann runzelte er die Stirn. Briony sah über ihre Schulter. Hope wartete bereits auf dem Gehsteig. »Was m...m... Was m...ma...« Er schluckte. »Was m...macht sie da?«

»Hope geht von Tür zu Tür und sieht nach den Bewohnern, genau wie ich«, sagte Briony zu ihm.

»Aber warum st...st...« Er summte kurz und begann noch einmal. »Warum steht sie einfach nur da?«

»Wir vergleichen unsere Notizen.« Briony würde ihm nicht sagen, dass Hope seinen Großvater nicht hatte besuchen wollen. »Darf ich hereinkommen?«

»J...ja. T...tut mir leid.« Max trat einen Schritt zurück. Rich saß auf dem Sofa, neben sich einen Plastikeimer. Aber er hatte sein Heft und seinen Bleistift in der Hand. Also fühlte er sich zumindest nicht so schlecht, dass er nicht in der Lage war, ein paar Zeilen zu schreiben.

Briony ging die Liste mit Speisen durch, und Rich sagte ihr, was er gegessen hatte, dann gab sie ihm Wasser und ermahnte ihn, es langsam zu trinken.

»Fällt Ihnen ein Wort ein, das sich auf Diarrhoe reimt?«, fragte er, als sie aufstand, um zu gehen. Aiarrhoe, Biarrhoe, Ciarrhoe. Briony ging das Alphabet durch, ohne dass ihr etwas einfiel. »Im Moment nicht«, gab sie zu. »Vielleicht wäre es mit Durchfall leichter!«

»Oder Dünnpfiff«, schlug Max vor.

»Ah! Gute Idee.« Rich fing an zu kritzeln, und Max grinste.

»Du bist ein guter Enkel«, sagte Briony zu ihm, bevor sie zu Hope zurückging.

»Bei Archie war niemand zu Hause. Er wohnt nebenan«, sagte Hope.

»Kannst du eine Textnachricht schicken, dass Rich krank ist?«, bat Briony. Sie wollte es nicht selbst tun. Nate wäre bestimmt nicht glücklich darüber, dass sie immer noch hier war. Außerdem hatte sie Yesenias Nummer nicht.

»Oh nein! Wie schlimm ist es?«, fragte Hope, wobei ihre Daumen über das Handy flogen.

»Als ich gegangen bin, war er gerade dabei, ein Gedicht über Durchfall zu schreiben. Max versorgt ihn«, antwortete Briony. »Er ist ein guter Junge.« Sie sah Hope an. »Ich sollte wohl nicht ›Junge‹ sagen. Immerhin ist er genauso alt wie du. Und seid ihr nicht auch im selben Kurs?« Nate hatte Max das am Familienabend gefragt. Es schien ihr schon Wochen her zu sein.

»Ja. Auch wenn ich bezweifle, dass er das weiß. Wenn er mich sieht, scheint er mich nicht einmal wiederzuerkennen. Oder zumindest tut er so. Vielleicht will er auch nicht mit den Angestellten sprechen.«

»Das klingt aber nicht nach Max«, sagte Briony.

»Wie kannst du das sagen? Du kennst ihn doch kaum«,

widersprach Hope. »Hast du ihn neulich Abend nicht gesehen? Er hat mir nicht mal geantwortet, als ich ihn gefragt habe, ob er ein Häppchen haben will. Und dann ist er einfach gegangen.«

Briony versuchte vergeblich, sich zu erinnern. Hope schien sich sehr sicher zu sein.

»Okay. Yesenia hat Rich auf ihrer Liste und wird ihm einen Besuch abstatten. Lass uns gehen.« Briony war froh, dass sie als Nächstes bei Gib vorbeischauten. Sie wollte unbedingt wissen, wie es ihm ging.

Als sie anklopfte, rief er, dass er an die Tür käme. An seiner heiseren, schwachen Stimme konnte Briony hören, dass er wohl krank geworden war.

Es kam ihr vor, als bräuchte er eine Ewigkeit, bis er die Tür öffnete. Sein Gesicht sah grau aus, und er hatte Schweißtropfen auf der Stirn. »Lassen Sie uns hineingehen, damit Sie sich setzen können«, sagte Briony. »Hope und ich sind hier, um nachzusehen, ob das Mittagessen die Ursache für Ihr Unwohlsein ist. Es sieht sehr danach aus.« Sie nahm ihn am Arm und ging langsam mit ihm ins Wohnzimmer.

»Wer ist sonst noch krank? Wie geht es Rich und Regina und Janet? Und Peggy?« Briony wusste, dass Gib sich um sie größere Sorgen machte als um alle anderen zusammen.

»Das wissen wir noch nicht.« Hope hatte ihm eine Flasche Wasser gegeben. »Aber wir gucken nach allen.«

»Wo ist das Raubtier?«, fragte Gib Briony.

»Ich würde sagen, zu Hause, aber jedes Mal, wenn ich denke, dass er dort ist, ist er in Wirklichkeit hier.«

»Er bringt mir gern Geschenke. Das hier ist das neueste.« Er nickte zum Beistelltisch hinüber. Neben der Lampe lag ein … sie war sich nicht sicher, was. Sie hoffte, dass es nicht etwas Totes war, das Gib in seinem Zustand nicht hatte wegwerfen können. Sie hob das Ding vorsichtig hoch und versuchte, dabei das spärliche weiße Haar nicht zu berühren. Zu ihrer Erleichterung bemerkte sie, dass es hauptsächlich aus Latex bestand, so dünn, dass es beinah durchsichtig war.

»Was ist das?« Sie schüttelte es ein wenig.

»Bin nicht sicher. Er muss eine Weile damit gespielt haben, bevor er beschlossen hat, es herzubringen. Oder er hat es im Müll gefunden«, antwortete Gib. Es sah tatsächlich aus, als wäre es mit kleinen scharfen Krallen herumgeschubst worden und als hätte vielleicht auch jemand daran gekaut. »Soll ich es wegwerfen?«

»Nein. Ich beginne eine Sammlung. Dieser Kater ist eine Persönlichkeit.« Gib räusperte sich, weil seine Kehle trocken war.

»Versuchen Sie doch, noch mal ein bisschen Wasser zu trinken«, schlug sie vor. »Und dann sagen Sie mir, was Sie gegessen haben.«

Nachdem sie die Liste durchgegangen waren, sagte sie ihm, dass sie jetzt im nächsten Haus weitermachen musste. »Darf ich vielleicht später noch mal wiederkommen?«, fragte sie. »Um nach Ihnen zu sehen. Dann kann ich Ihnen erzählen, wie es Peggy und den anderen geht.«

Er sah erfreut aus. »Wenn niemand anders Sie dringender braucht. Sie scheinen ja gar nicht so verrückt zu sein, wie ich zuerst den Eindruck hatte.«

»Hast du Nate informiert, dass Archie nicht zu Hause war?«, fragte Briony, als sie zum nächsten Haus gingen. »Er will bestimmt wissen, ob er auch erkrankt ist. Wenn ja, explodiert seine Enkelin. Sie will ihn sowieso schon woanders unterbringen.«

»Ich habe ihm getextet.« Hope sah Briony an, in ihrem Blick schien Bewunderung zu liegen. »Das hat er dir erzählt? Ha. Normalerweise behält er seine Probleme für sich. LeeAnne

224

muss ihm alles aus der Nase ziehen. Ihr müsst euch schnell nähergekommen sein.«

Briony wollte nicht darauf eingehen. Ungefähr eine Stunde später waren sie mit ihrer Runde fertig. Als sie und Hope das Gemeinschaftszentrum betraten, spürte Briony, wie sich ihr Magen zusammenzog. Hoffentlich würde sie Nate nicht noch einmal begegnen. Sie musste zwar immer noch mit ihm sprechen, aber heute war nicht der richtige Zeitpunkt. Sie würde zusammen mit Hope die Listen übergeben, und wenn es sonst für die Freiwilligen nichts zu tun gab, würde sie gehen.

Sie sollte sowieso etwas Zeit mit Caleb verbringen. Wie lange er wohl vorhatte zu bleiben? Bis sie nach Hause zurückfuhr? Wo auch immer ihr Zuhause sein mochte. Caleb hatte ein Haus in Portland gefunden. Sie konnte spüren, wie sich ihr Puls bei dem Gedanken beschleunigte.

»Geht es dir gut?«, fragte Hope, als sie in den Speisesaal gingen. An mehreren Tischen standen Leute, die Papiertüten mit Bananen, Joghurt, Keksen und noch mehr Wasser füllten. Sie sahen aus, als hätten sie die Lage unter Kontrolle.

»Ja. Prima.« Briony nahm einen langen, beruhigenden Atemzug. »Ich trinke auch ein Schluck Wasser.« Sie öffnete eine Flasche und trank. Sie würde nicht zulassen, dass sie eine weitere Panikattacke bekam. Nicht jetzt.

»Wir haben fast keinen Joghurt mehr!«

Briony kannte die Stimme. Sie blickte durch den Raum. Ja, es war Caleb. Irgendwie hatte er The Gardens gefunden und half aus. Warum musste Caleb nur so … so sehr Caleb sein? Sie musste ihn von hier wegschaffen. Es reichte schon, dass sie hier aufgetaucht war.

»Hier, Caleb!«, rief eine junge Frau und kam mit einem Joghurtkarton auf dem Arm auf ihn zu. Typisch Caleb, er hatte bereits Freundschaften geschlossen. Diese Freundschaft war umwerfend, mit ihrem langen schwarzen Haar und den dunklen Augen, die sie an …

Briony ergriff Hopes Arm. »Das ist …«

»Das ist Nathalie.«

»Nates Schwester«, sagten sie unisono.

Perfekt, dachte Briony. Einfach perfekt.

Nate und LeeAnne hatten das restliche Fleisch und den Fisch in den Müllcontainer geworfen. Das Gesundheitsamt hatte Proben von dem Mittagessen genommen und sie angewiesen, den Rest wegzuwerfen.

»Was für eine Verschwendung.« LeeAnne schüttelte den Kopf. »Nichts von alledem war verdorben. Ich erkenne, wenn etwas schlecht ist, und das hier war gut.«

»Ich stimme dir zu. Jemand muss etwas in das Essen am Buffet getan haben. Das Lüftungssystem, das Laufband und jetzt das hier. Und ich habe keine Ahnung, wer hinter der Sabotage stecken könnte«, sagte Nate.

»Du bist nicht oft genug aus, um dir Feinde zu machen«, unternahm LeeAnne einen schwachen Aufmunterungsversuch. »Und in The Gardens hast du ganz sicher keine Feinde. Das wüsste ich. Ich und das Personal, wir hören alles.«

»Es muss irgendetwas geben, was mir entgangen ist.«

»Also, jetzt hat das Gesundheitsamt den Fall übernommen. Vielleicht finden die etwas, was wir übersehen haben. Mit unvoreingenommenem Blick.« LeeAnne und Nate gingen zum Gemeinschaftszentrum zurück. »Wir können das Abendessen servieren. Wir haben die Lieferung und die leichte Kost für diejenigen bekommen, die krank sind. Soll beim Frühstück wieder alles normal laufen?«

»Ich weiß nicht.« Er fühlte sich unbehaglich. »So bald werden die Bewohner wohl nicht wieder im Speisesaal essen. Andererseits beruhigt es alle vielleicht, wenn die Dinge wieder ihren gewohnten Gang nehmen. Lass mich darüber nachdenken, und dann melde ich mich bei dir.«

Als sie in die Küche kamen, wuschen sie sich beide die Hände. »Ich erkundige mich, wie es mit den Care-Paketen läuft und ob einer der Bewohner sofort eine Visite benötigt. Sobald ich kann, sehe ich persönlich nach allen.«

»Ich habe Glück. Alles, was ich zu tun habe, ist, dieses Desaster hier aufzuräumen.« Sie gestikulierte in Richtung der Unordnung, die die Inspektoren des Gesundheitsamtes hinterlassen hatten. »Wenn du Hope siehst, sag ihr, dass ich keine Wutausbrüche mehr habe und sie gefahrlos wieder herkommen und helfen kann.«

»Wird gemacht.« Nate rückte seine Krawatte zurecht. Er wollte allen zeigen, dass er die Lage unter Kontrolle hatte. Obwohl das nicht stimmte. Überhaupt nicht. Er betrat den Speisesaal. Seine Leute packten gerade das Essen und das Wasser für die erkrankten Senioren ein. Es sah aus, als wären sie schon ziemlich weit gekommen. In einer halben Stunde, wenn der Caterer kam, konnten sie dann das Abendessen zur Verteilung vorbereiten.

Sein Blick blieb an einem der Tische hängen, und er hielt inne. Seine Schwester band Schleifen auf die Päckchen. Wie hatte sie überhaupt erfahren, was los war? Er hatte weder ihr noch seiner Mutter etwas davon gesagt. Dann hätte er nur noch zwei Leute beruhigen müssen. Zumindest hatte er das angenommen. Aber hier war Nathalie, und sie packte tatsächlich mit an. Als er zu ihr gehen wollte, blieb er wieder stehen. Sie stand neben diesem Typen von gestern Abend. Brionys Verlobtem. Ex-Verlobtem. Was verdammt noch mal machte der hier?

Dann war Briony also noch nicht gegangen. Er entdeckte sie sofort in der anderen Ecke, wo sie sich mit Archie unterhielt, der in seinem Rollstuhl saß, einen schicken Fedora tief in die Stirn gezogen. Regina und Janet umschwirrten ihn, und er schien die Aufmerksamkeit zu genießen. Nate ging zu ihnen.

Bevor er die kleine Gruppe erreichte, wurde er von Eliza aufgehalten. Es war eben einer dieser Tage. Du musst sowieso mit ihr sprechen, sagte er sich. Dann eben jetzt. »Eliza, wie ist es mit dem Spezialisten gelaufen? Was hat er zu dem Knöchel gesagt?«

»Der Knöchel? Der ist im Augenblick das geringste Problem meines Großvaters. Ich musste ihn in die Notaufnahme bringen. Er hatte eine Lebensmittelvergiftung. Wie offenbar fast alle hier.«

»Es sind nicht so viele«, protestierte Nate. Er blickte zu Archie hinüber. »Wenigstens scheint es ihm wieder so gut zu gehen, dass er flirten kann.«

Eliza ignorierte den kleinen Scherz. »Er sollte im Bett liegen. Aber er ist ein Dickkopf und hängt irgendwie an dieser Einrichtung, obwohl er ja erst seit weniger als einem Monat hier ist. Er hat darauf bestanden herzukommen, um zu sehen, wie es läuft.«

»Er hat viele Freundschaften geschlossen«, begann Nate. »Er hat …«

Sie ließ ihn nicht ausreden. »Ich schicke Ihnen die Rechnung der Notaufnahme, zusammen mit der des Orthopäden, sobald wir es schaffen, einen Termin wahrzunehmen.«

Nate erhob keine Einwände. Es war sinnlos, sie daran zu erinnern, dass The Gardens über eigenes medizinisches Personal verfügte, das ihren Großvater hervorragend versorgt hätte.

»Der Arzt hat gesagt, wir hätten Glück gehabt, da ich ihn so schnell in die Notaufnahme gebracht habe. Mein Großvater war bereits sehr dehydriert. Sie haben ihn sofort an den Tropf gehängt, mit Toradol gegen die Schmerzen und Zofran gegen die Übelkeit. Er war in einem schlimmen Zustand.«

»Das tut mir sehr leid.«

»Es tat Ihnen auch sehr leid, als Sie von seinem Knöchel erfahren haben. Aber das bringt uns auch nicht weiter.«

Was sollte er dazu sagen? Es war die Wahrheit. Er hatte getan, was er konnte, um die Sache mit der Lebensmittelvergiftung und dem kaputten Laufband in den Griff zu bekommen, aber es genügte nicht. Es könnte zu einer weiteren Sabotage kommen, auch mit den neuen Kameras. Und selbst wenn sie herausfanden, wer dahintersteckte, würde das Archies Schmerzen und die der anderen nicht lindern. »Die Leute vom Gesundheitsamt waren schon da. Sie ermitteln. Bisher haben sie keine Hygieneprobleme gefunden. Sie haben Proben vom Mittagessen genommen. Ich habe bald mehr Informationen.«

»Sie können gern bei der Versammlung für die Familienangehörigen sprechen, die ich für morgen Abend geplant habe. Ich dachte mir, wir könnten den Vorführraum nehmen, wenn Sie nichts dagegen haben.«

»Eine Versammlung?«, wiederholte Nate.

»Um über die Probleme zu sprechen, die es in The Gardens gibt«, erklärte Eliza.

Er überlegte kurz. Ein Treffen war keine schlechte Idee. Er musste sowieso mit allen Familien reden. Aber er wollte nicht, dass Eliza es leitete. Zu spät. Wenn er jetzt versuchte zu übernehmen, könnte ihm das falsch ausgelegt werden, indem sie behauptete, er wollte nicht, dass die Familien zu Wort kämen.

»Das halte ich für eine großartige Idee. Natürlich können Sie den Vorführraum haben«, antwortete Nate. »Ich kann Ihnen Erfrischungen …« Eliza gab ein höhnisches Lachen von sich, und Nate zuckte zusammen. »Oder vielleicht lieber nicht. Aber ich würde es begrüßen, wenn ich sprechen und Fragen beantworten könnte.«

Eliza nickte. »Es wird sicher viele Fragen geben. Ich hätte gern die Kontaktinformationen für die Familien.«

»Das ist vertraulich. Aber wenn Sie eine E-Mail schreiben, schicke ich sie ihnen gern.« Damit wüsste er zumindest, was ihn erwartete.

»Gut. Sie bekommen sie in der nächsten Stunde. Ich werde außerdem direkt mit den Bewohnern sprechen. Und ich möchte auch mit dem Personal sprechen. Wenn es Ihnen nichts ausmacht.«

»Überhaupt nicht. Ich sage allen, dass Sie ihnen gerne Fragen stellen dürfen.« Er wollte das nicht, aber es durfte nicht aussehen, als hätte er etwas zu verbergen. Er musste noch eine Personalversammlung einberufen, weil er auch sie beruhigen und ihnen alles erklären wollte. Und er würde sich bei allen bedanken, dass sie heute über sich hinausgewachsen waren. Er warf wieder einen Blick zu seiner Schwester hinüber. Sie war immer noch mit den Schleifen beschäftigt. Es kam ihm vor, als wäre er in eine andere Wirklichkeit hineingestolpert.

»Möchten Sie, dass ich Ihnen einen Platz suche, an dem Sie die E-Mail schreiben können?«, fragte Nate Eliza. »Ich hole Ihnen einen Laptop, wenn Sie …«

Sie unterbrach ihn: »Ich habe alles, was ich brauche, bei meinem Großvater. Momentan kann er wohl hierbleiben.«

»Wenn er nach Hause will, kümmere ich mich darum, dass ihn jemand bringt, damit er sich nicht mit dem Rollstuhl auf der Straße abplagen muss.«

»Machen Sie sich keine Mühe. Rufen Sie mich an.« Damit ging sie.

Es sollte ihn nicht stören, dass sie nicht einmal Danke gesagt hatte. Er stand in ihrer Schuld. Ihr Großvater war unter seiner

Aufsicht zu Schaden gekommen – zwei Mal. Trotzdem musste er einen Wutausbruch unterdrücken.

Die Wut kam sofort wieder hoch, als er zu Archie hinüberging. Briony unterhielt sich lebhaft mit den Bewohnern. Ihre Augen leuchteten. Es wirkte so, als gehörte sie ganz und gar hierher. Diesmal verdrängte er seinen Ärger nicht. Er zwang sich, ein paar höfliche Worte mit Regina und Janet zu wechseln, und fragte Archie, wie es ihm ging. Dann wandte er sich an Briony. »Ich muss mit dir sprechen.« Sie ging voran in den Flur hinaus. »Ich habe dir gesagt, du sollst verschwinden«, sagte er, sobald er die Tür hinter ihnen geschlossen hatte. »Du hast behauptet, du hättest keine Zeit, mit mir zu reden«, widersprach sie, aber ihre Wangen röteten sich. »Ich bin dageblieben, um zu helfen.«

»Und du hast ihm irgendetwas erzählt, damit er auch hilft?«

»Nein! Ich habe ihm getextet, dass ich später komme, weil ich bei einem Notfall in der Seniorenresidenz bin. Ich habe ihm nicht gesagt, dass du der Besitzer bist. Und schon gar nicht, dass er herkommen soll. Aber er muss herausgefunden haben, dass die Einrichtung in der Nähe von Storybook Court ist, und ist natürlich hergekommen. Er ist perfekt. Das ist es, was der perfekte Mann tut. Er hilft bei einem Notfall.«

»Wenn er so perfekt ist, warum hast du ihn dann am Altar stehen lassen?«, erwiderte Nate. »Denn das hast du doch getan, oder?«

Briony hob die Hände und ließ sie in einer hilflosen Geste wieder sinken. »Ja.«

Ja. War das alles, was sie dazu zu sagen hatte? Ja. »Was hast du ihm über uns erzählt? Oder hast du ihn auch angelogen? Hast du ihm gesagt, ich wäre ein Nachbar?«

»Ich habe es ihm gesagt. Nicht die Einzelheiten. Aber ich habe ihm gesagt, dass ich mit dir geschlafen habe.«

»Und?«

»Und er hat es verstanden.«

»Er hat es verstanden. Er hat es verstanden. Nun, verdammt, ich verstehe gar nichts!«

Sie hob das Kinn. »Du weißt, dass ich hier nur Urlaub mache und wir es nur aus Spaß getan haben.«

»Ja. Ich habe einen Mordsspaß«, sagte er bissig.

Sie holte tief Luft. »Nate, ich bin hergekommen, weil ich mich bei dir entschuldigen muss. Das zwischen uns ist so schnell passiert. Das weißt du. Als wir uns kennenlernten, wollte ich nicht gleich mit der Tür ins Haus fallen ›Übrigens, ich bin abgehauen und hierhergekommen, weil ich auf dem Weg zum Altar ohnmächtig geworden bin und mich vor meinem Verlobten – Ex-Verlobten –, den Hochzeitsgästen und meinen Eltern zu sehr geschämt habe‹. Wir sind auf einen freundschaftlichen Drink ausgegangen, erinnerst du dich? Es war kein Date. Und dann wurde daraus … Nun, du weißt, was daraus wurde.«

»Und das nächste Mal? Du hättest es erwähnen können, bevor wir an der Wand da drüben gevögelt haben? Oh, warte. Da gab es nichts zu erklären. Es war ja nur Spaß. Jedenfalls ist es nur Spaß, wenn man nur eine …« Er hielt sich zurück, bevor er das Wort aussprach, aber sie wussten beide, was er meinte.

Und warum auch nicht. Es war die Wahrheit. Nur Nutten verhielten sich so. Deshalb wollte er, dass sie verschwand.

»Du hast dich entschuldigt. Danke. Jetzt geht ihr besser, du und Caleb. Falls ihr immer noch den Drang habt zu helfen, gibt es in ganz L.A. eine Menge Einrichtungen, die Freiwillige suchen.«

Nate wandte sich ab und ging mit großen Schritten in den Speisesaal zurück, ohne sich noch einmal umzudrehen. Nathalie war noch immer bei Caleb, schüttelte ihr Haar in jede mögliche Richtung und warf ihm Blicke zu. In fünf Minuten würde sie weinen, weil er sie zurückgewiesen hatte. So lange dauerte es gewöhnlich. Ein bisschen Aufmerksamkeit von einem Mann, und sie glaubte, es wäre auf immer und ewig. Hatte die Ehe ihrer Eltern sie denn gar nichts gelehrt?

»Nur damit du es weißt, der Typ hätte vor einer Woche beinahe geheiratet«, sagte Nate zu seiner Schwester.

»Ich weiß«, sagte Nathalie.

Sie wusste es? Nun, wenigstens war Caleb anständig und hatte es ihr erzählt. Im Gegensatz zu Briony.

»Es ist doch unglaublich, was ihm passiert ist. Und er ist hierhergekommen, weil er die Dinge wieder ins Lot bringen will«, fuhr Nathalie fort. »Wenn ich Caleb wäre, könnte ich ihr niemals verzeihen. Niemals.« Sie sah zu Caleb hinüber. »Ich bin besitzergreifend«, gestand sie.

Sie war total in ihrem Flirtmodus. Aber so war Nathalie. Sie konnte nicht anders und musste flirten. Wenigstens verstand sie die Lage. Das war das Einzige, was er wissen wollte. »Ich geh mal nachsehen, wie es in der Küche läuft.«

»Warte.« Nathalie hielt ihn am Ellbogen fest. »Ich dachte, es wäre doch nett, wenn wir Caleb und seine Ex-Verlobte heute Abend zum Essen einladen würden. Als Dankeschön, dass sie ausgeholfen haben.«

»Nein!«, gab Nate heftig zurück.

Auch jemand hinter ihm stieß ein erschrecktes »Nein!« aus. Briony. »Danke schön, aber das geht nicht«, sagte Briony, diesmal ruhiger. »Caleb ist hier, weil er mit mir zusammen sein will. Nur wir beide.«

Mac sprang auf Gibs Bett und kuschelte sich an ihn. Der Mann streichelte ihm den Kopf. Gibs Haut fühlte sich unangenehm klamm an, aber Mac rutschte nicht weg. Sein Freund brauchte ihn, und Mac würde bei ihm bleiben.

Überall roch es nach Krankheit. Später würde er sich um die anderen Menschen kümmern. Er war vielleicht nur ein Kater, aber er war MacGyver. Er würde tun, was getan werden musste.

# Kapitel 16

Nate, warum hast du mir nichts von der Lebensmittelvergiftung gesagt?«, fragte Nathalie, während sie Schleifen auf die letzten Carepakete band.

»Du hast genug um die Ohren. Deine Arbeit. Die Kinder.« Das war nicht der Hauptgrund, aber über ihr fehlendes Interesse an The Gardens wollte er nicht sprechen, wenn die Bewohner und das Personal in Hörweite waren. »Wo sind die Kinder überhaupt?«

»Bei Mom. Auf dem Weg zu meinem Auto habe ich Caleb getroffen. Er hat gerade versucht herauszufinden, wo er hinmusste, um bei ›dem Notfall‹ zu helfen. Von dem ich nicht einmal etwas wusste. Wir sind zusammen zum Gemeinschaftszentrum gegangen. Da waren Leute, die Carepakete gepackt haben, also haben wir mitgemacht. Wenn du mir etwas gesagt hättest, wäre ich schon früher hier gewesen.«

Ja, aber wärst du auch eingesprungen, wenn kein Mann im Spiel gewesen wäre?, dachte er unwillkürlich. »Wie geht es Mom?«, fragte er.

»Wie immer«, antwortete Nathalie. »Hat sich gefreut, die Kinder zu sehen. Sie ist gern Großmutter. Also, warum hast du mich nicht angerufen?«

Er kannte sie, sie würde keine Ruhe geben, sobald sie sich festgebissen hatte. »Willst du einen Kaffee?«

Sie band die letzte Schleife und tätschelte sie kurz. »Gern. Sieht aus, als wäre nicht mehr viel zu tun, bis der Caterer mit dem Essen kommt.«

LeeAnne und Hope arbeiteten in der Küche, als Nate und

Nathalie hereinkamen. Nate warf LeeAnne einen Blick zu, und sie verstand. Sie verstand ihn meistens. »Hope, lass uns mal in die Vorratskammer gucken.« Hope stellte keine Fragen. Sie gingen sofort.

Nate schenkte sich und seiner Schwester Kaffee ein, und sie setzten sich an den Tisch. »Okay, was wolltest du nicht vor den anderen Leuten sagen?« Seine Schwester verstand ihn, wenn sie sich Mühe gab. »Ich will dich nicht beleidigen, Nathalie, aber ...«

»Nicht beleidigen. Das fängt ja gut an. Ich merke schon, in welche Richtung das geht«, sagte sie abfällig.

Manchmal vermittelte sie ihm das Gefühl, als wären sie beide wieder dreizehn, aber er ließ sich nicht zu einer sarkastischen Antwort hinreißen. »Ich habe dich nicht angerufen, weil du im Grunde genommen nicht zum Team gehörst.« Das war diplomatisch.

»Aber das hier war ein Ausnahmefall. Leute haben geholfen, die du kaum kennst.«

»Eigentlich nicht. Briony ... Briony hat sich zu einer Freundin entwickelt.« Er wollte nicht mit seiner Schwester über Briony sprechen. Denn dann würde sie ihm in allen Einzelheiten von ihren Beziehungen erzählen. »Sie kennt ein paar der Senioren. Ich nehme an, Caleb wollte helfen, weil sie da war.«

»Sie war nicht mal hier, als wir die Pakete zusammengestellt haben.« Nathalie sah sich auf dem Tisch um, und er ging die Sahne holen. »Er ist von weit her angereist, und sie verschwindet einfach«, fuhr sie fort. »So benimmt man sich nicht, wenn man jemanden zurückhaben will.«

Sie hat mal wieder abgelenkt, dachte er, als er das Sahnekännchen hinstellte. Aber leider wollte er auch darüber nicht reden.

Nathalie goss einen Klecks Sahne in ihre Tasse. Sie zögerte, als sie sie an den Mund hob. »Ist die in Ordnung?«

Wie konnte sie das nur fragen? »Ja. Sie ist in Ordnung. So wie alles hier.«

»Na ja, offenbar ja nicht.« Nathalie stellte die Tasse ab.

»Du kannst das trinken, Nathalie. Sei nicht dumm. Wenn du mir nicht traust, vertrau wenigstens den Inspektoren vom Gesundheitsamt. Sie haben alles überprüft und nichts gefunden.«

»Was ist denn dann passiert? Leute sind krank geworden, nachdem sie hier gegessen hatten. Zumindest habe ich das gehört.«

»Jemand hat hier Sabotage begangen, okay? Und es geht nicht nur um Lebensmittelvergiftung. Jemand hat sich am Lüftungssystem zu schaffen gemacht, und die Teppiche, Vorhänge und wohl auch die Möbel in der Bibliothek und im Fernsehraum müssen ausgewechselt werden. Die Bücher auch, wenn wir den Geruch nicht herausbekommen. Und eines der Laufbänder ist plötzlich ein paar Stufen höher gesprungen, und ein Bewohner hat sich verletzt. Er hat sich nur den Fuß verstaucht, aber es würde mich nicht überraschen, wenn seine Enkelin uns verklagt. Und nach dem, was heute geschehen ist, könnte es sein, dass sie ein paar andere Familien dazu bringt, sich ihr anzuschließen.«

»Oh, Nate. Warum hast du mir nichts davon erzählt?«

Es hörte sich nicht länger anklagend an, sondern mitfühlend. Und vielleicht war sie auch ein wenig verletzt.

»Ich bin der Manager hier. Es ist mein Job.« Niemand sonst hatte sich bereit erklärt einzuspringen, als sein Vater sie verlassen hatte. Und Nathalie und seine Mutter hatten schließlich mitbekommen, wie sehr er mit seinen Fernkursen zu kämpfen hatte, weil The Gardens ihn so in Anspruch nahm.

»Aber das ist ein Riesenproblem«, erwiderte Nathalie. »Hast du Mom etwas gesagt?«

Er schüttelte den Kopf. »Komm schon, Nath. Du weißt doch, wie sie ist. Sie schafft den Tag schon kaum, obwohl sie außer Stricken, Kochen und Fernsehen nichts zu tun hat. Und neulich Abend ...«

»Spuck es aus.«

»Sie hat gesagt, sie hätte Dads Rasierwasser gerochen«, erwiderte Nate.

Nathalie sog scharf den Atem ein. »Sie hat von Dad gesprochen?«

»Ja. Als sie den Geruch erwähnte, dachte ich sofort an einen Hirntumor. Wusstest du, dass man durch einen Tumor Dinge riecht, die nicht da sind?«

»Mein Gott, Nate. Warum erzählst du mir das? Sie ist auch meine Mutter.«

»Ich mache einen Termin bei der Ärztin für sie«, sagte Nate. »Ich sag dir Bescheid, was sie davon hält. Aber inzwischen denke ich, dass Mom ihn einfach nur vermisst. Um die Zeit damals ist er gegangen.«

»Als ob ich das nicht wüsste.«

»Ich hatte keine Ahnung, dass du noch daran denkst.«

»Natürlich tue ich das. Dass wir nie darüber sprechen, bedeutet nicht, dass es nie geschehen ist.«

»Sie hat mir gesagt, dass sie eine Flasche von seinem Rasierwasser und ein paar andere Sachen, die er dagelassen hat, im Keller verstaut hat.«

»Ich dachte, sie hätte alles weggeworfen. Ich wollte seine Armbanduhr behalten, weißt du, etwas, was er immer getragen hat, aber sie hat es mir nicht erlaubt.«

Das hatte er nicht gewusst. Er hatte nicht darum gebeten, irgendetwas behalten zu dürfen, sondern gehorsam mitgeholfen, alles in Mülltüten gepackt und sie in den Müllcontainer geworfen.

»Mir platzt gleich der Kopf.« Sie wedelte mit den Händen über ihrem Kopf herum. »Also, du bringst Mom zum Arzt, nur zur Sicherheit. Was tun wir wegen der Sabotage?«

Sie sagte »wir«. »Ich habe neue Überwachungskameras installieren lassen. Der Sicherheitsdienst weiß Bescheid. Vielleicht findet das Gesundheitsamt etwas, was wir übersehen haben«, antwortete Nate.

»Und wenn es einen Prozess gibt?«

»Derzeit können wir nur abwarten. Ich werde mit allen Familien sprechen und versuchen, ihre Bedenken auszuräumen.« Er dachte daran, die Versammlung zu erwähnen, die Eliza plante. Aber er hatte alles unter Kontrolle. Nathalie hatte es wohl Spaß gemacht, einen Nachmittag lang Schleifen zu binden, aber eigentlich wollte sie nicht miteinbezogen werden.

Caleb nahm Brionys Hand, als sie am Abend den Santa Monica Pier entlanggingen. Das Blut begann, in ihren Ohren zu rauschen, als ihr Herz schneller schlug. Aber es fühlte sich nicht gut an.

Instinktiv wollte sie sich ihm entziehen, aber das konnte sie ihm nicht antun. Er war den langen Weg nach L.A. gekommen, obwohl er doch allen Grund hatte, sie zu hassen.

Sie zwang sich, ihre Finger fester um seine Hand zu schließen, und er lächelte zur Antwort. »Schöner Sonnenuntergang«, sagte er.

»Wunderschön«, stimmte sie zu. So waren ihre Gespräche verlaufen, seit sie The Gardens verlassen hatten, nichts weiter als ein Austausch von Höflichkeiten. Aber was erwartete sie? Sie hatte ihm gesagt, dass sie nicht einfach so weitermachen wollte wie vorher. Und sie wollte keine tiefgründige Diskussion über ihre Gefühle am Hochzeitstag oder erklären, warum sie mit Nate geschlafen hatte.

Sie wusste, was sie nicht wollte. Aber was wollte sie? Das wusste sie nicht. Das war das Problem. Wie immer. Sie wusste nicht, was sie wollte.

Sie versuchte, sich zu konzentrieren. Wollte sie mit Caleb zusammen sein? Ihr Körper sagte weiterhin Nein. Aber schließlich wusste ihr Körper nicht immer, was am besten für sie war. Ihr Körper hatte sich Nate an den Hals werfen wollen. Und Nate war schließlich auch kein so toller Mensch. Er hatte sich kaum zurückhalten können und sie fast eine Nutte genannt, so als wäre er nicht mit ihr zusammen gewesen und hätte nicht all diese angeblich ausschweifenden Dinge getan. Allerdings war er nicht ein paar Tage zuvor noch verlobt gewesen.

Sie schon. Mit Caleb. Sie musste herausfinden, ob es für sie und Caleb noch eine gemeinsame Zukunft gab. Briony war über drei Jahre lang mit ihm zusammen gewesen. Vielleicht nur, weil sie mit dem Gefühl aufgewachsen war, dass sie nicht auf sich selbst aufpassen konnte? Weil ihre Eltern glaubten, er wäre gut für sie, und weil sie eigentlich immer dem zustimmte, was sie dachten? Sie bemerkte, dass sie schweißnasse Hände bekam. Sie nahm ihre Hand weg und wischte sie unbemerkt an ihrem Rock ab. Ein Schweißfleck blieb auf dem blassgrünen Stoff zurück.

»Bist du okay?«, fragte Caleb. »Hast du gerade ein bisschen Panik?«

»Ein bisschen«, gab sie zu.

Er führte sie zu einer Bank. »Warum setzt du dich nicht einen Augenblick hin? Ich bringe dir etwas zu trinken.«

Briony senkte den Kopf. Sie horchte auf das Rauschen des Ozeans, hoffte, dass der Rhythmus sie ins Gleichgewicht bringen würde. Stattdessen ertappte sie sich, wie sie an Nate dachte. Vielleicht hätten sie diesen Platz von der Dachterrasse des Restaurants aus sehen können.

Briony hätte ihm gerne heute die Angelegenheit erklärt, sodass er zumindest ein wenig Verständnis hätte aufbringen können. Sie hatte ihm erzählen wollen, wie schrecklich es in der Kirche gewesen war, als der Boden sie nicht mehr trug und alles vor ihren Augen verschwamm. Er hatte es nicht hören wollen. Er wollte sie so schnell wie möglich loswerden, er fand sie abstoßend.

Briony hörte, wie sich Schritte näherten, und hob den Kopf. Sie schaffte es zu lächeln, als Caleb ihr eine Flasche Wasser gab. Er war rücksichtsvoll. Er verurteilte niemanden wegen eines Fehlers. Und er wollte ihr, ihnen, noch eine Chance geben.

»Geht es dir besser?«, fragte Caleb, nachdem sie einen Schluck getrunken hatte.

»Ich glaube, ja.« Sie schuldete ihm – ihnen – Zeit. Es war ein schöner Platz, ein romantischer Fleck am Strand, der perfekte Ort, um herauszufinden, ob ihre Beziehung einen Versuch wert war. »Was möchtest du …« Nein, befahl sie sich. Tu das nicht. Nur weil du mit Caleb hier bist, bedeutet das nicht, dass du jetzt wieder zauderst und ihn darum bittest, alles zu entscheiden. »Lass uns mit dem Pacific Plunge fahren!«

Großartig. Das war ihr eingefallen? Sie war ein paarmal Karussell gefahren, das war alles. Ihre Eltern – oder war es nur ihre Mutter gewesen, und ihr Vater hatte nur mitgezogen? – hielten Fahrgeschäfte in einem Vergnügungspark für zu gefährlich. Und der Pacific Plunge? Es ging steil nach oben, dann steil nach unten, und die Leute schrien die ganze Zeit. Sie wollte nichts machen, das Leute zum Schreien brachte. Vielleicht sollte sie etwas weniger Waghalsiges aussuchen. Vielleicht das Riesenrad?

»Ich glaube nicht, dass das etwas für dich ist. Wie wär's, wenn ich stattdessen für dich beim Ringwerfen einen Plüschbären gewinne?«, schlug Caleb vor.

Auf einmal war sie verärgert. »Wenn ich einmal nicht schwach oder zögerlich bin und eine Entscheidung treffe, ohne dich zurate zu ziehen, willst du mich bereits in mein altes Ich zurückverwandeln.«

»Wenn du mit dem Plunge fahren willst, dann fahren wir mit dem Plunge«, sagte Caleb. »Lass uns Karten kaufen.«

Als sie zum Ticketverkauf gingen, entdeckte Briony einen Essensverkäufer. »Ich möchte einen Corn Dog.« Avocadotoast war eher ihr Stil. Sie aß eher gesund. Aber heute Abend wollte sie etwas Neues ausprobieren. »Möchtest du auch was?«, fragte sie.

»Wir haben gerade gut zu Abend gegessen«, wiegelte Caleb ab.

»Ich weiß. Das ist kein Abendessen. Es ist Junkfood.« Sie grinste ihn an, spürte, wie das wackelige, panische Gefühl verflog und ein wilder Leichtsinn an seine Stelle trat.

»Und es heißt nicht ohne Grund Junkfood.«

»Ich habe ja nicht vor, von jetzt an davon zu leben. Aber wir sind auf der Strandpromenade.« Briony kaufte sich einen Corn Dog, dann kamen sie an einem Icee-Stand vorbei. Icee war reiner Zucker – und sie wollte einen. Sie stellte sich eine Mischung aus saurem Apfel, Limonade, Blaubeere und Kirsche zusammen, wobei jeder Geschmack vor künstlicher Farbe nur so leuchtete und aussah, als wäre er nicht für den menschlichen Konsum geeignet. Sie nahm einen Schluck. Lecker. Möglicherweise weil es verbotene Früchte waren.

Sie schlenderte zu Caleb zurück und stellte sich vor dem Tickethäuschen in die Schlange. Briony sah sich die Preise an. »Lass uns ein Armband nehmen, dann wird es billiger, wenn wir mehr als ein Mal fahren.«

»Hast du das denn vor?«, fragte Caleb.

Briony bekam Gewissensbisse. Es war sein Urlaub. Er sollte eigentlich mitentscheiden, was sie unternahmen. Aber niemand hatte ihn gebeten herzukommen. Und sie hatte einen schlechten Tag gehabt. Jetzt wollte sie ein bisschen Spaß haben. Ohne dass jemand sie dafür verurteilte. »Ich will alle ausprobieren!« Eigentlich nicht, aber nun gab es keinen Weg zurück. Vielleicht war der Plunge ja wie der Icee. Das Getränk sah schädlich aus, schmeckte aber köstlich. Der Plunge sah furchterregend aus, war aber vielleicht nur ... ein wenig beängstigend.

»Zwei Armbänder«, sagte Caleb zu der Halbwüchsigen hinter der Kasse. Briony nahm einen Bissen von ihrem Corn Dog. »Es gibt bestimmt noch mehr Sachen auf Spießen. Ich glaube, ich brauche einen Karamellapfel. Ob es wohl frittierte Karamelläpfel gibt? Denn der frittierte Hotdog schmeckt einfach köstlich.« Sie trank etwas mehr von ihrem Icee. Sie fühlte sich ein bisschen durchgeknallt. Konnte der Zucker jetzt schon so durchgeschlagen haben?

»Ich habe kürzlich gelesen, dass Männer höchstens neun Teelöffel Zucker am Tag zu sich nehmen sollten und Frauen sechs«, merkte Caleb an.

»Spielverderber.« Sie nahm noch einen Schluck von dem Icee. »Habe ich recht?«, fragte sie die Kassiererin. Das Mädchen sah sie an, als wäre sie verrückt. »Selber«, sagte Briony zu ihr.

»Was ist los mit dir?«, fragte Caleb, als er ihr das Armband gab.

»Nichts. Ich habe nur Spaß. Spaß, hast du schon einmal davon gehört?« Sie eilte auf den Plunge zu. Er antwortete nicht und folgte ihr. Plötzlich blieb sie an einem Mülleimer stehen. »Ich kann das hier nicht mitnehmen.« Sie aß die letzten Bissen ihres Corn Dogs und warf den Spieß weg, dann nahm sie den

Deckel von ihrem Ein-Liter-Icee. Der Becher war noch beinahe drei Viertel voll. Sie setzte ihn an den Mund, trank ihn in einem Zug aus und warf ihn in den Müll. »Zwei Punkte!«, rief sie.

Zwei Sekunden später erlitt ihr Gehirn einen Kälteschock, der sie beinahe in die Knie gezwungen hätte, aber sie ging weiter und stellte sich in die Schlange. Sie hatte Spaß, verdammt noch mal, und Kopfschmerzen, Mordskopfschmerzen, würden sie nicht daran hindern. Sie würden nicht lange anhalten.

Man hörte die Schreie der Leute, die gerade hinunterstürzten. Sie kreischen vor Freude, sagte sich Briony. Reine Freude. Sie sah nicht nach oben.

Als sie und Caleb ihre Plätze in der Gondel einnahmen, sagte die leise Stimme in ihrem Kopf: *Fehler, Fehler, Fehler*. Drei Jungen nahmen die letzten Sitze ein. Die meisten Leute in der Schlange waren Teenager, die sich nicht vorstellen konnten, dass sie sterblich waren. Deshalb fanden sie es ja auch so lustig!

Beinahe wäre Briony aufgesprungen und hätte die Flucht ergriffen, aber die Sicherungsriegel waren bereits geschlossen. Gut. Sie würde sich wie eine Versagerin fühlen, wenn sie jetzt ausstieg.

*Fehler, Fehler, Fehler!*, rief die leise Stimme, als die Gondel in den Himmel hinaufstieg. Briony merkte, dass sie die Stange mit beiden Händen umklammerte.

Caleb drückte ihre verkrampften Finger. »Mach dir keine Sorgen. Sie bremsen entweder per Druckluft oder durch Dauermagneten.«

Es hatte ihr immer gefallen, wie kompetent er war, dass er zu denjenigen gehörte, die wussten, wie etwas funktionierte. Aber sie wollte auf ihrer ersten Fahrt in einem Vergnügungspark keine Vorlesung hören. Sie lockerte den Griff und betrachtete die Aussicht, die sich unter ihr erstreckte. Das Meer glitzerte im Mondlicht. Sie …

Die Gondel hielt plötzlich an. Sie konnte nicht anders, als wieder die Stange zu umfassen. Dann, *huiii!*, befand sie sich im freien Fall! Und ein Kreischen kam aus ihrer Kehle. Es war tatsächlich ein Freudenschrei, in den sich ein wenig Angst mischte.

»Das war großartig!«, rief sie, als sie aus ihren Sitzen kletterten.

»So stellt sich also die Erste Welt Unterhaltung vor«, sagte Caleb. »Wir müssen unseren Körper austricksen, damit er Adrenalin produziert, weil unser restliches Leben so sicher ist.«

»Spielverderber«, erwiderte Briony leise, aber vernehmlich. Sie hatte diesen Ausdruck vor heute noch nie benutzt.

»Briony, du merkst, dass du versuchst, einen Streit mit mir vom Zaun zu brechen, oder?«, fragte Caleb, und seine grünen Augen blickten ernst.

»Was ich versuche, ist, Spaß zu haben.« *Und einen Streit mit ihm vom Zaun zu brechen*, sagte die leise Stimme. »Du willst mir Schuldgefühle einreden, indem du von der Dritten Welt und von empfohlenem Zuckerkonsum anfängst«, fügte sie hinzu.

»Ich habe nur Small Talk gemacht«, widersprach Caleb. »Ich wollte nicht darüber reden, warum du … äh … nach nicht mal einer Woche nach unserer geplanten Hochzeit mit jemandem geschlafen hast.«

»Du hast selbst gesagt, es wäre nichts gewesen, eine Affäre, eine Stressreaktion.« Ein paar Leute warfen ihnen neugierige Blicke zu, aber es war ihr gleichgültig.

»Ich habe versucht, verständnisvoll zu sein, und ich verstehe es. Es gefällt mir nicht, aber ich kann es verstehen«, antwortete Caleb, und sein Ton war ganz ruhig. »Aber nur damit du's weißt, am Altar stehen gelassen zu werden, war auch kein stressfreies Erlebnis für mich, und ich bin nicht losgezogen und habe mir jemanden ins Bett geholt, um darüber hinwegzukommen.«

»Natürlich hast du das nicht! Du bist perfekt. Zu perfekt, um nur aus Spaß einen Icee zu trinken. Zu perfekt, um einen Corn Dog zu essen.«

»Du denkst dir Gründe aus, um mich wegzustoßen. Es kann dir doch egal sein, ob ich Junkfood essen will oder nicht.«

»Als Nächstes will ich mit dem Scrambler fahren«, verkündete Briony und ging darauf zu. »Du kannst gern mitkommen«, setzte sie mit einem Blick über die Schulter hinzu. »Siehst du? Ich stoße dich nicht weg.«

Mac trabte die Straße hinunter. Abendessenszeit war vorbei, und er war bereit für seine Njammnjamms. So nannte sie Jamie manchmal.

Bald würde er zum Fressen nach Hause gehen, aber vorher musste er noch bei ein paar anderen vorbeigehen. Eine der Frauen, die ihn so gern streichelten, wartete bereits vor der Eingangstür. »Hallo, du Schöner«, blah-blahte sie, beugte sich hinunter und kraulte ihn.

Als die Tür aufging, trat die Frau einen Schritt zurück. Wenn Mac nicht so schnell gewesen wäre, hätten ihre spitzen Absätzen einen Knick in seinen Schwanz gemacht. »Wie kannst du in so etwas schlafen?«, blah-blahte sie den Mann an. »Deine Jogginganzüge sind schon schlimm genug. Aber dieser Schlafanzug kann einen ja erblinden lassen. Ich muss meine Brille für die Sonnenfinsternis holen.«

Mac schlüpfte hinein, und die Menschen redeten weiter. Wenn ihre Nasen funktionieren würden, müssten sie nicht so viel reden.

»Ich habe sie im Secondhand gekauft«, antwortete der Mann, als er die Frau hereinließ.

»Zweifellos. Wenn ich so etwas hätte, würde ich es auch in einem Secondhandladen verkaufen«, gab sie zurück.

Mac war überrascht, eine Riesenmenge von Spielzeug auf dem Wohnzimmerteppich vorzufinden. Er sprang auf die nächste Papierkugel und versetzte ihr einen doppelten Pfotenschlag.

»Du solltest vielleicht auch mal in einen Secondhandladen gehen. Da gibt es eine Menge beigefarbene Kleider«, sagte der Mann. »Ich weiß, Beige ist die einzige Farbe, die dir gefällt.«

»Deine Augen haben wohl schon Schaden gelitten. Meine Strickjacke ist salbeifarben. Meine Bluse pistazienfarben. Und meine Hosen sind aschgrau.« Sie sah zu Mac hinüber. »Es ist zu niedlich, wie er spielt. Ihm einfach nur zuzusehen, macht einem schon Freude. Und jetzt sag mir, wie es dir geht.«

»Alles Schlechte, das in mir war, ist inzwischen wieder draußen. Und eine Menge Gutes auch«, antwortete er.

Mac stellte fest, dass der Geruch der beiden Menschen sich veränderte, wenn sie zusammen waren. Sie rochen nicht unbedingt glücklicher. Aber sie rochen besser. Ein bisschen wie Jamie und David, wenn sie getrennt gewesen waren und dann wieder zusammenkamen. Und ein wenig, als würde gleich etwas in die Luft fliegen. Vielleicht sollten sie einfach mehr Zeit mit Spielen verbringen. Er haute eine Kugel zu der Frau hinüber. Sie rollte über ihre Schuhspitze. Sie achtete nicht darauf.

Das konnte er nicht hinnehmen. Er haute mit der Pfote auf drei weitere Kugeln. *Zapp! Zapp! Zapp!*

Die Frau lachte. »In Ordnung, du hast gewonnen!« Sie kickte eine Kugel zu ihm. Sie kam nicht weit. »Werfen kann ich besser.« Sie hob die Kugel auf und nahm sie auseinander. »Frühe Skizzen zu einem sogenannten Gedicht, nehme ich an«, sagte sie.

»Lies das nicht!«, brach es aus ihm heraus.

»Wollte ich auch nicht, aber jetzt bin ich neugierig geworden.« Sie strich das Papier glatt. Sie wusste wirklich nicht, wie man spielte. Mac zeigte es ihr, indem er eine weitere Papierkugel auf sie abschoss, *zapp!*

Sie blickte nicht einmal auf, sondern sah gebannt auf das geglättete Stück Papier, das nicht einmal mehr als Spielzeug taugte. »Ein Sonett? Ich bin beeindruckt. Ich wusste nicht, dass du versuchst …« Sie hielt mitten im Satz inne. »Ist das über mich?«

Der Geruch des Mannes wurde scharf vor Aufregung, und ein anderes Gefühl mischte sich hinein, das Mac nicht identifizieren konnte. Es war ein bisschen so, wie wenn Diogee ein Stück Pizza wollte und sich nicht sicher war, ob er es bekommen würde. Wenn Mac Pizza wollte, dann wartete er einfach den richtigen Moment ab und sprang auf den Tisch.

»Ist das über mich?«, wiederholte sie.

Der Mann redete gewöhnlich viel. Aber diesmal nickte er nur.

# Kapitel 17

»Du«, sagte Nate, als er Mac sah, der sich in Gibs Sessel zusammengerollt hatte. »Du bist die Ursache aller meiner Probleme, weißt du das?«

»Hallo? Sie sprechen hier mit meinem Kumpel. Er hat mir den ganzen Tag Gesellschaft geleistet.« Der Kater setzte sich auf die Armlehne, bis Gib Platz genommen hatte, dann legte er sich auf seinen Schoß. »Er ist ein paarmal hinausgegangen, aber nie lange. Was für ein Problem haben Sie mit ihm?«

»Keines. Ist nicht seine Schuld«, murmelte Nate. »Wie geht es Ihnen? Brauchen Sie etwas? Ich habe Suppe, die kann ich Ihnen warm machen.« Er zeigte auf die Kühlbox mit Rollen, mit der er von Haus zu Haus ging.

»Nein, ich brauche nichts. Hope hat mir vorhin Abendessen gebracht.« Gib blickte auf Mac hinunter. »Warten Sie. Was für Suppe?«

»Hühner- oder Gemüsesuppe. Nichts, was Ihrem Magen schaden könnte.«

»Hühnersuppe.« Er kraulte Mac unter dem Kinn. »Hättest du gern etwas Hühnersuppe, Kater?«

»Ich werde diesem Kater keine ...« Nate fasste sich. Wenn er dem Kater etwas Suppe aufwärmte, würde Gib vielleicht einen Teller essen. Es wäre gut, wenn er etwas mehr Flüssigkeit zu sich nehmen würde. »Schon dabei.«

»Später. Setzen Sie sich doch erst ein Weilchen zu uns.«

Nate sank auf die Couch. Es war ein langer Tag gewesen. Gib war der letzte Bewohner, nach dem er noch sehen musste, bevor er nach Hause gehen konnte. Aber vielleicht sollte er noch ins

Büro gehen. Er musste an der Rede arbeiten, die er auf Elizas geplanter Versammlung halten wollte.

»Sie sehen schlimmer aus, als ich mich fühle. Vielleicht sollte eher ich Ihnen eine Suppe kochen«, meinte Gib.

»Mir geht es gut.« Die Kopfschmerzen von seiner Sauferei gestern waren noch immer nicht ganz weg, und ihm war schlecht.

»Das ist gelogen«, gab Gib zurück. »Ihnen geht es erst wieder gut, wenn Sie denjenigen finden, der die Residenz sabotiert. Die Lebensmittelvergiftung geht auf dasselbe Konto.«

»Ja. Es ist zu viel auf einmal geschehen, zuerst die Lüftung und dann das Laufband«, sagte Nate. »Sie haben nicht vielleicht etwas Ungewöhnliches bemerkt, als Sie beim Brunch waren?«

»Ich habe die Augen offen gehalten, als ich im Gemeindezentrum war, aber alles schien mir normal. Nur Gäste, die ich kannte. Dieselben Kellner wie immer. Archie, der von Tisch zu Tisch ging, damit die Frauen ihn wegen seiner Verletzung bemitleiden konnten.« Gibs Mund verzog sich vor Verachtung, also war Peggy auch dabei gewesen. »Peggy habe ich vorhin gesehen«, sagte er. »Es geht ihr schon viel besser. Sie sagte, sie hätte beim Brunch nicht viel gegessen, weil sie zum Frühstück Porridge gehabt hatte. Sie ist nur hingegangen, weil sie Gesellschaft haben wollte.«

Gib schnaubte. »Gesellschaft.«

»Sie hat mir auch erzählt, dass unser Freund hier sie besucht hat. Was mich daran erinnert ...« Nate zog einen Schlüsselbund aus der Tasche. »Er hat ihr den hier gebracht, und sie hat mich gebeten, ihn Ihnen zurückzugeben.« Mac schnaufte, als Nate Gib den Schlüsselbund zurückgab.

»Woher wusste sie, dass er mir gehört?«

»Wegen des Fotos.« Im Anhänger war ein Bild von seinem Enkel und seiner Enkelin, die sich zu Halloween als M & Ms verkleidet hatten. »Ich bin überrascht, dass sie ihn wiedererkannt hat.«

»So, wie Sie mit Ihren Fotos angeben?«

»Möchten Sie ein Bier oder sonst etwas? Sie können sich aus dem Kühlschrank nehmen, was immer Sie wollen.«

Nate stöhnte. »Sprechen Sie dieses Wort in meiner Gegenwart nicht aus.« Gib lachte. Dann zuckte er zusammen und presste seine Hand an den Kopf. »Brauchen Sie ein Aspirin?«, fragte Nate.

»Ich glaube, es würde uns beiden guttun. Auf der Anrichte.«

Nate ging in die Küche. »Wasser? Oder vielleicht ein Gingerale, das habe ich in der Kühlbox. Das beruhigt den Magen.«

»Wasser«, antwortete Gib. »Sind Sie gestern Abend mit Macs Sitterin etwas trinken gegangen? Sie war heute Nachmittag bei mir und sah auch nicht so toll aus. Vielleicht ist sie deshalb nicht wiedergekommen.« Nate gab ihm das Wasser und die Tabletten. Er hatte seine bereits hinuntergeschluckt. »Haben Sie auf sie gewartet?«

»Sie sagte, sie käme später noch mal wieder, um nach mir zu sehen. Vielleicht hat sie stattdessen Mac geschickt.«

»Briony macht, was sie will, wann immer sie es will«, antwortete Nate. »Vielleicht hatte sie was Besseres zu tun.«

Gib zog die Augenbrauen hoch. »Sie meinen, sie hatte nichts Besseres zu tun, als einen ganzen Nachmittag lang sich um Leute zu kümmern, die sie kaum kennt?«

Nate zuckte die Schultern. »Dafür habe ich auch keine Erklärung.«

»Was ist passiert?«, fragte Gib. »Und kommen Sie mir jetzt nicht mit ›nichts‹. Ich bin alt, nicht dumm.«

Es war völlig unzulässig, mit einem Bewohner über sein Privatleben zu sprechen. Natürlich war es genauso unzulässig, mit einem Bewohner über die Sabotage in The Gardens zu sprechen. Und Nate brauchte jemanden zum Reden. LeeAnne würde ihm gern zuhören, aber sie hatte schon genug um die Ohren.

»Wie sich herausgestellt hat, hat sie einen Verlobten.«

»Was hat sie?!«

»Hatte, meine ich.« Obwohl er hier war und er mit ihr ›zusammen sein‹ wollte. Also würde ›hatte‹ vielleicht wieder zu ›hat‹ werden. Möglicherweise war es schon geschehen. Nate verstand immer noch nicht, wie der Kerl so cool darauf reagierte, dass Briony mit jemand anderem geschlafen hatte. »Am Tag bevor sie hierherkam, hat sie ihn am Altar stehen gelassen. Als sie hier vorbeikam, um Mac abzuholen, war es gerade mal zwei Tage her. Nun ja ... wir ... ähm ... hatten Sex. Und dann ist Caleb aufgetaucht. Und sie hat so getan, als gäbe es keinen Grund, weshalb sie ihn hätte erwähnen sollen, da sie ja nur für ein paar Wochen hierbleibt und wir beide wissen, dass es zwischen uns nichts Ernstes ist.« Nate fuhr sich mit der Hand durchs Haar. »Ich sollte nicht mit Ihnen darüber sprechen. Das ist unprofessionell.«

»Und das ist auch gut so. Professionell ist langweilig, und ich bin auf Unterhaltung aus zweiter Hand angewiesen.«

»Sie wollen Peggy ja nicht einladen«, erwiderte Nate.

Gib überging die Bemerkung. »Was dachten Sie denn, was zwischen Ihnen und dem Mädchen war? Sie kennen sie noch nicht lange.«

»Ich weiß. Es ist, als hätte ich mich in meine verrückte Schwester verwandelt. Sie geht auf ein Date und denkt jedes Mal, es wäre bereits eine Beziehung«, brach es aus Nate hervor. »Nicht, dass ich dachte, ich wäre in einer Beziehung mit Briony. Aber ich mochte sie.« Da. Er hatte es ausgesprochen. »Ich habe mir überlegt, dass ich wenigstens mit ihr in Kontakt bleiben könnte, wenn sie wieder zu Hause ist. Um herauszufinden, ob meine Gefühle sich verflüchtigen oder ob ... Aber das ist jetzt auch egal.«

»Lassen Sie mich mal was klarstellen. Sie ist nicht mehr verlobt. Sie mögen sie – und es ist nicht so, dass Sie alle paar Tage herkommen und mir so etwas über eine Frau erzählen. Was ist verkehrt daran, in Verbindung zu bleiben? Wenn Ihre Gefühle sich verflüchtigen, dann ist es eben so. Wenn nicht, dann hat das etwas zu bedeuten.«

»Das hätte mich interessiert, bevor ich erfahren habe, dass sie diesen Kerl am Altar stehen gelassen hat. Wer tut so etwas? Und wer schläft ein paar Tage später schon mit jemand anderem?«

Gib machte eine abschätzige Handbewegung. »Ich hatte mal einen Hund. Habe ihn geliebt. Musste ihn einschläfern lassen. Dachte, ich würde mindestens für ein paar Jahre keinen mehr haben. Dann rief mich der Tierarzt an und sagte, er hätte einen Welpen, der ein Zuhause bräuchte. Es war erst einen Monat her oder so, und im Handumdrehen hatte ich einen neuen Hund. Und war froh darüber.«

Nate starrte ihn an. »Das hat so gut wie nichts damit zu tun, worüber wir gerade sprechen. Ihr Verlobter ist nicht gestorben.«

»Was ich sagen will, ist, dass sie wahrscheinlich nicht auf der Suche nach einem neuen Mann war. Aber sie hat Sie getroffen.«

»Und hat nichts erzählt.«

»Vielleicht hätte sie das noch getan. Er ist aufgetaucht, bevor sie Gelegenheit dazu hatte.«

»Sie haben auf alles eine Antwort.« Nate begann, sich ein bisschen schuldig zu fühlen. Er stimmte Gib zwar nicht ganz und gar zu, aber er hätte sich anders verhalten können. »Es hat keinen Sinn, weiter darüber zu sprechen. Wir haben uns gestritten, und ich habe sie eine ...« Er zögerte, versuchte, ein weniger hartes Wort zu finden. »... ein Flittchen genannt.«

»Haben Sie wirklich nur ›Flittchen‹ gesagt? Wer sind Sie? Archie Pendergast?«, fragte Gib. Er schüttelte den Kopf. »Sie könnten sich entschuldigen. Es könnte funktionieren. Oder auch nicht.«

Nate stand auf. »Ich mache jetzt Ihnen und der Katze die Suppe warm. Und dann gehe ich nach Hause und hacke mir den Kopf ab. Das Aspirin hilft nicht.«

Das Peptobismol half nicht. Briony lag im Bett und starrte die Decke an. Nicht kotzen, nicht kotzen, nicht kotzen, dachte sie. Das wäre ein schreckliches Ende eines schrecklichen Tages. Sie hasste es, sich zu erbrechen. Nun, keiner mochte das, aber sie hasste es wirklich. Und wenn Caleb hörte ...

Wenn Caleb sie hörte, dann würde er ihr wahrscheinlich das Haar aus dem Gesicht halten. Aber sie wusste, was er dächte. Er wäre überheblich und würde denken, dass er gewusst hatte, dass ihr, nachdem sie einen gigantischen Icee, einen Corn Dog, einen Liebesapfel, zwei Kuchenlollis, eine Banane mit gefrorenem Schokoguss und Zuckerwatte gegessen hatte, schlecht werden würde. Die Zuckerwatte war wohl zu viel gewesen. Aber sie bereute es nicht. »Non, je ne regrette rien«, nuschelte sie, weil, wenn man etwas auf Französisch sagte, es stimmen musste.

Vielleicht etwas mehr Pepto. Aber es war so eklig. Und so rosa. Eklig und rosa durfte es nicht sein. Rosa war eine fröhliche Farbe. Die Kleider ihrer Brautjungfern waren rosa gewesen. Der Gedanke versetzte ihren Magen in Aufruhr. Nicht kotzen, nicht kotzen, nicht ...

Mac sprang aus dem Nichts hoch – wie machte er das? – und landete auf ihrem Bauch. Sie krabbelte aus dem Bett. Nicht auf den Boden, nicht auf den Boden, nicht auf den Boden kotzen. Sie hätte es gern bis ins Gästebad nach unten geschafft, aber das war unmöglich. Sie stürzte ins Familienbadezimmer, kniete sich vor die Toilette und ließ alles raus.

Vielleicht hörte Caleb nichts. Obwohl sie keine Zeit gehabt hatte, die Badezimmertür zu schließen, war zumindest die Schlafzimmertür zu. Bitte, bitte, bitte.

Okay, vielleicht hatte sie ja ein bisschen Glück. Sie zog die Spülung und stand vorsichtig auf. Sie machte einen Schritt auf die Tür zu. Zu früh. Sie kroch wieder zur Toilette zurück – und hörte ein leises Klopfen an der Schlafzimmertür. »Briony? Alles in Ordnung?«, fragte Caleb.

Konnte sie ihm erzählen, dass es Mac war, der sich erbrach?, fragte sie sich panisch. Nein, das würde er nie glauben. »Geh wieder ins Bett. Das geht schon vorbei«, rief sie zurück. Sie hätte es niemals bis an die Tür geschafft.

»Kann ich dir etwas bringen?«

Warum musste er so nett sein? »Nein. Nein, nein. Ich habe alles, was ich brauche. Vielen Dank«, zwang sie sich hinzuzufügen.

»Dann gute Nacht.«

»Gute Nacht.« Und dann war es Zeit für die dritte Runde.

Sie hatte es gerade ins Bett zurückgeschafft, mit Mac an ihrem Kopf, Gott sei Dank nicht auf ihrem Bauch, als ihr Handy summte. Da sie sowieso nicht mehr einschlafen konnte, nahm sie es in die Hand. Die Nachricht war von Vi. Was für eine gute Freundin. Jemand, der dauernd Nachrichten schickte, auch wenn man niemals antwortete.

OMG. Hab gerade gehört, dass Caleb in L.A. ist.

Nicht nur in L.A. Er ist hier. Im Haus meiner Cousine.

Seid ihr wieder zusammen???

Nein. Aber ich konnte ihn nicht ins Hotel schicken. Er ist im Gästezimmer.

Einzelheiten.

Er hat gesagt, er will, dass wir Zeit miteinander verbringen. Dass ich ihm das schuldig bin. Dass wir uns das zugestehen sollen.

Darf ich sagen, dass er ein Heiliger ist?

Meinst du wirklich, dass er ein Heiliger ist?

Nun, ja. Denken das nicht alle?

Dann bin ich verrückt. Wer würde nicht mit einem Heiligen zusammen sein wollen?

Ich nicht.

Magst du Caleb nicht? Das hast du nie gesagt! Die ganzen Jahre nicht!

Weil ich ihn wirklich mag. Ich würde nur nicht seine Freundin sein wollen. Ich fühle mich schon jedes Mal schlecht, wenn ich Real Housewives gucke. Ich fühle mich, als sollte ich die Hungrigen speisen oder recyceln oder sonst etwas Sinnvolles tun.
Aber du bist ja auch ganz schön heilig.

Nein, bin ich nicht!

Sag mir mal, was hast du Schlechtes getan?

Ich bin nicht gut, weil ich ein guter Mensch bin. Ich bin gut, weil ich Angst habe.

???

Ich habe Angst, die Regeln zu brechen. Ich habe Angst, meine Eltern zu enttäuschen. Ich habe Angst, vom Klettergerüst zu fallen und mir den Kopf aufzuschlagen. Ich bin nur gut, weil ich Angst habe, irgendetwas anderes zu sein. Aber gestern, da habe ich etwas Verrücktes getan! Caleb und ich sind zum Santa Monica Pier gefahren. Und ich habe vorgeschlagen, dass wir in dieses irrsinnige Ding steigen, wo man direkt vom Himmel fällt. Ich. Ich habe es getan.

Warum? Du magst doch solche Sachen nicht.

Ich wollte mal was Neues machen. Etwas, was mir meine Mutter nie erlaubt hätte. Siehst du, hier bin ich, siebenundzwanzig Jahre alt, und spreche immer noch darüber, was meine Mutter mir erlauben würde.

Und wie war's?

Es war wunderbar. Freier Fall, ganz toll. Und als wir ausstiegen, hat Caleb gesagt, das wäre typisch für Erste-Welt-Unterhaltung. Weil es in anderen Teilen der Welt niemand lustig findet, sich absichtlich einen Adrenalinschub zu verpassen, indem man so tut, als würde man gleich sterben.

Das ist so typisch Caleb.

Ich weiß!

Meinst du, ihr kommt wieder zusammen?

Ich mag ihn. Ich liebe ihn irgendwie. Er ist so ein guter Kerl.

Und gut aussehend. Hat schöne Zähne.

Das auch. Aber ich glaube nicht, dass ich seine Frau sein möchte.

Wer wird es deiner Mutter sagen? Sie hat es mir erzählt. Sie sagt, Caleb wäre losgefahren, um dich zurückzuholen.

Sag du es ihr.

Nein.

Bitte.

Nein.

Ich finde, das ist die Pflicht einer Brautjungfer.

Ganz sicher nicht.

Nun, erst einmal muss ich es Caleb sagen. Aber weil ich gestern Abend so blöd zu ihm war, ist er wahrscheinlich nicht sehr enttäuscht.

Was hast du getan? Ich kann mir nicht vorstellen, dass du etwas tust, das ihn auch nur ein kleines bisschen ärgert. Abgesehen davon, dass du ihn am Altar hast stehen lassen, natürlich. Und er war auch da sehr verständnisvoll.

Ich habe ihn in diesen Vergnügungspark geschleppt. Ich habe ihn nicht einmal gefragt, worauf er Lust hat. Ich habe Junkfood gegessen. Ich habe ihn als Zuckernazi bezeichnet. Er meinte, man darf Nazis nicht bagatellisieren.

Das ist so typisch Caleb.

Aber er hat recht. Und was habe ich getan? Ich habe ihm die Zunge rausgestreckt, als wäre ich drei Jahre alt. Ich hätte meine Wortwahl ändern sollen. Außerdem hat er gerade gehört, wie ich das gesamte Junkfood wieder ausgekotzt habe. So erniedrigend.

Hat er dir das Haar aus dem Gesicht gehalten?

Ich bin mir sicher, dass er es getan hätte, wenn ich die Tür aufgemacht hätte.

Er ist ein Heiliger.

Niemand möchte, dass ein Heiliger ihm beim Kotzen zusieht.

Stimmt. Aber abgesehen davon hört es sich an, als hätte er dir bereits verziehen.

Verdammt. Du hast recht. Und er hat mir außerdem verziehen, dass ich mit jemand anderem geschlafen habe.

Du hast Caleb betrogen? Du hast Caleb betrogen!!! Und hast mir nichts davon erzählt???

Nicht betrogen. Ich habe hier jemanden kennengelernt. Nachdem ich Caleb nicht geheiratet hatte. Das fällt nicht unter betrügen. Aber es ist auch nicht sehr heiligmäßig. Ich bin wirklich im Herzen keine Heilige, nicht so wie Caleb.

Einzelheiten.

Nicht jetzt, okay? Ich kann nicht.

Okay, schmoll. Hey, wer soll mich davon abhalten, Dummheiten zu machen, wenn du ständig Dummheiten machst?

Können wir uns abwechseln? Oder tauge ich nur als Fahrerin, die nüchtern bleiben muss?

Du darfst auch meine Tasche halten, während ich tanze.

Danke. Ganz herzlich.

Das war ein Witz. Du weißt, dass es ein Witz war.

Ich weiß. Ich glaube, ich brauche jetzt einen richtig fiesen Zuckerschock.

Bis später dann.

Bis später.

Hab dich lieb.

Hab dich auch lieb.

MacGyver knetete Brionys Haar. So vermisste er Jamie weniger. Er vermisste seinen Menschen. Aber sie würde stolz darauf sein, wie gut er auf alles aufgepasst hatte. Ihm fielen die Augen zu. Normalerweise würde er zu dieser Nachtzeit losziehen und Abenteuer suchen, aber er musste sich erholen. Heute hatte er den ganzen Tag über nur zwei kurze Nickerchen gemacht. Seine Liste mit Menschen, denen er helfen musste, wurde immer länger. Allmählich fing er an, die meisten anderen Katzen auf der Welt für Faulpelze zu halten.

Er machte die Augen wieder auf. Heute Abend hatte sein er Njammnjamm nicht bekommen. Er stand auf, öffnete das Maul weit und jaulte.

»Mac, hab Erbarmen«, bettelte Briony.

Mac jaulte noch einmal – länger und höher.

Sie kroch aus dem Bett. Mac sprang auf den Boden und ging vor in die Küche. Er tat eine ganze Menge für die Menschen, die ihn umgaben, aber auf sein Abendessen zu verzichten, ging zu weit.

# Kapitel 18

Briony sah auf ihr Handy. Schon nach neun. Verdammt, verdammt, verdammt. Sie hatte vor Caleb aufstehen und ihm Frühstück machen wollen. Das wäre zwar keine angemessene Entschuldigung für ihr gestriges Benehmen gewesen, aber wenigstens ein Anfang.

Er war bestimmt schon auf. Er schlief nie lange. Sie hatte sich auf Mac als Wecker verlassen. Er versäumte sein Frühstück nie. Sie putzte sich schnell die Zähne. Ihr Mund fühlte sich an, als wäre darin etwas gestorben, das jetzt verrottete. Dann rannte sie nach unten.

Caleb briet arme Ritter, wobei ihm Mac und Diogee zusahen. Er musste sie gefüttert haben. Sonst hätte es längst einen Aufstand gegeben. »Guten Morgen. Tut mir leid, dass ich mich gestern wie eine ungezogene Göre benommen habe.«

»Da widerspreche ich dir nicht«, gab Caleb fröhlich zurück. Was musste man noch über Caleb wissen? Ach ja, er war morgens immer fröhlich. Man sollte meinen, das wäre ein schöner Zug, aber Briony fand es lästig. Jahrelang hatte sie so tun müssen, als wäre sie ebenfalls fröhlich, sobald sie wach wurde, schließlich war es nur recht und billig.

»Es tut mir leid. Und du hattest recht. Ich habe dich weggestoßen. Es war nicht geplant. Ich habe nicht bewusst beschlossen, dich dazu zu bringen, mich zu hassen. Was wohl noch schlimmer ist. Ich habe mich schlecht benommen, ohne es zu wollen.«

Caleb drehte den Toast um. »Ich hasse dich nicht.«

»Gut. Ich möchte nicht, dass du mich hasst.« Plötzlich hatte sie Tränen in den Augen. »Das wäre schrecklich. Auch wenn es eine völlig verständliche Reaktion wäre.«

Caleb stellte den Herd aus und nahm sie in die Arme. Sie hielt sich an ihm fest und vergrub ihren Kopf an seiner Schulter. Ein Teil von ihr wollte ihn nie wieder loslassen. Aber das war der ängstliche Teil von ihr, der sich davor fürchtete, das Leben ohne ihn anzugehen.

Er verdiente etwas viel Besseres.

Sie erlaubte sich, sich noch einen Moment länger an ihn zu klammern. Dann trat sie einen Schritt zurück. »Ich will dich nicht heiraten«, sagte sie und unterdrückte die Tränen. »Daran wird sich nichts ändern. Ich wünschte, ich hätte früher gewusst, was ich empfinde, aber so war es nun mal nicht. Beinahe hätte ich es nicht mehr rechtzeitig gemerkt.«

»Und das wäre so viel schlimmer gewesen«, sagte Caleb zu ihr. »Alles ist in Ordnung, Briony. Für uns beide.«

»Du wirst jemand Tolles kennenlernen, weil du toll bist. Du bist so fürsorglich und lieb und …«

Caleb hielt den Pfannenheber hoch. »Tu das nicht bitte nicht.«

Er war immer so willig, ihr zu verzeihen, den rechten Weg zu gehen, aber das bedeutete nicht, dass sie ihn nicht tief verletzt hatte. Sie hätte sich am liebsten noch Dutzende Male bei ihm entschuldigt, nur damit sie sich besser fühlte. Aber sie wollte nicht, dass er sie dauernd beruhigte.

»Möchtest du einen oder zwei?« Caleb stellte den Herd wieder an.

»Ich werde möglicherweise nie wieder etwas essen. Mach so viel, wie du möchtest.« Briony sank auf einen Küchenstuhl, dann sprang sie wieder auf. »Ich habe Gib versprochen, nach ihm zu sehen!«

»Was?«

»Gib. Einer der Bewohner in The Gardens, der krank geworden ist. Ich habe ihm gestern versprochen, nach ihm zu sehen, bevor ich nach Hause gehe, und es komplett vergessen. Ich muss hinübergehen. Es wird nicht lange dauern.«

»Nimm dir alle Zeit, die du brauchst«, antwortete Caleb.

»Was machst du?«

»Nach Hause fahren. Fertig packen. Umziehen und meinen neuen Job anfangen.«

»Du kannst gern noch bleiben ...«, bot Briony an. »Du kannst hier Urlaub machen.«

»Ich glaube nicht, dass ich schon dafür bereit bin. Ich suche mir einen Flug raus.«

Sie wollte wieder weinen. Es fühlte sich mehr nach einem Ende an als an dem Tag in der Kirche. »Ich gehe mich anziehen.« Das war alles, was ihr einfiel.

»Ich weiß, At Your Service ist eine sehr gute Cateringfirma«, sagte LeeAnne zu Nate. »Aber ich kann es nicht ausstehen, wenn jemand anderes meine Leute versorgt.«

»Ich auch nicht. Aber wir brauchen den offiziellen Bescheid vom Gesundheitsamt, bevor wir wieder Mahlzeiten ausgeben dürfen«, erwiderte Nate. »Wahrscheinlich bekommen wir ihn schon heute Nachmittag.«

»Ich bin bereit, sobald du grünes Licht bekommst«, versprach LeeAnne.

»Ich musste At Your Service fürs Abendessen anheuern. Ich wollte nicht in Schwierigkeiten geraten, falls der Bescheid negativ ausfällt«, sagte Nate.

LeeAnne seufzte. »Ja, ich verstehe schon.«

Sie hörte sich so niedergeschlagen an. Sie hörte sich so an, wie Nate sich fühlte. Er war überfordert. Heute Abend war Elizas Versammlung, und er konnte nichts vermelden. Nein, das stimmte nicht. Er konnte die Ergebnisse der Luftqualitätskontrolle verkünden – sie waren hervorragend – und dass die neuen Fitnessgeräte schon aufgestellt waren. Und er hoffte, verkünden zu können, dass das Gesundheitsamt die Küche freigegeben hatte. Aber er hatte nichts in der Hand, um die Bewohner und ihre Familien davon zu überzeugen, dass The Gardens sicher war. Denn denjenigen, der hinter der Sabotage steckte, hatten sie bisher nicht gefasst.

»Warum nimmst du dir nicht heute frei?«, schlug er vor. »Die Küche ist wieder völlig in Ordnung, und zurzeit gibt es nichts hier zu tun.«

»Ich gehe erst mal nach Hause«, stimmte LeeAnne zu. »Aber nichts wird mich davon abhalten, heute Abend zurückzukommen. Ich werde in der vordersten Reihe sitzen. Und ich bin nicht die Einzige. Das Personal steht hinter dir, Nate. Ich hoffe, du weißt das.«

»Und ich weiß es zu schätzen«, antwortete Nate.

LeeAnne griff nach ihrem Fahrradhelm und ihrem Rucksack. »Ich kann bleiben«, bot sie an.

»Nein. Kannst du nicht. Hier spricht der Chef.«

Sie schnaubte, als sie zur Tür ging. »In der vordersten Reihe«, sagte sie noch einmal und ließ ihn in der riesigen Küche allein.

Er musste sich zusammenreißen. Es spielte keine Rolle, wie es ihm ging, er musste dem Personal gegenüber einen zuversichtlichen Eindruck machen. Dem Personal, den Bewohnern und den Familienangehörigen gegenüber. Er könnte damit anfangen, wieder seine Runden zu drehen. Er hatte sich bereits um diejenigen gekümmert, die gestern krank geworden waren. Heute würde er bei allen vorbeigehen. Eliza sprach mit so vielen wie möglich. Nate würde das Feld nicht ihr überlassen.

Zuerst Gib. Er brauchte ein bisschen Zeit, um in Gang zu kommen und diesen zuversichtlichen Eindruck zu vermitteln, und Gib war der Richtige zum Üben.

Aber als er bei Gib vor der Tür stand, kam Briony heraus. Sie erstarrte, als sie ihn erblickte, und er erkannte, dass er noch etwas erledigen musste. »Kann ich einen Augenblick mit dir sprechen?«

»Ich weiß, du willst, dass ich verschwinde. Ich bin nur hier, weil ich Gib gestern versprochen habe, dass ich ihn noch besuchen würde, und es dann vergessen habe. Ich musste noch einmal bei ihm vorbeischauen, aber jetzt gehe ich wirklich«, sagte sie.

»Er war sicher froh, dich zu sehen«, antwortete Nate. »Ich möchte trotzdem noch mit dir sprechen. Geht es jetzt? Es dauert nicht lange.«

»In Ordnung.« Es hörte sich an wie das Letzte, was sie wollte. Er nahm es ihr nicht übel.

»Lass uns in den Garten gehen.« Er wollte das Gespräch nicht mitten auf der Straße führen.

»In Ordnung«, wiederholte sie.

»Hier entlang.« Schweigend führte er sie zur Gartenlaube. Er setzte sich auf eine der geschwungenen weißen Bänke. Sie zögerte einen Augenblick und setzte sich dann neben ihn.

»Es tut mir leid wegen gestern, was ich gesagt habe.«

»Schon okay«, erwiderte sie eilig, aber es schien ihm, als wolle sie es eher schnell hinter sich bringen, als seine Entschuldigung wirklich anzunehmen.

»Es ist nicht okay. Ich hatte davor ein Gespräch mit Eliza, das mich verärgert hat, und das habe ich an dir ausgelassen.« Das stimmte beinahe. Briony schien zu wissen, dass er nicht ganz ehrlich war. Sie blickte ihn zweifelnd an.

Er würde ihr nicht sagen, wie sehr es ihm wehgetan hatte, als ihr Ex-Verlobter auftauchte. Dass er eine irrsinnige Menge Bier hatte trinken müssen, um darüber wegzukommen. »Ich weiß, es war nur eine flüchtige Affäre«, setzte er hinzu. »Ich wusste, du würdest bald wieder nach Hause fahren. Ich hätte so nicht reagieren dürfen. Schließlich warst du ja nicht verpflichtet, mir deine ganze Lebensgeschichte zu erzählen.«

»Wenn es ernst geworden wäre, was nicht passiert wäre, weil ich ja nicht hier lebe, dann hätte ich es dir erzählt. Vielleicht nicht gleich beim ersten Date, aber gesagt hätte ich es dir ganz sicher.«

Nate nickte. »Wie läuft es denn, jetzt, wo er hier ist?« Er wollte es wissen und auch wieder nicht.

»Wir haben gestern Abend ein paar Dinge durchgesprochen. Eigentlich heute Morgen«, antwortete sie.

Hieß das, dass sie wieder zusammen waren? Dass sie schon miteinander geschlafen hatten? Er rief sich ins Gedächtnis, dass ihn das nichts anging. Briony war nicht seine Freundin. Aber ihn durchfuhr eine heiße Welle der Eifersucht. Er versuchte, sich nichts anmerken zu lassen.

»Ich habe ihm gesagt, dass das mit uns zu Ende ist. Er wollte uns noch eine Chance geben, aber ich habe eingesehen, dass ich ihn, obwohl ich die besten Absichten hatte, in Wirklichkeit gar nicht heiraten wollte.«

Er bemerkte, dass sie dunkle Ringe unter den Augen hatte und übermüdet aussah. »Das muss ein schwieriges Gespräch gewesen sein.«

»Ja. Er hat es mir nicht schwer gemacht. Er war verständnisvoll. Caleb ist immer verständnisvoll.« Nate begriff noch immer nicht, wie Caleb so verständnisvoll hatte sein können, als Briony mit jemand anderem ins Bett gestiegen war, vor allem so kurz danach. »Aber ich habe ihn verletzt, und das tat mir leid.« Sie schluckte, und er dachte, dass sie mit den Tränen kämpfte. »Und gestern Abend habe ich ihn so schrecklich behandelt.« Sie sprach jetzt schneller. »Ich war ein kompletter Feigling. Anstatt ihm zu sagen, was ich fühle, oder es wenigstens mir selbst gegenüber zuzugeben, habe ich mich ganz ungeheuerlich benommen.«

»Du wolltest ihn in die Flucht schlagen«, sagte Nate.

Sie stieß einen Seufzer aus, der klang, als ob er tief aus ihrer Brust käme. »Genau. Wenigstens habe ich es heute Morgen geschafft, mich endlich wie eine Erwachsene zu verhalten und tatsächlich mit ihm zu sprechen – anstatt mich danebenzubenehmen oder auf dem Weg zum Altar in Ohnmacht zu fallen.«

»Bist du das wirklich?«

»Oh ja, direkt auf den Boden. Und dann hatte ich nicht einmal den Mut, dazubleiben. Meine Eltern haben alles arrangiert, damit ich zu meiner Cousine fahren konnte, und mich ins Flugzeug gesetzt. Am nächsten Tag habe ich dich getroffen. Und ich weiß, dass es herzlos wirken muss, dass ich so kurz danach mit dir geschlafen habe. Ich kann ja selbst noch nicht glauben, dass ich das getan habe. So etwas tue ich normalerweise nicht. Glaub's mir oder nicht, ich bin sonst jemand, der immer das Richtige tut. Wahrscheinlich weil ich zu viel Angst davor habe, das Falsche zu tun, aber was auch immer der Grund ist, so bin ich normalerweise. Ich gehe nicht einmal bei Rot über die Straße.« Sie rieb sich die Stirn, als ob sie eine Erinnerung ausradieren wollte.

Wünschte sie sich, dass sie ihn nie getroffen hätte? Oder zumindest, nie mit ihm geschlafen zu haben? Wünschte er sich das?

»Vielleicht macht schlechtes Benehmen einen größeren Teil meiner wahren Persönlichkeit aus, als ich mir eingestehen möchte«, fuhr sie fort. »Ich habe dich nicht gut behandelt. Und dann war ich gestern so blöd zu Caleb, obwohl er bereit war, mir alles zu verzeihen.« Sie griff nach seiner Hand. »Du weißt, es tut mir leid. Wenn ich es rückgängig machen könnte, würde ich es tun.«

Sie wollte ihre Hand wegziehen, aber er ließ es nicht zu. »Hey, ich wollte mich bei dir entschuldigen. Deshalb habe ich dich hierhergebracht.«

»Entschuldigung angenommen«, sagte Briony. Sie sah sich um. »Du hast dir einen schönen Ort dafür ausgesucht. Hast du den Garten geplant?«

»Ja. Ich wollte ihn eigentlich selbst anlegen, aber ...« Er zuckte die Schultern.

Briony entzog ihm sanft ihre Hand. Diesmal versuchte er nicht, sie daran zu hindern. Schließlich hatten sie keine ... Affäre mehr. »Auf dem Weg zu Gib habe ich den Aushang von der Versammlung gesehen«, sagte sie.

»Eliza hat sie einberufen«, sagte Nate. »Ich glaube, es verheißt nichts Gutes.«

»Du hast eine Menge Unterstützung hier. Das weißt du hoffentlich.«

»Ja, aber das war, bevor so viele Leute krank geworden sind und das Laufband und die Lüftung kaputtgingen«, entgegnete Nate.

»Also, ich habe gestern eine Menge Bewohner besucht. Und ich habe nicht einen gehört, der schlecht über dich oder über The Gardens gesprochen hat«, versicherte ihm Briony. »Ich würde gern ... wäre es in Ordnung, wenn ich heute Abend käme? Als eine Freundin. Ich weiß, ich bin noch nicht lange hier, aber mir ist es wichtig.«

Nate stellte sich vor, dass er in die Menge blickte und Briony dort entdeckte. »Das fände ich schön«, sagte er.

»Gut. Und jetzt habe ich eine merkwürdige Frage an dich.«

»Und dabei sind doch all unsere Unterhaltungen so reibungslos und schmerzlos verlaufen.«

»Nun, ein paar schon.« Briony sah ihm in die Augen. »Hier ist die Frage: Wie fändest du es, wenn Caleb auch zur Versammlung käme?« Sie hielt die Hand hoch, um ihn daran zu hindern, voreilig zu antworten. »Er ist ein guter Anwalt. Und es könnte nützlich sein, wenn ein Anwalt dabei wäre und hört, was Eliza zu sagen hat.«

»Er wird mir kaum einen Gefallen tun«, antwortete Nate. Und er war sich nicht sicher, ob es ihm recht wäre, wenn Brionys Ex ihm half, selbst wenn Caleb bereit dazu wäre.

»Wenn du ihn kennen würdest, würdest du das nicht sagen. Also, ist es in Ordnung, wenn er kommt?«

Nate hätte lieber so getan, als gäbe es den Kerl nicht. Aber auch wenn er ihn nie wiedersähe, wäre das unmöglich. Und ein Anwalt war vielleicht wirklich keine schlechte Idee. Er konnte sich Caleb einfach als einen Freund von Briony vorstellen.

»Wenn er dazu bereit wäre, fände ich das großartig.«

# Kapitel 19

Nates Kaffee war so heiß, dass er sich die Zunge verbrannte, aber ein paar Sekunden später nahm er noch einen Schluck, worauf er seine Dummheit verfluchte. Er brauchte überhaupt keinen Kaffee. Seine Nerven waren schon zum Zerreißen gespannt, und er war so nervös und sein Blutdruck wahrscheinlich so hoch, dass er gleich Nasenbluten bekam. In etwas weniger als zwei Stunden fing die Versammlung an, und obwohl er sich auf jede mögliche Frage vorbereitet hatte, endete der Abend für ihn und The Gardens womöglich in einer Katastrophe. Er trank noch einen Schluck Kaffee. Immer noch zu heiß. Er musste sich zusammennehmen. Ehrlich gesagt war er auch aufgeregt, weil Briony und ihr Ex zu einer Strategiebesprechung kamen. Er hatte eigentlich keine Lust, Caleb zu treffen, obwohl er es zu schätzen wusste, dass er ihm helfen wollte. Er fühlte sich, als hätte Caleb mit seiner Freundin geschlafen. Dabei war Briony erstens nicht seine Freundin, und zweitens war Caleb mit ihr verlobt gewesen, bevor Nate sie überhaupt kennengelernt hatte.

Er hob seinen Becher wieder hoch, er musste seine Hände irgendwie beschäftigen, hielt sich aber diesmal zurück, bevor er wieder daraus trank. Die Tür ging auf, und Briony, Caleb und seine Schwester kamen herein. Was hatte Nathalie hier zu suchen? Er war schon genug gestresst und brauchte heute Abend niemanden, der ein Drama aufführte.

»Warum hast du mir nichts von der Versammlung gesagt?«, wollte Nathalie wissen, sobald die drei sich an Nates Tisch gesetzt hatten.

»Das ist wohl gerade nicht die wichtigste Frage«, antwortete Caleb, bevor Nate etwas sagen konnte.

»Es ist wichtig für mich«, protestierte Nathalie.

»Ich habe dir nichts gesagt, weil ich alles im Griff habe.«

»Du hast alles im Griff? Warum triffst du dich dann mit den beiden hier?« Nathalie machte eine Kopfbewegung zu Briony und Caleb.

»Ich brauche eine juristische Einschätzung. Du bist kein Anwalt«, gab Nate zurück.

Nathalie verschränkte die Arme. »Ich bin heute Abend dabei. Du kannst mich nicht daran hindern.«

»Nathalie, merkst du nicht, dass es immer nur um dich geht?«, fragte Nate nach. »Ich versuche, mit einer Krise zurechtzukommen, und du bekommst Zustände, weil du dich ausgeschlossen fühlst. Und das bedeutet, dass ich dich wie immer beruhigen muss. Und jetzt gerade habe ich wirklich keine Zeit dafür.«

»Ich bekomme keine Zustände. Ich habe dir nur gesagt, dass ich bei der Versammlung dabei sein werde. Ich fasse es nicht, dass du sauer wirst, weil ich dich unterstützen will.«

»Gut. Danke. Ich freue mich, dass du dabei sein wirst.« Er versuchte, aufrichtig zu klingen, aber seine Stimme hatte einen genervten Unterton.

»Ja, das hört sich sehr glaubwürdig an.«

»Getränke!«, rief Briony aus. »Wir brauchen etwas zu trinken. Nate, du hast schon was. Was wollt ihr trinken?«

»Ich hätte gern einen Karamellmacchiato«, antwortete Nathalie. Nate gab sich Mühe, seine Verärgerung zu unterdrücken. Er musste vor der Versammlung den Kopf freibekommen.

»Groß, fettarm, Extra Shot, besonders heiß, Sahne, zuckerfrei.«

»Vielleicht wiederholst du das noch einmal«, sagte Briony.

»Hol ihr einfach einen Karamellmacchiato. Sie kann …«

»Kein Problem. Ich hab's.« Caleb ratterte die Bestellung herunter. »Groß, fettarm, Extra Shot, besonders heiß, Sahne, zuckerfrei.«

»Vielen Dank.« Nathalie schaffte es, Caleb anzulächeln und gleichzeitig Nate einen finsteren Blick zuzuwerfen.

»Und Briony? Milchkaffee?«, fragte Caleb.

Briony kaute auf ihrer Unterlippe. »Ich glaube, ich möchte einen Chai Latte.«

»Du weißt, dass das Pulver, das dafür benutzt wird …«, fing Caleb an und schüttelte dann heftig den Kopf. »Okay.« Er stand auf und ging zum Tresen.

»Ich helfe ihm tragen.« Briony rannte ihm hinterher.

Es war offensichtlich, dass sie ihm und Nathalie etwas Privatsphäre lassen wollten, wahrscheinlich weil sie nicht als Zaungäste bei einem Geschwisterstreit dabei sein wollten.

»Wenn du kommen willst, dann solltest du das tun.« Er konnte sich nicht zurückhalten und fügte hinzu: »Aber sonst hat es dich nie interessiert. Du hast doch mitbekommen, wie ich mir den Arsch aufgerissen habe, um den Laden am Laufen zu halten, nachdem Dad abgehauen war, und du hast es nicht einmal für nötig befunden, bei Feiern aufzutauchen.«

»Das ist so ungerecht. Ich war erst neunzehn.«

»Das war ich ja wohl auch. Zwillinge, erinnerst du dich?« Durch sie verwandelte er sich tatsächlich wieder in einen unausstehlichen Jungen.

»Du hast immer gesagt, es wäre in Ordnung, wenn ich auf die Uni ginge.«

»Und das war es ja auch. Wirklich, Nathalie. Ich habe mich immer mehr für die Residenz interessiert. Ich …«

»Das ist so ungerecht!«

»Ich meine das nicht böse. Früher gefiel es mir eben bei Großvater drüben in The Gardens. Wenn ich nicht gerade damit beschäftigt war, tief zu inhalieren, während ich Black Butterfly in Endlosschleife gehört habe.«

Nathalie lachte. »Ich habe ganz vergessen, dass du diese Kiffer-Metal-Phase hattest. Als wärst du damals jemand anderes gewesen.«

»War ich auch. Aber ich höre es manchmal immer noch«, gab er zu.

Briony und Caleb kamen zurück an den Tisch. Nathalie nahm einen Schluck von ihrem Kaffee. »Perfekt«, meinte sie.

»Nate«, sagte Caleb, »ich habe Nathalie eingeladen, sich heute Nachmittag mit uns hier zu treffen, und auch heute Abend sollte sie dabei sein. Alle in The Gardens sollen merken, dass es sich um ein Familienunternehmen handelt und du die Unterstützung deiner Familie hast.«

»Sie kann gern teilnehmen.« Nate sah Nathalie an, damit sie wusste, dass er es ernst meinte.

»Gut. Es ist wichtig, dass keiner von euch beiden verärgert wirkt, wenn Eliza sich negativ äußert. Ich will nicht, dass ihr ausseht, als müsstet ihr euch verteidigen«, sagte Caleb. »Nate, du gestattest Eliza, die Versammlung zu leiten. Und ich finde das gut. Aber du solltest sie vorstellen und klarmachen, dass du das Kommando hast und ihr erlaubst, mitzureden, weil jedermann die Möglichkeit bekommen sollte, seiner Besorgnis Ausdruck zu verleihen.«

Ein guter Rat, dachte Nate. Er fing an, sich etwas ruhiger zu fühlen. Es half, sich auf seine eigene Initiative zu konzentrieren. Er nahm sein Handy zur Hand und machte sich ein paar Notizen. Nachdem Caleb ungefähr zehn Minuten gesprochen hatte, spielte sein Handy auf einmal *Ghostbusters*.

»Das ist meine Mom«, sagte er. »Ich muss drangehen. Ich mache, so schnell ich kann.«

»Natürlich«, antwortete Caleb. Er war so höflich. So hilfsbereit. Als ob es für ihn nicht das geringste Problem darstellte, dass Nate mit Briony geschlafen hatte. Seine Haltung war ein Mysterium für Nate, aber er war dankbar dafür.

»Jemand ist im Haus«, sagte seine Mutter, sobald Nate abhob.

»Wo bist du?« Nate schaffte es, seine Stimme ruhig klingen zu lassen. Er wollte nicht, dass sie in Panik geriet.

»Ich bin gerade vom Einkaufen zurückgekommen. Die Küchentür war nicht abgeschlossen. Ich weiß, dass ich sie abgeschlossen habe. Ich weiß es, Nate.« Ihre Stimme zitterte.

»Wo bist du jetzt?«, wiederholte er.

»Ich bin in der Garage.«

»Bist du sicher, dass du abgeschlossen hast? Wenn du zur Haustür hinausgegangen bist, dann ...«

»Ich bin mir sicher. Und ich bin mir auch sicher, dass jemand im Haus ist.«

»Warte. Ich bin sofort bei dir«, versprach Nate.

»Was ist los?«, fragte Briony, sobald er aufgelegt hatte.

»Ist Mom etwas passiert?«, rief Nathalie.

»Sie sagt, jemand wäre im Haus. Ich muss hinübergehen. Ich weiß, dass jemand das Haus beobachtet, aber ich hätte nicht gedacht, dass er auch einbrechen würde.«

Als er aufstand, taten die anderen es ihm gleich. »Wir kommen mit«, sagte Nathalie.

Er erhob keine Einwände.

Das Coffee Bean & Tea Leaf war nicht weit entfernt, in weniger als zehn Minuten waren sie bei seiner Mutter. Nate ging zur Garage. »Mom?«, rief er, als er hineinging.

»Hast du das Haus durchsucht?«, fragte seine Mutter.

»Ich wollte erst nach dir sehen«, gab er zurück. »Nath, kannst du bei ihr bleiben, während ich ins Haus gehe?«

»Natürlich«, antwortete seine Schwester.

»Willst du, dass ich mitkomme?«, fragte Caleb.

»Nein. Es geht schon.« Es war in Ordnung, dass Caleb ihm bei der Vorbereitung auf die Versammlung half. Aber hierbei? Das konnte sein Ego nicht ertragen.

Nate eilte zur Küchentür. Er drückte die Klinke hinunter. Die Tür war nicht abgeschlossen. Aber wenn jemand das Haus hatte ausräumen wollen, während seine Mutter weg war, dann wäre er jetzt nicht mehr da. Er drückte die Tür auf.

Es war unmöglich. Es war einfach unmöglich. Es konnte nicht wahr sein. »Dad?«

Sein Vater saß am Küchentisch, auf dem Stuhl, auf dem er immer gesessen hatte, als er noch hier lebte. Jetzt setzte Nate sich immer dorthin. Der leere Stuhl hatte seiner Mutter zu schaffen gemacht.

»Was tust du hier? Du kannst nicht einfach hereinkommen, als würdest du hier wohnen!«

»Als deine Mutter aus dem Haus gegangen ist, konnte ich nicht widerstehen und habe einen Blick hineingeworfen«, antwortete sein Vater. »Der Ersatzschlüssel lag da, wo er immer lag. Im Maul des kleinen Steinfroschs.« Nate konnte nicht aufhören, ihn anzustarren. Sein Vater sah beinahe genauso aus wie früher. Er hatte nur ein paar graue Strähnen an den Schläfen, und die Falten auf seiner Stirn waren vielleicht etwas tiefer.

»Du bist schon einmal hier gewesen, oder? Mom dachte, sie hätte dein Rasierwasser gerochen.« Nate konnte es jetzt riechen. Er dachte, er hätte den Geruch vergessen, aber er war ihm sehr vertraut. »Du musst gehen. Du hast sie fürchterlich erschreckt. Sie hat mich ganz aufgelöst angerufen, weil sie dachte, jemand wäre eingebrochen.«

»Ich möchte sie sehen«, sagte sein Vater. Er nahm einen Schluck Kaffee, den er sich offenbar selbst gemacht hatte. »Ich will euch alle sehen. Ich war mir nur nicht sicher, wann der richtige Zeitpunkt wäre.« Er schüttelte den Kopf. »Neulich Abend hast du mich beinahe ertappt.«

»Das warst du?«

»Ja.«

»Du kannst nicht einfach hier auftauchen und verkünden, dass du uns sehen willst. Du hast uns verlassen. Du bist jahrelang weg gewesen. Du kannst nicht ...« Er stockte, fand keine Worte mehr. »Das kannst du nicht«, wiederholte er.

Dann ging die Küchentür auf, und Nathalie kam herein. »Mom bekommt Anfälle da draußen. Ich habe ihr gesagt, dass sie wohl die Tür ...« Sie schlug die Hand vor den Mund und erstarrte, als sie ihren Vater erblickte.

»Ich habe ihm schon gesagt, dass er gehen muss«, erwiderte Nate.

Nathalie nahm die Hand herunter. Sie machte einen Schritt in die Küche hinein. Dann noch einen. »Daddy?«

Er stand auf, breitete die Arme aus, und Nathalie rannte auf ihn zu.

»Ich glaube, ich sollte wieder hineingehen.« Nate nestelte an einem Splitter im Gartentisch seiner Mutter herum.

»Warte noch. Auch wenn es sich für dich wie eine Ewigkeit anfühlt, ist noch keine Viertelstunde vergangen.« Briony war immer noch dabei zu verdauen, was geschehen war, nachdem Nate das Haus seiner Mutter betreten hatte. Sie konnte sich nicht vorstellen, was in ihm vorging.

»Du hättest Nathalie sehen sollen. Sie ist sofort auf ihn zugerannt und hat sich ihm in die Arme geworfen, als hätte er die letzten zehn Jahre zu Unrecht im Gefängnis gesessen.«

Briony nickte. Das war das fünfte Mal, dass Nate etwas Ähnliches sagte. Sie war sich nicht sicher, wie sie reagieren sollte, wie sie helfen konnte.

»Und dann meine Mutter, sie will allein mit ihm sprechen. Sie ist kaum imstande gewesen, irgendetwas allein zu machen, seit er sie verlassen hat. Seitdem war sie vollkommen down. Aber sie hat darauf bestanden.« Nate fuhr sich durchs Haar. Er hatte das schon so oft getan, dass es beinahe zu Berge stand. »Ich glaube wirklich, ich sollte hineingehen.«

»Warte vielleicht noch ein paar Minuten.« Obwohl Nate und Nathalie erwachsen waren, gab es Dinge, die ihre Mutter und ihr Vater allein besprechen wollten. »Wir sind hier. Wenn sie dich braucht, muss sie nur rufen. Sie braucht nicht einmal die Tür zu öffnen.«

Er stand auf. »Nathalie sollte hier sein.«

»Sie ist gleich wieder da.« Nathalie hatte vor Erregung gezittert, als sie und Nate aus dem Haus kamen. Caleb hatte einen kurzen Spaziergang vorgeschlagen. Er hatte kürzlich einen Artikel darüber gelesen, wie beruhigend sich Gehen oder Joggen auf das Nervensystem auswirkten. Er hatte versucht, auch Nate dazu zu bewegen mitzukommen, aber Nate hatte sich geweigert, das Haus seiner Mutter aus den Augen zu lassen, und Briony war bei ihm geblieben.

Nate setzte sich wieder hin. »Es ist mir nie in den Sinn gekommen, dass der Mann, der das Haus beobachtet hat, mein Vater sein könnte.«

Briony nickte. Das hatte er auch schon mehrfach gesagt.

»Warum ist er zurückgekommen? Warum jetzt?«

»Ich weiß es nicht, Nate. Vielleicht spricht er gerade mit deiner Mutter darüber«, meinte Briony.

»Dieser Bastard!« Nate sprang wieder auf. »Er hat von den Angeboten für The Gardens gehört. Er ist zurückgekommen, weil er das Geld will! Er steckt hinter der Sabotage!«

»Warte doch mal. Das geht mir zu schnell. Warum sollte er etwas sabotieren, das deiner Familie gehört?«, fragte Briony.

»Verstehst du das nicht?« Nate sah fiebrig aus, seine Augen glänzten. »Ich habe immer gesagt, dass ich nicht verkaufen will. Also sabotiert er die Residenz, um mich dazu zu zwingen. Wenn die Bewohner anfangen auszuziehen, kann The Gardens keinen Gewinn mehr abwerfen. Dann muss ich ein Angebot annehmen. Er ist hier, um seinen Anteil einzufordern – wenn ich erst einmal verkaufen muss.«

»Das ist möglich ...«

»Das ist mehr als nur möglich. Er hat es getan. Nichts anderes ergibt einen Sinn.« Er ging zum Haus. Briony zögerte einen Moment, dann lief sie ihm nach. Er platzte in die Küche. Seine Mutter und sein Vater drehten sich zu ihm um. »Nate, dein Vater und ich sind noch nicht ...«

»Du verschwindest jetzt auf der Stelle!«, rief Nate. »Sonst zeige ich dich an.«

Sein Vater stand langsam auf und hob beschwichtigend die Hände. Hatte er es getan? Hatte er tatsächlich das Unternehmen sabotiert, für das Nate so hart arbeitete? Und mehr als das. Aus dem Nate für so viele Leute ein Zuhause gemacht hatte.

»Ich wollte euch nur sehen, euch alle sehen«, sagte Nates Vater. »Es war falsch, einfach so zurückzukommen, als wäre nichts geschehen. Ich habe alles falsch gemacht. Ich hätte anrufen sollen, schreiben sollen, um Erlaubnis bitten. Ich glaube, ich hatte einfach Angst, dass ihr Nein sagen würdet. Ich hätte beinahe gekniffen. Ich habe schon ein paarmal versucht, herzukommen ...«

Nate schnitt ihm das Wort ab. »Spar dir den Unsinn. Du bist nicht wegen mir oder wegen Mom oder Nathalie hergekommen. Nicht nach all den Jahren. Du bist wegen des Geldes hier.«

Nates Vater machte ein schuldbewusstes Gesicht, gleichzeitig wirkte er verwirrt. Briony legte die Hand auf Nates Arm, damit er wusste, dass sie für ihn da war.

»Welches Geld? Wovon sprichst du, Nate?«, rief seine Mutter aus.

»Frag ihn! Er weiß Bescheid.«

»Ich weiß gar nichts«, antwortete sein Vater. »Ehrlich nicht.« Briony sah ihm ins Gesicht und wollte ihm gerne glauben, aber sie kannte ihn nicht. Wow, sahen Nate und er sich ähnlich!

Als Nate sprach, sah er ausschließlich seine Mutter an: »Ich habe von Immobilienmaklern Angebote für The Gardens bekommen. Ich habe sie abgelehnt. Schließlich gehört es der Familie. Aber er ...« Nate zeigte auf seinen Vater, sah ihn aber noch immer nicht an. »Ihm war das nie wichtig. Irgendwie muss er von den Angeboten Wind bekommen haben und hat The Gardens sabotiert, damit ich keine andere Wahl habe, als zu verkaufen und ihm das Geld zu geben. Er besitzt schließlich immer noch die Hälfte. Rein rechtlich gesehen.«

»Jemand hat in The Gardens Sabotage begangen?«, fragte Nates Vater. »Was ist denn passiert?«

Endlich sah Nate ihn an. »Du weißt es. Du weißt ganz genau, was passiert ist.« Er stellte sich vor ihn hin. Briony wünschte sich, sie könnte noch etwas tun, sie kam sich völlig hilflos vor.

»Du wirst jetzt gehen. Oder ich sorge dafür, dass du verhaftet wirst. Menschen hätten sterben können, weißt du das? Vielleicht hast du ja gedacht, dass eine Lebensmittelvergiftung im Grunde genommen niemandem schadet, aber ältere Menschen können daran sterben.«

»Nate! Hör auf!«, rief Nathalie. Briony hatte nicht einmal gehört, wie sie und Caleb hereingekommen waren. »Dad hätte so etwas niemals getan. Er könnte es gar nicht.«

»Richtig. Dad ist ja so ein großartiger Mensch. Hat schließlich noch nie auch nur einer Fliege etwas zuleide getan, nicht wahr?«, gab Nate zurück. »Oh, abgesehen von Mom. Und dir, obwohl du dich benimmst, als wäre er der heimkehrende Held und nicht der Kerl, der uns alle im Stich gelassen hat.«

»Ich verstehe nicht, was los ist«, sagte Nates Mutter und rieb an ihrem Ringfinger. Dort, wo sie ihren Ehering getragen hatte, wurde Briony klar.

»Mehrere Bewohner sind am Samstag nach dem Brunch krank geworden«, erklärte Nathalie. »Nate glaubt, dass jemand absichtlich etwas mit dem Essen angestellt hat.«

»Und die Inspektoren vom Gesundheitsamt sind dabei, es zu untersuchen. Wenn du irgendwelche Spuren hinterlassen hast, dann werden sie sie finden«, sagte Nate zu seinem Vater. »Du verschwindest besser wieder nach Mexiko oder wo immer du gewesen bist.«

»Ich habe nichts mit dem Essen angestellt.« Er sah Nates Mutter an. »April, ich schwöre dir, ich habe niemandem in The Gardens irgendetwas getan. Ich wusste nicht einmal, dass es Angebote für die Residenz gibt.«

»Ich glaube, wie sollten dieses Gespräch fürs Erste vertagen«, sagte Caleb. »In Kürze wird eine Versammlung für die Bewohner und Familien in The Gardens stattfinden. Nate, du solltest dich jetzt darauf konzentrieren.«

»Wer ist das?« Nates Mutter rieb schneller über ihren Finger. »Und wer ist sie?«

»Das hier ist mein Anwalt Caleb Weber. Und Briony, eine Freundin. Sie wollte bei der Versammlung dabei sein, zwecks moralischer Unterstützung«, sagte Nate.

»Ich verstehe nicht, warum ich von alledem jetzt zum ersten Mal höre. Sollte ich nicht auch an dieser Versammlung teilnehmen?«, fragte Nates Mutter.

»Es könnte hilfreich sein, wenn Sie ebenfalls dabei sind«, antwortete Caleb. »Es würde deutlich machen, dass Nate auf die Unterstützung seiner Familie zählen kann.«

»Ich möchte auch dabei sein«, sagte Nates Vater.

»Nein«, sagte Nate. »Das geht zu weit. Du gehörst nicht zur Familie. Nicht mehr. Das hast du verspielt, als du abgehauen bist.«

»Nate!«, rief seine Mutter aus.

»Das ist nicht wahr. Er ist immer noch mein Vater«, insistierte Nathalie. »Und deiner auch.«

Briony taten sie alle leid, sogar Nates Vater, auch wenn er beinahe seine Familie zerstört hätte. Andererseits schienen zumindest Nates Mutter und seine Schwester mit ihm reden zu wollen.

»Nun, ich möchte ihn heute Abend nicht dabeihaben. Ich müsste zu viel erklären. Die Bewohner kennen ihn nicht. Es würde nur Verwirrung stiften«, sagte Nate.

»Ich tue, was du willst«, antwortete sein Vater. »Wenn du mich nicht dabeihaben willst, dann gehe ich nicht hin. Aber ich würde gern mit dir sprechen, wenn du Zeit hast.«

»Ja, aber wann das sein wird, weiß ich noch nicht.« Nate sah auf die Küchenuhr. »Ich muss ins Gemeinschaftszentrum hinüber und nachsehen, ob alles vorbereitet ist.«

»Ich gehe nach Hause und hole die Kinder. Caleb meint, es wäre gut, wenn sie mitkämen. Ist dir das recht, Nate?«, fragte Nathalie.

»Sicher. Ja. Wenn die Kinder das wollen, ist es in Ordnung.« Er wandte sich an Briony. »Kommst du mit mir?«

»Natürlich.« Wenn er sie wollte, war sie da.

# Kapitel 20

Nate stand ganz hinten im Vorführraum, Briony neben ihm. Wenn jemand ihm vor zwei Tagen gesagt hätte, dass er dankbar dafür sein würde, dass sie bei ihm war, hätte er denjenigen für verrückt erklärt. Aber es stimmte.

»Dein Fanklub sitzt ganz vorn«, sagte sie leise.

Er nickte. LeeAnne saß wie versprochen vorn in der Mitte, Hope neben ihr. Auch Gib hatte in der ersten Reihe Platz genommen sowie Nates Mutter, Nathalie und die Kinder und Caleb.

»Aber Eliza sitzt auch ganz vorn«, stellte Nate fest. Sie war genauso zurückhaltend gekleidet wie immer, in einer blassrosa Bluse und einem Rock, der die halbe Wade bedeckte. Ihr Haar wurde von einem breiten Band zusammengehalten, das seine Mutter ein Alice-Band nannte. Sie sah ganz und gar nett und vertrauenswürdig aus. Sie würde sehr überzeugend wirken, fürchtete Nate.

»Sie wird gleich die Versammlung eröffnen«, sagte Briony.

»Wünsch mir Glück«, sagte Nate, und sie drückte seine Hand, bevor er nach vorn ging. Er blickte kurz zu Eliza hinüber und bemerkte, dass sie einen mürrischen Gesichtsausdruck zur Schau trug, der ihre adrette Erscheinung Lügen strafte. Er lächelte sie an. Dann sah er sich im Raum um, und das Stimmengemurmel verstummte allmählich. Es gab nicht einen leeren Stuhl, und hinten standen sogar einige Leute.

Peggy, neben ihrer Tochter, ebenfalls in der ersten Reihe, hob den Daumen. Rich, Regina und Max, die alle zusammen in der zweiten Reihe saßen, lächelten ihm zu. LeeAnne lächelte nicht, aber sie sah aus, als wäre sie bereit, es mit allen aufzunehmen, die sich ihm in den Weg stellten, und Hope sicherlich auch.

»Herzlich willkommen«, sagte Nate. »Ich freue mich, Sie alle hier zu sehen. Wir haben ein paar wichtige Dinge zu besprechen. Ich lasse Eliza Pendergast anfangen, Archies Enkelin. Diese Versammlung war ihre Idee, und ich möchte ihr dafür danken, dass sie sie organisiert hat.« Als er applaudierte, stimmten die anderen mit ein, und Nate ging zu Briony zurück.

»Herzlichen Dank, dass Sie alle gekommen sind«, begann Eliza. »Ich habe diese Versammlung einberufen, weil ich zutiefst besorgt bin, was die Bedingungen hier in The Gardens angeht. Ich bin überzeugt davon, dass hier das Leben unserer Lieben in Gefahr ist. Mein Großvater …« Ihre Stimme zitterte, und sie brach mitten im Satz ab.

Nate fragte sich, ob sie den Anwesenden etwas vorspielte, rief sich aber ins Gedächtnis, dass sie ihren Großvater liebte und völlig legitime Gründe hatte, sich über seinen Aufenthalt in The Gardens zu sorgen. »Mein Großvater ist im Fitnessstudio dieser Einrichtung von einem Laufband gefallen. Es hatte eine Fehlfunktion«, fuhr Eliza fort. »Glücklicherweise hat sich mein Großvater nur einen Knöchel verstaucht, aber es hätte auch sehr viel schlimmer ausgehen können. Zum Beispiel hätte er sich die Hüfte brechen können. Wussten Sie …« Sie sah auf die Karteikarte, die sie in der Hand hielt. »Wussten Sie, dass laut Informationen des Gesundheitsministeriums einer von fünf Patienten mit einer gebrochenen Hüfte innerhalb eines Jahres stirbt? Einer von fünf. Und trotzdem hat die Wartung der Trainingsmaschinen hier in The Gardens eindeutig keinen Vorrang.«

Leises Murmeln war zu hören, und Nate hätte gern auf die Protokolle aufmerksam gemacht, die zeigten, wie oft die Geräte im Fitnessstudio gewartet wurden. Aber er musste sich gedulden. Alle sollten merken, dass er Elizas Sorgen sehr ernst nahm. Deshalb musste er sie ausreden lassen.

»Außerdem hat mein Großvater sich hier am Samstag eine Lebensmittelvergiftung zugezogen. Zusammen mit achtzig Prozent der Bewohner hat er am Brunch im Speisesaal teilgenommen. Mehr als fünfzig Senioren sind erkrankt.« Eliza sah wieder auf ihre Karteikarte. »Ältere Menschen haben häufig ein geschwächtes Immunsystem, sodass sie sich von einer Lebensmittelvergiftung nicht so leicht erholen. Sie haben außerdem ein größeres Risiko zu dehydrieren. Wussten Sie, dass Dehydrierung für unsere älteren Familienmitglieder noch gefährlicher ist als für uns Jüngere? Sie kann zu einem Blutdruckabfall führen und damit verminderter Blutzufuhr für lebenswichtige Organe. Wenn zum Beispiel die Nieren nicht richtig durchblutet sind, kann das zu Nierenversagen führen. Und Nierenversagen führt zum Tod.«

Eliza nahm einen langen, bebenden Atemzug, und Nate fragte sich wieder, ob sie ihnen nur etwas vorspielte. Er rief sich wieder ins Gedächtnis, wie viel Stress und Sorgen sie in den letzten Tagen gehabt hatte.

»Zweimal in weniger als einer Woche hätte mein Großvater sterben können«, verkündete sie. »Zwei Mal. Und aus diesem Grund und obwohl mein Großvater sich hier bereits sehr wohl fühlt und viele gute Freunde gefunden hat, habe ich beschlossen, dass ich eine neue Einrichtung für ihn suche. Ich glaube ehrlich, dass sein Leben in Gefahr ist, wenn er noch länger in The Gardens bleibt.«

Das war genug, entschied Nate. Er trat vor und stellte sich neben Eliza ans Pult. »Danke, Eliza, dass Sie das angesprochen haben.«

Er nahm sie am Arm und begleitete sie zurück auf ihren Platz neben ihren Großvater.

»Ich war noch nicht fertig!«, zischte sie.

»Ich möchte gern allen die Gelegenheit geben zu sprechen«, gab er laut zurück. Er breitete die Arme weit aus. »Wer hat noch Fragen, Sorgen oder Kommentare? Ich stehe Ihnen gern Rede und Antwort.« Er ließ den Blick kurz auf Briony ruhen, dann sah er sich um. »Tamara?«, rief er. Peggys Tochter sah aus, als hätte sie etwas auf dem Herzen.

Tamara stand auf. »Was mich wirklich stört, ist, dass ich nichts von der Lebensmittelvergiftung erfahren habe, erst als ich Elizas E-Mail bekam. Sie halten uns sonst so gut auf dem Laufenden, Nate. Warum habe ich davon nichts erfahren?«

»Sie haben recht. Ich hätte mich bei Ihnen allen melden sollen, und das werde ich in Zukunft auch tun«, antwortete Nate. »Ehrlich gesagt war ich vollauf damit beschäftigt, dafür zu sorgen, dass alle die nötige Hilfe bekamen, und der Ursache für ihre Erkrankung auf den Grund zu gehen.«

Er vermied das Wort »Lebensmittelvergiftung«.

»Ich bin mir wirklich nicht sicher, ob es mir recht ist, wenn meine Mutter hierbleibt«, sagte Tamara. »Das ist alles ziemlich … beängstigend. Ich muss mich wohl nach anderen Möglichkeiten umsehen.«

Als sie das hörte, stand Peggy auf. »Tamara, du weißt, wie sehr ich es schätze, dass du dich um mein Wohlbefinden sorgst. Aber wo ich lebe, das entscheide immer noch ich. Und ich wohne sehr gern in The Gardens. Ich bin seit drei Jahren hier, und es ist zu meiner Heimat geworden. Bisher hat es nicht einen einzigen Vorfall gegeben, der mich auch nur im Geringsten beunruhigt hätte.« Sie blickte Nate an. »Ich bin auch jetzt nicht besorgt, weil ich weiß, dass Nate die Probleme lösen wird, ich vertraue ihm voll und ganz.« Sie setzte sich und zog Tamara zurück auf ihren Stuhl.

»Danke schön, Peggy. Und danke, Tamara, dass Sie uns Ihre Bedenken mitgeteilt haben. Wer sonst noch?«, fragte Nate.

Über eine Stunde lang beantwortete er Fragen, wobei er die Ergebnisse der Untersuchung der Luftqualität erwähnte und klarstellte, dass nicht nur das Laufband, das Archie benutzt hatte, sondern der gesamte Gerätepark des Fitnessstudios bereits ausgetauscht worden war. Er versicherte außerdem, dass alle, die sich die Nahrungsmittelvergiftung zugezogen hatten, sich bereits wieder davon erholt hatten.

»Sonst noch jemand?«, fragte er, damit sich niemand übergangen fühlte. Später würde er noch bleiben und mit jedem Einzelnen reden. Nicht alle wollten über ihre Angelegenheiten vor der Versammlung sprechen.

Nates Mutter hob die Hand. Er lächelte sie an. »Ja, Mom?«, sagte er. »Sie kennen doch meine Mutter?«

Es gab donnernden Applaus, als sie aufstand. »Ich wollte nur sagen, dass Nate The Gardens leitet, seit er neunzehn Jahre alt ist, und dass ich jedes Jahr noch stolzer auf ihn bin, weil er hier so enorm viel leistet.« Es ertönte wieder Applaus, aber Nate bemerkte, dass Eliza und ein paar andere nicht klatschten.

»Danke, Mom. Das bedeutet mir viel«, sagte er. Und das stimmte. Sie hatte sich nie wirklich über seine Arbeit geäußert. Sie ging einfach davon aus, dass er alles im Griff hatte, was ja auch eine Art Lob war.

Sobald sich seine Mutter gesetzt hatte, stand LeeAnne auf. »Vor ein paar Stunden hat das Gesundheitsamt die Küche wieder freigegeben«, verkündete sie. »Also haben meine Leute und ich uns ans Backen gemacht. Ihr Lieblingskuchen ist bestimmt dabei. Ich würde vorschlagen, dass wir jetzt alle in den Speisesaal gehen und es uns schmecken lassen.«

»Sind Sie sicher, dass es ungefährlich ist?«, rief Eliza. »Eine weitere Vergiftung würde mein Großvater wohl kaum überstehen.«

»Ich riskiere das nicht«, stimmte jemand von hinten zu.

»Ich lasse mir LeeAnnes Kuchen nicht entgehen«, sagte Gib.

»Ich kann dafür garantieren, dass sie nur die frischsten Zutaten verwendet und dass Sie sich fühlen werden, als äßen Sie nur preisgekrönte Kuchen.« Nathalie sah zu Lyle und Lyla hinüber. »Was meint ihr, Kinder? Möchtet ihr?«

»Ja!« Lyle stieß die Faust in die Luft.

»Gibt es Brombeere?«, fragte Lyla.

»Selbstverständlich.«

Lyla lächelte sie an. »Und Schlagsahne?«

»Ich schlage sie immer erst frisch, kurz vor dem Servieren, aber Obstkuchen ohne Schlagsahne gibt es bei mir nicht«, sagte LeeAnne, laut genug, dass der ganze Saal es hören konnte.

»Ich könnte ganz allein einen ganzen Kuchen aufessen!«, rief Amelia. »Von den Hufen bis zum Schweif.«

»Was genau ist in diesen Kuchen?« Tamara hörte sich entsetzt an.

»Ein Witz. Sie hat nur einen Witz gemacht«, meinte Briony.

»Also gut, dann stellen wir uns jetzt an.« Nathalie stand auf und ging zur Tür, die Kinder, seine Mutter und Caleb folgten ihr. Nate bemerkte erleichtert, dass über die Hälfte der Leute auch den Saal verließen.

Seine Zwillingsschwester brachte ihn meistens zur Weißglut. Seine Mutter ebenfalls. Aber in diesem Augenblick dachte er nur, wie sehr er sie doch liebte.

Mac streifte von Tisch zu Tisch und sah nach seinen Menschen. Nate und Briony rochen beide schon viel besser, nicht so glücklich wie vorher, aber besser. Auch Gib roch viel besser, Mac nahm nur noch einen kleinen Hauch der Krankheit wahr, die er am Vortag bei seinem Besuch so stark gerochen hatte. Gib roch nicht so, wie wenn die Frau, die Mac mochte, Peggy, in der Nähe war. Daran würde er noch etwas ändern müssen.

Der Mann und die Frau, die ein bisschen so gerochen hatten, als würden sie gleich explodieren, sodass Mac die Ohren klingelten, verströmten jetzt auch einen glücklicheren Geruch.

Caleb, der Mann, der in Macs Haus wohnte, roch mittelmäßig. Er war nicht richtig glücklich, aber auch er roch besser als gestern.

Mac war zufrieden. Er war vorangekommen. Er musste geduldig sein. Es brauchte seine Zeit, bis Menschen verstanden, was sie tun sollten. Sie konnten nichts dafür. Sie waren einfach nicht so intelligent, um ihr Leben selbst in die Hand zu nehmen. Auch wenn sie zweifellos intelligenter als Hunde waren. Man sollte ihnen vorschreiben, mit einer Katze zu leben.

Er ging zu dem Mann, der ihn nicht mochte. Er saß auf einem Stuhl mit Rädern. Mac rieb seinen Kopf intensiv am Knöchel des Mannes, und der Mann gab einen Geruch von sich, der zeigte, dass er Mac noch mehr verabscheute als bisher. Mission erfüllt!

Macs Schnurrhaare zitterten. Der Kurz-vorm-Explodieren-Geruch war zurück. Er atmete tief ein, schmeckte die Luft in seinem Maul mit der Zunge. Nein, es war nicht genau derselbe Geruch, und er kam von mehreren Menschen, von jungen. Würde er jemals damit aufhören, Menschen zu finden, die Hilfe brauchten?

Er winkelte die Beine an und sprang auf den Tisch, um zu recherchieren. Das junge Weibchen zuckte mit einem Aufschrei zurück, und Kaffee schwappte aus einem Becher, den sie in der Hand hielt. »H...Hope! Geht es dir gut? Hast du dich verbrannt?«, blah-blahte das junge Männchen laut.

»Du weißt, wie ich heiße?«, fragte das junge Weibchen, während sie ihren Rock mit einer Serviette rieb.

»N...natürlich. W...wir haben d...drei Kurse zusammen besucht. Und ich k...kenne dich auch v...von hier«, gab das junge Männchen zur Antwort.

»Aber du tust so ... es kommt mir immer vor, als wäre ich unsichtbar für dich. Ich dachte, für dich bin ich einfach nur jemand, der dich bedient, der deiner Aufmerksamkeit nicht wert ist«, sagte das junge Weibchen. »Du hast nicht mal Hallo gesagt.«

»M...mir fällt es sch...schwer, ü...überhaupt irgendwas zu s...sagen, w...wenn du d...da b...bist.« Das junge Männchen verzog das Gesicht. »Ich s...stottere, w...wenn ich n...nervös b...bin. Früher habe ich i...immer g...gestottert.« Er schüttelte heftig den Kopf und summte ein paar Noten. »T...tut mir leid. Ich h...habe nicht ... ich w...wollte d...dich nicht b...beleidigen.«

»Ich mache dich nervös? Warum mache ich dich nervös?«, blah-blahte sie. Da Mac bereits auf dem Tisch saß, leckte er die Schlagsahne vom nächststehenden Teller.

»D...du b...bist so h...hübsch.« Mac konnte riechen, wie sich das Blut in dem Gesicht des jungen Männchens sammelte. »U...und k...klug.« Er zuckte mit den Schultern. »D...du hast auch n...nie mit mir g...gesprochen.«

»Weil ich dumm bin. Ich habe einfach angenommen, dass du nicht mit mir reden wolltest, weil ich so weit unter dir stehe. Ich fahre mit dem Bus, du fährst einen BMW 335i Cabrio. Mein Job ist es, dir dein Essen zu servieren.«

»Dein Job ist es, Menschen wie meinen Großvater glücklich zu machen. Er findet dich ganz toll.« Das Blabla des jungen Männchens klang jetzt sanfter. »U...und i...ich f...finde das a...auch.«

»Du machst ihn auch glücklich. Es ist so schön, dass du ihn immer besuchst, Max.«

»D…du kennst auch m…meinen N…Namen!«

Sie lächelte. »Wir haben drei Kurse zusammen gehabt. Und ich kenne dich auch von hier.«

Er lächelte zurück. »Hallo, Hope.«

»Hallo, Max.«

Briony fiel ins Bett. Es war so viel passiert, dass es für drei Tage gereicht hätte. Sie konnte sich kaum vorstellen, wie es Nate ging, nach der Versammlung und nachdem sein Vater so plötzlich wieder auf der Bildfläche erschienen war. Sie knipste die Nachttischlampe aus und kuschelte sich in den Haufen Kissen. Ein paar Sekunden später sprang Mac neben ihr aufs Bett und fing an zu schnurren. »Da ist ja mein Kätzchen«, murmelte sie bereits im Halbschlaf.

Dann summte ihr Handy. Wahrscheinlich Vi. Oder ihre Eltern. Sie sah nach. Eine Nachricht von Ruby.

Ich hab das Gefühl, als hätte ich meine koreanische Lieblings-Soap verpasst. Jetzt, wo sie erst richtig interessant wurde. Geht's dir gut?

Entschuldige. Entschuldige, entschuldige, entschuldige! Es ist so viel passiert.

Also, hast du mit Nate und Caleb gesprochen?

Ja. Hatte einen Mordsstreit mit Nate, bei dem er mich praktisch als Nutte bezeichnet hat.

Das kann nicht sein!

Doch. Aber später hat er sich dafür entschuldigt. Und es scheint, als wäre alles ganz in Ordnung. Sogar richtig in Ordnung. Zwischen uns zumindest. Nate versucht, in The Gardens Schadensbegrenzung zu betreiben. Jemand will der Einrichtung schaden und treibt Sabotage. Nate glaubt, es wäre sein Vater. Der übrigens seit zehn Jahren von der Bildfläche verschwunden war. Hat die Familie sitzen gelassen und ist jetzt einfach mal eben wiederaufgetaucht.

Was für eine Soap. Nur eben mit echten Leuten. Mit echten Gefühlen. Wodurch alles weniger lustig und dafür umso schrecklicher ist. Was ist mit Caleb? Hast du gemerkt, dass du wieder zuerst über Nate gesprochen hast?

Zwischen Caleb und mir ist jetzt wirklich offziell Schluss. Er wollte, dass wir ausprobieren, ob es für uns eine Fortsetzung geben könnte. Aber ich habe ziemlich schnell gemerkt, dass es nicht geht.

Hat er es gut aufgenommen?

Du kennst Caleb nicht. Er ist wirklich so gut wie perfekt – für eine andere Frau. Natürlich hat er sich ganz erstaunlich verhalten. Ich weiß, dass er verletzt ist, aber als Nate einen Anwalt brauchte, war Caleb sofort zur Stelle.

Nate braucht einen Anwalt?

Ja, es sieht so aus, als würden ein paar Leute in The Gardens ihn verklagen. Ein paar Bewohner hatten eine Lebensmittelvergiftung – ein weiterer Sabotageakt. Und ein Typ hat sich auf dem Laufband verletzt – auch Sabotage.

Wow. Wenn ich irgendwie helfen kann, sag mir Bescheid. Dann hätte ich Gelegenheit, die ganzen Leute, von denen du ständig schreibst, auch einmal zu Gesicht zu bekommen.

Ja, mache ich. Bin so müde. Wir schreiben bald wieder, okay? Tut mir leid, dass ich einfach so verschwunden bin.

Hört sich an, als hättest du gute Gründe. Gute Nacht, Süße.

Nacht.

# Kapitel 21

Am nächsten Morgen ging Nate in den Speisesaal, sobald dieser zum Frühstück geöffnet wurde. Zum ersten Mal nach dem Brunch, der die Lebensmittelvergiftung verursacht hatte, wurde wieder eine vollständige Mahlzeit serviert. Er wollte, dass alle sahen, dass er dort aß. Vielleicht kam Briony ja herüber. Es hatte sich gut angefühlt, als sie am gestrigen Abend neben ihm gestanden hatte.

Vor ein paar Tagen hatte er sie nie wieder sehen wollen. Aber nachdem er sich von dem Schlag in den Magen erholt hatte, den er versetzt bekam, als ihr sehr frischer Ex-Verlobter plötzlich auftauchte, und nach Brionys Entschuldigung war seine Wut verraucht. Und die Anziehung, die sie auf ihn ausübte, war sofort wieder an ihre Stelle getreten. Aber es war mehr als nur Anziehung. Trotz allem wertschätzte er Briony, weil sie ein anständiger Mensch war. Sie hatte sich sofort um die Menschen in The Gardens gesorgt und war für sie da gewesen. Und für ihn auch, sobald er es zugelassen hatte. Er schickte ihr eine kurze Nachricht in der Hoffnung, dass sie seine Einladung zum Frühstück annahm.

»Nate!«, rief Rich zu ihm hinüber. Er drehte sich um und sah Rich und Regina auf sich zukommen. Normalerweise frühstückten beide etwas später. Etwas stimmte nicht. Rich machte ein sorgenvolles Gesicht, und Regina sah aus, als hätte sie sich nur schnell etwas übergezogen, ihr Haar war nicht so perfekt gekämmt wie sonst.

»Guten Morgen. Was ist los?«, fragte Nate und bemühte sich um einen ruhigen Tonfall.

»Max hat mich gerade angerufen. Er hatte in den sozialen Medien nachgesehen, ob The Gardens dort nach der Versammlung gestern Abend erwähnt worden ist«, sagte Rich. »Eine Menge Dinge sind da aufgetaucht. Auf manchen Websites gibt es jetzt neue Bewertungen mit nur einem oder zwei Sternen. Senior Living, Geek Gazers, Assisted Living Search.« Er wandte sich an Regina. »Was war noch?«

»Retirement Home Compare«, antwortete sie.

»Max sagt, er will das wieder in Ordnung bringen. Er hat Hope geschrieben. Sie studieren beide Marketing und denken sich ein paar Strategien für die Social Media aus. Kannst du dich heute Nachmittag mit ihnen treffen?«, fragte Rich.

»Natürlich.«

»Ich möchte auch helfen«, sagte Regina. »Ich bin vielleicht nicht auf dem Laufenden, was Social Media angeht, aber ich kann mit einem Computer umgehen. Es muss doch etwas geben, was ich tun kann.«

»Man weiß nie, wann man einen Dichter braucht. Ich kann Limericks darüber schreiben, wie großartig The Gardens ist.« Rich zog sein Notizbuch und seinen Bleistift hervor. »Es war einmal ein Ort. Der hieß The Gardens.«

»Vielleicht etwas darüber, wie sich hier einem das Herz öffnet?«, schlug Regina vor.

»Möglich, möglich«, sagte Rich. »Wie wäre es, wenn wir uns um drei treffen?«

Nate nickte. »Wir nehmen den Bungalow neben Gerties. Ich hätte gern etwas Privatsphäre, und er steht bis nächste Woche leer. Es sei denn, die Frau, die dort einziehen will, entdeckt eine der fraglichen Websites. Hört sich an, als würden die Bewertungen jeden abschrecken.«

»Wir kümmern uns darum«, versprach Rich. »Nun brauche ich Kaffee, damit ich dieses Gedicht fertig schreiben kann. Und du willst sicher gern deinen Pfefferminztee«, sagte er zu Regina. Er hakte sich bei ihr unter, und sie gingen zu ihrem angestammten Tisch.

Nate blickte ihnen nach. Regina hatte eine Zeile für einen Limerick vorgeschlagen, obwohl sie doch normalerweise eher eine Bemerkung gemacht hätte, dass diese Form nicht einmal als Poesie durchgehe. Rich hatte sich gemerkt, welchen Tee sie trank, und ihren Arm genommen. Nate erinnerte sich nicht, jemals gesehen zu haben, wie die beiden sich berührten. Entwickelte sich da etwas zwischen ihnen? Es wäre nicht vollkommen undenkbar. Eigentlich hatten sie eine Menge gemeinsame Interessen – Kreuzworträtsel, Kunst, Literatur.

Er dirigierte seine Gedanken wieder dorthin, wo sie hingehörten. Er musste sich diese Websites ansehen. Er suchte sich einen Tisch am Fenster aus und holte sein Handy hervor. Als der Kellner vorbeikam, bestellte er einen Obstsalat.

Als sein Essen kam, war ihm der Appetit vergangen. Die Bewertungen kamen ihm vor wie ein Angriff, ein persönlicher Angriff. Warum auch nicht? Nate hatte den Großteil seiner Zeit damit verbracht, The Gardens zum bestmöglichen Ort für seine Bewohner zu machen. Vor Briony war das so ziemlich alles gewesen, was er überhaupt getan hatte, und die Probleme seiner Mutter und seiner Schwester zu lösen.

Er dachte an seinen Vater. Das passierte ihm ständig, obwohl er sich mit so vielem anderen befassen musste. Es war, als wäre eine Mauer zerbröckelt, eine Mauer, die er vor Jahren errichtet hatte, um alle Gedanken an seinen Vater fernzuhalten. Konzentriere dich, sagte sich Nate. Er ist es nicht wert, dass du auch nur ein paar Sekunden Zeit an ihn verschwendest. Du musst dich um Wichtigeres kümmern. Er ist ein Niemand, schließlich ist er jahrelang einfach verschwunden gewesen, nachdem er seine Familie im Stich gelassen hat.

»Nate. Hallo.«

Er hatte mit leerem Blick auf seinen Teller gestarrt, und als er jetzt aufblickte, saß ihm auf einmal Briony gegenüber. »Hallo. Du bist hier.«

»Du hast mich eingeladen.« Sie lächelte. »Wie geht es dir? Du warst so in Gedanken, dass ich dich nicht stören wollte.«

»Danke, dass du mich gestört hast. Ich habe über meinen Vater nachgedacht. Und dafür habe ich im Moment keine Zeit. Ich habe gerade herausgefunden, dass im Internet eine Verleumdungskampagne gegen The Gardens läuft. Wenn man es Verleumdung nennen kann, wenn Leute etwas sagen, das stimmt.«

»Oh, Nate, nein!« Briony griff nach seiner Hand, zögerte und zog ihre Hand wieder zurück. Er verstand. Er hatte auch keine Ahnung, wie es um sie beide stand. Sie verstanden sich gut, es war freundschaftlich, aber war da mehr? Jetzt war nicht der richtige Zeitpunkt, das herauszufinden.

»Ja. Meine Durchschnittsbewertung ... die Durchschnittsbewertung von The Gardens ist schon ziemlich tief gefallen. Da reichen schon ein paar Ein-Sterne-Bewertungen.« Nate zwang sich, einen Bissen von seinem Obstsalat zu essen. Er schmeckte fantastisch, wie alles, was LeeAnne zubereitete. Sie hatte eine Art Joghurtsoße darübergeträufelt. Sein Appetit kehrte zurück, und er nahm noch einen Bissen. »Willst du was abhaben?« Der Kellner kam bereits auf sie zu.

»Danke.« Sie nahm ihre Gabel und spießte eine Sternfrucht auf. »Was wirst du tun? Hast du schon eine Idee?«

»Hope und Max kommen um drei vorbei. Sie arbeiten an Vorschlägen. Sie studieren beide Marketing.«

»Hope hat sich wohl geirrt. Sie schien zu denken, dass Max nie mit ihr geredet hat, weil er sich zu gut dafür war, er mit seiner reichen Familie und sie, die in der Küche arbeitet.«

»Sie hat sich total geirrt«, antwortete Nate. »Ich bin mir sicher, dass Max deshalb nicht mit ihr spricht, weil sie so hübsch ist und er nervös wird, und wenn er nervös ist, kommt das Stottern zurück, unter dem er als Kind gelitten hat. Er hat etwas gestottert, als er am Familienabend mit dir gesprochen hat.«

»Und sie war unhöflich zu ihm, weil er nicht mit ihr geredet hat. Es ist wie die Geschichte mit dem Mann, der seine Uhr verkaufte, um seiner Frau Haarkämme zu schenken, und sie hat ihr Haar verkauft, um ihm eine Uhrkette zu schenken«, sagte Briony. »Wobei, eigentlich stimmt das so nicht. Es ist eher das Gegenteil. Nein, eigentlich auch wieder nicht.« Sie runzelte die Stirn. »Sie haben sich beide danebenbenommen, weil sie ihren Vorurteilen geglaubt haben. Vergiss das ganze Haar- und Uhrding.«

Nate lachte. »Mir gefällt es, wenn du so plapperst.«

»Ich plappere nicht oft. Nur manchmal.« Sie legte den Finger an die Lippen. »Jetzt höre ich auf damit«, murmelte sie, und er lachte wieder. »Kann ich zu dem Treffen kommen? Ich möchte gerne helfen. Du solltest deine Schwester auch dazubitten. Caleb hat mir erzählt, dass sie sich mehr einbringen möchte und es ihr leidtut, dass sie das nicht schon früher angeboten hat.«

»Sie arbeitet heute Nachmittag. Und danach ist sie wahrscheinlich damit beschäftigt, meinen Vater zu umarmen.« Er bemerkte die Bitterkeit in seiner Stimme und versuchte, es Briony zu erklären. »Sie darf ja tun und lassen, was sie will, aber ich kann nicht verstehen, wie sie ihm verzeihen kann. Sie hat nicht einmal eine Erklärung verlangt.«

»Standen sie sich sehr nah, bevor er euch verlassen hat?«

»Ja. Näher als er und ich. Mein Großvater hat von ihm erwartet, dass er sich mehr für The Gardens interessiert, und ich auch. Aber sollte es ihr deswegen nicht schwerer fallen, ihm zu vergeben? Hätte sie sich nicht mehr betrogen fühlen müssen, als er verschwunden ist, weil sie sich so nahestanden?«

»Mich solltest du vielleicht nicht fragen, welche Gefühle angemessen sind«, sagte Briony mit einem schiefen Lächeln, dann weiteten sich ihre Augen. »Er kommt gerade herein, dein Vater.«

»Er kommt hierher?« Nate hatte gedacht, dass er entscheiden konnte, wann – und ob – er sich mit seinem Vater auseinandersetzen wollte. Unglaublich, dass sein Vater den Nerv hatte herzukommen. Doch eigentlich sollte es ihn nicht überraschen. Sein Vater hatte auch den Nerv gehabt, nach all den Jahren einfach so wiederaufzutauchen. War einfach ins Haus gegangen, obwohl niemand da war, als würde er noch dort wohnen.

»Was machst du jetzt? Wirst du mit ihm sprechen?«

»Kommt er her?« Nate wollte sich nicht umdrehen.

»Nein, er steht da drüben an der Tür. Aber er sieht zu uns rüber.«

Nate stand auf. »Ich sollte es hinter mich bringen.«

»Soll ich nach Hause gehen?«, fragte Briony.

»Iss dein Frühstück. Ich komme wieder zu dir, wenn ich fertig bin.«

»Gut. Ich möchte wissen, wie es gelaufen ist.«

Wenigstens das. Sie würde auf ihn warten.

Nate ging zu seinem Vater, der sofort anfing zu reden. »Ich weiß, ich habe gesagt, dass ich warten würde, bevor ich mit dir spreche. Aber ich kann nicht zulassen, dass du denkst, ich würde hinter der Sabotage stecken. Das alles hier ist mir schließlich auch wichtig, Nate.«

Nate stieß ein hartes Lachen aus. »Ja. Das hast du ziemlich deutlich gemacht.«

»Mein Großvater hat The Gardens gegründet, mein Vater hat es geleitet, und jetzt leitet es mein Sohn. Ich würde nie etwas tun, das The Gardens schaden könnte«, beharrte sein Vater.

»Du hast The Gardens verlassen, genau wie du deine Familie verlassen hast.«

Einen Moment lang sagte sein Vater nichts. »Du hast recht«, gab er schließlich zu.

»Ich möchte nicht hier darüber sprechen. Lass uns hinausgehen.« Nate wartete nicht, dass er zustimmte, und ging zur Tür hinaus.

»Glaubst du mir?«, fragte sein Vater, als sie auf dem Gehsteig standen.

»Nein. Vielleicht sagst du die Wahrheit, vielleicht auch nicht. Aber ich kann deinen Worten keinen Glauben schenken. Sie sind wertlos.« Nate setzte sich in Bewegung, er konnte nicht stillstehen. Sein Vater ging neben ihm her.

»Verständlich. Verständlich«, wiederholte sein Vater. »Kann ich dich etwas fragen? Bevor ich wieder da war, wen hast du da für die Sabotage verantwortlich gemacht?«

»Ich hatte keine Ahnung«, gab Nate zurück. »Ich konnte und kann mir niemand anderen denken, der hier alles zerstören wollen würde. Du hättest einen Grund. Geld.«

»Wie kann ich dich davon überzeugen, dass ...«

»Das kannst du nicht«, sagte Nate zu ihm. »Dazu müsste ich dir vertrauen, und das kann ich nicht.« Er blieb abrupt stehen und sah seinem Vater ins Gesicht. »Hast du auch nur die geringste Ahnung, was du Mom angetan hast? Du hast sie zerstört. Sie ist Mitte fünfzig und benimmt sich, als wäre sie neunzig. Sie hat überhaupt kein Selbstvertrauen mehr. Du hast es ihr genommen. Es ist, als hätte sie Angst, auch nur irgendetwas zu tun. Sie geht kaum aus dem Haus. Sie hat keine Freunde. Sie hat nur mich und Nath und die Enkel.«

»Eigentlich ist das schon viel«, antwortete er.

»Und Nathalie. Sie ist völlig durcheinander. Sie hängt sich an einen Versager nach dem anderen. Es ist, als würde sie sich extra diejenigen aussuchen, die sie enttäuschen. So wie du sie enttäuscht hast.«

»Und was ist mit dir, Nate? Was habe ich dir angetan?«

»Nichts. Ich war zu beschäftigt damit, alles zu managen, um dich auch nur zu vermissen«, gab Nate zurück. »Ich will nur wissen, was du hier willst. Wenn du die Wahrheit sagst und du nicht zurückgekommen bist, um uns zu zwingen, The Gardens zu verkaufen, warum bist du dann hier? Meinst du, du könntest wieder mit Mom zusammenkommen? Was hast du vor?«

»Ich wollte dich sehen. Mehr nicht. Ich hoffe, dass du mir erlaubst, dich neu kennenzulernen. Dich und Nathalie. Und meine Enkel.«

»Die darfst du nicht einmal als deine bezeichnen. Sie haben keinen Großvater.«

»Dann weiß ich jetzt, was ich tue. Ich werde so lange hierbleiben, bis ich das geändert habe. Ich habe nicht weit von hier ein Zimmer gemietet. Ich suche mir einen Job. Was für einer, ist mir egal. Hauptsache, ich kann hierbleiben.«

»Und Mom? Was willst du von ihr?«

Er schüttelte den Kopf. »Das liegt bei ihr. Wenn sie es zulässt, würde ich sie auch gern neu kennenlernen. Nichts davon kann ich entscheiden. Und ich weiß das.«

»Im Moment habe ich genug zu tun. Ich lasse dich wissen, wenn ich dich sehen möchte.«

Sein Vater nickte langsam. »In Ordnung«, sagte er schließlich. »Deine Mutter weiß, wie du mich erreichen kannst.« Er wandte sich zum Gehen, zögerte dann jedoch. »Es sieht gut aus hier, Nate. Wirklich gut. Dein Großvater wäre stolz auf dich.«

Nate blieb stehen und sah ihm nach, dann kehrte er zu Briony zurück.

»Was ist passiert?«, wollte sie wissen.

»Kannst du vielleicht eine Weile über irgendetwas plappern?«, fragte er. »Ich möchte hier sitzen und nicht über meine Familie oder The Gardens nachdenken.«

Mac sah zu, wie Gib das Geschenk aufhob, das er ihm gebracht hatte. Er hob es nicht an seine Nase. Nicht gut. Mac hatte das Geschenk aus mehr als einem Block Entfernung riechen können, aber er bezweifelte, dass Gib verstehen würde, was daran so besonders war, wenn er nicht daran schnupperte. Und vielleicht nicht einmal dann.

»Du hältst das hier wahrscheinlich für etwas ganz Besonderes«, blah-blahte Gib. »Und deshalb danke ich dir. Was ich allerdings mit einer rosa Socke mit Gänseblümchen darauf anfangen soll, kann ich mir nicht vorstellen. Und sogar, wenn du mir beide gebracht hättest, würden sie nicht passen, und mein Stil sind sie auch nicht. Aber wegen des Aufwands verdienst du eine Sardine.«

Sardine. Das Wort erregte Macs Aufmerksamkeit. Er trabte vor Gib her in die Küche. Er wand sich zwischen Gibs Knöcheln hindurch, als Gib die schöne rot-blaue Dose hervorholte. Dann, *pop!*, dieser wundervolle Laut! Mac miaute ungeduldig, als Gib den Deckel viel zu langsam abzog. Dann legte er drei Sardinen auf einen Teller und stellte ihn vor Mac ab. Oh, heilige Bastet, waren die gut, salzig und ölig und oh, so fischig!

Gib musste sein Geschenk wirklich gefallen haben, wenn er Mac damit belohnte. Aber Peggy ... sie war fast so schlimm wie Jamie. Jamie war ein ganz bisschen schlimmer. Manchmal warf sie seine Geschenke weg. Peggy hatte ihre einfach zurückgegeben.

Das Glitzernde, das er ihr gebracht hatte, hatte ihr allerdings wirklich gefallen. Er hatte es an ihrem Hals gesehen. Und dann hatte der andere Mensch es ihr wieder abgenommen.

Nun, Mac wusste, wo der andere Mensch wohnte. Er würde einfach hingehen und das Glitzernde zurückholen. Nach noch ein paar Sardinen. Er miaute lange, damit Gib wusste, dass er einen Nachschlag wollte.

Nate musste aufhören, Bewertungen zu lesen, während er wartete, dass die anderen zum Treffen kamen. Es war nicht produktiv. Allerdings würde dieses Treffen auch nicht besonders produktiv werden. Auch wenn Hope und Max eine Strategie entwickelten, um die Negativ-Werbung zu bekämpfen, wäre das nur ein Tropfen auf den heißen Stein. Nate musste endlich denjenigen finden, der hinter der Sabotage steckte.

Sein Vater war immer noch der wahrscheinlichste Kandidat. Es war einfach ein zu großer Zufall, dass er ausgerechnet jetzt zurückkam, und es hörte sich an, als bräuchte er Geld. Er hatte ein Zimmer gemietet und nicht einmal einen Job. Aber könnte sein Vater tatsächlich jemanden umbringen? Nathalie würde das verneinen. Seine Mutter auch. Nate hätte gerne daran geglaubt, dass die Antwort nein lautete, aber was seinen Vater betraf, war er sich über gar nichts mehr sicher.

Ein Klopfen holte Nate aus seinen Gedanken. Er setzte sein Pokerface auf. Er wollte Selbstvertrauen ausstrahlen. Als er die Tür öffnete, standen Briony, Caleb und eine Frau um die fünfzig in Cowboystiefeln vor ihm.

»Das ist Ruby. Sie ist die erste Freundin, die ich in L.A. gefunden habe«, verkündete Briony. »Sie will uns helfen. Sie ist in der Filmindustrie tätig und meint, wir sollten ein Video über die Einrichtung drehen, mit ein paar Aussagen der Bewohner, die begeistert von dir sind, und das sind ja die meisten. Die Leute gucken sich lieber etwas an, als dass sie lesen.«

»Das hört sich gut an. Kommt herein.« Als Nate die Tür

schließen wollte, erblickte er Max, Hope, Regina und Rich, die den Weg heraufkamen.

»LeeAnne ist in einer Minute hier. Sie bringt die Reste vom Kuchen mit«, sagte Hope, als sie eintrat.

»Ich hoffe, es ist noch etwas von dem Butterscotch-Schokoladenkuchen übrig«, sagte Max. Nate merkte, dass er sich nicht verhaspelt hatte. Er musste sich in Hopes Gegenwart entspannter fühlen, jetzt, wo sie endlich miteinander gesprochen hatten. Das überraschte ihn nicht. Hope war ein Schatz.

»Wenn nicht, dann backe ich dir noch einen«, sagte Hope zu ihm. »LeeAnne weiht mich nach und nach in ihre geheimen Rezepte ein, und dieses kenne ich schon.«

»Das wäre toll.« Max lächelte Hope an. Briony fing Nates Blick auf und lächelte ihn an, und er dachte, dass das Treffen sich lohnen würde, auch wenn es nur ein Tropfen auf den heißen Stein war. Denn dadurch verbrachten Hope und Max, der auch ein Schatz war, mehr Zeit miteinander. Und es verschaffte ihm mehr Zeit mit Briony, bevor sie wieder nach Hause fuhr. Es störte ihn so gut wie gar nicht mehr, dass Caleb dabei war.

»Setzt euch alle.« Der Fernsehsaal und die Bibliothek wurden wieder benutzt, aber sie hatten die Möbel noch nicht wieder ins Lager gebracht. »Gibt es einen geheimen Handschlag? Es sollte es einen geheimen Handschlag geben.«

Diesmal war es Gib, der auftauchte, als Nate die Tür schließen wollte. »Ich bin mir nicht sicher, wie weit ich helfen kann, aber ich wollte gern dabei sein.«

»Danke.« Nate hatte das Treffen Gib gegenüber nicht einmal erwähnt, aber hier war er. Unglaublich, wie nah er und Gib sich über die Jahre gekommen waren! Eigentlich war Gib sein engster Freund. Wenn das mit der Lebensmittelvergiftung schiefgegangen wäre – Nate wollte gar nicht darüber nachdenken.

»Lass die Tür offen!«, rief LeeAnne. Sie rollte einen Servierwagen voller Kuchen herein. Amelia folgte ihr mit einer Nespressomaschine im Arm.

Amelia zwinkerte Nate zu. »Falls wir espressomäßig unsere Gedanken beschleunigen wollen.« Sie lachte. Sie lachte meistens über ihre eigenen Witze.

»Sind wir vollzählig?«, fragte Nate, die Hand an der Türklinke.

»Deine Schwester kommt früher von der Arbeit, damit sie dabei sein kann«, antwortete Caleb. »Deine Mutter wollte auch kommen, aber sie passt auf die Kinder auf.«

Bedeutete das, dass sein Vater die Kinder auch sehen würde? Nate gefiel das nicht. Erst musste er herausfinden, wer hinter der Sabotage steckte.

»Wir haben ...«, fing Regina an.

»... Peggy und Janet eingeladen«, beendete Nate den Satz. »Sie kommen gerade herüber.«

»Überrascht mich, dass die beiden auch kommen, obwohl Archie gar nicht hier ist«, brummte Gib. »Ich hoffe es jedenfalls.«

»Ich glaube, Archie wäre auf unserer Seite«, sagte Regina. Rich schnaubte nur kurz. »Aber wir wollen nicht, dass seine Enkelin erfährt, was wir vorhaben. Sie soll keine Gelegenheit bekommen, Gegenmaßnahmen einzuleiten.«

LeeAnne und Amelia nahmen Kaffeebestellungen entgegen, und Hope sprang auf und half. Max stand sofort auch auf.

Peggy umarmte Nate kurz, als sie den Bungalow betrat. »Es tut mir so leid wegen meiner Tochter«, sagte sie zu ihm.

»Ich verstehe sehr gut, wie ihr zumute ist«, antwortete Nate. »Wenn Sie meine Mutter wären und ich davon gehört hätte, was hier geschehen ist, würde ich mich auch um Sie sorgen und wüsste nicht, ob ich wollte, dass Sie weiter hier wohnen.«

»Aber das wäre nicht Ihre Entscheidung«, sagte Peggy. »Und es ist auch nicht die meiner Tochter.«

»Dann bleibst du?«, fragte Gib.

»Natürlich bleibe ich. Meine Freunde sind hier. Das ist für mich das Wichtigste auf der Welt.« Peggy und Janet setzten sich auf die Speisesaalstühle, die Nate geholt hatte.

»Meine Schwester ist da. Wir können jede Minute anfangen.« Nate bemerkte, dass der Motor ihres Autos nicht mehr so stotterte wie das letzte Mal. Er hatte die Filter und den Vakuumschlauch überprüfen wollen. Sie musste das Auto selbst zu Jiffy Lube gebracht haben.

»Der Wagen hört sich gut an«, meinte er, als sie hereinhastete.

»Dad hat ihn sich angesehen, als ich die Kinder abgeliefert habe. Es war nur ein verstopfter Filter.«

»Das wollte ich doch machen.« Auch wenn er sie gedrängt hatte, in die Werkstatt zu gehen, hatte er gewusst, dass sie es nicht tun würde. Es hatte auf seiner To-do-Liste gestanden. Vielleicht sollte er dankbar sein, dass sein Vater ihm wenigstens eine Sache abgenommen hatte, aber er war empört. Man sollte es ihm nicht so einfach machen, ins Leben seiner Mutter und seiner Schwester zurückzukehren.

Als Nate endlich die Tür zumachte, bemerkte er erfreut, dass der Stuhl neben Briony leer war. »Als Erstes möchte ich sagen, wie dankbar ich dafür bin, dass Sie alle hier sind«, sagte er und setzte sich.

»Sparen Sie sich das. Lassen Sie uns über das Wesentliche sprechen«, unterbrach ihn Gib.

Nun, zumindest ist er wieder er selbst, dachte Nate. Rich und Peggy auch. Er hatte eigentlich noch einmal nach allen erkrankten Bewohnern sehen wollen, aber wenn Gib, Rich und Peggy wieder auf dem Damm waren, ging es den anderen wahrscheinlich auch wieder gut.

»Ich nehme an, das bedeutet, wir sind dran.« Max gab Nate eine Tasse Kaffee. »Hope und ich haben einen Plan für alle größeren Media-Plattformen ausgearbeitet.«

»Wir haben einen Datenpuffer eingerichtet, damit wir alles so effizient wie möglich managen können«, fügte Hope hinzu.

»Ich habe ein paar Limericks über The Gardens geschrieben«, verkündete Rich.

»Darüber würde ich gern ein Video machen. Hätten Sie etwas dagegen, ein paar vor der Kamera vorzutragen?«, fragte Ruby. Das brachte alle zum Lachen.

»Versuchen Sie mal, ihn davon abzuhalten«, antwortete Regina mit warmer Stimme.

»Ein Video-Statement von allen Bewohnern, die dazu bereit sind, wäre toll«, sagte Max. »Wir wollen auch Aufnahmen vom Wii-Kegelklub oder den Kunstkursen.«

»Und einfach nur Leute, die zusammensitzen. Oh, und unbedingt Leute in den Gärten. Die sind so schön.« Hope lächelte Nate an.

»Die sind wirklich etwas ganz Besonderes«, stimmte Briony zu.

»Wir müssen so bald wie möglich ein paar positive Bewertungen hochladen«, sagte Max. »Wenn du einverstanden bist, Nate, würden Hope und ich gern mit einem Laptop von Haus zu Haus gehen und den Bewohnern helfen, ihre Bewertung abzugeben, wenn sie das wollen.«

»Ich weiß nicht. Ich möchte nicht, dass sich irgendjemand gedrängt fühlt«, antwortete Nate.

»Wir könnten zuerst mit denjenigen sprechen, von denen wir wissen, dass sie es gern tun würden«, schlug Janet vor. »Und wenn sie einverstanden sind, kommen die Kids dazu.«

»Ich kann den Bewohnern auch helfen, Bewertungen abzugeben«, sagte Regina.

»Die Enkelin von Archie ist ständig hier. Sie findet bestimmt heraus, was wir vorhaben«, sagte Gib.

»Sie ist wie eine Klette«, stimmte Amelia zu.

»Die ist durchgeknallt«, sagte Rich.

»Ich würde nicht sagen, dass sie durchgeknallt ist«, widersprach Nate.

»Sie war völlig daneben, als sie mich mit dem Medaillon gesehen hat«, sagte Peggy. »Und ich dachte, sie würde es mir gleich vom Hals reißen. Ich habe versucht zu erklären, dass es einfach in meinem Zimmer lag, aber sie hat mir überhaupt nicht zugehört.«

»Und wie sie mit ihrem Großvater umgeht, irgendwie übertrieben zärtlich.« Janet nahm einen Bissen von ihrem Brombeerkuchen.

»Was meinen Sie damit?«, fragte Nathalie.

»Wenn Sie hier wären, wüssten Sie es.« Es lag eine gewisse Schärfe in Gibs Stimme, aber Nathalie bemerkte es entweder nicht oder ignorierte es.

»Sie benimmt sich einfach nicht wie die meisten anderen Enkelinnen, das ist alles«, erklärte Janet. »Und er nennt sie ›Liebling‹.«

»›Liebchen‹ hat er gesagt«, berichtigte Peggy sie.

»Das hat er behauptet, aber ich habe ihn es noch einmal sagen gehört. Eindeutig ›Liebling‹. Und das ist nicht normal«, beharrte Janet.

»Liegt es nicht eher daran, dass du willst, dass er dich auch ›Liebling‹ nennt?«, fragte Rich.

»Euch Männern gefällt es eben nicht, wie viel Aufmerksamkeit Archie bekommt. Das wissen wir alle. Aber er ist einfach so charmant. Wenn ihr nur halb so charmant wärt, dann würdet ihr vielleicht auch die Hälfte der Aufmerksamkeit bekommen«, gab Janet bissig zurück.

»Oh, manchmal ist Rich auch charmant«, sagte Regina. Janet sah mit hochgezogenen Augenbrauen zwischen ihr und Rich hin und her.

»Ich glaube, wir kommen ein wenig vom Thema ab«, warf Nate ein.

»Ich weiß nicht, ob das stimmt«, entgegnete Rich. »Eliza ist die Anführerin. Ich bin mir sicher, dass sie die Leute dazu gebracht hat, negative Bewertungen zu schreiben.«

»Ich frage mich, ob wir Archie dazu bekommen könnten, eine Bewertung von The Gardens abzugeben«, sagte Hope. »Er sagt doch immer, wie glücklich er hier ist. Dann würden die Leute zwei Mal darüber nachdenken, was Eliza zu sagen hat.«

Mac öffnete die Augen und streckte sich. Nach den Sardinen war sein Bauch so voll gewesen, dass er ein Schläfchen gebraucht hatte. In letzter Zeit hatte er viel zu viele Schläfchen ausgelassen. Aber jetzt war es an der Zeit, wieder an die Arbeit zu gehen. Zuerst wollte er das Glitzernde für Peggy zurückholen.

Es war nicht schwer, die Geruchsspur der Frau zu finden, die es hatte. Sie war in der Nähe. Kurz darauf hatte er das Haus erreicht und schlüpfte bequem durch den Schlitz, den er in das Fliegengitter gerissen hatte. Er folgte dem Geräusch des Blablas, das von dem Mann kam, der Mac nicht mochte.

Der Mann, den die meisten Menschen Archie nannten, ging im Zimmer auf und ab. Wenn er einen Schwanz hätte, würde er zucken. Aber er verdiente keinen Schwanz. Die Frau, Eliza hieß sie, lag auf dem Sofa und beobachtete den Mann. Mac konnte das Glitzernde um ihren Hals sehen. Er konnte einfach nicht verstehen, warum so viele Menschenweibchen gern Halsbänder zu tragen schienen. Aber Menschen waren einfach nicht vernünftig. Das hatte er schon begriffen, als er noch weiches Babykatzenfell hatte.

»Würdest du dich hinsetzen? Du machst mich noch ganz verrückt mit deinem Hin- und Hergerenne.«

»Du würdest auch bei jeder Gelegenheit auf und ab laufen, wenn du jedes Mal im Rollstuhl sitzen müsstest, sobald du vor die Tür kannst. Wann kann ich endlich wieder hier weg?« Archie ging schneller.

»Ich habe nicht erwartet, dass so viele Leute sich auf der Versammlung für Nate starkmachen würden, nicht nach der Lebensmittelvergiftung. Aber wir kommen voran. Und denk nur daran, was für dich herausspringt.«

Mac kniff die Augen zu, um den perfekten Abstand für ein Spring-und-Greif-Manöver abzuschätzen. Er machte drei Schritte und sprang auf die Sofalehne. Die Augen der Frau weiteten sich überrascht, als sie ihn über sich sah. Er gab ihr keine Zeit, sich zu bewegen. Er schlang die Pfote um die glitzernde Kette und zog sie ihr mit einem geschickten Ruck über den Kopf.

Als seine Beute sich in Elizas Haar verfing, fauchte er irritiert, aber das war nur ein kleineres Problem. Er nahm das Glitzernde zwischen die Zähne und riss den Kopf hoch. Eliza schrie auf, als ein paar Haare darin hängen blieben.

»Fang ihn! Er hat meinen Anhänger. Wir dürfen nicht zulassen, dass jemand ihn öffnet!«

»Warum trägst du das verdammte Ding immer noch?«, schrie Archie sie an und rannte Mac hinterher. Zwecklos. Mac war viel zu schnell. Er entkam durch den Riss im Fliegengitter, bevor Archie ihn packen konnte. Mac fand Peggys Geruch und rannte mit seinem Geschenk zu ihr.

Er hörte, wie Archie und Eliza hinter ihm herrannten. Gut. Ein bisschen Unterhaltung. Mac machte einen Schlenker, lief auf einen blühenden Baum neben einem Haus zu und sprang auf den untersten Ast. Vom Baum sprang er weiter aufs Dach. Er hörte Archie und Eliza unten schreien, während er seinen Weg fortsetzte, vom Dach auf den nächsten Baum und von da aus auf das nächste Dach und so weiter sprang, wobei das Spiel darin bestand, den Boden nicht zu berühren. Er erreichte das Haus, in dem er Peggy roch, und nahm den direkten Weg durch den Kamin. Als er ins Zimmer plumpste, erblickte er viele seiner Leute, genau wie er es sich gedacht hatte. Er hatte sie alle gerochen.

»Mac! Woher wusstest du … oh, auch egal«, blah-blahte Briony laut.

Ruby, einer der ersten Menschen, um die er sich gekümmert hatte, lachte, und Mac konnte riechen, dass Tränen aus ihren Augen kamen.

»Du Lauser! Komm her.« Gib schnalzte mit der Zunge. Mac ignorierte alle. Er hatte eine Mission. Er schlenderte hinüber zu Peggy, stellte sich auf die Hinterbeine und legte ihr das Glitzernde in den Schoß. Dann leckte er seine Pfote und fing an, sich die Asche vom Gesicht zu waschen.

»Ich fasse es nicht!«, rief Max aus.

»Er ist wirklich ein außergewöhnlicher Kater«, sagte Briony, fischte ein Kleenex aus ihrer Tasche und gab es Ruby.

»Nicht der Kater. Archie und Eliza! Sie rennen draußen den Gehsteig entlang«, rief Max.

Nate sprang auf und eilte zum Fenster, Briony und die anderen stellten sich hinter ihn.

»Wie kann er mit seinem verstauchten Fuß so rennen?«, fragte Gib.

Es musste einen weiteren Fall von Sabotage gegeben haben. Das war die einzige Erklärung, die Nate sich denken konnte.

»Ob sie von unseren Treffen gehört haben?«, fragte Regina.

»Ich finde es heraus. Warten Sie alle hier.« Nate wollte keinen Menschenauflauf, nicht bevor er wusste, was los war, und entschieden hatte, was er unternehmen würde. Er eilte nach draußen, aber noch bevor er es halb über den Rasen des kleinen Vorgartens geschafft hatte, knickten Archie die Knie ein. Eliza versuchte, ihn aufzufangen, aber er stürzte aufs Pflaster. Sie stieß einen schrillen Schrei aus, der nicht enden wollte.

Nate hockte sich neben Archie und kontrollierte, ob er sich eine Kopfverletzung zugezogen, sich etwas gebrochen oder einen Schlaganfall hatte.

»Sollen wir den Rettungsdienst anrufen?«, rief Briony.

»Ja, ruf an.« Normalerweise hätte er den Arzt von The Gardens geholt, damit er eine Diagnose stellte, wenn es keinen offensichtlichen Anhaltspunkt gab, um einen Krankenwagen zu holen. Aber mit Archie wollte er kein Risiko eingehen.

»Das ist nicht nötig«, sagte Eliza ganz außer Atem. »Das ist nicht nötig«, wiederholte sie, diesmal so laut, dass Briony es hören konnte.

Nate starrte sie an. Sie war doch sonst so besorgt um ihren Großvater. Er war eher überrascht, dass sie noch nicht selbst einen Krankenwagen gerufen hatte. Wahrscheinlich hatte sie einen Schock und konnte nicht klar denken.

»Ich habe nur meinen Knöchel überlastet, ich brauche keinen Krankenwagen«, protestierte Archie.

Seine Stimme klang kräftig. Wenigstens etwas. Aber Nate wollte ganz sichergehen, dass Archie nichts passiert war. Er sah über die Schulter zu Briony. »Ruf sie an!«

Sie nickte, das Handy bereits in der Hand.

Archie machte Anstalten, aufzustehen. »Arch, nein. Bleiben Sie liegen, bis die Sanitäter hier sind.« Er nahm ihn an den Schultern, aber Archie war überraschend stark. Er schaffte es, Nate abzuschütteln und aufzustehen.

»Verdammt, Archie. Ich habe gesagt, Sie sollen liegen bleiben!« Die Angst ließ seine Stimme schärfer klingen, als er es beabsichtigt hatte.

»Es geht mir gut«, beteuerte Archie.

»Dann bringe ich Sie wenigstens hinein, damit Sie sich setzen können.« Nate legte sich Archies Arm um den Hals und half ihm zum Haus hinüber, wobei er ganz langsam ging. »Was ist passiert?«, fragte er Eliza, die Archie auf der anderen Seite stützte.

»Sie haben es doch gesehen. Er ist einfach gestolpert. Wenn er seinen Knöchel nicht auf Ihrem Laufband verletzt hätte, wäre das nie passiert.« Sie funkelte ihn böse an.

»Aber warum sind Sie beide denn überhaupt so gerannt?«, fragte Nate.

»Das tut jetzt nichts zur Sache!«, blaffte Eliza. »Ich möchte es jetzt erst einmal meinem Großvater bequem machen. Nicht, dass das möglich wäre, nach allem, was er durchgemacht hat.« Zusammen manövrierten sie und Nate Archie durch die offene Tür ins Wohnzimmer. Sie legten ihn aufs Sofa.

Die anderen stellten sich um Archie herum, achteten jedoch darauf, ihn nicht zu bedrängen. »Was können wir tun?«, fragte Janet und trat einen Schritt näher.

»Wie wäre es mit einem Schluck Wasser?«, bot Nathalie an. Sie ging in die Küche.

»Ich bringe es schon!« Janet eilte davon, und Nathalie ging ins Wohnzimmer zurück.

Nate fing aus den Augenwinkeln eine Bewegung auf, und einen Moment später landete Mac lautlos auf der Sofalehne. »Dieser Kater schon wieder!«, kreischte Eliza. »Dieser schreckliche Kater!« Sie taumelte auf Mac zu, der sie mit flach angelegten Ohren anfauchte.

Briony stellte sich schnell zwischen Eliza und MacGyver.

»Ich weiß, dass Sie verärgert sind, aber lassen Sie das nicht an Mac aus.«

»Dieser Kater hat meine Kette gestohlen! Sie war ein Geschenk von Großvater. Er ist hinter diesem schrecklichen Tier hergerannt, um sie zurückzuholen, obwohl ich ihn angefleht habe, es nicht zu tun.« Eliza rang die Hände so heftig, dass ihre Knöchel weiß wurden. »Er hätte einen Herzinfarkt bekommen können. Er hätte sich die Hüfte brechen können. Wer weiß, was durch den Sturz nun mit seinem Knöchel passiert ist!« Ihre Stimme wurde mit jedem Satz schriller.

»Eliza, warum setzen Sie sich nicht erst einmal«, schlug Nate vor. »Sie haben ...«

Plötzlich schrie Briony auf. »Mac! Nein. Lass das!«, rief sie.

Zu spät. Mac war bereits auf Archies Brust gesprungen.

»Mac wird ihm nicht wehtun. Er mag ...«, begann Gib.

»Nehmen Sie das Tier weg!«, schrie Eliza.

Briony und Nate griffen beide nach Mac, aber er entschlüpfte ihnen. Seine Pfote schoss hervor und fuhr über Archies Kopf – wobei sie ein Stück Haar und Kopfhaut mitnahm. Archie stieß einen Schrei aus.

»Oh mein Gott, Mac! Was hast du getan?«, hörte Nate Briony entsetzt ausrufen. Er sah sie nicht an. Er konnte nicht aufhören, Archie anzustarren, wobei sein Hirn versuchte zu verstehen, was er da sah. Auf Archies Kopfhaut war kein Blut. Sie war bedeckt mit ... dichtem, blondem Haar.

»Was? Was?«, stammelte Nathalie. Sie schluckte heftig, brachte aber trotzdem nur ein weiteres »Was?« zustande.

Nate wusste, wie sie sich fühlte. Er blickte auf Mac hinunter. Der Kater stieß etwas, woraus schmutzig weißes Haar spross, über den Boden vor sich her.

»Großvater?« Eliza presste die Hände auf eine Weise auf die Brust, die Nate ganz besonders theatralisch vorkam. Was war hier los? Er kam sich vor, als wäre er in einen Film hineingeraten.

Briony holte tief Luft und hob das Ding, mit dem Mac spielte, vorsichtig auf. Sie hielt es zwischen zwei Fingern und schüttelte es vorsichtig. »Es ist ... ich glaube, es ist eine Art Perücke.«

»Eine künstliche Glatze«, sagte Ruby. »Nun, zumindest eine Halbglatze. Gute Qualität. Haben Sie dafür einen Modellierblock benutzt?«, fragte sie Archie. Er zwinkerte, gab aber keine Antwort. Er sah aus, als müsste er das Ganze erst einmal verarbeiten. »Ja, so müssen Sie es gemacht haben. Die Ränder waren perfekt«, fuhr Ruby fort. »Und das Make-up? Expertenarbeit. Ich könnte Ihnen morgen schon einen Job beim Film besorgen. Nur dass Sie offensichtlich ein Dreckskerl sind.«

Archie zwinkerte noch ein paarmal. Dann sprang er plötzlich auf, machte zwei lange Schritte in Richtung Tür, merkte dann, dass sich Caleb davorgestellt hatte, und blieb stehen.

Nate musste zugeben, dass er wirklich anfing, Caleb zu mögen. Er konnte dem Kerl vielleicht sogar vergeben, dass er mit Briony Sex gehabt hatte.

»Du siehst ja plötzlich ziemlich rüstig aus, Archie«, bemerkte Rich. »Ich weiß nicht, wie es dir geht«, sagte er zu Gib. »Aber bei mir ist es Jahre her, seit ich mich so schnell bewegen konnte.«

»Meine Knie knacken wie Gewehrfeuer, wenn ich es versuche.«

»Du bist ein Betrüger!«, rief Janet und starrte Archie mit hochrotem Gesicht an.

»Und er ist viel zu jung für Sie, Süße«, sagte Eliza spöttisch.

»Aber Sie sind es nicht, oder, Liebling?«, fragte Peggy. »Sie sind seine Freundin.«

Was für einen Sinn machte das Ganze? Was für Vorteile

brachte es Archie, sich als alter Mann auszugeben? Versteckte er sich vor jemandem? Vor der Polizei?

Nein, ging Nate auf. Sich als alter Mann auszugeben, hatte Archie Zugang zu The Gardens verschafft. Er steckte hinter der Sabotage! Er hatte mit seinem verstauchten Knöchel rennen können, weil sein Knöchel nicht verstaucht war. Er hatte alles nur vorgetäuscht und behauptet, Nates Laufband wäre schuld gewesen. Aber warum? Wer war dieser Kerl wirklich?

»Ich glaube, es ist an der Zeit, einen genaueren Blick auf das Geschenk zu werfen, das Mac Ihnen gebracht hat«, sagte Nate zu Peggy. Beim Klang seines Namens begann Mac zu schnurren.

»Ich bin mir nicht sicher, ob ich es aufbekomme.« Peggy drehte den Anhänger zwischen den Fingern. »Meine Arthritis, und dann der winzige Verschluss.«

»Lassen Sie mich mal probieren.« Briony hielt die Hand hin, und Peggy gab ihr die Kette.

Nate warf einen Blick zu Archie hinüber. Er sah nicht aus, als würde er versuchen, sich an Caleb vorbeizudrängen. Er saß wieder zusammengesunken auf der Couch, den Kopf in die Hände gestützt, und schien sich geschlagen zu geben. Eliza saß mit wütendem Blick neben ihm, während sie zusah, wie Briony den Anhänger öffnete. Sie wirkte nicht, als würde sie sich geschlagen geben, sondern sah fuchsteufelswild aus.

»Was ist drin?«, fragte Gib und beugte sich vor.

»Ein Bild von Eliza und eines von Archie ohne seine Altherrenkostümierung«, antwortete Briony.

»Hey, den kenne ich doch!«, rief Ruby aus, die über Brionys Schulter blickte. »Das ist Kenneth ›Der Liquidierer‹ Archer.«

Archie stöhnte, hob aber nicht den Kopf. »Ja genau! Von der Bushaltestelle!«, rief LeeAnne aus. »Der ›Was ich anfasse, wird zu Geld‹-Immobilienmakler. Ich kann nicht glauben, dass ich ihn nicht sofort erkannt habe. Ich sehe seine schmierige Visage jedes Mal, wenn ich zum House of Pies gehe.«

Nates Körper fing an zu prickeln, als hätte ihn jemand an die Stromleitung angeschlossen. Er ging zu Archie hinüber und wartete, bis er den Kopf hob. »Sie sind der Makler, der ständig versucht hat, die Anlage zu kaufen.«

»Was?«, rief Peggy aus, und ihre dunklen Augen leuchteten. »Sie denken doch nicht daran, zu verkaufen, Nate?«

»Nein. Er hat mir ständig E-Mails und Briefe geschickt und Nachrichten hinterlassen. Ich habe jedes Mal abgelehnt. Also wollte er wohl versuchen, mich zum Verkauf zu zwingen, indem er den Ruf von The Gardens ruiniert.«

Archie richtete sich auf. »Ich habe ihm ein großartiges Angebot gemacht, für einen Kunden, der diese Anlage unbedingt haben wollte«, sagte er, als könnte er sie damit auf seine Seite ziehen. »Jeder halbwegs gesunde Mensch wäre darauf eingegangen.«

»Er vergisst immer zu sagen, dass ich es war, die den Kunden gefunden hat«, sagte Eliza verbittert. »Ich habe ihn davon überzeugt, dass wir das Anwesen vermakeln. Mit der Provision hätte ich ... hätten wir für den Rest unseres Lebens ausgesorgt.« Sie wandte sich an Nate. »Und Sie hätten nie wieder arbeiten müssen.«

»Glücklicherweise ist Nate verrückt genug, dass ihm andere Dinge wichtiger sind als Geld«, sagte Rich. »Ich werde ein Gedicht über ihn schreiben.« Er griff nach seinem Notizbuch. »Keinen Limerick. Eine Ode.«

Regina tätschelte sein Knie. »Perfekt. Ein Lobgedicht, das häufig tiefe Gefühle ausdrückt. Sie verdienen eines, Nate.«

Caleb ging zu Nate, der immer noch vor dem Sofa stand. »Sie sind sich darüber im Klaren, dass Sie des versuchten Mordes angeklagt werden«, sagte er zu Archie/Archer und Eliza.

»Diese Substanzen hätten niemanden umgebracht«, widersprach Archie. »Sie waren gerade stark genug, um Leute krank zu machen. Eliza hat das vorher genau recherchiert.«

»Halt den Mund!« Eliza rammte ihm den Ellbogen so heftig in die Rippen, dass er stöhnte.

»Wie Sie auf der Versammlung so eloquent dargelegt haben, kann schon eine leichte Lebensmittelvergiftung für Senioren gefährlich werden«, sagte Caleb zu Eliza.

»Sie Mistkerl! Sie hätten Peggy umbringen können.« Gib erwähnte nur Peggy, obwohl er selbst ebenfalls vergiftet worden war.

»Ich habe nichts …« Archie brach mitten im Satz ab und drehte den Kopf zum Fenster.

Nate merkte, was Archies Aufmerksamkeit erregt hatte. Der Klang einer sich nähernden Sirene. »Ich schätze, ich hätte anstatt eines Krankenwagens wohl lieber die Polizei gerufen«, sagte Briony.

Ungefähr drei Stunden später war alles vorüber. Nate und die anderen beobachteten durch das Fenster, wie zwei Polizeibeamte Eliza und Archer zu einem Streifenwagen begleiteten. Sie wurden zum Verhör abgeführt.

Schweigend kehrten sie auf ihre Plätze zurück, überwältigt und ausgelaugt. Nur Macs tiefes Schnurren war zu hören. Nate hatte den Eindruck, dass er nicht mehr aufgehört hatte zu schnurren, seit er sich Archers Perücke gekrallt hatte.

Gib brach schließlich das Schweigen. »›Gute Nacht, Schwester‹, wie Archie sagen würde.« Er schüttelte den Kopf.

»Archer, meinen Sie«, erinnerte ihn Briony.

»Gute Nacht, Schwester«, wiederholte Regina.

»Ruby verwendet auch so häufig verrückten Slang, wenn sie mit Riley Cowboy spielt«, erklärte Briony.

»Was soll das eigentlich bedeuten?«, fragte Ruby.

»Es ist ein Ausruf der Überraschung, der häufig anstelle eines Schimpfwortes benutzt wird.« Regina strich sich das Haar glatt, obwohl es bereits perfekt saß. »Ich glaube nicht, dass man weiß, woher der Ausdruck stammt, obwohl manche denken, es hätte mit einem Stummfilm mit demselben Titel zu tun, in dem Fatty Arbuckle sich als Krankenschwester verkleidet und mit Buster Keaton flirtet. Andere meinen, er stammt aus dem ersten Weltkrieg und sei nur ein Gutenachtgruß für eine Schwester in einem Militärkrankenhaus gewesen.«

»Sie hat recht. Natürlich.« Rich hielt sein Handy hoch. »Er steht auf einer Liste von Ausdrücken aus den Zwanzigern, taucht gleich als Erstes auf. Ich hätte wissen müssen, dass ich nicht nachsehen muss, wenn Regina dabei ist. Archer hat beinahe alles auf der Liste benutzt, als er den alten Mann gespielt hat. Er ist wohl ein paar Jahrzehnte zu weit zurückgegangen.«

»Ich fand seine verrückten Ausdrücke charmant«, gab Janet zu. »Ich komme mir vor wie eine Idiotin.«

»Wir fanden ihn alle toll«, sagte Peggy. »Nicht nur du.«

»Ich fand ihn nicht so toll. Aber ich hatte nicht die geringste Ahnung, was er im Schilde führte«, sagte Gib. »Aber wisst ihr, wer es wusste?« Er zeigte auf Mac.

»Er ist ein ganz entzückendes Kätzchen«, antwortete Peggy. »Aber das ist unmöglich.«

Gib stand auf. »Ich werde es euch beweisen. Ich muss nur erst nach Hause gehen und etwas holen.«

»Ich bringe Sie hin«, bot sich Hope an.

»Ich gehe auch«, sagte Max.

Nate reckte die Arme über den Kopf, in dem Versuch, die Spannung in seinen Schultern zu lösen. »Merkwürdiger Tag.«

»Lang, gut, schlecht, hart und merkwürdig«, sagte Briony neben ihm, und sie sagte es so leise, dass nur er es hören konnte. Ihm wurde ganz heiß, als er an diese Nacht dachte. Er wünschte sich, er könnte alle anderen aus dem Raum verschwinden lassen. Nate wollte endlich mit ihr allein sein. Nicht nur, damit er sie berühren konnte, obwohl er sie so sehr berühren wollte, sondern auch, damit er endlich mit ihr sprechen konnte. In der Nacht, als sie in der Küche Wein getrunken hatten, hatte er ihr Dinge erzählt, von denen er dachte, dass er sie niemals jemandem erzählen würde, der nicht zur Familie gehörte.

Doch das würde warten müssen. Denn die anderen wollten noch eine Weile zusammenbleiben. Vielleicht sollte er für alle Pizza bestellen, obwohl LeeAnne wahrscheinlich einen Anfall bekäme. Sie wollte bestimmt selbst kochen.

Nate sah zu seiner Schwester hinüber und merkte, dass sie ihn anblickte. Er hatte es bereits gespürt. Das war so ein Zwillingsding. »Du schuldest Daddy eine Entschuldigung«, sagte sie.

»Ja, Dad hat nie etwas Böses getan«, schoss er zurück, lenkte aber sofort ein. Was auch immer in der Vergangenheit geschehen war, Nate musste ihm die Wahrheit sagen und sich entschuldigen. Er hatte sich geirrt, als er seinen Vater der Sabotage beschuldigte. »Ich rede mit ihm, versprochen.« Nathalie nickte zufrieden.

»Hat irgendjemand Hunger?«, fragte LeeAnne. »Wir könnten in die Küche gehen. Ich bereite alles zu, was Sie möchten.« Nate lächelte. Kannte er sie oder nicht?

»Schließt das auch …«, fing Rich an.

Er brach ab, als Gib, Max und Hope hereinkamen. Gib trug eine Einkaufstüte aus Papier, die er auf den Küchentisch ausleerte. Er fischte ein zerfetztes Stück Latex mit weißen Haaren heraus und zog es sich über den Kopf. »Kommt euch das bekannt vor?«, fragte er. »Vergesst nicht, dass es von unserem

Freund hier als Katzenspielzeug benutzt worden ist.« Gib gestikulierte zu Mac hinüber, der zusammengerollt auf Peggys Schoß lag. »Passt auf.« Gib klebte sich etwas, was wie eine haarige graue Raupe aussah, auf eine Augenbraue.

»Er muss sich eine Ersatzperücke beschafft haben, nachdem Mac sich mit dieser hier davongemacht hat.« Rich kicherte.

»Er hat sich auch neue Augenbrauen gemacht«, sagte Janet. »Ich dachte, er hätte sie sich gezupft, aber die neuen waren wohl versehentlich schmaler geraten.«

Ruby nahm ein Stück Schwamm vom Tisch und roch daran. Macs Schnurren wurde noch lauter, was Nate für unmöglich gehalten hatte. »Latex-Schaumstoff, Talkum und Grundierung. Er kannte sich aus.«

»Und was ist das?« Peggy zeigte auf den kleinen Haufen auf dem Wohnzimmertisch. »Das hier sieht aus wie eine meiner Socken.« Sie zog eine rosa Socke mit Gänseblümchen unten aus dem Haufen heraus. Dann errötete sie und nahm hastig einen dunkellila BH an sich. Sie knüllte ihn zusammen und steckte ihn in ihre Handtasche. Nate und die anderen taten, als hätten sie nichts bemerkt. Sogar Rich. Regina hatte offensichtlich einen positiven Einfluss auf ihn.

»Sie sollten wissen, dass Mac verdammt gut im Verkuppeln ist«, sagte Ruby. »Er hat zwei meiner Freunde zusammengebracht, indem er dem einen Socken und auch sonst alles Mögliche gestohlen hat und es dem anderen gebracht hat. Genauso hat er auch zwei junge Leute in Storybook Court zusammengebracht. Oh, und ein ziemlich unerträglicher Typ, der, wie sich herausstellte, ein Herz aus geschmolzener Butter hat, kam mit unserer Postbotin zusammen, alles dank Mac. Ich weiß nicht, wie er es immer schafft, aber er scheint zu spüren, wer zusammengehört. Anscheinend hat er jetzt auch Detektivarbeit zu seinem Lebenslauf hinzugefügt.«

»Du hast das erste Mal mit mir gesprochen, nachdem Mac dafür gesorgt hatte, dass ich mich mit Kaffee begossen habe«, erinnerte Hope Max. Sie errötete. »Nicht, dass das bedeutet …«

»Ich wollte schon seit dem ersten Tag in unserem ersten Kurs mit dir sprechen«, sagte Max zu ihr. »Ich schulde dem Kater ein Dankeschön.«

»Ein paar Dosen Sardinen kommen immer gut an. Er kann nicht genug davon bekommen.« Gib warf Peggy einen hastigen Blick zu.

»Er hat mir deinen Schlüsselbund gebracht, den mit dem Bild deiner Enkel«, sagte Peggy zu Gib und streichelte Macs Kopf.

»Ihr wärt so ein schönes Paar«, sagte Janet. Sie sah zu Rich und Regina hinüber. »Und was ist mit euch beiden? Hat Mac irgendetwas damit zu tun, dass ihr euch plötzlich verträgt?«

Nachdenklich drehte Regina den Kopf zur Seite. »Er hat mich dazu gebracht, dass ich ein Sonett lese. Und ich habe erkannt, dass sich unter Richs entsetzlicher Kleidung ein Mensch mit Tiefgang versteckt.«

Rich lachte. »Vielleicht schulde ich dem Kater auch ein paar Dosen Sardinen.«

»Wenn ich ihm ein paar Sardinen als Vorschuss gebe, meinst du, er würde dann seine Magie auch für mich einsetzen?«, fragte Janet. »Jetzt, wo es Archie nicht mehr gibt?«

»Du hattest sowieso nie eine Chance …«, begann Regina. »Ich finde, es wäre einen Versuch wert. Er ist ein sehr einfühlsames Kätzchen, meinst du nicht, Peggy?«

Peggy sah Gib an. »Ich glaube, er irrt sich in mir und Michael.«

»Michael? Wer ist Michael?«, fragte Janet.

»Gib. Michael Gibson«, erklärte Peggy. »Wir waren vier Jahre lang auf derselben Schule, und er hat mich nie auch nur angesprochen.«

»Wenn j…jemand n…nichts sagt, heißt das nicht u…unbedingt, dass er k…kein Interesse hat«, sagte Max.

»Wirklich?« Peggy sah Gib an und nicht Max.

»Wirklich«, antwortete Gib. »Wenn du irgendwann mit mir essen gehst, kaufe ich dem Kater eine verdammte Sardinenfabrik.«

Peggy lachte. »Nun, dann zücke mal dein Scheckbuch.«

Gib strahlte. Anders konnte man es nicht beschreiben.

»Ich bin froh, dass er regelmäßig in The Gardens vorbeischaut.« Nate nahm Brionys Hand. »Wer weiß, wie das alles geendet hätte, wenn er nicht gewesen wäre.«

# Ein Jahr später

Nate fuhr den rosa Cadillac Cabrio in den Liebestunnel der Little White Wedding Chapel. »Wie geht es dir?«, fragte er Briony.

»Wunderbar!« Sie lächelte zu den Sternen und Cherubim hinauf, mit denen die Decke bemalt war. »Ich hätte problemlos ein zwanzig Meter langes Kirchenschiff hinuntergehen können. Ich wäre das Kirchenschiff hinuntergetanzt oder auf Rollerskates hinuntergefahren!«

»Vielleicht sollten wir hier unseren Schwur erneuern«, sagte Jamie vom Rücksitz.

»Wir haben doch gerade erst unseren ersten Hochzeitstag gefeiert«, widersprach David lachend.

»Na und? Ich finde, man sollte ihn jedes Jahr erneuern. Jeden Monat! Ich will eigentlich ständig feiern. Richtig, Mac?« Sie knuddelte den Kater, der auf ihrem Schoß saß und eine schwarze Smokingkrawatte trug. Nate hatte einen richtigen Smoking an und Briony ein Kleid mit enger Taille und einem weiten Rock mit einem Überrock aus Tüll. Das wusste er nur, weil er gehört hatte, wie sie, Jamie und Ruby endlos darüber diskutiert hatten. Er persönlich wollte nichts lieber, als sie davon zu befreien. Er hatte sich von ihr überzeugen lassen, eine einmonatige Sexpause einzulegen, damit ihre Hochzeitsreise umso schöner wurde.

Er hielt vor dem Fenster, an dem der Priester auf sie wartete. Nate hatte Briony alle Entscheidungen treffen lassen. Er wollte sie heiraten. Das Drumherum war ihm gleichgültig, und er freute sich, wie sehr es Briony gefiel, Dutzende und Aberdutzende von Entscheidungen zu treffen, einschließlich der, Jamie und David – und Mac – als Trauzeugen zu nehmen.

Der Austausch der Ehegelübde dauerte weniger als zwei Minuten, dann durfte er sie küssen. Jedes Mal, wenn er sie küsste, dachte er, es könnte nicht mehr besser werden, aber er täuschte sich immer. Dieser Frisch-verheiratet-Kuss schien alle Rekorde für den Rest seines Lebens zu schlagen. Oder jeder Kuss den vorigen zu übertreffen, bis-dass-der-Tod-euch-scheidet.

Er fuhr in einer Kurve auf den Tunneleingang zu. Ein Elvis aus der Vegas-Ära löste Nate hinter dem Steuer ab. Briony half Peggy, den weiten Rock ihres langen, champagnerfarbenen Kleides mit Blumenapplikationen auf dem Rücksitz zu verstauen.

»Du bist dran«, sagte Nate zu Gib. Gib stieg neben Peggy ein, dann reichte Jamie ihm Mac hinüber. Mac war auch ihr Begleiter, da er eine so wichtige Rolle dabei gespielt hatte, sie zusammenzubringen. Peggy trug tatsächlich die rosa Gänseblümchensocken als »etwas von früher«.

Elvis fuhr den rosa Cadillac in den Tunnel, und Briony, Nate, Jamie und David gingen auf den Parkplatz zurück. Die meisten Bewohner von The Gardens waren in Partybussen zu den Zeremonien nach Vegas gekommen. Manche warfen Blütenblätter auf Nate und Briony, andere bliesen changierende Seifenblasen.

Nathalie eilte auf sie zu und schaffte es, sie beide gleichzeitig zu umarmen, Lyle und Lyla gesellten sich einen Augenblick später hinzu.

»Ich freue mich so für euch!«, rief sie aus. »Obwohl ich der ältere Zwilling bin. Eigentlich hätte ich zuerst heiraten müssen.«

Nate schüttelte den Kopf. Seine Schwester engagierte sich jetzt viel mehr in The Gardens und hatte seit dem letzten Jahr ihr Leben viel besser im Griff, aber er ahnte, dass sie immer ein kleines bisschen selbstsüchtig bleiben würde.

»Du wirst Caleb heiraten, also solltest du dich nicht beklagen«, sagte Lyla zu ihrer Mutter.

»Lyla! Caleb und ich haben noch überhaupt nicht über Heirat gesprochen!« Sie blickte zu Caleb hinüber, der LeeAnne und ihren Leuten mit dem Essen für den Parkplatzempfang half.

»Ihr sprecht über alles Mögliche andere«, antwortete Lyla. »Sie textet ihm beinahe jeden Tag, und ein paarmal die Woche führen sie lange Gespräche.«

»Wenn ihr schon schlaft – dachte ich zumindest«, sagte Nathalie.

»Seht mal! Sie kommen!«, rief LeeAnne, als Elvis den Cadillac zurück zum Eingang des Tunnels fuhr.

»Wir sind dran«, sagte Rich zu Regina.

»Sie sieht so schön aus«, sagte Briony. »So elegant.«

Regina trug ein knielanges Kostüm mit rosa Details und einen großen rosa Hut. »Das stimmt, aber nicht so schön wie du«, meinte Nate. Max setzte sich hinter das Steuer, um seinen Großvater und Regina zum Autoschalter der Kapelle zu fahren. Hope saß neben ihm und hatte Mac auf dem Arm.

»Er muss sie wirklich lieben«, sagte Briony. »Dieser Smoking könnte aus einem James-Bond-Film stammen. Bis auf die Krawatte.« Die war knallrosa mit schwarzen Pfotenabdrücken.

»Für ihn ist das ausgesprochen zurückhaltend, und das alles nur, um Regina zu gefallen«, antwortete Nate. »Allerdings habe ich einen Blick auf seine Flitterwochenschlafanzüge geworfen. Ich hoffe, sie hat ihre Sonnenbrille dabei.«

»Meine Eltern kommen«, verkündete Briony. »Jetzt hört meine Mutter endlich damit auf, mir Artikel darüber zu schicken, wie gefährlich Vegas ist.«

Nate wusste, dass es schwer gewesen war für Briony, bei ihrer Entscheidung zu bleiben, die Hochzeit hier in Las Vegas zu feiern. Er war stolz auf sie, dass sie ihrer Intuition gefolgt war, auch wenn das bedeutete, gegen die Wünsche ihrer Mutter zu handeln. Und wenn Brionys Mutter auch etwas nervös wirkte, strahlte sie, als sie erst Briony und dann ihn umarmte.

»Tolle Location, Briony«, sagte ihr Vater. Dann durfte er die Braut küssen. »Ich liebe es. Und dich habe ich auch lieb.«

»Ich dich auch, Dad«, antwortete sie.

Dann waren Nates Eltern dran. Seine Mutter umarmte ihn fest. Sein Vater zögerte und umarmte ihn dann auch. Eine Umarmung war für sie noch nicht selbstverständlich, aber sie waren sich nähergekommen. Weil sein Vater Schwierigkeiten gehabt hatte, einen Job zu finden, hatte Nate ihm eine Anstellung in The Gardens gegeben. Zuerst als Aushilfe – wobei er jetzt zugab, dass es gemein gewesen war, aber er wollte sich zuerst sicher sein, dass sein Vater auch wirklich blieb –, und als er das tat, hatte Nate ihn zum stellvertretenden Leiter für Freizeitaktivitäten befördert. Die Damen schienen ihn noch mehr zu mögen als Archie, den Archie, den sich Kenneth Archer ausgedacht hatte. Nate fragte sich, ob er wohl auch seine Mithäftlinge so leicht um den Finger wickelte.

»Sonst noch jemand, der eine Fahrt durch den Tunnel machen möchte? Ich zahle!«, rief Rich, als er aus dem Cadillac stieg. Nate ertappte seinen Vater dabei, wie er seiner Mutter einen Blick zuwarf.

Seine Mutter drohte ihm mit dem Finger. »Oh nein. Du hast noch den Status eines Mitbewohners«, sagte sie. Rein rechtlich betrachtet, waren sie zwar noch verheiratet, aber seine Mutter behandelte ihn nicht wie einen Ehemann. »Wenn du dich weiterhin gut benimmst, dann stehen wir vielleicht eines Tages selbst hier.«

Nate merkte, dass er die Vorstellung, seine Eltern könnten vielleicht eines Tages wieder zusammenfinden, nicht mehr verabscheute. Vor ungefähr sechs Monaten war sein Vater wieder im Elternhaus eingezogen, und seine Mutter war fröhlicher geworden, seit sie ihn um sich hatte. Sie ging mehr aus, besuchte viele der Veranstaltungen, die sein Vater in The Gardens organisierte. Aber wie Nate brauchte auch seine Mutter Zeit, um ihm wieder vertrauen zu können.

»Mir ist gerade aufgefallen, dass ich vergessen habe, dir die Frage zu stellen, die ich Leuten immer stelle, wenn ich sie kennenlerne«, sagte Ruby zu Briony.

»Stell deine Frage«, sagte Briony.

»Wenn dein Leben ein Film wäre, wie würde der Titel lauten?«

Briony hob die Augenbrauen. »Meine Antwort heute ist so anders als die, die ich dir damals gegeben hätte.« Sie nahm Nates Hand. »Was denkst du? Jetzt, wo unsere Leben noch enger miteinander verbunden sind.«

Briony arbeitete ebenfalls in The Gardens, hauptsächlich damit sie in L.A. bleiben konnte, aber auch weil Nate nun mehr Zeit für die Pflanzen und die Gärten von The Gardens hatte, seit sie sich um die Verwaltung kümmerte.

Er dachte nach. »Ich glaube, es muss im Titel ›Katze‹ vorkommen. Ohne MacGyver hätten wir uns niemals kennengelernt.«

»Das stimmt«, sagte Briony. »Wenn jeder einfach nur tun würde, was Mac für richtig hält, wären alle auf der Welt glücklicher.«

»Da ist was dran.« Jamie kam zu ihnen, sie hatte Mac auf dem Arm. »Wobei er ja nicht fragt. Er macht einfach. Er ist ziemlich herrisch.«

»Ich hab's.« Nate streichelte über Macs Kopf, und Mac sah

Nate mit seinem langsamen Augenzwinkern an. »Der Film hieße ›Liebe auf leisen Pfoten‹.«

»Toll!«, rief Jamie.

Briony kraulte Mac unter dem Kinn. »Ich will gar nicht darüber nachdenken, wie mein Leben aussähe, wenn Mac nicht mein Menschensitter geworden wäre.«

*Die Romance-Autorin und der Literat:*
*charmante romantische Komödie über Bücher,*
*das Leben und natürlich die Liebe*

Emily Henry

# Verliebt in deine schönsten Seiten

*Roman*

Wie schreibt man einen Liebesroman, wenn die eigene Beziehung gerade in die Brüche gegangen ist?
In einem idyllisch gelegenen Strandhaus hofft die New Yorker Romance-Autorin January, ihre Schreibblockade zu überwinden, denn der Abgabetermin für ihren neuesten Liebesroman rückt unerbittlich näher. Gleich am ersten Abend beobachtet January eine wilde Party bei ihrem Nachbarn – der sich ausgerechnet als der arrogante Gus herausstellt, mit dem sie vor Jahren einen Schreibkurs besucht hat. Als January erfährt, dass Gus ebenfalls in einer veritablen Schreibkrise steckt, seit er sich vorgenommen hat, den nächsten großen amerikanischen Roman zu verfassen, hat sie eine ebenso verzweifelte wie geniale Idee: Sie schreiben einfach das Buch des jeweils anderen weiter! Ein Experiment mit erstaunlichen Folgen …

*Zwei in einem Zug: wunderbar leichtfüßige
Liebeskomödie um verpasste Chancen*

## Laura Jane Williams

# Dein Lächeln um halb acht

*Roman*

Was wäre, wenn du die Liebe deines Lebens jeden Morgen knapp verpasst?
Normalerweise nimmt die Londonerin Nadia die 7:30-U-Bahn – es sei denn, es kommt etwas dazwischen. Schließlich ahnt sie nicht, dass Daniel jeden Morgen auf sie wartet, seit er sie in einem mit Kaffee bespritzten Kleid gesehen hat. Dann entdeckt Nadia eines Tages eine Anzeige in der Zeitung: »An die hinreißende Frau mit den Kaffee-Flecken auf dem Kleid: Lust auf einen Drink?«
Nach einer schweren Enttäuschung glaubt Nadia nicht mehr so recht an die Liebe, trotzdem stimmt sie nach einigem Zögern einem Treffen zu. Und damit beginnt eine ebenso romantische wie amüsante Reihe von Beinahe-Begegnungen …